閩南語
字音字形
|第四版| 好撇步

鄭安住 著

五南圖書出版公司 印行

四版序

　　當初編寫這本書的用意，是想提供閩南語字音字形學理、語文、實務資料，以供讀者做為指導學生或是自我學習的材料。感謝讀者的大力支持，因為有你的肯定與愛護，《閩南語字音字形好撇步》才可以邁入第四版印刷，這在閩南語出版品這種小眾市場裡，能有這種銷量已屬奇蹟，在此深表謝忱。

　　有不少讀者來信回饋說，就是因為有了這本《閩南語字音字形好撇步》，才得以順利通過教育部閩南語語言能力認證，有的則表示此書是參加全國語文競賽閩南語字音字形比賽的寶典。對於這份肯定，安住愧不敢當！

　　111學年度開始，國內所實施之12年國民基本教育各階段都會將本土語言列為部定課程，屆時學生就可依照自己的意願選習。為培育專任師資，教育部於110年11月11日發布：《高級中等以下學校及幼兒園閩南語師資培育及聘用辦法》，其中第二條明載：本辦法所稱閩南語師資，略指下列人員：

一、高級中等以下學校得從事閩南語文課程教學之師資：

　　（一）取得本土語文閩南語文專長教師證書之合格教師。

　　（二）前目以外，參加閩南語能力認證，取得中高級以上能力證明之合格教師。

　　（三）參加閩南語能力認證，取得中高級以上能力證明，並經直轄市、縣（市）主管機關所舉辦之教學支援工作人員認證，取得合格證書之閩南語文教學支援工作人員。

　　另外，第三條：「閩南語師資依下列方式培育：一、前條第一款第一目教師，依師資培育法相關規定辦理，由中央教育主管機關積極協調師資培育之大學開設第二專長學分課程，提供前條第一款第二目之合格教師進修，取得本土語文閩南語文專長教師證書」；第五條：「公立國民中學總班級數二十四班以上及公立高級中等學校總班級數二十二班以上者，自一百十七學年度起應聘用第二條第一款第一目之教師至少一人。」

整體而言，閩南語師資培育已有四大管道，包括「職前培育」、「學士後教育學分班」及「第二專長學分班」，並辦理「教學支援人員培訓」。在上述班別中，除「職前培育」係由各大學招收學生進行四年專業培訓外，想修習「學士後教育學分班」者，應取得教育部「閩南語語言能力認證」中級以上資格（即B1）；在職教師之「第二專長學分班」修完學分前則應取得中高級以上資格（即B2）；參加「高級中等學校閩客語文教學支援工作人員培訓認證」者，應持有中高級以上證書（即B2）。由上述說明當可清楚發現，未來通過教育部「閩南語語言能力認證」已是進入閩南語師資培育基本門檻，更是進入校園成為閩南語正式師資的必要條件。

　　希望透過本書第四版的修正與補充，可以讓指導老師、參賽人員及對閩南語有興趣的讀者能清楚掌握閩南語語言能力認證及字音字形比賽的致勝關鍵，以回饋讀者的支持。如有其他意見，亦請不吝指教，以使本書更加完善！

鄭安住

序

　　語言的學習，一般都是先有音、才有字，因此學習拼音，不只是學習語言的第一步，也是最重要的基礎。小時候我們也都是先學國語注音符號，然後才學習漢字，甚至遇到不會寫的字，只要以注音代替，多半還是能沒有障礙地表達與溝通。對於臺灣閩南語來說，拼音更為重要，因為社會大眾對於閩南語漢字不見得熟悉，更何況還有部分字詞原本便無漢字可寫。只要學會了拼音，就能把看到的新詞標音紀錄，一看就知道怎麼讀；聽到一個新詞彙不懂意思的時候，也可以先以拼音記下來，再去查詢辭典或請教老師，可見「拼音」實為學習臺灣閩南語最基礎、最重要的法寶。

　　教育部規定自 90 學年度開始，將「鄉土語言」（現已改為本土語言）列為國小必選修課程，國中則為選修。但因實施初期，臺灣閩南語拼音、用字尚未整合成功，致使各家出版品用字紊亂、拼音各表，讓教學現場飽受困擾，社會各界希望教育部能做好整合工作，以利教學。在眾多學者專家為了能夠有效做好文化傳承工作，大多能捐棄成見的共識之下，教育部也於民國 95 年

10 月 14 日公告「臺灣閩南語羅馬字拼音方案」（以下簡稱臺羅），以解決教學現場困擾，對臺灣閩南語的推動確實具有莫大助益。

為了有效推廣臺羅，教育部於民國 96 年辦理「第一屆全國閩客語字音字形比賽」，且落實全國各族群語言平等願景，讓臺灣族群間能相互尊重、欣賞各種語言聲韻之美，進而相互欣賞、包容，同年全國語文競賽也增加閩客語朗讀項目比賽。這兩項活動得以連續五年順利舉行，都是奠基於臺羅，如今也在校園中掀起學習閩南語的風潮。只是眾多老師、學生紛紛反映，他們所使用的資料都是從網路上下載，無法有系統、有組織的學習，只能囫圇吞棗般的硬記，不只苦不堪言，也無法領略閩南語的聲韻之美，更有礙於閩南語的推展。

「番薯毋驚落塗爛，只求枝葉代代湠」是安住推動本土語言傳承、奉為圭臬的座右銘，也是畢生努力的目標。個人一直希望能藉由政府與民間的通力合作，讓祖先的文化資產，得以在臺灣這片美麗的土地上繼續流傳。就因為有這些無奈，才促使安住決心在百忙當中，犧牲睡眠時間，充分利用空檔，來撰寫此書。希望提供讀者自學拼音便捷的入門管道，再透過深入淺出、條理

分明的敘寫方式，了解臺羅，以及練習漢字的基礎材料，進而成為日後閩南語發展的尖兵。

本書分為三大部分，第一部分「認識拼音好撇步」，從介紹「臺灣閩南語羅馬字拼音方案」切入，透過詳細而完整地介紹臺灣閩南語的基礎音韻，來說明如何以臺羅音標拼寫臺灣閩南語，即便是初學者，也能隨著本書一步一步認識音韻、學會拼音。第二部分「字音字形好清楚」，則是羅列常用的各種音字組合，每個領頭字再列出幾個常用的例詞或短語，由於排列的方式依循音韻結構的邏輯，讀者只要按照順序練習，即能在不知不覺中加強學習效果。第三部分「鑒往知來勤練習」，則是收集了各年度閩南語字音字形競賽的比賽題目，並簡單地分析出題取向，揭開競賽的神祕面紗，讓更多人願意來參與此一競賽。

特別要說明的是，語言的教學，原本應當以該語言為出發點，不宜透過其他語言的符號或系統來做間接學習。但是，考量臺灣的語言環境，多數人對於臺灣閩南語的學習心存恐懼及誤解，若學習門檻太高，恐怕更會大大地降低學習意願。因此，兩害相權取其輕，在第一部分的教學中，我們透過社會大眾都熟悉的「國語

注音」為媒介，將國語和臺灣閩南語相同的部分當作學習跳板，又因為兩者同為漢藏語系，結構上有許多相似的地方，我們連結相同處、詳說差異處，使讀者能透過已具備的拼音能力、熟悉的符號，更輕鬆地接受臺羅拼音，這樣一來既不會造成觀念上的混淆，也能增添學習效益。

目前市面上中小學閩南語教材偏重會話，學者編纂的閩南語概論又過於學術，一般人常望而卻步。本書的編寫角度，既可深入學習臺羅拼音，又可初步認識音韻結構，提供讀者一個學習拼音的新選擇。

由於本書希望鼓勵初學者認識臺灣閩南語，在解說上難免會採用「化約」的手段，在學理上不是非常準確，比較複雜或學術的部分，例如方言差異、語音學的學理等，在不影響學習的前題下都盡量省略，以減輕讀者負擔。

鄭安住

目　錄

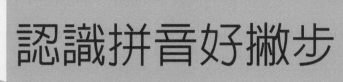

認識拼音好撇步

臺羅拼音是什麼？

臺羅拼音的全名為「臺灣閩南語羅馬字拼音方案」，是一套專屬於臺灣閩南語的拼音系統，由教育部於民國 95 年 10 月 14 日公告，並持續推廣當中，已成為目前最通行的拼音方案。各種官方主辦的全國性比賽，也都以臺羅拼音作為唯一標準。

其實，臺羅拼音的制定過程相當坎坷。閩南語拼音的傳統是「教會羅馬字」（一般把這套系統簡稱為「教羅」，以教羅書寫的文字稱為「白話字」），是 19 世紀來臺的傳教士發展出來的一套拼寫符號。在臺灣，尤其是與教會有關的文獻中被使用得相當頻繁。由於教羅本由拼音構成，只要學習拼音符號及拼音方法，就可以把所有的口語精準地拼寫出來，對於經常面臨用字問題的閩南語來說，是相當便利的書寫工具，也因此累積了大量的歷史文獻。

但是，教羅當中有許多符號，超出了通行的電腦鍵盤所提供的英文字母，當電腦傳輸開始普遍之後，反而因此造成流通上的小阻礙。西元 1991 年，臺灣語文學會的學者們研議了一套新的拼音系統，與

1

教羅的脈絡相仿、但把鍵盤不能直接輸出的符號改掉，即「臺灣語言音標方案」（Taiwan Language Phonetic Alphabet；TLPA），底下分成閩南語、客家語和原住民族語三套音標。但在討論臺灣閩南語拼音的時候，還是直接稱為 TLPA（一般都讀成 thoo-lu-pah）。

西元 1998 年，中央研究院民族學研究所助研究員余伯泉先生，自創了一套「通用拼音」，企圖把中文譯音、閩南語、客家語、原住民族語通通納入標記，亦曾有一段時間頗具影響力，但這套音標的設計邏輯與前二者比較不同。

至此，臺灣閩南語音標呈現教羅、TLPA、通用三足頂立的局面。

拼音的分歧對於臺灣閩南語的教學與推廣都相當不利，出版社不知道該用哪一套拼音，要是選錯了，未來書本會滯銷，也降低了出版意願；教師更是最直接的衝擊者，面對學生、家長不同的期望，對教材教法卻充滿了不確定感；社會上對這個議題的觀感也因此只有「分歧」、「混亂」的印象，對本土語言納入教學自然不想支持。

許多憂心臺灣閩南語發展的學者，非常想要解決這樣一個分歧的局面，於是，以「教育部國語推行委員會」（簡稱國語會）為主導，透過專家會議、中央研究院的學者研究調查、開放給民眾的公聽會與討論會等等程序，最後整併了一套全新的拼音系統，名為「臺灣閩南語羅馬字拼音方案」（簡稱「臺羅」）。

臺羅音標基本上與「教會羅馬字」非常相似，但以語言學的學術觀點，修正了教羅在符號系統上的內部不一致性，使之更縝密、完善，同時又能與歷史文獻接軌，別具意義。

　　在語言研究的領域中，國際間有一套「國際音標」，可以用來標注世界上所有的語言，因此符號非常繁複，但有其原理與規律。臺羅音標與國際音標的原理是非常相近的，這也是臺羅除了能與歷史文獻接軌之外的一大特色。

　　其實，除了上述三套音標，民間有許多自創的音標符號，都未形成太大的影響力，但有一個「方音符號系統」相當值得一提。民國37 年，當時的「臺灣省教育廳」，公布了一套「方音符號系統」，民國 87 年由「教育部」再度正式公告了一次。這套系統基本上是以國語注音符號為基礎，針對國語沒有的音來增加符號，但這些符號在電腦上都需要特殊的處理，流通非常不便，加上標注時會有遷就國語注音的問題，比較難被大眾接受。不過，在實際教學上，因為學生們對於國語注音都已經非常熟悉，透過熟悉的事物來學習新知，常有事半功倍的效果。本書也採取這樣的方法，只要是國語和閩南語「共有的」音，我們就透過注音符號來理解、記憶，但閩南語有而國語沒有的部分，我們不會另外標注方音符號系統，以免增加學習負擔。

　　語言要保存與推廣，精確且通行的紀錄工具是非常重要的一環。不管過去各界對各種音標有怎樣的情感，臺羅音標已取得多數人的認可，也是政府單位目前唯一推行的音標系統，具有無可取代的地位。

❀ 臺羅拼音很難嗎？

很多人覺得，閩南語拼音看起來很困難、很陌生，一副很難學的樣子。其實，這是人對於還不熟悉的事物，一種本能的恐懼。

請先想想，我們會不會覺得「國語注音符號」很難呢？

只要記得ㄅㄆㄇ這些符號的寫法，並記得他們所代表的聲音，再加上聲調的學習，就能輕而易舉地拼出所有的國語語音，這是讀過小學一、二年級的人都能很熟練的事情。

其實，閩南語拼音也是一樣的道理，只不過，國語注音使用ㄅㄆㄇ這樣的符號，而閩南語拼音使用了 p、ph、m 這樣的符號。p 就是ㄅ、ph 就是ㄆ、m 就是ㄇ，它們之間的對應有一定的規則性。只要先拋開「羅馬拼音很難」這樣的成見，回想一下你很熟悉的注音符號，跟著本書的腳步，不需要很多時間，就能擁有臺羅拼音的基礎能力！

在開始學習之前，讀者可能還有些疑問。既然國語注音和閩南語拼音這麼像，為什麼不用國語注音符號來標記閩南語就好了呢？

世界上有數以千計的語言種類，人類的口腔非常神奇，可以組

合出很多種不同的聲音，來表現各種不同的語言。其實，每一種語言所使用到的「聲音」都只有一小部分，而每一種語言，也會使用到不同的聲音。比如，國語當中的捲舌音ㄓ、ㄔ、ㄕ、ㄖ，困擾了很多學童，因為把舌頭捲起來是一個非常麻煩的動作，相當不好發音，這在世界各語言當中其實是相當少見的，很多語言都沒有這樣的捲舌音。在臺灣的各語言中，閩南語、南島語和部分的客家語就沒有捲舌音。又例如，熱情奔放的西班牙民歌中，可以聽到一種彷彿舌頭在彈跳的「彈舌音」，聽起來非常可愛，但臺灣所有語言都沒有這樣的音。

同樣的，雖然國語和臺灣閩南語都是漢語，但它們之間仍有許多差異，很難讓其中一個語言的拼音去遷就另一個語言。更何況，國語注音符號中的ㄞ、ㄟ、ㄠ、ㄡ、ㄢ、ㄣ、ㄤ、ㄥ這幾個音，實際上都由「兩個成分」組合起來，這是專門為國語的特性而設計的邏輯，自然沒有辦法拿來用在閩南語拼音了。再加上，國語只有四個聲調，閩南語卻有七到八個聲調呢！

即便如此，我們還是可以把國語注音當成一個媒介，從熟悉的符號下手來學習臺灣閩南語拼音。只要弄清楚它們之間的關係，學習臺羅拼音絕非難事！

❀ 先熟悉這些名詞

有幾個名詞先熟悉一下，我們以國語和閩南語剛好同音的「標」字為例來分解音標：

國語注音	ㄅ	ㄧ	ㄠ	
臺羅音標	p	i	a	u
名稱	聲母	介音	元音	韻尾
		韻母		

音標分解圖

在我們很熟悉的「ㄅㄧㄠ」這個組合當中，「ㄅ」叫「聲母」，「ㄧㄠ」叫「韻母」，「ㄧㄠ」又可以再分成稱爲「介音」的「ㄧ」，以及是「元音＋韻尾」的「ㄠ」。把ㄅ、ㄧ、ㄠ連起來，就是「標」的拼音了。

臺羅拼音的道理完全相同，只不過是把國語注音換成英文字母而已：

「p」是聲母，等於「ㄅ」；

「i」是介音，等於「ㄧ」；

「a」是元音，「u」是韻尾，a＋u 等於「ㄠ」，也就是等於「ㄚ」加「ㄨ」。

這也是前面提到的，有幾個國語注音符號是由兩個音組合而成的。我們把放在中間、也最重要的部分稱爲「元音」（即 a），放在最後面的部分稱爲「韻尾」（即 u）。p＋i＋a＋u 連起來，就是閩南語「標」的臺羅拼音。

最後是聲調，在國語和閩南語，「標」都是第 1 聲，剛好都沒有

任何聲調的標記。

看懂這個圖，便已經掌握臺羅拼音的基本原則了！

◉ 分解臺羅拼音

一：聲母

那麼，閩南語有哪些聲母？和國語有什麼不同呢？

以下我們列出閩南語全部的聲母，第一欄是對應的國語注音符號，從注音符號往右看，就是對應的臺羅拼音；再往右則是屬於這個聲母的例字，請試著讀讀看，感受一下這個聲母的特性；最後一欄是國際音標的標法，給想要進階學習的讀者做參考。若國語注音欄是空白的，表示國語沒有這個聲母，要特別注意！

國語注音	臺羅拼音	例字	國際音標 IPA
ㄅ	p	飛、搬、白布	[p]
ㄆ	ph	騙、票、破皮	[p']或[pʰ]
ㄇ	m	麵、命、莫問	[m]
ㄅ	b	米、慢、文武	[b]
˙ㄉ	t	電、甜、大刀	[t]
ㄊ	th	跳、湯、透天	[t']或[tʰ]
ㄋ	n	年、貓、軟爛	[n]
ㄌ	l	涼、龍、你來	[l]

國語注音	臺羅拼音	例字	國際音標 IPA
ㄍ	k	九、歌、公家	[k]
ㄎ	kh	苦、哭、去看	[k'] 或 [kʰ]
ㄏ	h	風、雨、好花	[h]
ㄐ	ts	錢、水、煮酒	[tɕ]
ㄗ			[ts]
ㄑ	tsh	車、草、七千	[tɕ'] 或 [tɕʰ]
ㄘ			[ts'] 或 [tsʰ]
ㄒ	s	孫、洗、三四	[ɕ]
ㄙ			[s]
ㆡ	j	熱、二、潤日	[dz]
			[dʑ]
ㆣ	g	我、銀、五月	[g]
ㆭ	ng	吳、雅、硬悟	[ŋ]

從這張表可以很明顯地看出來，閩南語有四個聲母是國語沒有的，也就是 b、j、g、ng。在學習的時候，可以把 p 和 b 一起比較練習，例如，比較「辦」(pān) 和「萬」(bān)這兩個簡單的字音，可以發現「萬」比「辦」多了一點震動的感覺；ts 和 j 也一樣，k 和 g 亦是如此，而 ng 則是發 g 的音時，再加上鼻音。

同樣的，我們也可以發現，國語中的ㄈ和ㄓ、ㄔ、ㄕ、ㄖ這幾個

聲母，是閩南語所沒有的，對於從小說閩南語比較多的人而言，這幾個聲母就會說不太準確；而不太會說閩南語的人，b、j、g、ng 這幾個聲母，也容易說不標準。

二：韻母

請讀者對照前面的「音標分解圖」。國語注音符號把每一個「元音＋韻尾」的組合，都給它一個符號，例如「ㄠ」這個符號，代表的是「ㄚ＋ㄨ」的聲音（也就是臺羅的 a + u = au）。國語注音可以這樣設計，是因為在國語中「元音＋韻尾」可能的組合很少，就只有ㄞ、ㄟ、ㄠ、ㄡ、ㄢ、ㄣ、ㄤ、ㄥ這 8 個。

國語注音就是用ㄧ、ㄨ、ㄩ這 3 個介音（也可以當元音），加上ㄚ、ㄛ、ㄜ、ㄝ這 4 個元音，再加上由元音＋韻尾組合成的ㄞ、ㄟ、ㄠ、ㄡ、ㄢ、ㄣ、ㄤ、ㄥ 8 個符號，總共 15 個符號，排列組合出各種韻母：

ㄧ、ㄨ、ㄩ	
ㄚ、ㄛ、ㄜ、ㄝ	ㄞ、ㄟ、ㄠ、ㄡ ㄢ、ㄣ、ㄤ、ㄥ

國語注音這樣設計有許多考量及其便利性，可是閩南語「元音＋韻尾」的組合非常多，不適合用這樣的標記方法。正因為如此，我們只要把介音、元音、韻尾這些元素拆開來，不用特別去記憶它們的組合，只要認得 6 個「元音」（含介音）和 7 個「韻尾」，就可以變化

出無數種組合，根本不需要特別背誦，其實比國語注音還要容易喔！

首先來看看「元音」（含介音）：

國語注音	臺羅拼音	例字	國際音標 IPA
ㄚ	a	阿、佳、媽	[a]
ㄝ	e	買、假、鞋	[e]
ㄧ	i	姨、氣、你	[i]
ㄜ	o	無、好、考	[o]
ㄛ	oo	姑、褲、烏	[ɔ]
ㄨ	u	輸、詞、句	[u]

這裡的排列方法是依照英文字母的先後順序 a、e、i、o、oo、u 來記，或者有些人習慣用日語假名的順序，那就成了 a、i、u、e、oo、o，也可以用國語注音的順序 a、oo、o、e、i、u。建議讀者選一種自己習慣的方式來記憶。

我們可以發現，閩南語沒有「ㄩ」這個音，其他的音則都一樣。

讀到這裡，你已經會拼很多字音了，我們依照聲韻母不同的組合情況來練習一下：

閩南語	聲母	介音	元音	韻尾	完整拼音	組合
刀	t		o		to	聲母＋元音
沙	s	u	a		sua	聲母＋介音＋元音
溝	k		a	u	kau	聲母＋元音＋韻尾
標	p	i	a	u	piau	聲母＋介音＋元音＋韻尾
伊			i		i	元音
腰		i	o		io	介音＋元音
威			u	i	ui	元音＋韻尾
歪		u	a	i	uai	介音＋元音＋韻尾

　　上面這張表格，我們先看閩南語這一欄的字，右邊列出它的臺羅音標，把每一個音標對應到聲母、介音、元音、韻尾的格子，最後再完整拼出來。請讀者照著表格，把每一個字從左邊到右邊讀一次，便能大致掌握拼音的方法了。

　　其實，在元音的地方應該還有「m」與「ng」，但為了怕讀者混淆，我們把這兩個音放在最後面組合的地方再談。

　　可能有讀者覺得奇怪，同樣都是「u」，為什麼有時候是介音、有時候是元音、有時候又是韻尾呢？其實，介音、元音、韻尾都只是語言學上對於音節結構的分析單位，我們在學習拼音技巧的時候，倒不一定需要非常了解這些知識，不要被這些語言學的名詞給嚇跑了，

拼得正確最重要，以下的說明僅供有興趣的讀者進一步理解。

前面提到閩南語的音節結構是「聲母＋介音＋元音＋韻尾」（其實所有的漢語都是），這裡所謂的「元音」其實應該稱為「主要元音」，a、e、i、o、oo、u 都是「元音」，但是組合成一個音節的時候，「響度最大」（也就是以同樣的音量唸起來最大聲）的那一個，才是「主要元音」，「主要元音」前面就是「介音」，「主要元音」後面就是「韻尾」。

所以，當一個音的韻母只有「u」，或者 u 的後面接的是像後一部份會提到的「（輔音）韻尾」，那麼「u」就是「主要元音」；如果是「ua」，因為 a 的響度比 u 大，所以 a 是主要元音，u 在 a 的前面，自然就是「介音」了；如果是「au」，因為「a」是主要元音，u 在 a 的後面，它就又成了「韻尾」了。

在一個字音當中，只有「主要元音」是必要的，其他都有可能不會出現，請讀者參考上表就可以發現，不管是哪一個字，都一定有「主要元音」，而聲母、介音、韻尾則不一定會有。

如果覺得不好理解也沒有關係，因為不管它們的名稱是什麼，只要按照正確的順序把音節拼出來就可以了，不需要同時認知它到底是介音還是元音。本書為了解說方便，我們仍把「主要元音」直接簡稱為「元音」。

接著，我們要進入需要用一點心來「體會」的韻尾了，請先順著

表格啥出例字：

注音符號	臺羅	例字	國際音標
ㄢ=a+n	-n	安全(an-tsuân)、根本(kin-pún)	[-n]
ㄤ=a+ng	-ng	正常(tsìng-siông)、共同(kiōng-tông)	[-ŋ]
	-m	貪心(tham-sim)、琴音(khîm-im)	[-m]
	-p	集合(tsi̍p-ha̍p)、立業(li̍p-gia̍p)	[-p]
	-t	出力(tshut-la̍t)、法律(huat-lu̍t)	[-t]
	-k	惡毒(ok-to̍k)、祝福(tsiok-hok)	[-k]
	-h	八月(peh--gue̍h)、食桌(tsia̍h-toh)	[-ʔ]
	-nn	姓張(sénn Tiunn)、病院(pēnn-īnn)	[˜]

＊我們在符號前面加上「-」，是表示這個符號前面一定要有其他的成分、後面一定沒有其他成分，例如「-p」。同樣的，如果是在符號的後面加上「-」，則表示它的後面還有其他成分，前面則一定沒有，例如「p-」。

前面提過，「ㄠ」是 a + u 組成的，現在我們要利用「ㄢ」和「ㄤ」來學習另一組韻尾。

「ㄢ」其實就是「a」（也就是ㄚ）加上鼻音「n」的結果（ㄢ = a + n = an），而「ㄤ」其實是「a」加上「ng」（ㄤ = a + ng = ang），只是在國語注音符號中，沒有給「放在後面的 n 和 ng」一個符號。請讀者感受一下ㄢ和ㄤ最後的鼻音，這就是臺羅拼音中收尾的-n 和-ng。

所以，「平安」的「安」，國語注音標成「ㄢ」，臺羅拼音標成「an」，其實「安」這個字，在國語和在閩南語的發音剛好是一樣的。表示丈夫的「翁」，臺羅拼音標成「ang」，也和注音的「ㄤ」發音一樣。

　　透過ㄢ和ㄤ，我們可以很容易學會-n 和-ng，第三個「-m」是國語沒有的韻尾，它的發音方法跟「-n」有點像，只是在最後必須把上下嘴脣閉合起來，例如「心(sim)」、「音(im)」、「甘(kam)」都是以「-m」來結尾的，這也是所謂的「合脣音」，對閩南語語音較不熟悉的人經常會忽略這個韻尾，讀者要特別留意。

　　練習的時候，不妨把「-n、-ng、-m」這一組一起練習。

　　接下來的「-p、-t、-k、-h」，稱為「入聲韻尾」，只會出現在第 4 調和第 8 調（後面解釋聲調的時候會再詳細說明何謂「入聲」），這幾個音大概是閩南語語音中最難學的部分。如果你會說閩南語，只是不會拼音，可以透過表中所舉的例字來體會，只要多聽、多練習，還不算太困難。但如果你不會或不太會說閩南語，這幾個韻尾就需要比較頻繁且持續的練習，才能掌握。

　　「p、t、k、h」這四個符號，在講解聲母時都出現過，現在把這四個符號搬到最後面韻尾的位置，是什麼意思呢？

　　我們先以「-p」為例。當我們讀注音符號「ㄅ」時，我們的上下嘴脣會先合在一起，有點用力，然後在嘴脣打開的同時，就會發出

「ㄅ」的聲音。讀者可以試試看，如果不先把嘴脣閉合，你就發不出「ㄅ」這個聲音，而會變成有點像「ㄜ」，這就是「ㄅ」（也是閩南語的「p」）這個音的特性。「ㄅ」從「聲母」變成韻尾，其實就是在發出聲音後，以「雙脣閉合」這個嘴形作為這個音的「結束」，也就是說，不管你前面發出什麼聲音，最後結尾的時候快速地把雙脣緊閉，把口中的氣封起來，這就是韻尾「-p」的發音方法。請照以下的順序唸唸看：

「巴」(pa)→「阿」(a)→「壓」(ap)

記住唸 pa 時一開頭雙脣閉合的嘴形，接著在 a 後面加上這個「雙脣閉合」的嘴形，然後停住不再發出聲音，也不再讓氣流送出口中，就能唸出 ap 的音了。接著練習加上別的聲母，例如加上聲母「t」就是「回答」的「答」(tap)；加上聲母「s」就是「垃圾」（骯髒的意思）的「圾」(sap)；加上聲母「k」就是把東西接合在一起的「敆」(kap)。

「-t」也是一樣的道理。當我們讀國語注音符號的「ㄉ」時，一開始的嘴形，是把舌頭的尖端，抵住牙齒和上顎之間，在舌頭鬆開放下的同時發出聲音，這就是「ㄉ」，也就是臺羅的「t」。我們用上面的方法，把這個「舌頭抵住牙齒和上顎之間」的感覺，移到最後面去當成結束，並且一樣要把氣流給擋住，就能發出以「-t」為韻尾的聲音。請依以下順序唸唸看：

「焦(乾燥之意)」(ta)→「阿」(a)→「遏(用手折斷)」(at)

記住唸 ta 時一開頭「舌頭抵住牙齒和上顎之間」的感覺，接著唸阿(a)，然後在 a 後面加上這個「舌頭抵住牙齒和上顎之間」的感覺，然後停住不再發出聲音，也不再讓氣流送出口中，就能唸出 at 的音了。接著練習加上別的聲母，加上聲母「p」就是文讀的「八」(pat)；加上聲母 b 就是表示「認識」的「捌」(bat)；加上聲母「k」就是「打結」的「結」(kat)。

再來是「-k」，這個音比較難一點，因為它的發音部位不在嘴唇和牙齒，而是在比較靠近喉嚨的地方。當我們讀國語注音符號的「ㄍ」時，舌頭的後半部（語言學上的名稱叫「舌根」）會往上頂住「上顎」的後半部，也就是「舌根」和「上顎」在比較靠近喉嚨的地方閉合在一起，在舌頭鬆開放下的同時發出聲音，這就是「ㄍ」，也就是臺羅的「k」。我們用同樣的方法，把這個「舌根和上顎閉合」的感覺，移到最後面去當成結束，並且一樣要把氣流給擋住，就能發出以「-k」為韻尾的聲音。請依以下順序唸唸看：

「加(增加)」(ka)→「阿」(a)→「沃(澆水)」(ak)

記住唸 ka 時一開頭「舌根和上顎閉合」的感覺，接著唸阿(a)，接著在 a 後面加上這個「舌根和上顎閉合」的感覺，然後停住不再發出聲音，也不再讓氣流送出口中，就能唸出 ak 的音了。接著練習加上別的聲母，加上聲母「p」就是「北」(pak)；加上聲母「k」

就是「角」(kak)；加上聲母「s」就是表示「用手推東西」的「揀」(sak)。

最後一個入聲韻尾是「-h」。這個韻尾和聲母「h-」之間的關係比較難體會，它們都是由舌頭根部、接近喉嚨的地方發出的聲音，但因為性質不同，國際音標用了不同的符號來呈現。其實不用想得太複雜，想像一下，當我們突然想到一件事情沒做完（但又不是嚴重到會尖叫的程度），口中會自然發出低沉的「啊」一聲，這個聲音最後消失的的時候，聲音就像是被堵在喉嚨，使喉嚨有點緊縮，然後完全沒聲音，這個感覺就是「喉塞尾」。「啊」的標音可以寫成「ah」，閩南語的「鴨」、「壓」也是一模一樣的聲音。練習的時候，不用像前面三個一樣與聲母結合，只要專注於每個以「-h」收尾的字，最後把聲音堵在喉嚨的感覺，就可以很容易學會了。

韻尾表的最後還有一個符號「-nn」，其實它不算是韻尾，只是在寫拼音時，它的位置跟韻尾都一樣，所以也放在韻尾的地方介紹。

「-nn」不是一個可以單獨發出來的聲音，它代表的意思的是「元音（就是 a、e、i、o、oo、u 這些）鼻音化」。當我們發「a」的聲音時，鼻子是堵住沒有氣流通過的，但如果我們把聲音往鼻子的地方提，讓氣流也從鼻子一起出去，就會聽到濃重的「鼻音」，這就是「ann」的唸法。再舉一

個例子，「沙子」的「沙」讀為 sua，它沒有鼻音，若加上「-nn」，就是把「a」給鼻音化了，就讀為「suann」，也就是「山」字的白讀音。

「-nn」與其他韻尾不會一起出現，標在整個符號的最後面沒有問題，除了「-h」以外。當「-nn」與「-h」一起出現，由於「-nn」表示的是「元音鼻化」，因此要寫在元音的旁邊，再加上韻尾「-h」，例如「接觸熱氣」的「燴」讀成 hannh。

韻尾比起聲母和韻母，確實稍微難了一點，但正確認識韻尾，有助於我們更了解整個音韻結構，可以把每一個字唸得更清楚。

把「聲母+介音+元音+韻尾」結合起來，就是拼音的方法，再加上聲調，就是完整的拼音了。

三：聲調

聲調是漢語非常重要的特色，在全世界的語言中，有聲調的語言並不多，而像漢語有這麼多聲調的，更是微乎其微，大家平常說話的時候，不會特別感受到自己正在使用一個非常具有特色的語言。在各種漢語方言裡，閩南語的聲調數量與變化的繁複程度，更是數一數二，也就是說，閩南語的聲調及其變化，與全世界的各種語言相較，實在具有非常特殊的地位。

我們都很熟悉國語有四個聲調，可能也記得一、二、三、四聲分別是陰平、陽平、上聲、去聲，我們也常聽說閩南語有 8 個聲調，但

實際上卻又只有 7 個。究竟什麼是聲調？閩南語的聲調和國語的聲調有什麼不同？

簡單地說，聲調就像音樂的音符一樣，不同的音階變化，就是不同的聲調；而不同的聲調，會代表不同的意義。

以國語來說，聲母ㄇ加韻母ㄚ組成了「ㄇㄚ」，同樣這個聲韻母組合，配上四個不同的聲調「ㄇㄚ」、「ㄇㄚˊ」、「ㄇㄚˇ」、「ㄇㄚˋ」，就會有「媽」、「麻」、「馬」、「罵」四個不同的意思。對漢語來說，聲調是一個非常重要的「辨義成分」，沒有聲調，就不能完整表達一個意思。

那麼，為什麼國語、閩南語、客家語的聲調數量都不同呢？

漢語聲調的基本結構是「平、上(ㄕㄤˇ)、去、入，再各分陰、陽」，也就是會組合出陰平、陰上、陰去、陰入、陽平、陽上、陽去、陽入 8 個聲調。但是，在語言發展的過程中，有些聲調漸漸的消失不見，併入其他聲調裡，而每一種漢語方言的聲調變化情況都不太一樣。以國語為例，所有的「入聲」都不見了，分別變成了平、上、去不同的聲調，而上和去的陰陽之別也消失了，只剩下平聲還分陰陽，所以國語的聲調只剩下四個：第 1 聲是陰平、第 2 聲是陽平、第 3 聲是上聲、第 4 聲是去聲。（輕聲不是一種「聲調」，只能算是「語調」）

臺灣閩南語的情況，則是「陽上」調（也就是一般說的第 6 調）

分別併入陰上（第 2 調）和陽去（第 7 調），幾乎消失不見，只剩下鹿港還能以「變調規則」來逆推出陽上第 6 調的字。所以，我們現在只要學習 7 個聲調就足夠了。

在開始說明閩南語的聲調之前，我們還要先了解一下「調類」、「調符」與「調值」的意思。

我們說國語有 4 個聲調，意思是我們幫國語的聲調做了分類，定義出這 4 個聲調哪個是 1 聲、哪個是 2 聲、哪個是 3 聲、哪個是 4 聲，「第 1 聲、第 2 聲、第 3 聲、第 4 聲」就是「聲調的種類」，也就是「調類」。在標注這幾個聲調時，第 1 聲不加符號、第 2 聲用「ˊ」、第 3 聲用「ˇ」、第 4 聲用「ˋ」，這四個符號「」、「ˊ」、「ˇ」、「ˋ」代表了「聲調的符號」，也就是「調符」。可是不論是「第 4 聲」或「ˋ」，都無法明確告訴我們，這個聲調究竟是什麼樣的聲音，前面說過聲調就像「音階」一樣，而一個聲調「實際上是怎樣的聲音」，這就是這個聲調的「調值」。

我們用音符來標記音樂，例如五線譜與豆芽狀的音符，唱出來則用 Do、Re、Mi、Fa、So、La、Si，或者以數字 1、2、3、4、5、6、7 來表示，也就是「簡譜」。既然聲調像音階，標示聲調的方法便受了音階的啟發，不過聲調畢竟不像音階有那麼多的變化，透過儀器的幫助，專家們得以測量出各種聲調的「音值」，經過實驗與歸納，漢語聲調高低起伏的程度，大概分成 5 個音階就足夠了。

以 5 個音階來描述一個聲調是從哪一階起始、到哪一階結束，把這個「值」用數字標示，這就是有名的「五階標調法」。第 1 階表示最低沉的聲音，第 5 階表示最高亢的聲音，把一個聲調起始和結束的音階代碼放在一起，就是這個聲調的「調值」。

　　以國語來說，第 1 聲（例如「媽」）是一個保持在最高亢的平穩聲調，開頭是 5、結束也是在 5，因此第 1 聲的調值就是「55」；第 2 聲（例如「麻」）開頭大約在中間的 3，然後會上揚到 5 的位置，因此第 2 聲的調值是「35」；第 3 聲（例如「馬」）比較特別，它起始的地方很低，大概在 2，然後往下降到 1、再往上揚起到 3，調值是「213」，不過一般口語中很少有人把第 3 聲說得這麼標準，通常都只有前半段「21」的聲音（一般稱爲「半上」）；第 4 聲（例如「罵」）則是從最高亢的地方開始，然後往下降到最低的 1，所以調值是「51」。以下是國語四個聲調的調類、調符與調值的列表：

例字	調類	調符	調值	聲韻講法	五階圖
媽	1	（ㄇㄚ）	55	陰平	
麻	2	ˊ（ㄇㄚˊ）	35	陽平	
馬	3	ˇ（ㄇㄚˇ）	213	上聲	
罵	4	ˋ（ㄇㄚˋ）	51	去聲	

閩南語的聲調道理也是一樣的，只是閩南語有閩南語自己的調類、調符與調值：

例字	口訣	調類	調符	調值	描述	聲韻講法
東	衫	1	tong	44	高平	陰平
黨	短	2	tóng	53	高降	上聲
棟	褲	3	tòng	21	低降	陰去
督	闊	4	tok	32	中降	陰入
同	人	5	tông	24	高升	陽平
黨	矮	6	tǒng	53	高降	上聲
洞	鼻	7	tōng	33	中平	陽去
毒	直	8	to̍k	4	高短	陽入

*上表列出了 8 個聲調，如同前面所說的，目前臺灣第 6 調幾乎已經消失了，但因為 8 個聲調的結構很完整，一般還是習慣把第 6 調的位置留著，口訣也比較好記。而這 8 個調類，也在表中對應到聲韻學上的名稱，有時候我們也有機會看到這種講法。

*第 4 和第 8 調兩個入聲的調值都畫了底線，這是表示它們是短促的聲音，和其他的聲調不同。這裡為了簡化，也暫不討論第 8 調的方言差異。

我們在學習聲調的時候，首先要先分清楚這 8 個聲調唸起來的聲音，完全熟練了，再去記憶它們的符號。雖然我們解釋了調值，但這只是為了讓讀者了解並幫助學習而已，真正在記憶聲調的時候，完全不需要去背那些調值。甚至有學者認為，如果不管其他的漢語方言或

語言，只是針對閩南語來討論、學習的話，根本不需要用到五個音階，可以簡化成三個，也就是「高、中、低」，這三音階。

而每一個聲調從「起始」到「結束」，除了可以用兩個數字來表示調值之外，也可以用「平」、「升」、「降」、「短」來描述。「平」就是起始和結束的音階一樣，「升」就是起頭低、結束高，「降」就是起頭高、結束低，「短」就是入聲的短促調。

我們了解每一個聲調聽起來應該是怎樣的聲音了，但要怎麼背呢？對於記憶聲調，前人發明了不少「口訣」，就是從第 1 調到第 8 調各選一個代表字，組成順口溜來唸。「衫、短、褲、闊、人、矮、鼻、直」這一組非常好記，因為它剛好構成一串具有意義的形容——衣服、短、褲子、寬、人、矮矮的、鼻子、直直的——帶點趣味性使人更不容易忘記，而且剛好每一個字都不需要變調。初學聲調的人，只要把這句話背下來唸到熟，下次遇到一個不知道是第幾調的字時，就把這八個字唸一遍，在心裡比對一下與哪一個字的聲調一樣，就可以知道這個字是第幾調了。比如表示「害怕」的閩南語「驚」，唸起來和「衫」一樣都是高高、平平的聲調，我們就可以知道「驚」是第 1 調；又比如「看戲」的「戲」，唸起來和「褲」一樣是一個又低又往下降的聲調，我們就可以知道「戲」是第 3 調，以此類推。

如果還是覺得對照不出來，可以把要辨別聲調的那個字，一一和這句口訣的八個字放在一起讀，例如「戲」，先唸一次「戲」，然後依序唸「衫／戲」、「短／戲」、「褲／戲」，唸到這邊，就會很明

顯地發現「褲」和「戲」的聲調是一樣的，所以「戲」就是第 3 調。剛開始練習時會花比較多時間對照，要有耐心，慢慢練習，等到熟練了，就會像反射動作一樣快。

我們也可以發現，第 1 調的「高平」跟國語的第 1 聲很相近；第 2 調的「高降」與國語的第 4 聲很相近；第 3 調的「低降」跟國語第 3 聲的「前半段」（也就是前面說的「半上」）很相近；第 5 調的「中升」和國語的第 2 聲很相近。這幾個聲調初學者也能很容易地學會。

前面提過，第 6 調（陽上）在臺灣幾乎已經消失了，但為了背誦口訣方便，一般都把這個空缺填滿，補上與第 2 調（陰上）一樣的聲調，比較整齊。

比較難的是第 7 調和 4、8 兩調。

第 7 調是一個「中平」調，起始和結束的音階都在中間，跟第 1 調的「高平」不一樣，國語沒有相似的聲調，所以有些人發不太出來，或者比較難以分辨。

第 4 調和第 8 調這兩個入聲調就複雜得多了。

「入聲」是指「韻尾」為「p、t、k、h」的短促聲調，也就是說，所有最後以「p、t、k、h」收尾的都是入聲調，反過來也成立，入聲調一定是「p、t、k、h」收尾。入聲韻尾的讀法在前面講韻尾的

部分已經介紹過了，第 4 調與第 8 調的差別是第 4 調比較低、第 8 調比較高，因此第 4 調是「中降」、第 8 調是「高短」。

其實，同樣是入聲調，這四個韻尾還可以分成「p、t、k」一組和「h」一組，我們在唸這些入聲字的時候可以發現，「p、t、k」似乎比「h」更短促，這兩組入聲韻尾的差異，在變調的時候會更明顯，後面解釋變調時會再詳加說明。

我們知道這些聲調的讀音了，接著就要把它們標記的方法，也就是調符，一個個記下來。

臺羅音標的「調符」是「教會羅馬字」的標法，這些表示聲調的符號，要標注在「主要元音」的上面。第 1 調沒有符號(tong)、第 2 調是右上到左下(tóng)、第 3 調是左上到右下(tòng)、第 4 調和第 1 調一樣沒有符號(tok)、第 5 調是一個像帽子一樣向上的箭頭(tông)、第 6 調則是一個勾勾(tǒng)、第 7 調是一條橫線(tōng)、第 8 調是直立的短豎(to̍k)。

這些調符要怎麼記呢？對於圖像記憶比較不拿手的人，可以試著用口訣來記：「一空二撇三頓四無，五尖六勾七平八柱。」意思是，第一調是空的，沒有符號；第二調像國字的一撇「丿」，從右上畫到左下；第三調則是像「頓號」，從左上畫到右下；第四調跟第一調一樣不用標記；第五調是尖的；第六調是一個勾；第七調是平的；第八調則像小短柱。

以下我們把記住八個聲調最重要的資訊做個整理，並加上更多例詞來練習，最右邊則是附上「三階圖」，讓習慣用圖像記憶的讀者搭配對照。三階圖的原理和前面說的「五階標調法」完全一樣，只是把五階簡化成三階，淺灰色的線就是高、中、低三階，聲調用黑色的線表示，例如第 1 調，從起始到結束都是高調，第 2 調起始的地方高、結束的地方降到中調，以此類推。

調類	口訣	調符	口訣	例詞	描述	三階圖
1	衫	sann	一空	三(sann)、花(hue)、春(tshun)、冬(tang)、君(kun)、乖(kuai)	高平	
2	短	té	二撇	洗(sé)、火(hué)、九(káu)、水(tsuí)、古(kóo)、米(bí)	高降	
3	褲	khòo	三頓	寸(tshùn)、化(huà)、欠(khiàm)、四(sì)、怪(kuài)、看(khuànn)	低降	
4	闊	khuah	四無	七(tshit)、尺(tshioh)、出(tshut)、百(pah)、急(kip)、國(kok)	中降	

調類	口訣	調符	口訣	例詞	描述	三階圖
5	人	lâng	五尖	文(bûn)、牛(gû)、王(ông)、皮(phuê)、來(lâi)、油(iû)	中升	
6	矮	(ě)	六勾	癢(tsiŭnn)、自(tsǐt)、穿(tshǐng)、犯(huǎn)、字(jǐ)、縣(kuǎn)		
7	鼻	phīnn	七平	大(tuā)、外(guā)、用(iōng)、坐(tsē)、順(sūn)、命(miā)	中平	
8	直	ti̍t	八柱	六(la̍k)、白(pe̍h)、石(tsio̍h)、直(ti̍t)、粒(lia̍p)、毒(to̍k)	高短	

※前面提過「矮」放在這裡只是為了記憶方便，其實並非第六調ě。

此外，還有兩個不算聲調、但在閩南語中很重要的聲音符號。

閩南語中有些形容詞，像是紅、金、甜等，可以重疊使用，來表現不同的程度。例如「紅紅」表示「有點紅」，「紅紅紅」表示「非常紅」，在「紅紅紅」這個用法中，第一個「紅」字那種有點誇張的上揚，就是所謂的第 9 調，標記成「ǎng」。第 9 調只會在這種重疊用法以及「合音」的情況出現，標記的方式是在「元音」上方撇兩

27

撇，像是把兩個第 2 調的符號放在一起。

另一種是「輕讀」，但它的狀況比較複雜，標記的方法是在要讀輕聲的字前面加兩橫「--」。原則上，「--」前面的字讀本調，「--」後面的字詞讀輕讀。

四：組合

到目前為止，我們已經學會了閩南語的聲母、韻母（含介音、元音、韻尾）及聲調，拼音的方法，其實就是把這三個元素依序組合起來。其中，可能沒有聲母（也就是「零聲母」）；韻母一定要有，但構成韻母的三個元素「介音、元音、韻尾」中，介音和韻尾也可能沒有，但一定有元音；最後，也一定會有聲調。所以，最單純的音節，就只有「一個元音」＋「聲調」，例如：

元音	聲調	組合	例字
i	1	i	伊
	2	í	椅
	3	ì	意
	5	î	姨
	7	ī	易

比較複雜的音節，則可以同時包含聲母、介音、韻母、韻尾等等，前面說明「韻母」的章節曾經列表說明過。現在我們已經學了包含入聲韻尾的所有韻尾以及聲調，把這些成分加進原本的表格中，再

多練習一些例子。下面這張表，我們同樣先看閩南語這一欄的字，右邊列出它的臺羅音標，把每一個音標對應到聲母、介音、元音、韻尾的格子，最後再完整拼出來。請照著表格，把每一個字從左邊到右邊讀一次：

例字	聲母	介音	元音	韻尾	聲調	拼音	組合
伊			i		1	i	元音
鞋			e		5	ê	
刀	t		o		1	to	聲母＋元音
咬	k		a		7	kā	
沙	s	u	a		1	sua	聲母＋介音＋元音
水	ts	u	i		2	tsuí	
回	h	u	e		5	huê	
寄	k	i	a		3	kià	
溝	k		a	u	1	kau	聲母＋元音＋韻尾
害	h		a	i	7	hāi	
直	t		i	t	8	tit	
肉	b		a	h	4	bah	
標	p	i	a	u	1	piau	聲母＋介音＋元音＋韻尾
拐	k	u	a	i	2	kuái	
借	ts	i	o	h	4	tsioh	
玉	g	i	o	k	8	gio̍k	

例字	聲母	介音	元音	韻尾	聲調	拼音	組合
搖		i	o		5	iô	介音＋元音
話		u	e		7	uē	
威			u	i	1	ui	元音＋韻尾
愛			a	i	3	ài	
一			i	t	4	it	
永			i	ng	2	íng	
歪		u	a	i	1	uai	介音＋元音＋韻尾
鹽		i	a	m	5	iâm	
約		i	o	k	4	iok	
丸		u	a	n	5	uân	

　　練習到這邊，讀者可能會對於「調符應該標在哪裡」感到困惑，前面說過「調符要標在主要元音上面」，也解釋過何者為主要元音是以其響度來作判斷，判斷的結果，就是以下這樣的順序：

a＞oo＞e, o＞i, u（口訣：阿烏會學優）

　　這個公式表示「標記調符的順序」，a 是最優先的，往右依次遞減。也就是說，只要有 a，不管和其他哪一個在一起，一定標在 a 上面；如果是 i 和 o 組合就要標在 o 上面，u 和 e 組合就要標在 e 上面；e 和 o 在臺羅的規則中不會同時出現；而 i 和 u 會同時出現，這個時候就標在「後面」的字母上，例如「iû(油)」標在「u」上，而

「uî(圍)」就標在「i」上。請把這個規則，回頭去對照上面那張表格的內容，逐一確認調符標記的位置作爲練習。

此外，還有幾個很重要的細節要注意，這也是比較進階的觀念了。

經由前面的學習我們可以知道，m 與 ng，可以當「聲母」或「韻尾」，在多數的漢語當中這兩個音的性質就是如此。但是臺灣閩南語，這兩個音卻超越了它們本身的性質，可以「升級」變成「元音」，例如表示「伯母」的「阿姆(a-ḿ)」，「姆」這個字的拼音就是「m」的第 2 調，前面提過，在閩南語的音節結構中，只有「元音」是不能省的，因此這裡的「m」並不是聲母，而是一種特殊的「元音」，因此，聲調符號也要標在「m」上；「ng」也是如此，它甚至可與許多聲母組合，例如「遠(hn̄g)」「湯(thng)」等等，我們把聲調符號標在 n 上，不過要特別注意，「ng」是一個不能拆開單位，並不是 n＋g，只不過聲調符號只能標在一個字母上面而已。在第二部分「字音字形好清楚」的練習中，我們把升級成元音的 m 和 ng 都放在第 9 節裡，如果覺得這兩個音比較難學，一定要特別加強練習。

組合的時候，「聲母＋介音＋元音＋韻尾」這個結構的每一個位置都只能有一個符號，也就是說，我們不會有兩個聲母，而像是 ue 或 ua 這類組合一定是「介音＋元音」或「元音＋韻尾」，又如「ngh」中的「ng」就是前一段所說的「元音」，「h」才是韻尾，韻尾也一定只有一個。那麼像是「ennh、iannh」這樣的組合是怎麼回

事呢？我們把「nn」放在「韻尾」那一節中說明，但我們也特別提到，「nn」其實不是韻尾，而是「元音的鼻化」（即唸出元音的時候加上鼻音），在國際音標裡，「nn」的標法是在「元音」的上面加一個波浪符號「~」，也就是說，「nn」只是用來表示「帶著鼻音的元音」，本身不是一個音節的成分。所以，在「ennh」這個組合中，「enn」是元音、「h」是韻尾；在「iannh」這個組合中，「i」是介音、「ann」是元音、「h」是韻尾。

　　最後一個重點是「o」與「oo」。「oo」也是一個不能拆開的單位，寫成「oo」只是為了打字上的方便，標記聲調時也是標在第 1 個 o 上面。「o」和「oo」在臺灣各地有不同的發音方法，差別不大，但重點是多數都有區隔，大家最熟悉的例子就是「蚵仔(ô-á)」和「芋仔(ōo-á)」，有些地區的人說這兩個詞時，聽起來明顯不同，但有些地區的人卻聽起來幾乎一樣，不過如果以儀器去測量，其實還是有顯著的差異，它們實際上也代表了不同的意思。在閩南語當中，「o」與「oo」以及「oh」與「ooh」都分別可以和其他「聲母」組合、搭配不同的聲調、代表不同的語意，但除了「聲母＋o」／「聲母＋oo」與「聲母＋oh」／「聲母＋ooh」之外，其

他的各種組合，都沒有 o 與 oo 的對立。而音標符號的設計有「簡省原則」，因此，雖然「onn」實際上的發音是「oonn」，但因為沒有「onn」和「oonn」的對立，所以標成「onn」就可以了，「om」也是一樣的道理，雖然實際發音是「oom」，但因為沒有「om」與「oom」的對立，所以標成「om」就好。

如果覺得不容易理解或不好背，那麼只要記住，「oo」只可能出現在四種情況：1.「oo」單獨存在；2.聲母＋「oo」；3.「ooh」單獨存在；4.聲母＋「ooh」。而且這四種情況也同時都有「o」的音與它相對，而這四種情況以外，就一定只有單獨一個「o」來和其他字母相搭配，例如 ong、iong、onn、op、ok、om 等等。

這本書最主要的功能是希望讀者能學會拼音的方法，因此，有關臺羅拼音的其他規則，例如大小寫、連字符、輕聲調等等，這裡就不多談了，有興趣的讀者可以直接參考教育部「臺灣閩南語羅馬字拼音方案使用手冊」的內容。

五：變調規則

學會了臺羅拼音的基本方法之後，還有一項關於閩南語的語音知識值得學習，那就是「變調」。閩南語有十分複雜的變調規律，這在各種漢語方言當中也相當少見。為什麼要學習變調規則呢？一來，可以增加對閩南語音韻的了解，認識這個語言當中，最奇妙、最炫麗的部分；二來，當我們要標注一個詞彙的音讀，有時候需要依靠變調規則的逆推，才能標出正確的聲調。

首先，什麼是「變調」？我們一樣藉助國語來解釋。「總」和「統」兩個字都是 3 聲，但把「總統」兩字合起來唸的時候，「總」就必須唸成 2 聲，若是唸「總統府」，則「總、統」兩字都變成 2 聲，也就是說，當兩個 3 聲的字成詞彙一起唸的時候，前面的字都要變成 2 聲──這就是國語的變調規則。

因此，「變調」的意思就是：在某一種條件之下，一個聲調「必須」唸成另一個聲調。

相較於國語，閩南語的變調規則相當複雜，前面我們學到了閩南語的 7 個聲調，這 7 個聲調「每一個都有變調規則」，其中，入聲的第 4 調和第 8 調還各有 2 條變調規則。而且，不像國語是 3 聲後面也接 3 聲時，前面的 3 聲才變調，閩南語的變調規則是，不管後面接的是什麼聲調，每一個聲調都會變調。

乍聽之下可能覺得非常難學，但有趣的是，大多數的閩南語使用者，並不會察覺自己正在使用一套非常繁複的變調系統，也就是說，我們說話的時候，並不是有意識地判斷應該怎麼變調，而是成為一種內建的自然反應。因此，變調規則的知識，建議當成一種輔助就好，遇到疑惑時，可以回想規則並據以判斷。對初學者來說，平常練習以閩南語說話的時候，不需要特別在腦中套用變調規則。

在講述變調規則之前，我們先確實體認「變調」的存在。我們以「電子琴」一詞為例，「電」是第 7 調（中平），後面加了「子」

變成「電子」時，「電」就變成了第 3 調（低降），請試著這樣唸：「電，電子。」而「子」是第 2 調（高降），當後面加了「琴」變成「電子琴」之後，「子」就變成了第 1 調（高平），請試著這樣唸：「電，電子，電子琴。」請參考下表，並搭配圖示來體會：

	電	子	琴
本調	第 7 調	第 2 調	第 5 調
	↓	↓	
變調	第 3 調	第 1 調	不變

　　讀者自己可以多說幾個詞彙，從切身的動詞開始，例如「看」、「聽」、「講」等等，後面接上不同名詞，體會一下每一個字聲調的變化，就能明白變調確實存在於語言之中。

　　我們把全部的變調規則整理在一張表中。下面這張表的第 1 欄是各個聲調，其中第 4 調和第 8 調都各自再分為「p、t、k」和「h」兩組；第 2 欄是「變調規則」，就是說，當這個聲調後面接了字的時候，它會變成哪一個聲調；第 3 欄「圖像」則是把「變調規則」用「三線譜」的圖像方式來呈現，更容易體會；第 4 欄和第 5 欄的例字，則是精選容易體會或記憶變調的例子，供讀者練習。

聲調	規則	圖像	例字1	例字2
1	1→7		甜甜、芳芳	聽聲音
2	2→1		苦苦、好好	講古早
3	3→2		臭臭、破破	看過去
4(ptk)	4→8		澀澀、縮縮	踢骨殼
4(h)	4→2		肉肉、闊闊	割鴨肉
5	5→7		圓圓、茫茫	扒龍船
7	7→3		老老、慢慢	揣病院
8(ptk)	8→4		直直、滑滑	罰六局
8(h)	8→3		白白、熱熱	提白石

　　上表的例子，同一組的字都是同一個聲調，合在一起說時，就能很明顯地發現前面的字聲調變了，跟最後一個字的聲調不一樣。第一組例子都是「重疊詞」，如果沒有變調，兩個字唸起來應該是一樣的聲調，但事實上並非如此，當兩字合唸時，第一個字的聲調會改變，和第二個字就不一樣了。第二組例子是一個短句，短句中的三個字都是同聲調，以「聽聲音」為例，「聽」、「聲」、「音」三個字的「本調」（原本的聲調）都是第 1 調，當我們說「聽聲」時，「聽」變成中平的第 7 調、「聲」則還是原本的第 1 調；而當我們說「聽聲

音」時，「聽」和「聲」都變成了第 7 調、「音」則維持第 1 調。也就是說，一個詞或詞組、短語等的最後一個字是本調，前面的字都會變調，而會變成哪一個聲調，就是依循上表列的規則。

或許讀者會問，為什麼有時候要變調、有時候又不變調呢？這是個比較複雜的問題，需要藉助句法學的知識才能了解，已經超出學習臺羅拼音的層次了。

熟悉變調規則還有一個很大的好處，就是「逆推本調」。當我們聽到一個詞彙，需要把它的音讀標記下來的時候，依照臺羅拼音的規則，我們要標注「本調」，不能標注變調，例如上面說的「聽聲音」，雖然「聽」和「聲」聽起來是第 7 調，但標注的時候還是要標本調第 1 調，也就是「thiann siann-im」。所以，我們若不確定這個詞彙的本調是什麼，就可以利用變調規則來「逆推」，而得到它的本調。

比如說，有一種用甲殼動物「鱟」做成的水瓢叫做「鱟桸」，我們聽到「鱟桸」這個詞時，「鱟」已經經過變調，聽起來是低降的第 3 調，卻聽不出來「鱟」字本身是第幾調，這時候我們就可以利用變調規則來逆推，從上表中可以發現，會變成第 3 調的只有第 7 調，因此我們就可以推知「鱟」是第 7 調了。

可是，這麼多變調規則要怎麼記呢？過去曾有許多教材以畫圖的方式來呈現，把這些變調規則畫成一個迴圈，不過，那只是規則的整理，以文字來講述也很清楚，原則上可以這麼記：

◎漳州腔（口訣：573217）：

5 → 7 → 3 → 2 → 1 → 7　　ptk　　4 ⇄ 8
　　　　　↑　　↑
　　　　8h　4h

◎泉州腔（口訣：173253）：

1 → 7 → 3 → 2 → 5 → 3　　ptk　　4 ⇄ 8
　　　　　↑　　↑
　　　　8h　4h

上例漳州腔（現為臺灣優勢腔），第 1 和 5調變成第 7 調，7 變 3、3 變 2、2 變 1，韻尾是 h 的話，4h 變 2、8h 變 3；韻尾是入聲調 p、t、k 的話，一般習慣以 4、8 調兩者互變來做對應，但這種說法並非正確，因為第 4 調本為中短調，而第 8 調的調值會因地而異，並非都與南部的高短調相同，所以較適合之說法應為：「第 4 調變高短調，第 8 調變低短調」。

這只是規則的描述，就學習而言，我們比較建議讀者把例子背下來，遇到需要判斷變調的時候，用已經熟背的例子來對照判斷，多加練習，久而久之就能熟練。

知道了基本規則，還有一個特殊規則也可以一併學習，就是小稱詞尾「仔」前的變調，規則又和上面說的不一樣，我們直接以表列呈現。

聲調		規則	例字
1		1→7	雞，雞仔；溝，溝仔
2		2→1	椅，椅仔；狗，狗仔
3		3→1	燕，燕仔；印，印仔
4(ptk)		4→8	竹，竹仔；帖，帖仔
4(h)	＋仔	4→1	鴨，鴨仔；格，格仔
5		5→7	丸，丸仔；蝦，蝦仔
7		7→7	豆，豆仔；帽，帽仔
8(ptk)		8→4	盒，盒仔；玉，玉仔
8(h)		8→7	藥，藥仔；葉，葉仔

　　練習的時候，一樣先唸單字，再唸加了「仔」以後的詞，這些詞彙都是簡單常用的詞，以最直覺的方式唸出來，再比較一下聲調的變化，就能體會。其中，有三個變調與一般規則的變調不同，如果需要變調逆推，又剛好遇到「仔」尾詞時，要特別注意這三個聲調的變化。

　　變調規則是閩南語非常特別又重要的原理之一，裡面還有更多更複雜的規則與例外，例如變調也有方言差異（偏泉州腔的第 5 調，變調會變成第 3 調，反而和第 7 調的變調一樣），某些虛詞的變調也不太合規則。就初學者來說，我們不用記那麼多學理，但一定要記得一個技巧，就是「類比」：遇到不能判斷的變調，就想一個自己能掌握

的例子加以類比、類推，多半都能知道結果。

　　學習臺羅拼音，除了記憶符號、了解原理之外，最重要的還是勤加練習。當我們掌握了以上這些拼音的法則，就可以開始試著拼寫臺羅音標。本書第二部分「字音字形好清楚」即把閩南語常用的音節、例子、例詞依照規則順序來排列，方便讀者練習。同時，也要多善用各種免費的工具，例如教育部《臺灣閩南語常用詞辭典》（http://twblg.dict.edu.tw），每一個主詞目都有聲音檔，如果不確定這個詞彙自己拼出來的結果是否正確，就可以到辭典去查字或詞的拼法；如果是看到拼音，自己試著唸出來，又不確定唸得對不對，一樣可以到辭典輸入拼音，點選進到詞目內容就可以聽到聲音檔。另外，在左側功能列有「索引瀏覽」，其中「聲韻調索引」是分別從聲母、韻母、聲調不同的切入點去查詢，讀者可以針對自己特別不熟悉的音多加練習。

　　此外，平常可以把握零碎的時間，選幾首自己能夠朗朗上口的閩南語流行歌，把歌詞逐字逐句地拼寫出來，然後利用辭典來檢查，或者請熟悉臺羅拼音的人幫忙批改。寫歌詞比較有趣、不枯燥，也可以藉此複習許多好用的閩南語詞彙，而且這樣的練習方法不限時間地點，很容易感受到自己的進步。如果和三五好友一起學習臺羅拼音，甚至可以以臺羅拼音寫紙條，讓練習增添許多樂趣，還能交換好朋友間的小祕密呢！

字音字形好清楚

學會臺羅拼音的方法之後，就必須要勤練習。在這個部分裡，我們盡可能把常用的字依照韻母和聲調羅列出來，每個字的後面都帶幾個常見的例詞，除了複習拼音，也一併練習漢字的寫法。如果不清楚這個詞彙的詞義，可以上教育部《臺灣閩南語常用詞辭典》（http://twblg.dict.edu.tw）查詢，如果查不到該詞彙，請輸入領頭的「字」，察看單字的解釋。

以下的詞彙分成兩個單元，第一單元是所有「非入聲」的字，也就是第 1、2、3、5、7 調的所有音節；第二單元是「入聲」的字，也就是第 4、8 調。

第一單元中，我們把性質相近的韻母放在同一節中，一節裡再把「同聲調」的放在一起，再依照不同的聲母依序排列。放在同一節當中的字多半都是可以押韻的，練習時容易有一致性、方便記憶，甚至可以當作押韻字查詢的工具。

第二單元的入聲，因為分辨各個韻尾比較困難，因此我們以 -p、-t、-k、-h 為分類單位，每個韻尾再分第 4 調和第 8 調兩部分，

總共 8 節來羅列。

❀ 第一單元：非入聲練習

一：a、ann、ia、iann、ua、uann

▶韻母「a」第 1 調

pa	
巴	巴郎(pa-lang)、巴結(pa-kiat)
吧	吧台(pa-tâi)
芭	芭蕉(pa-tsio)、芭蕾(pa-lê)
疤	傷疤(siong-pa)
笆	籬笆(lî-pa)
奆	奆頭殼(pa thâu-khak)、奆喙頼(pa tshuì-phué)

pha	
葩	一葩火(tsit pha hué)
拋	拋車輪(pha-tshia-lin)、拋拋走(pha-pha-tsáu)、拋荒(pha-hng)、拋碇(pha-tiānn)、拋網(pha bāng)、拋輾斗(pha-liàn-táu)、拋麒麟(pha-kî-lîn)
脬	屪脬(lān-pha)、扶屪脬(phôo-lān-pha)

ta	
大	大官(ta-kuann)、大家(ta-ke)、大家官(ta-ke-kuann)

礁	船靠礁(tsûn khuà ta)
焦	焦料(ta-liāu)、焦涸涸(ta-khok-khok)、焦燥(ta-sò)、焦鬆(ta-sang)
奈	無奈何(bô-ta-uâ)
嗒	嗒吧哖(Ta-pa-nî)

na

焦	干焦(kan-na)

la

拉	拉丁(La-ting)、拉圖仔燒(la-lun-á-sio)

ka

加	加入(ka-jıp)、加上(ka-siōng)、加車(ka-tshia)、加擔(ka-tann)、加薦仔(ka-tsì-á)、加轆仔(ka-lak-á)、加雎(ka-tsui)
交	交易(ka-iảh)、交落(ka-làuh)、交懍恂(ka-lún-sún)
佳	佳人(ka-jîn)、佳作(ka-tsok)、佳哉(ka-tsài)、佳音(ka-im)、佳期(ka-kî)
咖	咖哩(ka-lí)、咖哩嗹囉(ka-lí-liân-lô)、咖啡色(ka-pi-sik)
膠	松膠(siông-ka)、塑膠桶(sok-ka-tháng)、黏膠(liâm-ka)、打馬膠(tá-má-ka)
咳	咳嗽(ka-sàu)

瞌	盹瞌睡(tuh-ka-tsuē)
茄	茄茉菜(ka-buah-tshài)、茄苳(ka-tang)
虼	虼蚤(ka-tsáu)、虼蚻(ka-tsuah)
家	家己(ka-kī)、家具(ka-kū)、家長(ka-tiúnn)、家庭(ka-tîng)、家務(ka-bū)、家族(ka-tsók)、家產(ka-sán)、家園(ka-hôg)、家禽(ka-khîm)、家境(ka-kíng)、家譜(ka-phóo)、家屬(ka-siók)
鮫	馬鮫(bé-ka)
茭	茭荖仔(ka-ló-á)
傀	傀儡(ka-lé)、傀儡戲(ka-lé-hì)
嘉	嘉惠(ka-huī)、嘉賓(ka-pin)、嘉獎(ka-tsióng)、嘉鱲(ka-làh)
鉸	鉸刀(ka-to)、鉸刀爿(ka-to-pîng)、鉸剪(ka-tsián)
鵁	鵁鴒(ka-līng)

kha

尻	尻川(kha-tshng)、尻川斗(kha-tshng-táu)、尻川頓(kha-tshng-phué)、尻脊(kha-tsiah)、尻脊後(kha-tsiah-āu)、尻脊骿(kha-tsiah-phiann)
咳	拍咳啾(phah-kha-tshiùnn)
茭	茭白筍(kha-péh-sún)
跤	跤刀(kha-to)、跤斗(kha-táu)、跤手(kha-tshiú)、跤爪(kha-jiáu/niáu)、跤尖手幼(kha-tsiam-tshiú-iù)、跤曲(kha-khiau)、跤尾(kha-bué)、跤帛(kha-péh)

| 哈 | 哈哈大笑(ha-ha tāi tshiò) |

tsa

昨	昨昏(tsa-hng)、昨暗(tsa-àm)、昨暝(tsa-mê)
查	查某(tsa-bóo)、查埔(tsa-poo)
膭	腌膭(a-tsa)

tsha

| 差 | 差不多(tsha-put-to)、差別(tsha-piát)、差異(tsha-ī)、差距(tsha-kī)、差錯(tsha-tshò)、差額(tsha-giáh) |

sa

栅	木柵(Bȧk-sa)
沙	沙拉油(sa-lá-iû)、沙茶(sa-te)、沙微(sa-bui)、沙龍巴斯(sa-long-pa-suh)
捎	捎錢(sa-tsînn)

a

| 亞 | 亞洲(A-tsiu)、亞軍(a-kun)、亞運(A-ūn)、亞鉛(a-iân)、亞鉛鉼(a-iân-phiánn)、亞鉛線(a-iân-suànn) |
| 阿 | 阿不倒仔(a-put-tó-á)、阿母(a-bú)、阿西(a-se)、阿妗(a-kīm)、阿沙不魯(a-sa-puh-luh)、阿里不達(a-lí-put-tát)、阿姆(a-ḿ)、阿舍(a-sià) |

腌	腌臢(a-tsa)
鴉	鴉片(a-phiàn)、鴉片仙(a-phiàn-sian)

▶韻母「a」第2調

pá

把	把握(pá-ak)、把戲(pá-hì)
飽	飽仁(pá-jîn)、飽水(pá-tsuí)、飽脹(pá-tiùnn)、飽滇(pá-tīnn)、飽膭(pá-kuī)、飽穗(pá-suī)

má

碼	起碼(khí-má)、符碼(hû-má)、解碼(kái-má)
馬	馬上(má-siōng)、馬西馬西(má-se-má-se)、馬馬虎虎(má-má-hu-hu)、馬鈴薯(má-lîng-tsî)
媽	媽祖(Má-tsóo)、媽媽(má-mah)

tá

打	打馬膠(tá-má-ka)、打馬膠路(tá-má-ka-lōo)

ná

那	那來那媠(ná lâi ná suí)、那行那看(ná kiânn ná khuànn)
若	若有若無(ná ū ná bô)、若像(ná-tshiūnn)、若親像(ná-tshin-tshiūnn)
哪	哪毋(ná m̄)、哪未(ná buē)、哪著(ná-tiòh)、哪會(ná ē)

| 欖 | 橄欖(kan-ná)、草橄欖(tshó-kan-ná) |
| 林 | 林菝仔(ná-puat-á) |

lá

| 喇 | 喇叭(lá-pah) |
| 拉 | 馬拉松(ma-lá-sóng) |

ká

| 假 | 假日(ká--jit)、假使(ká-sú)、假定(ká-tīng)、假設(ká-siat)、假期(ká-kî)、假想(ká-sióng)、假釋(ká-sik) |
| 絞 | 絞肉(ká-bah) |

khá

| 巧 | 巧合(khá-hap) |

ngá

| 雅 | 雅房(ngá-pâng)、雅氣(ngá-khì)、雅量(ngá-liōng)、雅緻(ngá-tì) |

ká
假日

tsá

| 早 | 早日(tsá-jit)、早冬(tsá-tang)、早前(tsá-tsîng)、早頓(tsá-tǹg)、早慢(tsá-bān) |

tshá

吵	吵抐(tshá-lā)、吵家抐宅(tshá-ke-lā-théh)、吵家抐計(tshá-ke-lā-kè)、吵鬧(tshá-nāu)
炒	炒作(tshá-tsok)

á

仔	丑仔(thiú-á)、今仔(tann-á)、今仔日(kin-á-jit)、匀仔是(ûn-á-sī)、爪仔(jiáu-á)

▶韻母「a」第3調

pà

壩	水壩(tsuí-pà)
豹	虎豹母(hóo-pà-bú)、海豹(hái-pà)
把	遏手把(at-tshiú-pà)
霸	霸王(pà-ông)、霸占(pà-tsiàm)、霸權(pà-khuân)

phà

怕	可怕(khó-phà)

mà

嘛	嘛嘛吼(mà-mà-háu)

tà

罩	罩衫(tà-sann)、罩雺(tà-bông)、罩霧(tà-bū)

thà

挓	挓火(thà-hué)

kà

架	架設(kà-siat)、架構(kà-kòo)
教	教冊(kà-tsheh)、教示(kà-sī)、教法(kà-huat)
較	較車(kà-tshia)
駕	駕照(kà-tsiàu)、駕駛(kà-sú)
漖	糜傷漖(muê siunn kà)

khà

敲	敲油(khà-iû)、敲門(khà-mn̂g)、敲電話(khà tiān-uē)

hà

孝	孝杖(hà-thn̄g)、孝衫(hà-sann)

tsà

炸	炸彈(tsà-tuânn)、炸藥(tsà-io̍h)
詐	詐欺(tsà-khi)、詐領(tsà-niá)
榨	榨菜(tsà-tshài)

sà

嗄	霧嗄嗄(bū-sà-sà)

▶韻母「a」第5調

pâ

| 爸 | 丈人爸(tiūnn-lâng-pâ) |

bâ

岜	岜微(bâ-bui)
猫	狸猫(lî-bâ)、果子猫(kué-tsí-bâ)
麻	麻射(bâ-siā)、麻痺(bâ-pì)、麻醉(bâ-tsuì)、麻藥(bâ-ioh)
媌	媌仔(bâ-á)
貓	貓兒竹(bâ-jî-tik)、貓霧光(bâ-bū-kng)

mâ

| 麻 | 麻煩(mâ-huân) |

nâ

林	林投(nâ-tâu)、林投姊仔(Nâ-tâu-tsí--á)
藍	藍色(nâ-sik)、藍圖(nâ-tôo)、藍調(nâ-tiāu)
嚨	嚨喉(nâ-âu)、嚨喉空(nâ-âu-khang)、嚨喉蒂仔(nâ-âu-tì-á)
籃	籃仔(nâ-á)、籃板(nâ-pán)、籃框(nâ-khing)、籃球(nâ-kiû)、籃層(nâ-tsân)
鐃	鐃鈸(nâ-puah)

lâ

垃	垃儳(lâ-sâm)
朳	板朳(pán-lâ)
蜊	蜊仔(lâ-á)
蟧	蟧蜈(lâ-giâ)、蟧蜈車(lâ-giâ-tshia)
鯪	鯪鯉(lâ-lí)

gâ

牙	螺絲牙(lôo-si gâ)

hâ

霞	彩霞(tshái-hâ)
荷	荷包(hâ-pau)
瑕	無瑕(bû-hâ)
繻	繻裙(hâ kûn)

tshâ

查	查出(tshâ-tshut)、查扣(tshâ-khàu)、查明(tshâ-bîng)、查封(tshâ-hong)、查看(tshâ-khàn)、查詢(tshâ-sûn)、查數(tshâ-siàu)、查證(tshâ-tsìng)
柴	柴杙(tshâ-khit)、柴門(tshâ-mn̂g)、柴屐(tshâ-kiah)、柴梳(tshâ-se)、柴砧(tshâ-tiam)、柴耙(tshâ-pê)、柴燥(tshâ-tsau)、柴寮(tshâ-liâu)、柴頭(tshâ-thâu)、柴鍥(tshâ-keh)

▶韻母「a」 第7調

pā

| 罷 | 罷工(pā-kang)、罷市(pā-tshī)、罷免(pā-bián) |

phā

| 疱 | 膨疱(phòng-phā) |

bā

岜	門關無岜(mn̂g kuainn bô bā)
覓	覓頭路(bā thâu-lōo)
鴟	鴟鴞(bā-hio̍h)
攦	攦頭鬃(bā thâu-tsang)
碼	一碼布(tsi̍t bā pòo)

mā

| 罵 | 拍罵(phah-mā) |
| 嘛 | 嘛是(mā sī)、嘛欲(mā beh) |

nā

但	毋但(m̄-nā)
若	若是(nā-sī)、若無(nā-bô)、若準(nā-tsún)
吶	嬰仔吶舌(enn-á nā tsi̍)

lā	
抳	吵抳(tshá-lā)、吵家抳宅(tshá-ke-lā-théh)、吵家抳計 (tshá-ke-lā-kè)、烏面抳梧(oo-bīn-lā-pue)

kā	
共	共你講(kā lí kóng)
咬	咬喙(kā-tshuì)、咬喙齒根(kā-tshuì-khí-kin)

hā	
下	下元(Hā-guân)、下水(hā-suí)、下旬(hā-sûn)、下垂 (hā-suî)、下降(hā-kàng)、下場(hā-tiûnn)、下瘠(hā-siau)、下課(hā-khò)
夏	夏日(hā-jit)、夏令營(hā-līng-iânn)

▶韻母「ann」第1調

tann	
今	今仔(tann-á)、到今(kàu tann)
擔	擔工(tann-kang)、擔水(tann-tsuí)、擔肥(tann-puî)、擔屎(tann-sái)

thann	
他	他人(thann-jîn)、他鄉(thann-hiong)

kann	
監	監囚 (kann-siû)、監牢 (kann-lô)、監獄 (kann-ga̍k)

khann	
坩	坩仔 (khann-á)

sann	
三	三更半暝 (sann-kenn-puànn-mê)、三角 (sann-kak)、三長兩短 (sann-tn̂g-nn̄g-té)、三除四扣 (sann-tû-sì-khàu)、三頓 (sann tǹg)
相	相佮 (sann-kap)
衫	衫仔弓 (sann-á-king)、衫仔裾 (sann-á-ki)、衫仔褲 (sann-á-khòo)

▶韻母「ann」第 2 調

tánn	
打	打扎 (tánn-tsah)、打扮 (tánn-pān)、打探 (tánn-thàm)、打桶 (tánn-tháng)、打造 (tánn-tsō)、打揲 (tánn-tia̍p)、打壓 (tánn-ap)、打擊 (tánn-kik)
膽	膽頭 (tánn-thâu)

thánn

坦	平坦(pênn-thánn)
挺	扶挺(phôo-thánn)

kánn

敢	敢死(kánn-sí)、敢若(kánn-ná)

hánn

嚇	嚇頭(hánn-thâu)

▶韻母「ann」第 3 調

phànn

冇	冇手(phànn-tshiú)、冇石仔(phànn-tsió h-á)、冇炭 (phànn-thuànn)、冇數(phànn-siàu)、冇蟳(phànn-tsîm)

tànn

呾	無講無呾(bô-kóng-bô-tànn)
擔	擔仔麵(tànn-á-mī)、擔頭(tànn-thâu)

kànn

酵	酵母(kànn-bó)、酵素(kànn-sòo)

tsànn

乍	用油去乍(iōng iû khì tsànn)

ànn

向	向腰(ànn-io)

▶韻母「ann」第5調

tânn

耽	重耽(tîng-tânn)

kânn

含	痰含血(thâm kânn hueh)

ânn

攔	攔孤人(ânn koo-lâng)

▶韻母「ann」第7調

phānn

奅	奅查某(phānn tsa-bóo)

tānn

淡	鹹淡(kiâm-tānn)

thānn

娗	妝娗(tsng-thānn)

hānn	
远	远過戶模(hānn kuè hōo-tīng)

tsānn	
塹	塹魚(tsānn hî)

tshānn	
錚	佮伊錚(kah i tshānn)

ānn	
餡	餡餅(ānn-piánn)

▶韻母「ia」第 1 調

tia	
爹	阿爹(a-tia)

khia	
奇	奇數(khia-sòo)
迦	釋迦(sik-khia)
攲	攲空(khia-khang)

hia	
桸	尿桸(jiō-hia)、匏桸(pû-hia)、鱟桸(hāu-hia)

靴	長靴(tn̂g hia)、靴管(hia-kóng)
遐	遐的(hia--ê)

tsia

遮	遮的(tsia--ê)

tshia

車	車仔(tshia-á)、車況(tshia-hóng)、車門(tshia-mn̂g)、車後斗(tshia-āu-táu)、車站(tshia-tsām)
捙	捙布邊(tshia pòo-pinn)、捙拚(tshia-piànn)、捙畚斗(tshia-pùn-táu)、捙跋反(tshia-puáh-píng)、捙箕(tshia-ki)、捙盤(tshia-puânn)、捙輾斗(tshia-liàn-táu)
奢	奢華(tshia-hua)、奢颺(tshia-iānn)

sia

賒	賒欠(sia-khiàm)、賒數(sia-siàu)

jia

遮	遮日(jia-jit)、遮雨(jia-hōo)、遮閘(jia-tsáh)、遮瞞(jia-muâ)

ia

埃	坱埃(ing-ia)

▶韻母「ia」第 2 調

niá

嶺	山嶺(suann-niá)
領	領受(niá-siū)、領軍(niá-kun)、領帶(niá-tuà)、領錢(niá-tsînn)

tsiá

者	作者(tsok-tsiá)、讀者(thȯk-tsiá)、或者(hik-tsiá)、學者(hȧk-tsiá)、弱者(jiȯk-tsiá)
姐	姐母(tsiá-bó)、小姐(sió-tsiá)

siá

捨	捨施(siá-si)
寫	寫字(siá-jī)、寫作(siá-tsok)、寫真(siá-tsin)、寫照(siá-tsiàu)、寫實(siá-sı̍t)

jiá

惹	惹代誌(jiá-tāi-tsì)、惹事(jiá-sū)

iá

野	野心(iá-sim)、野生(iá-sing)、野性(iá-sìng)、野球(iá-kiû)、野獸(iá-siù)、野蠻(iá-bân)
冶	陶冶(tô-iá)

▶韻母「ia」第 3 調

kià	
寄	寄付(kià-hù)、寄生仔(kià-senn-á)、寄金簿仔(kià-kim-phōo-á)、寄託(kià-thok)、寄望(kià-bāng)、寄話(kià-uē)

tsià	
蔗	蔗箬(tsià-hȧh)
炙	麵炙(mī-tsià)
鷓	鷓鴣菜(tsià-koo-tshài)

sià	
卸	卸世眾(sià-sì-tsìng)、卸任(sià-jīm)、卸面皮(sià-bīn-phuê)、卸祖公(sià-tsóo-kong)
舍	阿舍(a-sià)、宿舍(sok-sià)
赦	赦免(sià-bián)、赦罪(sià-tsuē)
瀉	瀉藥(sià-ióh)、瀉藥仔(sià-ióh-á)

ià	
厭	厭癬(ià-siān)

▶韻母「ia」第 5 調

miâ	
名	名字(miâ-jī)、名次(miâ-tshù)、名聲(miâ-siann)、名額(miâ-giáh)
樠	柴樠(tshâ-miâ)
明	清明(tshinn-miâ)

niâ	
娘	阿娘(a-niâ)、恁娘(lín-niâ)

khiâ	
騎	騎車(khiâ-tshia)、騎馬(khiâ-bé)

giâ	
夯	夯枷(giâ-kê)
蜈	蜈蚣(giâ-kang)

ngiâ	
迎	迎神(ngiâ-sîn)、迎新棄舊 (ngiâ-sin-khì-kū)、迎鬧熱(ngiâ-lāu-jiát)、迎燈(ngiâ-ting)

tshiâ	
斜	斜目 (tshiâ-bák)

siâ	
邪	邪惡(siâ-ok)
斜	斜視(siâ-sī)

iâ	
爺	七爺(Tshit-iâ)、少爺(siàu-iâ)、王爺(ông-iâ)、王爺債(ông-iâ-tsè)、姑爺(koo-iâ)、財神爺(tsâi-sîn-iâ)、關帝爺(Kuan-tè-iâ)、西秦王爺(Se-tsîn-ông-iâ)
耶	耶誕(Iâ-tàn)、耶穌(Iâ-soo)
椰	椰子(iâ-tsí)

▶韻母「ia」第7調

miā	
命	命案(miā-àn)、命理(miā-lí)、命運(miā-ūn)

niā	
陵	牛陵(gû-niā)
爾	爾爾(niā-niā)

kiā	
崎	崎仔(kiā-á)

khiā

徛	徛名(khiā-miâ)、徛屏(khiā-pîn)、徛家(khiā-ke)、徛起(khiā-khí)、徛黃(khiā-n̂g)、徛壽(khiā-siū)、徛算講(khiā-sǹg-kóng)、徛燈篙(khiā-ting-ko)、徛頭(khiā-thâu)

hiā

瓦	瓦柿仔(hiā-phuè-á)、瓦厝(hiā-tshù)、瓦窯(hiā-iô)
蟻	白蟻(pėh-hiā)、狗蟻(káu-hiā)、狗蟻碟仔(káu-hiā-tih-á)

tsiā

謝	姓謝(sènn Tsiā)

siā

社	社區(siā-khu)、社會(siā-huē)、社團(siā-thuân)、社論(siā-lūn)
射	射門(siā-mn̂g)、射程(siā-tîng)、射箭(siā-tsìnn)
謝	謝金(siā-kim)、謝神(siā-sîn)、謝絕(siā-tsuát)、謝意(siā-ì)、謝罪(siā-tsuē)
麝	麝香(siā-hiunn)

iā

也	也好(iā-hó)、也是(iā-sī)

夜	夜市(iā-tshī)、夜色(iā-sik)、夜婆(iā-pô)、夜景(iā-kíng)、夜勤(iā-khîn)
掖	掖秧仔(iā ng-á)、掖種(iā-tsíng)

▶韻母「iann」第1調

phiann

抨	四界抨(sì-kè phiann)
骿	骿支骨(phiann-ki-kut)、骿條骨(phiann-liâu-kut)、骿膋(phiann-liâu)

thiann

聽	聽力(thiann-lı̍k)、聽香(thiann-hiunn)、聽眾(thiann-tsiòng)、聽喙(thiann-tshuì)、聽著(thiann--tio̍h)、聽說(thiann-sueh)
廳	廳堂(thiann-tn̂g)、廳頭(thiann-thâu)

kiann

京	京城(kiann-siânn)、東京(Tang-kiann)
驚	驚人(kiann--lâng)、驚人(kiann-lâng)、驚生份(kiann-senn-hūn)、驚死(kiann--sí)、驚死(kiann-sí)、驚惶(kiann-hiânn)

hiann

兄	兄弟姊妹(hiann-tī-tsí-muē)、兄哥(hiann-ko)、兄嫂(hiann-só)

tsiann	
正	正月 (tsiann--gueh)、正月正時 (tsiann-gueh-tsiann-sî)
精	精肉 (tsiann-bah)

siann	
聲	聲音 (siann-im)、聲援 (siann-uān)、聲勢 (siann-sè)、聲嗽 (siann-sàu)、聲說 (siann-sueh)

▶韻母「iann」第 2 調

piánn	
丙	丙等 (piánn tíng)
餅	餅幼仔 (piánn-iù-á)、餅店 (piánn-tiàm)

phiánn	
鋓	鉛鋓 (iân-phiánn)、亞鉛鋓 (a-iân-phiánn)

tiánn	
鼎	鼎仔 (tiánn-á)、鼎疕 (tiánn-phí)、鼎崁 (tiánn-khàm)、鼎擦 (tiánn-tshè)、鼎蓋 (tiánn-kuà)、鼎邊趖 (tiánn-pinn-sô)

kiánn	
囝	囝兒 (kiánn-jî)、囝孫 (kiánn-sun)、囝婿 (kiánn-sài)

hiánn	
顯	顯目(hiánn-bak)、顯頭(hiánn-thâu)

tsiánn	
汫	白汫無味(peh-tsiánn-bô-bī)、軟汫(nńg-tsiánn)、鹹汫(kiâm-tsiánn)、試鹹汫(tshì kiâm-tsiánn)

tshiánn	
且	且慢(tshiánn-bān)
請	請神(tshiánn-sîn)、請問(tshiánn-mñg)

siánn	
啥	啥人(siánn-lâng)、啥物(siánn-mih)、啥貨(siánn-huè)、啥款(siánn-khuán)、啥潲(siánn-siâu)

iánn	
影	影片(iánn-phìnn)、影本(iánn-pún)、影目(iánn-bak)、影印(iánn-ìn)、影音(iánn-im)、電影(tiān-iánn)、人影(lâng-iánn)

piànn

拚	拚生理(piànn-sing-lí)、拚血(piànn-hiat)、拚命(piànn-miā)、拚勢(piànn-sè)、拚暝工(piànn-mê-kang)、拚輸贏(piànn-su-iânn)
摒	摒本(piànn-pún)、摒掃(piànn-sàu)、摒貨底(piànn-huè-té)

thiànn

疼	疼某菜(thiànn-bóo-tshài)、疼惜(thiànn-sioh)、疼痛(thiànn-thàng)

kiànn

鏡	鏡片(kiànn-phìnn)、鏡台(kiànn-tâi)、鏡框(kiànn-khing)、鏡箱仔(kiànn-siunn-á)、鏡頭(kiànn-thâu)

hiànn

向	向向(hiànn-hiànn)、倒摔向(tò-siàng-hiànn)

tsiànn

正	正手(tsiànn-tshiú)、正爿(tsiànn-pîng)、正本(tsiànn-pún)、正身(tsiànn-sin)、正宗(tsiànn-tsong)、正門(tsiànn-mn̂g)、正面(tsiànn-bīn)、正音(tsiànn-im)、正港(tsiànn-káng)、正著時(tsiànn-tioh-sî)、正當時(tsiànn-tong-sî)、正路(tsiànn-lōo)、正頓(tsiànn-tǹg)

tshiànn

| 倩 | 倩的(tshiànn--ê) |

siànn

| 聖 | 聖拄聖(siànn-tú-siànn) |

▶韻母「iann」第 5 調

piânn

| 平 | 平仄(piânn-tseh) |

phiânn

| 坪 | 山坪(suann-phiânn) |

tiânn

| 埕 | 埕斗(tiânn-táu)、門口埕(mn̂g-kháu-tiânn) |

thiânn

| 程 | 姓程(sènn Thiânn) |

kiânn

| 行 | 行後尾門(kiânn-āu-bué-mn̂g)、行春(kiânn-tshun)、行氣(kiânn-khì)、行徙(kiânn-suá)、行船(kiânn-tsûn)、行透透(kiânn-thàu-thàu)、行棋(kiânn-kî)、行經(kiânn-king)、行路(kiânn-lōo)、行路工(kiânn-lōo-kang)、行運(kiânn-ūn)、行踏(kiânn-ta̍h)、行禮(kiânn-lé) |

| 篸 | 篩仔篸(thai-á-kiânn)、菜籃篸(tshài-nâ kiânn) |

hiânn

| 燃 | 燃火(hiânn-hué)、燃柴(hiânn-tshâ) |
| 惶 | 驚惶(kiann-hiânn) |

tsiânn

成	成人(tsiânn-lâng)、成月日(tsiânn gueh-jit)、成物(tsiânn-mih)、成做(tsiânn-tsò)
情	姑情(koo-tsiânn)、親情(tshin-tsiânn)、親情五十(tshin-tsiânn-gōo-tsap)、做親情(tsò-tshin-tsiânn)、講親情(kóng-tshin-tsiânn)
誠	誠實(tsiânn-sit)

tshiânn

| 晟 | 晟養(tshiânn-ióng) |

siânn

成	抽成(thiu-siânn)
城	城市(siânn-tshī)、城堡(siânn-pó)
唌	唌人(siânn--lâng)

iânn

| 營 | 營隊(iânn-tuī) |

| 贏 | 贏面(iânn-bīn)、贏球(iânn-kiû) |

▶韻母「iann」第7調

tiānn	
定	定去(tiānn--khì)、定定(tiānn-tiānn)、定金(tiānn-kim)、定做(tiānn-tsò)、定著(tiānn-tiȯh)
碇	拋碇(pha-tiānn)、起碇(khí-tiānn)

thiānn	
侹	用柱仔侹(iōng thiāu-á thiānn)

kiānn	
件	文件(bûn-kiānn)、事件(sū-kiānn)、物件(mi̍h-kiānn)、案件(àn-kiānn)、條件(tiâu-kiānn)、郵件(iû-kiānn)、元件(guân-kiānn)、零件(lîng-kiānn)、皮件(phuê-kiānn)、配件(phuè-kiānn)、要件(iàu-kiānn)、證件(tsìng-kiānn)
健	勇健(ióng-kiānn)

hiānn	
艾	艾草(hiānn-tsháu)

tsiānn	
掅	硬掅(ngē-tsiānn)

siānn

橇	橇籃(siānn-nâ)

iānn

颺	颺颺飛(iānn-iānn-pue)
焱	赤焱焱(tshiah-iānn-iānn)

▶韻母「ua」第 1 調

mua

幔	雨幔(hōo-mua)、番仔幔(huan-á-mua)

thua

拖	拖吊(thua-tiàu)、拖吊車(thua-tiàu-tshia)、拖沙(thua-sua)、拖身拖命(thua-sin-thua-miā)、拖命(thua-miā)、拖延(thua-iân)、拖屎連(thua-sái-liân)、拖累(thua-luī)、拖棚(thua-pênn)、拖磨(thua-buâ)

kua

瓜	瓜果(kua-kó)
柯	菜柯柯(tshài kua-kua)
歌	歌仔(kua-á)、歌仔戲(kua-á-hì)、歌曲(kua-khik)、歌星(kua-tshenn)、歌迷(kua-bê)、歌詞(kua-sû)、歌舞(kua-bú)、歌劇(kua-kio̍k)、歌謠(kua-iâu)

khua

誇	誇口 (khua-kháu)

hua

化	火化去 (hué hua--khì)
花	花花公子 (hua-hua-kong-tsú)
華	奢華 (tshia-hua)、虛華 (hi-hua)

sua

沙	沙挑 (sua-thio)、沙埔 (sua-poo)、沙屑 (sua-sap)、沙崙 (sua-lūn)、沙漠 (sua-bȯk)、沙線 (sua-suànn)
砂	砂石 (sua-tsiȯh)
痧	掠痧 (liȧh-sua)、著痧 (tiȯh-sua)、反肚痧 (píng-tōo-sua)
鯊	鯊魚煙 (sua-hî-ian)

▶韻母「ua」第 2 調

muá

滿	滿月 (muá-guȧh)、滿四界 (muá-sì-kè)、滿面 (muá-bīn)、滿意 (muá-ì)、滿腹 (muá-pak)、滿滿是 (muá-muá-sī)

nuá

| 攋 | 盤攋(puânn-nuá) |

kuá

| 寡 | 寡婦(kuá-hū) |

khuá

| 可 | 小可仔(sió-khuá-á) |

guá

| 我 | 我佮你(guá kah lí) |

tsuá

| 紙 | 紙坯(tsuá-phue)、紙枋(tsuá-pang)、紙盒(tsuá-àp)、紙票(tsuá-phiò)、紙袋仔(tsuá-tē-á)、紙篋仔(tsuá-kheh-á)、紙橐仔(tsuá-lok-á) |

suá

| 徙 | 徙位(suá-uī)、徙栽(suá-tsai)、徙跤(suá-kha)、徙鋪(suá-phoo) |

uá

| 瓦 | 瓦解(uá-kái) |
| 倚 | 倚年(uá-nî)、倚近(uá-kīn)、倚晝(uá-tàu)、倚靠(uá-khò) |

puà	
簸	簸箕(puà-ki)、簸箕甲(puà-ki-kah)

phuà	
破	破少年(phuà-siàu-liân)、破布子(phuà-pòo-tsí)、破空(phuà-khang)、破相(phuà-siùnn)、破格(phuà-keh)、破柴(phuà tshâ)、破病(phuà-pēnn)、破膽(phuà-tánn)

tuà	
蹛	蹛佗位(tuà tó uī)
帶	帶手(tuà-tshiú)、帶孝(tuà-hà)、帶領(tuà-niá)、帶膭(tuà-kuī)

nuà	
躽	踮塗跤躽(tiàm thôo-kha nuà)

kuà	
卦	八卦(pat-kuà)、卜卦(pok-kuà)、變卦(piàn-kuà)
芥	芥菜(kuà-tshài)
蓋	崁蓋(khàm-kuà)、鼎蓋(tiánn-kuà)、頂腹蓋(tíng-pak-kuà)
褂	馬褂(bé-kuà)

掛	掛意(kuà-ì)、掛號(kuà-hō)、掛慮(kuà-lī)、掛礙(kuà-gāi)
過	艱苦罪過(kan-khóo-tsē-kuà)

khuà

掛	掛心(khuà-sim)
靠	靠礁(khuà-ta)、靠沙(khuà-sua)、靠跤(khuà-kha)

huà

化	化石(huà-tsióh)、化解(huà-kái)、化緣(huà-iân)、化學(huà-ha̍k)、化驗(huà-giām)

tshuà

蔡	蔡小姐(Tshuà sió-tsiá)

suà

紲	紲手(suà-tshiú)、紲拍(suà-phah)、紲喙(suà-tshuì)、紲喙尾(suà-tshuì-bué)

▶韻母「ua」第5調

buâ

磨	磨坩(buâ-khann)、磨練(buâ-liān)

muâ

麻	出痲(tshut muâ)
鰻	海鰻(hái-muâ)、錢鰻(tsînn-muâ)、鱸鰻(lôo-muâ)
麻	麻竹(muâ-tik)、麻油(muâ-iû)、麻虱目(muâ-sat-ba̍k)、麻衫(muâ-sann)、麻雀(muâ-tshiok)、麻糍(muâ-tsî)、麻糖(muâ-láu)
瞞	瞞天過海(muâ-thinn-kuè-hái)、瞞騙(muâ-phiàn)

nuâ

欄	欄位(nuâ-uī)

luâ

籮	米籮(bí-luâ)

huâ

華	華裔(huâ-è)、華僑(Huâ-kiâu)、華語(Huâ-gí)

tsuâ

蛇	毒蛇(to̍k-tsuâ)

uâ

何	無奈何(bô-ta-uâ)

huâ
華裔

▶韻母「ua」第 7 調

muā	
蔓	羼蔓 (lān-muā)

tuā	
大	大人(tuā-lâng)、大力 (tuā-la̍t)、大月 (tuā-gue̍h)、大戶 (tuā-hōo)、大日 (tuā-ji̍t)、大心氣 (tuā-sim-khuì)、大兄 (tuā-hiann)、大主大意(tuā-tsú-tuā-ì)、大目 (tuā-ba̍k)、大囝 (tuā-kiánn)

thuā	
汰	汰衫 (thuā-sann)
豸	蟲豸 (thâng-thuā)

kuā	
呱	譀呱呱(hàm-kuā-kuā)

nuā	
懶	荏懶(lám-nuā)
健	雞健仔(ke-nuā-á)
瀾	瀾垂 (nuā-sê)
爛	爛塗 (nuā-thôo)、爛糊糊 (nuā-kôo-kôo)、爛癬 (nuā-sián)

luā	
賴	死賴人(sí-luā--lâng)、誣賴(bû-luā)
瀬	溪瀬(khe-luā)

guā	
外	外人(guā-lâng)、外口(guā-kháu)、外交(guā-kau)、外地(guā-tē)、外行(guā-hâng)、外位(guā-uī)、外形(guā-hîng)、外表(guā-piáu)、外界(guā-kài)
偌	偌爾(guā-nī)、偌濟(guā-tsē)、偌好(guā-hó)

huā	
嘩	嘻嘻嘩嘩(hi-hi-huā-huā)

tsuā	
誓	咒誓(tsiù-tsuā)
逝	敆逝(kap-tsuā)、跳逝(thiàu-tsuā)、落空逝(làu-khang-tsuā)

tshuā	
泄	泄尿(tshuā-jiō)
娶	娶某(tshuā-bóo)、娶新婦(tshuā-sin-pū)
𤆬	𤆬路(tshuā-lōo)、𤆬頭(tshuā-thâu)

suā

倏	窸倏(sī-suā)

▶韻母「uann」第 1 調

puann

般	一般(it-puann)、萬般(bān-puann)、百般(pah-puann)
搬	搬車(puann-tshia)、搬厝(puann-tshù)、搬徙(puann-suá)、搬話(puann-uē)、搬請(puann-tshiánn)、搬戲(puann-hì)

phuann

潘	姓潘(sènn Phuann)

tuann

端	因端(in-tuann)
蛋	呼蛋(khoo-tuann)
單	單曲(tuann-khik)、單身(tuann-sin)、單跤手(tuann-kha-tshiú)

thuann

灘	海灘(hái-thuann)、上灘(tshiūnn thuann)、落灘(lóh thuann)
攤	分攤(hun-thuann)、攤販(thuann-huàn)

kuann

乾	肉乾(bah-kuann)、豆乾糍(tāu-kuann-tsìnn)、堅乾(kian-kuann)、曝乾(phak-kuann)
肝	肝腱(kuann-liân)、肝炎(kuann-iām)、肝癌(kuann-gâm)
官	官兵(kuann-ping)、官員(kuann-uân)、官話(kuann-uē)、官僚(kuann-liâu)、官職(kuann-tsit)
棺	棺柴(kuann-tshâ)
菅	菅芒(kuann-bâng)、菅蓁(kuann-tsin)
杆	旗杆(kî-kuann)
倌	新郎倌(sin-lông kuann)、人客倌(lâng-kheh kuann)

khuann

寬	寬寬仔(khuann-khuann-á)、寬寬仔是(khuann-khuann-á-sī)

huann

歡	歡喜(huann-hí)、歡頭喜面(huann-thâu-hí-bīn)

tsuann

煎	煎茶(tsuann-tê)、煎藥仔(tsuann-ioh-á)

tshuann

扦	竹扦(tik-tshuann)、拆扦(thiah-tshuann)、指甲扦(tsíng-kah-tshuann)

山	山地(suann-tē)、山尾溜(suann-bué-liu)、山坪(suann-phiânn)、山後鳥(suann-āu-tsiáu)、山崁(suann-khàm)、山脈(suann-méh)

uann

安	同安(Tâng-uann)
鞍	馬鞍(bé-uann)

▶韻母「uann」第 2 調

puánn

飯	飯魚(puánn-hî)

thuánn

剷	剷草(thuánn tsháu)

kuánn

趕	趕工(kuánn-kang)、趕路(kuánn-lōo)、趕緊(kuánn-kín)

khuánn

款	存款(tsûn khuánn)

81

huánn	
晃	一晃三冬(tsit huánn sann tang)

tsuánn	
盞	玉盞(giȯk-tsuánn)、酒盞(tsiú-tsuánn)
怎	怎樣(tsuánn-iūnn)

suánn	
散	散工(suánn-kang)、散戶(suánn-hōo)、散賣(suánn-bē)

uánn	
腕	手腕骨(tshiú-uánn-kut)
碗	碗公(uánn-kong)、碗斗(uánn-táu)、碗粿(uánn-kué)、碗箸(uánn-tī)

▶韻母「uann」第3調

puànn	
半	半小死(puànn-sió-sí)、半月日(puànn guȧh-jit)、半生熟(puànn-tshenn-sik)、半徑(puànn-kìng)、半晡(puànn-poo)、半桶師仔(puànn-tháng-sai-á)
絆	纏跤絆手(tînn-kha-puànn-tshiú)

判	判刑(phuànn-hîng)、判決(phuànn-kuat)、判官 (phuànn-kuann)、判斷(phuànn-tuàn)
販	販貨(phuànn-huè)

tuànn

旦	小旦(sió-tuànn)、苦旦(khóo-tuànn)、藝旦(gē-tuànn)

thuànn

碳	二氧化碳(jī-ióng-huà-thuànn)
炭	炭空(thuànn-khang)、炭屎(thuànn-sái)、炭窯(thuànn- iô)、炭礦(thuànn-khòng)
淡	淡開(thuànn--khui)、淡種(thuànn-tsíng)

khuànn

看	看出出(khuànn-tshut-tshut)、看法(khuànn-huat)、看待 (khuànn-thāi)、看重(khuànn-tiōng)、看風水(khuànn- hong-suí)、看破(khuànn-phuà)

tsuànn

炸	炸油(tsuànn-iû)

tshuànn

閂	閂門(mĥg-tshuànn)

suànn

傘	雨傘(hōo-suànn)、涼傘(niû-suànn)
散	散文(suànn-bûn)、散仙(suànn-sian)、散形(suànn-hîng)
線	線索(suànn-soh)、線路(suànn-lōo)、線頭(suànn-thâu)、針線(tsiam-suànn)
腺	攝護腺(liap-hōo-suànn)

uànn

案	香案(hiunn-uànn)
晏	時間傷晏(sî-kan siunn uànn)

▶韻母「uann」第 5 調

puânn

盤	盤仔(puânn-á)、盤車(puânn-tshia)、盤喙錦(puânn-tshuì-gím)、盤話(puânn-uē)、盤撋(puânn-nuá)、盤數(puânn-siàu)

tuânn

壇	論壇(lūn-tuânn)、文壇(bûn-tuânn)、司公壇(sai-kong-tuânn)
檀	紫檀(tsí-tuânn)
彈	彈奏(tuânn-tsàu)、彈琴(tuânn-khîm)

kuânn

寒	寒人(kuânn--lâng)、寒著(kuânn--tio̍h)、寒熱仔(kuânn-jia̍t-á)、寒熱(kuânn-jua̍h)

huânn

鼾	鼾鼾叫(huânn-huânn-kiò)

tsuânn

泉	泉水(tsuânn-tsuí)
殘	喙殘(tshuì-tsuânn)

▶韻母「uann」第 7 調

puānn

拌	拌蠓仔(puānn báng-á)

phuānn

伴	伴手(phuānn-tshiú)、伴娶(phuānn-tshuā)、伴嫁(phuānn-kè)

tuānn

段	段落(tuānn-lo̍h)
彈	倒彈(tò-tuānn)、臭彈(tshàu-tuānn)
惰	貧惰(pîn-tuānn)

kuānn	
汗	流汗(lâu-kuānn)
綰	肚綰(tóo-kuānn)
捾	捾水(kuānn tsuí)、捾桶仔(kuānn-tháng-á)

huānn	
扞	扞家(huānn-ke)、扞鼎灶(huānn-tiánn-tsàu)、扞數(huānn-siàu)、扞盤(huānn-puânn)、扞頭(huānn-thâu)
岸	海岸(hái-huānn)
旱	洘旱(khó-huānn)

tsuānn	
濺	濺水(tsuānn tsuí)

uānn	
換	換帖的(uānn-thiap--ê)、換紅(uānn-âng)、換準(uānn-tsún)、換鋪(uānn-phoo)
旱	洘旱(khó-uānn)

二：ai、ainn、uai、uainn

▶韻母「ai」第1調

pai	
俳	嚻俳(hiau-pai)

bai

| 屄 | 膣屄(tsi-bai) |

mai

| 哩 | 幾哩(kuí mai) |

tai

呆	孝呆(hàu-tai)、戇呆(gōng-tai)、大箍呆(tuā-khoo-tai)、臭奶呆(tshàu-ling-tai)
秮	秮仔(tai-á)
鮐	鮕鮐(koo-tai)

thai

胎	安胎(an-thai)
颱	風颱(hong-thai)、做風颱(tsò-hong-thai)
篩	篩斗(thai-táu)、篩仔(thai-á)

nai

| 奶 | 司奶(sai-nai) |

kai

| 皆 | 皆是(kai sī) |
| 偕 | 馬偕(Má-kai) |

階	階段(kai-tuānn)、階級(kai-kip)、階層(kai-tsân)
該	該死(kai-sí)、該然(kai-jiân)、該當(kai-tong)

khai	
開	開始(khai-sí)、開拓(khai-thok)、開基(khai-ki)、開張(khai-tiong)、開創(khai-tshòng)、開發(khai-huat)、開業(khai-gia̍p)

hai	
咍	笑咍咍(tshiò-hai-hai)
奒	遮大奒(tsiah tuā hai)

tsai	
哉	善哉(siān tsai)
齋	早齋(tsá-tsai)
災	災厄(tsai-eh)、災害(tsai-hāi)、災禍(tsai-hō)、災難(tsai-lān)
知	知死(tsai-sí)、知苦(tsai-khóo)、知輕重(tsai-khin-tāng)、知影(tsai-iánn)
栽	栽培(tsai-puê)

tshai	
差	出差(tshut-tshai)、郵差(iû-tshai)
猜	猜想(tshai-sióng)、猜疑(tshai-gî)

sai

司	司公(sai-kong)、司公鈃(sai-kong-giang)、司奶(sai-nai)
西	西刀舌(sai-to-tsih)、西北雨(sai-pak-hōo)、西照日(sai-tsiò-jit)
私	私奇(sai-khia)
師	師仔(sai-á)、師傅(sai-hū)
犀	犀牛(sai-gû)
摵	摵喙頓(sai tshuì-phué)
獅	獅仔鼻(sai-á-phīnn)

ai

哀	哀求(ai-kiû)、哀爸叫母(ai-pē-kiò-bú)、哀怨(ai-uàn)
哎	哎喲喂(ai-iō-uê)

▶韻母「ai」第 2 調

pái

跛	跛跤(pái-kha)
擺	擺脫(pái-thuat)

bái

穤	穤才(bái-tsâi)、穤手(bái-tshiú)、穤指(bái-tsáinn)、穤猴(bái-kâu)

mái

| 買 | 招兵買馬(tsiau ping mái má) |

tái

| 歹 | 歹徒(tái-tôo) |
| 滓 | 油滓(iû-tái)、茶滓(tê-tái) |

thái

| 癩 | 癩疴(thái-ko)、癩疴爛癆(thái-ko-nuā-lô) |

lái

| 滓 | 烏滓血(oo-lái-hueh) |

kái

改	改革(kái-kik)、改酒(kái-tsiú)、改途(kái-tôo)、改造(kái-tsō)、改進(kái-tsìn)、改運(kái-ūn)、改薰(kái-hun)
解	解厄(kái-eh)、解心悶(kái-sim-būn)、解決(kái-kuat)、解毒(kái-to̍k)、解酒(kái-tsiú)、解說(kái-sueh)
骱	骱邊(kái-pinn)

khái

| 凱 | 阿凱(A-khái) |
| 楷 | 楷模(khái-bôo) |

hái

海	海口腔(hái-kháu-khiunn)、海沙埔(hái-sua-poo)、海拔(hái-puàt)、海洋(hái-iûnn)

tsái

早	下早仔(e-tsái-á)

tshái

綵	紅綵(âng-tshái)、結綵(kat-tshái)、八仙綵(pat-sian-tshái)
彩	彩色(tshái-sik)、彩券(tshái-kuàn)、好彩頭(hó tshái-thâu)
採	採納(tshái-làp)、採訪(tshái-hóng)、採集(tshái-tsip)、採購(tshái-kòo)
踩	踩街(tshái-ke)
采	檢采(kiám-tshái)、風采(hong-tshái)

sái

使	使目尾(sái-bàk-bué)、使目箭(sái-bàk-tsìnn)、使弄(sái-lōng)、使性地(sái-sìng-tē)
屎	屎尾(sái-bué)、屎尿(sái-jiō)、屎桮齒(sái-pue-khí)、屎礐仔(sái-hàk-á)
駛	駛車(sái-tshia)

91

▶韻母「ai」第 3 調

pài

| 拜 | 拜一(pài-it)、拜公媽(pài kong-má)、拜佛(pài-pút)、拜託(pài-thok)、拜訪(pài-hóng) |

phài

| 派 | 派出所(phài-tshut-sóo)、派駐(phài-tsù)、派頭(phài-thâu) |
| 沛 | 豐沛(phong-phài) |

mài

| 莫 | 莫講(mài-kóng) |

tài

代	交代(kau-tài)
帶	帶身命(tài-sin-miā)、帶念(tài-liām)、帶病(tài-pēnn)、帶衰(tài-sue)
戴	愛戴(ài-tài)

thài

| 太 | 太平(thài-pîng)、太白粉(thài-pe̍h-hún)、太極(thài-kik)、太監(thài-kàm) |
| 態 | 狀態(tsōng-thài)、心態(sim-thài)、生態(sing-thài)、動態(tōng-thài) |

泰	泰山(Thài-san)、泰國(Thài-kok)
汰	淘汰(tô-thài)、毋去就汰(m̄ khì tō thài)

蓋	上蓋(siōng-kài)、涵蓋(hâm-kài)
介	介入(kài-jip)、介在(kài-tsāi)、介紹(kài-siāu)
誡	申誡(sin-kài)
戒	戒心(kài-sim)、戒備(kài-pī)、戒嚴(kài-giâm)
芥	芥茉(kài-buah)
界	界限(kài-hān)、界線(kài-suànn)、世界(sè-kài)
屆	頂下屆(tíng-ē kài)
概	概尺(kài-tshioh)、概念(kài-liām)、概況(kài-hóng)
械	機械(ki-kài)
溉	灌溉(kuàn-kài)

概	一概(it-khài)、氣概(khì-khài)、大概(tāi-khài)
慨	慷慨(khóng-khài)、憤慨(hùn-khài)、感慨(kám-khài)

再	再三(tsài-sann)、再見(tsài-kiàn)、再度(tsài-tōo)、再會(tsài-huē)

哉	佳哉(ka-tsài)、好佳哉(hó-ka-tsài)
載	載入(tsài-jip)、載客(tsài-kheh)

tshài

菜	菜心(tshài-sim)、菜瓜擦(tshài-kue-tshè)、菜瓜蒲(tshài-kue-pôo)、菜色(tshài-sik)、菜尾(tshài-bué)、菜姑(tshài-koo)、菜底(tshài-té)

sài

使	大使(tāi-sài)、天使(thinn-sài)、特使(tik-sài)
婿	囝婿(kiánn-sài)、妹婿(muē-sài)、孫婿(sun-sài)、翁婿(ang-sài)
賽	賽程(sài-tîng)
塞	要塞(iàu-sài)

ài

愛	愛惜(ài-sioh)、愛情(ài-tsîng)、愛媠(ài-suí)、愛睏(ài-khùn)、愛嬌(ài-kiau)
隘	隘勇(ài-ióng)
噯	噯仔(ài-á)
曖	曖昧(ài-māi)

▶韻母「ai」第 5 調

pâi	
徘	徘徊(pâi-huê)
排	排斥(pâi-thik)、排列(pâi-liát)、排版(pâi-pán)、排解(pâi-kái)、排練(pâi-liān)
牌	牌子(pâi-tsú)、牌仔(pâi-á)、牌照(pâi-tsiàu)
桿	桿仔頭(pâi-á-thâu)

bâi	
眉	月眉(guéh-bâi)、目眉(bák-bâi)、徛眉(khiā-bâi)
埋	埋伏(bâi-hók)、埋怨(bâi-uàn)
霾	霧霾(bū-bâi)

tâi	
台	台斤(tâi-kin)、台長(tâi-tiúnn)、台詞(tâi-sû)
臺	臺商(Tâi-siong)、臺電(Tâi-tiān)、臺鐵(Tâi-thih)
埋	扛去埋(kng khì tâi)
炱	米炱(bí-tâi)、糠炱(khng-tâi)、雞炱(ke-tâi)

thâi	
刣	刣頭(thâi-thâu)、刣雞教猴(thâi-ke-kà-kâu)

lâi

來	來世(lâi-sè)、來去(lâi-khì)、來往(lâi-óng)、來洗(lâi-sé)、來源(lâi-guân)、來歷(lâi-li̍k)
梨	梨仔(lâi-á)
萊	蓬萊米(hông-lâi-bí)

gâi

崖	山崖(suann-gâi)
涯	生涯(sing-gâi)、天涯(thian-gâi)

hâi

頦	落下頦(làu-ē-hâi)
諧	和諧(hô-hâi)
孩	孩童(hâi-tông)
骸	殘骸(tsân-hâi)

tsâi

才	才能(tsâi-lîng)、才情(tsâi-tsîng)、才調(tsâi-tiāu)
材	材料(tsâi-liāu)、材質(tsâi-tsit)
臍	肚臍(tōo-tsâi)、轉臍(tńg-tsâi)
財	財子壽(tsâi-tsú-siū)、財物(tsâi-bu̍t)、財政(tsâi-tsìng)、財務(tsâi-bū)、財產(tsâi-sán)、財稅(tsâi-suè)

tshâi	
才	木材一才(bo̍k-tsâi tsi̍t tshâi)
裁	裁示(tshâi-sī)、裁判(tshâi-phuànn)、裁決(tshâi-kuat)、裁員(tshâi-uân)、裁縫(tshâi-hông)

sâi	
饞	饞食(sâi-tsia̍h)、枵饞(iau-sâi)

▶韻母「ai」第 7 調

pāi	
敗	敗市(pāi-tshī)、敗害(pāi-hāi)、敗腎(pāi-sīn)、敗價(pāi-kè)、敗壞(pāi-huāi)

māi	
邁	年邁(liân-māi)
覓	看覓(khuànn-māi)、試看覓(tshì-khuànn-māi)
賣	賣弄(māi-lōng)
昧	曖昧(ài-māi)

tāi	
大	大人(tāi-jîn)、大局(tāi-kio̍k)、大使(tāi-sài)、大約(tāi-iok)
代	代先(tāi-sing)、代表(tāi-piáu)、代書(tāi-su)、代誌(tāi-tsì)

黛	粉黛(hún-tāi)
舵	舵公(tāi-kong)
貸	貸款(tāi-khuán)
鰆	鰆仔(tāi-á)

thāi

待	待命(thāi-bīng)、待遇(thāi-gū)
態	態度(thāi-tōo)

nāi

賴	依賴(i-nāi)、信賴(sìn-nāi)
奈	奈何(nāi-hô)
耐	耐心(nāi-sim)、耐性(nāi-sìng)
荔	荔枝(nāi-tsi)

lāi

內	內才(lāi-tsâi)、內分泌(lāi-hun-pì)、內行(lāi-hâng)、內底(lāi-té)、內面(lāi-bīn)、內神仔(lāi-kah-á)
利	放重利(pàng tāng-lāi)

gāi

礙	礙目(gāi-bák)、礙虐(gāi-gióh)、礙著(gāi-tióh)

ngāi

艾	艾草(ngāi-tsháu)

hāi

亥	亥時(hāi sî)
害	害了了(hāi-liáu-liáu)、害去(hāi--khì)

tsāi

在	在世(tsāi-sè)、在地(tsāi-tē)、在座(tsāi-tsō)、在職(tsāi-tsit)、在額(tsāi-giáh)、在欉黃(tsāi-tsâng-n̂g)

tshāi

祀	祀公媽(tshāi kong-má)
埕	埕柱仔(tshāi thiāu-á)

sāi

姒	同姒仔(tâng-sāi-á)
侍	服侍(hók-sāi)
似	熟似(sik-sāi)

▶韻母「ainn」

kainn

喈	喈喈叫(kainn-kainn kiò)

hāi
亥時

一〇一年五月一

99

khainn

掮	掮一袋(khainn tsi̍t tē)

hainn

哼	哼哼叫(hainn-hainn-kiò)

pháinn

歹	歹人(pháinn-lâng)、歹天(pháinn-thinn)、歹手爪(pháinn-tshiú-jiáu)、歹扭搦(pháinn-liú-la̍k)、歹育飼(pháinn-io-tshī)、歹命(pháinn-miā)

táinn

刑	刑甘蔗(táinn kam-tsià)、刑錢(táinn-tsînn)

kháinn

毁	毁落去(kháinn--lo̍h-khì)

tsáinn

載	一年半載(it liân puàn tsáinn)
指	二指(jī-tsáinn)、尾指(bué-tsáinn)、指指(kí-tsáinn)
宰	主宰(tsú-tsáinn)

hàinn

幌	幌頭仔(hàinn-thâu-á)、幌韆鞦(hàinn-tshian-tshiu)

kâinn

眶	反白眶(píng-pėh-kâinn)

phāinn

揹	揹冊包(phāinn tsheh-pau)

āinn

偝	偝巾(āinn-kin)

▶韻母「uai」

kuai

胿	肚胿仔(tōo-kuai-á)
乖	乖巧(kuai-khá)

uai

歪	歪哥(uai-ko)、歪斜(uai-tshuàh)、歪膏揤斜(uai-ko-tshih-tshuàh)

kuái

拐	拐弄(kuái-lōng)、拐騙(kuái-phiàn)
枴	枴仔(kuái-á)

kuài

怪	怪人(kuài--lâng)、怪人(kuài-lâng)、怪手(kuài-tshiú)、怪物(kuài-bùt)、怪異(kuài-ī)、怪癖(kuài-phiah)

khuài	
快	快車(khuài-tshia)、快樂(khuài-lȯk)

huâi	
淮	淮山(huâi-san)
懷	懷念(huâi-liām)、懷胎(huâi-thai)、懷疑(huâi-gî)

huāi	
壞	破壞(phò-huāi)、敗壞(pāi-huāi)

▶韻母「uainn」

kuainn	
杆	眠床杆(bîn-tshn̂g kuainn)、椅仔杆(í-á kuainn)
關	關門(kuainn-mn̂g)、關機(kuainn-ki)

kuáinn	
稈	芋稈(ōo-kuáinn)
桿	旗桿(kî-kuáinn)、銃桿(tshìng kuáinn)

uáinn	
踤	踤著(uáinn-tiȯh)

huâinn	
莖	芋莖(ōo-huâinn)
橫	橫扴(huâinn-kèh)、橫直(huâinn-ti̍t)、橫霸霸(huâinn-pà-pà)

kuāinn	
拐	跤拐著(kha kuāinn--tio̍h)

tsuāinn	
跩	手骨跩著(tshiú-kut tsuāinn--tio̍h)

suāinn	
檨	檨仔(suāinn-á)

三：au、iau

▶韻母「au」第1調

pau	
包	包括(pau-kuat)、包容(pau-iông)、包袱(pau-ho̍k)、包種茶(pau-tsióng-tê)
胞	細胞(sè-pau)、僑胞(kiâu-pau)
苞	含苞(hâm-pau)
鮑	鮑魚(pau-hî)

phau

| 拋 | 拋繡球(phau siù-kiû) |

mau

| 托 | 托落去(mau--lȯh-khì) |

tau

| 兜 | 年兜(nî-tau)、跤兜(kha-tau) |
| 挽 | 挽留(tau-liû)、挽粉(tau hún)、挽倚來(tau uá--lâi) |

thau

| 偷 | 偷來暗去(thau-lâi-àm-khì)、偷拈(thau ni)、偷咬雞仔(thau-kā-ke-á)、偷食步(thau-tsiȧh-pōo)、偷提(thau-thȇh)、偷揜(thau-iap) |

lau

| 蹓 | 四界蹓蹓咧(sì-kè lau-lau--leh) |

kau

勾	勾引(kau-ín)、勾結(kau-kiat)
交	交付(kau-hù)、交代(kau-tài)、交易(kau-ik)、交涉(kau-siȧp)、交陪(kau-puê)、交割(kau-kuah)、交插(kau-tshap)
郊	郊外(kau-guā)、郊區(kau-khu)
高	高粱酒(kau-liâng-tsiú)

蛟	蛟龍(kau-liông)
溝	溝仔(kau-á)
鉤	鉤仔(kau-á)、鉤耳(kau-hīnn)

khau

扣	一扣膨紗(tsit khau phòng-se)
鬮	抽鬮(thiu-khau)、拈鬮(liam-khau)、輪鬮(lûn-khau)
敲	敲鐘(khau tsing)
薅	薅草(khau tsháu)
剾	剾刀(khau-to)、剾削(khau-siah)、剾洗(khau-sé)、剾風(khau-hong)

hau

嘐	嘐潲(hau-siâu)

tsau

糟	紅糟(âng-tsau)、酒糟(tsiú-tsau)、亂七八糟(luān-tshi-pa-tsau)
熸	柴熸(tshâ-tsau)
蹧	蹧躂(tsau-that)

tshau

抄	抄寫(tshau-siá)、抄襲(tshau-sip)

腺	腥臊(tshenn-tshau)
鈔	運鈔車(ūn-tshau-tshia)
操	操作(tshau-tsok)、操勞(tshau-lô)、操煩(tshau-huân)

sau

梢	梢聲(sau-siann)

au

漚	漚鹹菜(au-kiâm-tshài)
歐	歐式(Au-sik)、歐盟(Au-bîng)
甌	甌仔(au-á)

▶韻母「au」第2調

pháu

跑	跑車(pháu-tshia)、跑馬(pháu-bé)、跑道(pháu-tō)

báu

卯	卯(báu)、卯死矣(báu--sí--ah)

táu

斗	斗仔(táu-á)、斗概(táu-kài)、斗籠(táu-láng)
篤	信篤(sìn-táu)、硬篤(ngē-táu)
捯	這捯(tsit-táu)、後捯(āu-táu)

tháu

| 敨 | 敨中氣(tháu tiong-khuì)、敨開(tháu--khui) |

náu

| 惱 | 可惱(khó-náu)、懊惱(àu-náu) |
| 腦 | 腦海(náu-hái)、腦筋(náu-kin)、腦髓(náu-tshué) |

láu

糕	米糕(bí-láu)、麻糕(muâ-láu)
老	老大(láu-tuā)、老早(láu-tsá)、老牌(láu-pâi)、老實(láu-sit)、老練(láu-liān)
扭	扭著(láu--tio̍h)
佬	佬仔(láu-á)
茗	茗藤(láu-tîn)

káu

九	九孔(káu-kháng)、九層塔(káu-tsàn-thah)
垢	油垢(iû-káu)、臭油垢(tshàu-iû-káu)
狗	狗公(káu-kang)、狗仔(káu-á)、狗岫(káu-siū)、狗蟻(káu-hiā)
狡	狡怪(káu-kuài)
口	啞口(é-káu)

kháu

口	口白(kháu-pèh)、口灶(kháu-tsàu)、口供(kháu-king)、口座(kháu-tsō)、口語(kháu-gí)

háu

吼	大聲吼(tuā siann háu)

tsáu

走	走山(tsáu-suann)、走江湖(tsáu-kang-ôo)、走相掠(tsáu-sio-liàh)、走袂開跤(tsáu-bē-khui-kha)、走袂離(tsáu-bē-lī)、走馬燈(tsáu-bé-ting)
蚤	虼蚤(ka-tsáu)

tsháu

草	草厝仔(tsháu-tshù-á)、草埔(tsháu-poo)、草猴(tsháu-kâu)、草絪(tsháu-in)、草蓆 (tsháu-tshióh)、草蜢仔(tsháu-meh-á)、草寮仔(tsháu-liâu-á)

áu

拗	拗紙(áu-tsuá)、拗裒(áu-pôo)、拗彎(áu-uan)、拗蠻(áu-bân)、拗鬱(áu-ut)
漚	烏漚(oo-áu)
嘔	嘔心血(áu-sim-hiat)、嘔血(áu-hueh)、嘔紅(áu-hông)

▶韻母「au」第 3 調

phàu

泡	泡茶(phàu tê)、泡麵(phàu-mī)
炮	炮仔(phàu-á)
砲	砲彈(phàu-tuânn)

tàu

晝	下晝(ē-tàu)、中晝(tiong-tàu)、食晝(tsiàh-tàu)、倚晝(uá-tàu)、睏晝(khùn-tàu)、歇晝(hioh-tàu)、透中晝(thàu-tiong-tàu)
到	到底(tàu-té)
鬥	鬥句(tàu-kù)、鬥相共(tàu-sann-kāng)、鬥陣(tàu-tīn)、鬥跤手(tàu-kha-tshiú)、鬥鬧熱(tàu-lāu-jiát)、鬥幫贊(tàu-pang-tsān)
罩	蠓罩(báng-tàu)

thàu

| 透 | 透日(thàu-jit)、透心涼(thàu-sim-liâng)、透年(thàu-nî)、透早(thàu-tsá)、透尾(thàu-bué)、透雨(thàu-hōo)、透風(thàu-hong) |

làu

| 落 | 落下頦(làu-ē-hâi)、落勾(làu-kau)、落屎(làu-sái)、落胎(làu-the)、落風(làu-hong)、落氣(làu-khuì)、落箆(làu-ham)、落褲(làu-khòo) |

kàu

較	比較(pí-kàu)、計較(kè-kàu)
到	到分(kàu-hun)、到今(kàu-tann)、到時(kàu-sî)
校	校正(kàu-tsìng)、校對(kàu-tuì)
夠	夠工(kàu-kang)、夠分(kàu-hun)、夠氣(kàu-khuì)、夠額(kàu-giàh)
教	教育(kàu-io̍k)、教室(kàu-sik)、教訓(kàu-hùn)、教堂(kàu-tn̂g)、教授(kàu-siū)

khàu

銬	手銬(tshiú-khàu)
叩	叩頭(khàu-thâu)、叩謝(khàu-siā)
扣	扣押(khàu-ah)、扣抵(khàu-tí)
哭	哭爸哭母(khàu-pē-khàu-bú)、哭枵(khàu-iau)、哭路頭(khàu-lōo-thâu)、哭調仔(khàu-tiāu-á)

hàu

孝	孝心(hàu-sim)、孝呆(hàu-tai)、孝男(hàu-lâm)、孝孤(hàu-koo)

tsàu

灶	灶跤(tsàu-kha)、灶頭(tsàu-thâu)
奏	奏樂(tsàu-ga̍k)

tshàu	
臭	臭丸(tshàu-uân)、臭火焦(tshàu-hué-ta)、臭奶呆(tshàu-ling-tai)、臭汗酸(tshàu-kuānn-sng)、臭老(tshàu-lāu)、臭尿薟(tshàu-jiō-hiam)

sàu	
嗽	止嗽(tsí-sàu)、咳嗽(ka-sàu)、蹛嗽(teh-sàu)、歹聲嗽(pháinn-siann-sàu)
掃	掃帚(sàu-tshiú)、掃梳(sàu-se)、掃塗跤(sàu thôo-kha)

àu	
漚	漚色(àu-sik)、漚客(àu-kheh)、漚貨(àu huè)、漚鬱熱(àu-ut-juáh)
懊	懊惱(àu-náu)、懊嘟嘟(àu-tū-tū)

▶韻母「au」第5調

pâu	
包	假包(ké-pâu)

phâu	
袍	龍袍(liông-phâu)、旗袍(kî-phâu)

mâu	
矛	矛盾(mâu-tún)

tâu	
投	投入(tâu-jip)、投降(tâu-hâng)、投票(tâu-phiò)、投資(tâu-tsu)
骰	骰仔(tâu-á)

thâu	
頭	頭人(thâu-lâng)、頭七(thâu-tshit)、頭上仔(thâu-tsiūnn-á)、頭毛(thâu-mn̂g)、頭水(thâu-tsuí)、頭先(thâu-sing)

lâu	
鐃	弄鐃(lāng-lâu)
劉	姓劉(sènn Lâu)
流	流目屎(lâu ba̍k-sái)、流湯(lâu-thng)、流鼻(lâu-phīnn)、流糍(lâu-tsî)、流瀾(lâu-nuā)
留	留踮遮(lâu tiàm tsia)
樓	樓仔厝(lâu-á-tshù)、樓尾頂(lâu-bué-tíng)、樓梯(lâu-thui)、樓跤(lâu-kha)

kâu	
猴	猴山仔(kâu-san--á)、猴囡仔(kâu-gín-á)、猴齊天(Kâu-Tsê-thian)

gâu	
勢	勢人(gâu-lâng)、勢早(gâu-tsá)、勢吮食(gâu-tshńg-tsia̍h)

tsâu

巢	卵巢(nn̄g-tsâu)
剿	剿滅(tsâu-bia̍t)

âu

喉	喉滇(âu-tīnn)、喉韻(âu-ūn)、喉鐘(âu-tsing)

▶韻母「au」第 7 調

bāu

貿	貿工(bāu-kang)、貿頭(bāu-thâu)
湏	湏麵(bāu mī)

māu

貌	容貌(iông-māu)、禮貌(lé-māu)、相貌(siòng-māu)

tāu

讀	句讀(kù-tāu)
脰	吊脰(tiàu-tāu)
豆	豆奶(tāu-ling)、豆乳(tāu-jú)、豆乾糋(tāu-kuann-tsìnn)、豆粕(tāu-phoh)、豆莢(tāu-ngeh)

thāu

毒	毒鳥鼠(thāu niáu-tshí)

| 鬧 | 鬧台(nāu-tâi)、鬧房(nāu-pâng) |

老	老人(lāu-lâng)、老去(lāu--khì)、老母(lāu-bú)、老步定(lāu-pōo-tiānn)
鬧	迎鬧熱(ngiâ-lāu-jiȧt)、鬥鬧熱(tàu-lāu-jiȧt)
漏	漏洩(lāu-siȧp)、漏稅(lāu-suè)

| 厚 | 厚工(kāu-kang)、厚行(kāu-hīng)、厚沙屑 (kāu-sua-sap)、厚性地(kāu-sìng-tē)、厚屎尿(kāu-sái-jiō)、厚酒(kāu tsiú)、厚話(kāu-uē)、厚禮數(kāu-lé-sòo) |
| 詬 | 詬詬唸(kāu-kāu-liām) |

| 藕 | 蓮藕(liân-ngāu) |
| 嗷 | 嗷嗷叫(ngāu-ngāu-kiò) |

後	後生(hāu-senn)
候	候脈(hāu-mėh)、候補(hāu-póo)、候選人(hāu-suán-jîn)
效	效果(hāu-kó)、效法(hāu-huat)、效益(hāu-ik)、效能(hāu-lîng)、效率(hāu-lu̇t)、效應(hāu-ìng)

校	校長(hāu-tiúnn)、校園(hāu-hn̂g)、校慶(hāu-khìng)
鱟	鱟斛仔(hāu-khat-á)、鱟桸(hāu-hia)

tsāu

找	找錢(tsāu-tsînn)

āu

後	後日 (āu--jı̍t)、後日 (āu-jı̍t)、後斗 (āu-táu)、後手 (āu-tshiú)、後尾 (āu-bué)、後來 (āu--lâi)、後岫 (āu-siū)

▶韻母「iau」第 1 調

piau

標	標本(piau-pún)、標示(piau-sī)、標點(piau-tiám)

phiau

漂	漂流(phiau-liû)
標	標致(phiau-tì)、標頭(phiau-thâu)
飄	飄揚(phiau-iông)、飄撇(phiau-phiat)

tiau

刁	刁古董(tiau-kóo-tóng)、刁故意(tiau-kòo-ì)、刁持(tiau-tî)
鵰	大鵰(tuā tiau)
朝	有朝一日 (iú tiau it jı̍t)

調	協調(hia̍p-tiau)
凋	凋零(tiau-lîng)
潮	高潮(ko-tiau)
貂	貂嬋(Tiau-siân)
雕	雕刻(tiau-khik)、雕塑(tiau-sok)、雕像(tiau-siōng)
碉	碉堡(tiau-pó)

thiau

刁	刁工(thiau-kang)、刁意故(thiau-ì-kòo)、刁難(thiau-lân)
挑	挑俍(thiau-lāng)、挑選(thiau-suán)

niau

貓	貓仔(niau-á)、貓面(niau-bīn)、貓頭鳥(niau-thâu-tsiáu)

kiau

嬌	妖嬌(iau-kiau)、愛嬌(ài-kiau)
轎	轎車(kiau-tshia)
驕	驕傲(kiau-ngōo)
交	交你去(kiau lí khì)

khiau

曲	曲去(khiau--khì)、曲痀(khiau-ku)、曲跤(khiau-kha)
蹺	踏蹺(ta̍h-khiau)、蹊蹺(khi-khiau)

ngiau

攃	攃呧(ngiau-ti)

hiau

梟	梟雄(hiau-hiông)
僥	僥心(hiau-sim)、僥倖(hiau-hīng)
嚻	嚻俳(hiau-pai)
驍	驍勇(hiau-ióng)

tsiau

昭	天理昭昭(thian-lí tsiau-tsiau)
招	招待(tsiau-thāi)、招認(tsiau-jīn)、招魂(tsiau-hûn)
焦	焦點(tsiau-tiám)
蕉	蓮蕉花(liân-tsiau-hue)

tshiau

超	超生(tshiau-sing)、超度(tshiau-tōo)、超級(tshiau-kip)、超速(tshiau-sok)、超越(tshiau-uát)
搜	搜身軀(tshiau sin-khu)、搜揣(tshiau-tshuē)

siau

痟	下痟(hā-siau)

簫	洞簫(tōng-siau)
蕭	風蕭蕭(hong-siau-siau)
宵	宵夜(siau-iā)、宵禁(siau-kìm)
消	消化(siau-huà)、消災解厄(siau-tsai-kái-eh)、消定(siau-tiānn)、消毒(siau-tȯk)、消風(siau-hong)、消息(siau-sit)、消極(siau-kȧk)、消滅(siau-biȧt)
逍	逍遙(siau-iâu)
銷	銷售(siau-siū)、銷量(siau-liōng)、銷路(siau-lōo)

iau

妖	妖術(iau-sȯt)、妖精(iau-tsiann)、妖嬌(iau-kiau)、妖孽(iau-giȧt)
要	要求(iau-kiû)
枵	枵鬼(iau-kuí)、枵飽吵(iau-pá-tshá)、枵饞(iau-sâi)
邀	邀約(iau-iok)、邀集(iau-tsip)、邀請(iau-tshiánn)

▶韻母「iau」第2調

piáu

表	表白(piáu-pȧk)、表決(piáu-kuat)、表姊(piáu-tsí)、表達(piáu-tȧt)、表彰(piáu-tsiong)、表態(piáu-thài)
婊	婊囝(piáu-kiánn)、婊間(piáu-king)
裱	裱褙(piáu-puè)

biáu	
藐	藐視(biáu-sī)
渺	飄渺(phiau-biáu)

thiáu	
挑	挑戰(thiáu-tsiàn)
窕	窈窕(iáu-thiáu)

niáu	
鳥	鳥鼠(niáu-tshí)、鳥鼠仔冤(niáu-tshí-á-uan)、鳥鼠張 (niáu-tshí-tng)

liáu	
了	了本(liáu-pún)、了尾仔囝(liáu-bué-á-kiánn)、了然(liáu-jiân)、了錢(liáu-tsînn)

kiáu	
餃	水餃(tsuí-kiáu)
筊	筊仙(kiáu-sian)、筊東(kiáu-tong)、筊間(kiáu-king)、筊跤(kiáu-kha)
矯	矯正(kiáu-tsìng)
繳	繳納(kiáu-la̍p)、繳款(kiáu-khuán)、繳稅(kiáu-suè)、繳費(kiáu-huì)

| 攪 | 攪吵(kiáu-tshá)、攪絞(kiáu-ká)、攪擾(kiáu-jiáu) |

khiáu

| 巧 | 奸巧(kan-khiáu) |

ngiáu

| 撓 | 撓沙筋(ngiáu sua-kin)、撓耳空(ngiáu hīnn-khang) |

hiáu

| 曉 | 袂曉(bē-hiáu)、會曉(ē-hiáu) |

tsiáu

| 鳥 | 鳥仔岫(tsiáu-á-siū)、鳥仔踏(tsiáu-á-táh)、鳥梨仔(tsiáu-lâi-á) |

siáu

小	小人(siáu-jîn)、小丑仔(siáu-thiú-á)、小使(siáu-sú)、小雪(siáu-suat)、小寒(siáu-hân)、小暑(siáu-sú)
少	多少(to-siáu)
痟	痟狗症(siáu-káu-tsìng)、痟狗湧(siáu-káu-íng)、痟貪(siáu-tham)、痟話(siáu uē)

jiáu

| 爪 | 爪仔(jiáu-á) |

擾	擾亂(jiáu-luān)

iáu	
夭	夭折(iáu-tsiat)、夭壽短命(iáu-siū-té-miā)
窈	窈窕(iáu-thiáu)
猶	猶未(iáu-buē)、猶有(iáu-ū)、猶是(iáu sī)、猶閣(iáu-koh)

▶韻母「iau」第 3 調

tiàu	
召	召喚(tiàu-huàn)、召集(tiàu-tsi̍p)、召鏡(tiàu-kiànn)
吊	吊大筒(tiàu tuā-tâng)、吊車尾(tiàu-tshia-bué)、吊鬼仔(tiàu-kuí-á)、吊脰(tiàu-tāu)、吊鼎(tiàu-tiánn)、吊楁(tiàu-oo)、吊膏(tiàu-ko)、吊頷(tiàu-ām)、吊癀(tiàu-hông)
調	調度(tiàu-tōo)、調派(tiàu-phài)、調動(tiàu-tōng)
弔	憑弔(pîng-tiàu)

thiàu	
跳	跳加冠(thiàu-ka-kuan)、跳索仔(thiàu-soh-á)、跳逝(thiàu-tsuā)、跳港(thiàu-káng)、跳童(thiàu-tâng)

kiàu	
噭	噭噭叫(kiàu-kiàu-kiò)

khiàu

竅	開竅(khui-khiàu)、變竅(piàn-khiàu)
翹	翹翹(khiàu-khiàu)

tsiàu

照	照呼照行(tsiàu-hoo-tsiàu-kiânn)、照起工(tsiàu-khí-kang)、照講(tsiàu-kóng)

tshiàu

笑	笑談(tshiàu-tâm)

siàu

肖	不肖(put-siàu)
少	少年家(siàu-liân-ke)、少校(siàu-hāu)、少將(siàu-tsiòng)
笑	見笑代(kiàn-siàu-tāi)、袂見笑(bē-kiàn-siàu)
數	數目(siàu-ba̍k)、數念(siàu-liām)、數想(siàu-siūnn)、數額(siàu-gia̍h)

jiàu

抓	抓耙仔(jiàu-pê-á)

iàu

要	要件(iàu-kiānn)、要緊(iàu-kín)、要領(iàu-líng)、要點(iàu-tiám)

▶韻母「iau」第 5 調

phiâu

嫖	嫖客(phiâu-kheh)

biâu

錨	定錨(tīng-biâu)
苗	疫苗(i̍k-biâu)
描	描述(biâu-su̍t)、描繪(biâu-huē)
瞄	瞄準(biâu-tsún)

tiâu

牢	牛牢(gû-tiâu)、扭牢牢(khînn-tiâu-tiâu)、花袂牢枝(hue-bē-tiâu-ki)
條	條例(tiâu-lē)、條直(tiâu-ti̍t)、條款(tiâu-khuán)
朝	朝代(tiâu-tāi)、朝野(tiâu-iá)
潮	潮流(tiâu-liû)
調	調查(tiâu-tsa)、調降(tiâu-kàng)、調停(tiâu-thîng)、調整(tiâu-tsíng)

thiâu

鰍	花鰍(hue-thiâu)

liâu

僚	官僚(kuann-liâu)、幕僚(bōo-liâu)、同僚(tông-liâu)
瞭	明瞭(bîng-liâu)
獠	青面獠牙(tshenn-bīn-liâu-gê)
寥	寂寥(tsik-liâu)
聊	聊聊仔(liâu-liâu-á)、無聊(bô-liâu)
條	椅條(í-liâu)、骿條骨(phiann-liâu-kut)
嘹	嘹拍(liâu-phik)
寮	工寮(kang-liâu)
撩	撩布(liâu pòo)、撩柴(liâu tshâ)
膋	骿膋(phiann-liâu)
療	療法(liâu-huat)、療程(liâu-tîng)、療養(liâu-ióng)
蹽	蹽溪仔(liâu khe-á)、蹽落去(liâu--lóh-khì)

kiâu

喬	喬國老(Kiâu kok-nóo)
僑	僑生(kiâu-sing)、僑胞(kiâu-pau)

giâu	
憢	憢疑(giâu-gî)

hiâu	
嬈	嬈花(hiâu-hue)

tsiâu	
齊	齊勻(tsiâu-ûn)

tshiâu	
撨	撨時間(tshiâu sî-kan)、撨摵(tshiâu-tshik)

siâu	
潲	衰潲(sue-siâu)、訕潲(suān-siâu)、插潲(tshap-siâu)、 嘐潲(hau-siâu)、孽潲(giat-siâu)、呆潲(gê-siâu)

jiâu	
皺	皺痕(jiâu-hûn)、皺襞襞(jiâu-phé-phé)
饒	饒命(jiâu-miā)、饒赦(jiâu-sià)
鰇	鰇仔魚(jiâu-á-hî)

iâu	
姚	姚先生(Iâu--sian-sinn)

搖	動搖(tōng-iâu)
遙	遙控(iâu-khòng)、遙遠(iâu-uán)
謠	謠言(iâu-giân)

▶韻母「iau」第 7 調

miāu

妙	妙方(miāu-hng)

tiāu

調	才調(tsâi-tiāu)、聲調(siann-tiāu)、強調(kiông-tiāu)、格調(keh-tiāu)
兆	吉兆(kiat-tiāu)
掉	抐掉(hìnn-tiāu)、賣掉(bē-tiāu)
肇	肇事(tiāu-sū)

thiāu

柱	柱仔(thiāu-á)
祧	祧仔內(thiāu-á-lāi)
疣	疣仔(thiāu-á)

liāu

料	料理(liāu-lí)、料想袂到(liāu-sióng-bē-kàu)、料算(liāu-sǹg)

廖	廖俊(Liāu Tsùn)
繚	繚索(liâu-soh)

kiāu

撬	共門撬開(kā mn̂g kiāu--khui)
撟	姦撟(kàn-kiāu)

siāu

紹	紹介(siāu-kài)、紹興酒(siāu-hing-tsiú)
篠	篠落去(siāu--lòh-khì)

iāu

耀	榮耀(îng-iāu)

四：e、enn、ue

▶韻母「e」第1調

pe

扒	扒飯(pe-pn̄g)

me

搣	搣塗豆(me thôo-tāu)

te

炱	蚵炱(ô-te)、觳仔炱(khok-á-te)

the

釵	女裙釵 (lú-kûn-the)
推	推辭 (the-sî)
梯	梯次 (the-tshù)
胎	落胎 (làu-the)、頭胎 (thâu-the)
撐	撐船 (the-tsûn)、撐篙 (the-ko)
骿	骿椅 (the-í)

ne

呢	按呢 (án-ne)、就按呢 (tsiū-án-ne)
拈	無攬無拈 (bô-lám-bô-ne)

le

絡	筋絡 (kin-le)、樹絡 (tshiū-le)

ke

加	加工 (ke-kang)、加減 (ke-kiám)、加話 (ke-uē)
家	家伙 (ke-hué)、家私 (ke-si)、家後 (ke-āu)、家婆 (ke-pô)
基	基隆 (Ke-lâng)
街	街仔路 (ke-á-lōo)、街市 (ke-tshī)、街頭 (ke-thâu)
雞	雞蛤 (ke-tâi)、雞公 (ke-kang)、雞毛筅 (ke-mñg-tshíng)、雞母皮 (ke-bó-phuê)、雞卵 (ke-nñg)、雞胘 (ke-kiān)

刮	刮塗沙(khe thôo-sua)、共人刮(kā lâng khe)
溪	溪仔(khe-á)、溪仔墘(khe-á-kînn)、溪埔(khe-poo)
稽	稽考(khe-khó)

| 彼 | 就是彼(tō-sī he) |
| 痚 | 痚呴(he-ku)、痚呴嗽(he-ku-sàu) |

這	這是(tse sī)
災	著災(tiȯh-tse)
渣	藥渣(iȯh-tse)
劑	藥劑(iȯh-tse)、防腐劑(hông-hú-tse)、鎮靜劑(tìn-tsīng-tse)

尺	上尺工(siāng-tshe-kong)
棲	兩棲(lióng-tshe)
妻	妻舅(tshe-kū)
初	初一(tshe-it)
差	差教(tshe-kà)

淒	淒涼(tshe-liâng)
叉	雙叉路(siang-tshe-lōo)、必叉(pit-tshe)、竹篙叉(tik-ko-tshe)

se

西	西元(se-guân)、西裝(se-tsong)、西藥房(se-ioh-pâng)
沙	豆沙(tāu-se)
梳	梳頭(se-thâu)
紗	紗布(se-pòo)、紗窗(se-thang)
蔬	草蔬(tsháu-se)、菜蔬(tshài-se)
疏	疏櫳(se-lang)
砂	硃砂痣(tsu-se-kì)、硼砂(phîng-se)
裟	袈裟(ka-se)

e

下	下早仔(e-tsái-á)、下昏(e-hng)、下昏暗(e-hng-àm)、下暗(e-àm)
挨	挨米(e-bí)、挨推(e-the)、挨絃仔(e hiân-á)、挨粿(e-kué)

▶韻母「e」第2調

pé

把	一把(tsit pé)、火把(hué-pé)、柴把(tshâ-pé)

phé

| 襞 | 皺襞襞 (jiâu-phé-phé) |

bé

馬	馬力 (bé-la̍t)、馬鞍 (bé-uann)、馬薺 (bé-tsî)
買	買收 (bé-siu)、買命 (bé-miā)、買票 (bé-phiò)、買賣 (bé-bē)
瑪	瑪瑙 (bé-ló)
碼	碼頭 (bé-thâu)

mé

| 猛 | 火真猛 (hué tsin mé)、猛醒 (mé-tshénn) |

té

底	底片 (té-phìnn)、底系 (té-hē)、底細 (té-sè)、底蒂 (té-tì)
短	短命 (té-miā)、短碗 (té-ńg)、短褲 (té-khòo)
貯	貯飯 (té-pn̄g)

thé

| 體 | 體力 (thé-la̍t)、體制 (thé-tsè)、體悟 (thé-ngōo)、體格 (thé-keh) |

lé

| 詈 | 共人詈 (kā lâng lé) |

醴	牲醴(sing-lé)
嬭	娘嬭(niû-lé)
儡	傀儡(ka-lé)、傀儡戲(ka-lé-hì)
禮	禮物(lé-bu̍t)、禮拜(lé-pài)、禮遇(lé-gū)、禮貌(lé-māu)、禮數(lé-sòo)

ké

假	假勢(ké-gâu)、假仙假觸(ké-sian-ké-tak)、假好衰(ké-hó-sue)、假鬼假怪(ké-kuí-ké-kuài)、假痟(ké-siáu)

khé

啟	啟示(khé-sī)、啟明(khé-bîng)、啟發(khé-huat)

tsé

姊	姊夫(tsí/tsé-hu)、姊仔(tsé--á)

tshé

扯	相扯(sio-tshé)、做一擺扯(tsò tsi̍t pái tshé)

sé

洗	洗汰(sé-thuā)、洗身軀(sé-sin-khu)、洗門風(sé-mn̂g-hong)、洗浴(sé-i̍k)、洗喙(sé-tshuì)、洗盪(sé-tn̄g)
黍	黍仔(sé-á)、黍仔柑(sé-á-kam)

é

啞	啞口 (é-káu)
矮	矮人(é-lâng)、矮肥(é-puî)

▶韻母「e」第 3 調

pè

陛	陛下 (pè-hā)
敝	敝人(pè-jîn)
幣	貨幣(huè-pè)、金幣(kim-pè)
弊	弊案(pè-àn)、弊端(pè-tuan)
蔽	蔽日(pè-jit)

phè

帕	奶帕仔(ling phè-á)

tè

塊	一塊(tsit tè)
地	到地(kàu-tè)、鎮地(tìn-tè)、掃地(sàu-tè)
戴	姓戴(sènn Tè)
帝	帝王(tè-ông)、帝國(tè-kok)
諦	真諦(tsin-tè)
渧	渧水(tè-tsuí)

締	締造(tè-tsō)

退	退火(thè-hué)、退稅(thè-suè)、退熱(thè-jia̍t)、退癀(thè-hông)
替	替身(thè-sin)、替換(thè-uānn)

礪	礪破皮(lè phuà phuê)

界	四界(sì-kè)、四界趖(sì-kè-sô)、滿四界(muá-sì-kè)
疥	生疥(senn-kè)
芥	芥藍仔(kè-nâ-á)
架	架仔(kè-á)、架勢(kè-sè)
計	計智(kè-tì)、計策(kè-tshik)、計較(kè-kàu)、計謀(kè-bôo)
嫁	嫁翁(kè-ang)、嫁娶(kè-tshuā)、嫁粧(kè-tsng)
價	價值(kè-ta̍t)、價差(kè-tsha)、價數(kè-siàu)
繼	繼承(kè-sîng)、繼續(kè-sio̍k)

契	契兄(khè-hiann)、契囝(khè-kiánn)、契約(khè-iok)

| 齧 | 齧骨頭(khè kut-thâu) |

gè

| 嚙 | 嚙甘蔗(gè kam-tsià) |

tsè

際	國際(kok-tsè)、實際(si̍t-tsè)、網際網路(bāng-tsè-bāng-lōo)
制	制服(tsè-ho̍k)、制度(tsè-tōo)、制裁(tsè-tshâi)
晬	度晬(tōo-tsè)
祭	祭祀(tsè-sū)、祭品(tsè-phín)、祭拜(tsè-pài)、祭祖(tsè-tsóo)
債	債主(tsè-tsú)、債務(tsè-bū)
濟	經濟(king-tsè)、救濟(kiù-tsè)
製	製作(tsè-tsok)、製造(tsè-tsō)
劑	劑量(tsè-liōng)

tshè

切	一切(it-tshè)
脆	餅真脆(piánn tsin tshè)、脆柿(tshè-khī)
瘈	魚鱗瘈仔(hî-lân-tshè-á)
搓	鼎搓(tiánn-tshè)、菜瓜搓(tshài-kue-tshè)

| 粞 | 粿粞(kué-tshè)、圓仔粞(înn-á-tshè) |

世	世事(sè-sū)、世俗(sè-siók)、世界(sè-kài)
洒	洒水(sè-tsuí)
細	細粒子(sè-liáp-tsí)、細節(sè-tsiat)、細漢(sè-hàn)、細膩(sè-jī)、細姨(sè-î)、細胞(sè-pau)
勢	勢力(sè-lik)、勢面(sè-bīn)、勢頭(sè-thâu)
誓	誓不兩立(sè-put-lióng-lip)

| 裔 | 華裔(huâ-è) |

▶韻母「e」第5調

爬	七坐八爬(tshit tsē peh pê)
扒	扒龍船(pê-lîng-tsûn)、扒癢(pê-tsiūnn)
杷	枇杷(pî-pê)
耙	耙仔(pê-á)、耙桮(pê-put)
琶	琵琶(pî-pê)

bê

| 迷 | 迷人(bê-lâng)、迷信(bê-sìn)、迷思(bê-su)、迷惑(bê-hik)、迷戀(bê-luân) |

mê

明	明年(mê-nî)
盲	青盲(tshenn-mê)
暝	暝工(mê-kang)、暝日(mê-jit)、暝時(mê--sî)
鋩	鋩角(mê-kak)

tê

茶	茶米(tê-bí)、茶園(tê-hn̂g)、茶滓(tê-tái)、茶葉(tê-hio̍h)、茶鈷(tê-kóo)、茶箍(tê-khoo)、茶甌(tê-au)
蹄	跤蹄(kha-tê)、白跤蹄(pe̍h-kha-tê)、鴨母蹄(ah-bó-tê)、趒跤頓蹄(tiô-kha-tǹg-tê)
題	題目(tê-bo̍k)、題材(tê-tsâi)、題庫(tê-khòo)、題緣(tê-iân)

thê

| 提 | 提早(thê-tsá)、提供(thê-kiong)、提拔(thê-pua̍t)、提醒(thê-tshénn)、提議(thê-gī) |

nê

| 晾 | 晾衫(nê sann) |

lê

膌	手的膌(tshiú ê lê)
璃	玻璃(po-lê)
麗	高麗菜(ko-lê-tshài)
梨	梨山(Lê-san)
犁	犁田(lê-tshân)
黎	黎明(lê-bîng)
螺	螺仔(lê-á)
檸	檸檬(lê-bóng)

kê

枷	夯枷(giâ-kê)、跤枷(kha-kê)、五筋枷(gōo-kin-kê)
膎	豉膎(sīnn-kê)、蝦膎(hê-kê)、珠螺膎(tsu-lê-kê)

khê

扜	扜扜(khê-khê)

gê

牙	牙槽(gê-tsô)、牙槽骨(gê-tsô-kut)
芽	麥芽膏(be̍h-gê-ko)、發芽(puh-gê)
衙	衙門(gê-mĥg)
忦	忦潲(gê-siâu)

hê

霞	紅霞(âng-hê)
蝦	蝦米(hê-bí)、蝦卑(hê-pi)、蝦蛄(hê-koo)、蝦猴(hê-kâu)、蝦膎(hê-kê)

tsê

齊	齊全(tsê-tsuân)、齊備(tsê-pī)、齊頭(tsê-thâu)
蠐	蝹蜅蠐(am-poo-tsê)

tshê

踹	會踹袂爬(ē tshê bē pê)

sê

垂	頷垂(ām-sê)、瀾垂(nuā-sê)

ê

个	別个(pat-ê)、彼个(hit ê)、規个(kui-ê)、逐个(ta̍k ê)
的	落人的喙(lo̍h-lâng-ê-tshuì)
鞋	鞋抿仔(ê-bín-á)、鞋拔仔(ê-pue̍h-á)、鞋苴(ê-tsū)

▶韻母「e」第 7 調

pē

耙	手耙(tshiú-pē)、割耙(kuah-pē)

| 爸 | 爸母(pē-bú)、爸老囝幼(pē-lāu-kiánn-iù) |

phē

| 稗 | 稗仔(phē-á) |

bē

| 袟 | 袟合(bē hảh)、袟伸奢(bē-tshun-tshia)、袟見笑(bē-kiàn-siàu)、袟使(bē-sái)、袟直(bē-tit)、袟赴(bē-hù)、袟食袟睏(bē-tsiảh-bē-khùn) |
| 賣 | 賣命(bē-miā)、賣掉(bē-tiāu)、賣場(bē-tiûnn) |

mē

| 罵 | 咒罵(tsiù-mē)、相罵(sio-mē) |

tē

地	地方(tē-hng)、地名(tē-miâ)、地段(tē-tuānn)
弟	弟子(tē-tsú)、弟婦仔(tē-hū-á)
代	後代(āu-tē)
苧	苧仔(tē-á)
第	第一(tē-it)、第四台(tē-sì-tâi)
袋	袋仔(tē-á)
遞	傳遞(thuân-tē)

thē

蛇	海蛇(hái-thē)

lē

例	例外(lē-guā)
勵	勉勵(bián-lē)、鼓勵(kóo-lē)、獎勵(tsióng-lē)
麗	美麗(bí-lē)、秀麗(siù-lē)、壯麗(tsòng-lē)
鱺	海鱺仔(hái-lē-á)
篱	飯篱(pñg-lē)
鑢	鋸鑢仔(kì-lē-á)

kē

低	低音(kē-im)、低厝仔(kē-tshù-á)、低級(kē-kip)、低路(kē-lōo)

gē

藝	藝人(gē-jîn)、藝術(gē-sút)、工藝(kang-gē)

ngē

硬	硬氣(ngē-khì)、硬迸迸(ngē-piàng-piàng)、硬掙(ngē-tsiānn)、硬篤(ngē-táu)

下	下手(hē-tshiú)、下性命(hē-sènn-miā)、下落(hē-lóh)、下願(hē-guān)
蟹	毛蟹(môo-hē)
系	系列(hē-liát)、系所(hē-sóo)、系統(hē-thóng)
繫	連繫(liân-hē)
係	關係(kuan-hē)

寨	山寨(suann-tsē)
坐	坐向(tsē-hiòng)、坐桌(tsē-toh)、坐清(tsē-tshing)、坐監(tsē-kann)
罪	罪過(tsē-kuà)
濟	濟少(tsē-tsió)、濟話(tsē-uē)、濟濟(tsē-tsē)

坐	坐數(tshē-siàu)

下	下顄(ē-ham)、下勻(ē-ûn)、下手(ē-tshiú)、下晡(ē-poo)、下晝(ē-tàu)、下港(ē-káng)、下跤(ē-kha)
禍	災禍(tsai-ē)

| 會 | 會使(ē-sái)、會當(ē-tàng)、會曉(ē-hiáu) |

▶韻母「enn」第 1 調

penn	
繃	繃較絚(penn khah ân)

phenn	
伻	分伻(pun-phenn)

tenn	
蹬	跤後蹬(kha-āu-tenn)

kenn	
更	三更半暝(sann-kenn-puànn-mê)
羹	肉羹(bah-kenn)、牽羹(khan-kenn)、鰇魚羹(jiû-hî-kenn)
庚	貴庚(kuì-kenn)
經	經絲(kenn-si)、經跤經手(kenn-kha-kenn-tshiú)、經線(kenn-suànn)
驚	驚蟄(kenn-tit)

khenn	
坑	坑崁(khenn-khàm)、坑溝(khenn-kau)

tsenn

爭	相爭(sio-tsenn)

tshenn

星	救星(kiù-tshenn)、衛星(uē-tshenn)、天星(thinn-tshenn)
生	生冷(tshenn-líng)、生狂(tshenn-kông)、生疏(tshenn-soo)、生菜(tshenn-tshài)、生驚(tshenn-kiann)
青	青色(tshenn-sik)、青盲(tshenn-mê)、青恂恂(tshenn-sún-sún)、青紅燈(tshenn-âng-ting)、青苔(tshenn-thî)、青者(tshenn-kî)
菁	菁仔欉(tshenn-á-tsâng)
腥	腥臊(tshenn-tshau)
親	親姆(tshenn-ḿ)

senn

生	生份(senn-hūn)、生成(senn-sîng)、生相(senn-siùnn)、生做(senn-tsò)、生淡(senn-thuànn)、生菇(senn-koo)
牲	精牲(tsing-senn)

enn

嬰	嬰仔(enn-á)

▶韻母「enn」第 2 調

kénn

哽	哽著(kénn--tio̍h)
𥱻	𥱻仔(kénn-á)

tsénn

井	井水(tsénn-tsuí)
阱	陷阱(hām-tsénn/tsínn)

tshénn

醒	猛醒(mé-tshénn)、提醒(thê-tshénn)、覺醒(kak-tshénn)

▶韻母「enn」第 3 調

pènn

柄	刀柄(to-pènn)、話柄(uē-pènn)

tènn

佯	佯毋知(tènn-m̄-tsai)、佯生 (tènn-tshenn)、佯顛佯戇 (tènn-tian-tènn-gōng)
瞪	瞪力(tènn-la̍t)、瞪屎 (tènn-sái)

thènn

牚	牚腿(thènn-thuí)、牚頭(thènn-thâu)、牚懸(thènn-kuân)

kènn

楗	楗仔(kènn-á)

tsènn

諍	相諍(sio-tsènn)、諍喙(tsènn-tshuì)

tshènn

腥	臭腥(tshàu-tshènn)

sènn

姓	姓名(sènn-miâ)、貴姓(kuì sènn)
性	性命(sènn-miā)

▶韻母「enn」第 5 調

pênn

平	平手(pênn-tshiú)、平坦(pênn-thánn)、平直(pênn-tit)、平埔(pênn-poo)
坪	坪數(pênn-sòo)
棚	拖棚(thua-pênn)、戲棚(hì-pênn)、雙棚鬥(siang-pênn-tàu)

phênn

彭	彭祖(Phênn-tsóo)
澎	澎湖菜瓜(phênn-ôo-tshài-kue)

ênn	
楹	楹仔(ênn-á)

▶韻母「enn」第7調

pēnn	
病	病房(pēnn-pâng)、病毒(pēnn-to̍k)、病疼(pēnn-thiànn)、病院(pēnn-īnn)

phēnn	
怦	怦怦喘(phēnn-phēnn-tshuán)

tēnn	
鄭	姓鄭(sènn Tēnn)
捏	捏鼻仔(tēnn phīnn-á)

tsēnn	
靜	恬靜(tiām-tsēnn)

▶韻母「ue」第1調

pue	
杯	杯仔(pue-á)、茶杯(tê-pue)
桮	屎桮(sái-pue)、笑桮(tshiò-pue)、象桮(siūnn-pue)、跋桮(pua̍h-pue)

飛	飛烏(pue-oo)、飛鳥(pue-tsiáu)、飛鼠(pue-tshí)
菠	菠薐仔(pue-lîng-á)
盃	世界盃(sè-kài-pue)

phue

批	批信(phue-sìn)、批評(phue-phîng)、批囊(phue-lông)
坯	紙坯(tsuá-phue)、粗坯(tshoo-phue)
胚	豬胚仔(ti-phue-á)

kue

瓜	瓜子(kue-tsí)、瓜仔(kue-á)、瓜仔哖(kue-á-nî)

khue

恢	恢復(khue-hȯk)
詼	笑詼(tshiò-khue)、妖仔詼(tshit-á-khue)
盔	頭盔(thâu-khue)

hue

灰	灰匙仔(hue-sî-á)、灰窯(hue-iô)
花	花巴哩貓(hue-pa-li-niau)、花坩(hue-khann)、花矸(hue-kan)、花草(hue-tsháu)、花瓶(hue-pân)、花莓(hue-m̂)
飛	飛行機(hue-lîng-ki)

148

tshue	
吹	吹狗螺(tshue-káu-lê)、吹風機(tshue-hong-ki)
炊	炊斗(tshue-táu)、炊床(tshue-sn̂g)、炊粿(tshue kué)

sue	
衰	衰尾(sue-bué)、衰弱(sue-jio̍k)、衰運(sue-ūn)、衰潲 (sue-siâu)

ue	
煨	煨豬跤(ue ti-kha)、煨麋(ue muê)
萵	萵仔菜(ue-á-tshài)
椏	樹椏(tshiū-ue)
鍋	鍋仔(ue-á)

▶韻母「ue」第2調

pué	
掰	掰手面(pué-tshiú-bīn)、掰開(pué-khui)

phué	
頼	喙頼(tshuì-phué)、尻川頼(kha-tshng-phué)

bué	
尾	尾手(bué-tshiú)、尾牙(bué-gê)、尾脽(bué-tsui)、尾溜 (bué-liu)、尾蝶(bué-ia̍h)

lué

餒	餒志(lué-tsì)

kué

果	果子(kué-tsí)、果子猫(kué-tsí-bâ)
踡	踡跤(kué-kha)
粿	粿仔(kué-á)、粿牺(kué-tshè)、粿葉(kué-hióh)

hué

悔	反悔(huán-hué)、後悔(hiō-hué)
火	火大(hué-tuā)、火夾(hué-ngeh)、火金蛄(hué-kim-koo)、火烌(hué-hu)
伙	伙食(hué-sit)
賄	賄選(hué-suán)
夥	夥計(hué-kì)

tshué

髓	骨髓(kut-tshué)、頭殼髓(thâu-khak-tshué)

puè

輩	下輩(ē-puè)、前輩(tsiân-puè)、後輩(hiō-puè)、頂輩(tíng-puè)
貝	川貝(tshuan-puè)、干貝(kan-puè)、寶貝(pó-puè)
褙	褙壁(puè piah)

phuè

柿	瓦柿仔(hiā-phuè-á)
配	配方(phuè-hng)、配送(phuè-sàng)、配備(phuè-pī)、配額(phuè-giáh)

tuè

綴	綴人走(tuè-lâng-tsáu)、綴前綴後(tuè-tsîng-tuè-āu)、綴路(tuè-lōo)

kuè

怪	怪人(kuè--lâng)
檜	紅檜(âng-kuè)
會	會計(kuè-kè)
過	過分(kuè-hun)、過份(kuè-hūn)、過身(kuè-sin)、過來(kuè--lâi)、過往(kuè-óng)
髻	髻仔鬃(kuè-á-tsang)

| 鱖 | 鱖魚(kuè-hî) |

khuè

| 課 | 工課(khang-khuè) |
| 架 | 架跤(khuè kha) |

huè

| 貨 | 貨底(huè-té)、貨物(huè-bu̍t)、貨草(huè-tsháu) |
| 歲 | 歲壽(huè-siū)、歲頭(huè-thâu) |

tsuè

| 最 | 最近(tsuè-kīn)、最後(tsuè-āu) |

suè

稅	稅金(suè-kim)、稅厝(suè-tshù)、稅務(suè-bū)、稅賦(suè-hù)、稅額(suè-gia̍h)
歲	歲月(suè-gua̍t)
說	說客(suè-kheh)
穢	穢涗(uè-suè)

uè

| 穢 | 穢人(uè--lâng)、穢涗(uè-suè) |

▶韻母「ue」第 5 調

puê	
培	培育(puê-io̍k)、培訓(puê-hùn)、培養(puê-ióng)
陪	陪伴(puê-phuānn)、陪綴(puê-tuè)
賠	賠錢(puê-tsînn)、賠償(puê-siông)

phuê	
皮	皮帶(phuê-tuà)、皮猴戲(phuê-kâu-hì)、皮膚(phuê-hu)、皮鞋(phuê-ê)

buê	
囮	鳥囮(tsiáu buê)、做囮(tsò buê)

muê	
梅	梅仔(muê-á)、梅仔餅(muê-á-piánn)
媒	媒人(muê-lâng)
煤	煤炭(muê-thuànn)
糜	糜飯(muê-pn̄g)

kuê	
膎	蝦膎(hê-kê/kuê)、豉膎(sīnn-kê/kuê)、鹹膎(kiâm-kê/kuê)、五筋膎(gōo-kin-kê/gōo-kun-kuê)

khuê

葵	葵扇(khuê-sìnn)
瘸	瘸手 (khuê-tshiú)、瘸跤(khuê-kha)

huê

回	回心轉意(huê-sim-tsuán-ì)、回報(huê-pò)、回想(huê-sióng)、回憶(huê-ik)
和	和尚(huê-siūnn)
迴	迴避(huê-pī)
荷	荷蘭豆(huê-liân-tāu)
抇	抇著(huê--tio̍h)、抇抇咧(huê huê --leh)

tshuê

箠	箠仔(tshuê-á)

suê

垂	垂肩(suê-king)

juê

挼	挼面巾(juê bīn-kin)

uê

喂	哎喲喂(ai-iō-uê)

▶韻母「ue」第 7 調

puē

佩	佩服(puē-ho̍k)
背	背景(puē-kíng)、背影(puē-iánn)、反背(huán-puē)
倍	倍數(puē-sòo)
悖	悖理(puē-lí)
狽	狼狽(lông-puē)
培	培墓(puē-bōng)
焙	焙茶(puē-tê)

phuē

| 被 | 被單(phuē-tuann)、被囊(phuē-lông) |

buē

| 未 | 未曾(buē-tsîng)、未曾未(buē-tsîng-buē) |

muē

| 妹 | 妹婿(muē-sài) |

tuē

| 兌 | 兌換(tuē-uānn) |

luē

| 內 | 內在(luē-tsāi)、內政(luē-tsìng)、內容(luē-iông)、內涵(luē-hâm) |

guē

| 外 | 外甥(guē-sing) |

huē

繪	描繪(biâu-huē)、彩繪(tshái-huē)
匯	匯款(huē-khuán)、匯集(huē-tsíp)
會	會仔(huē-á)、會勘(huē-kham)、會議(huē-gī)
慧	賢慧(hiân-huē)
薈	蘆薈(lôo-huē)

tsuē

| 睡 | 盹瞌睡(tuh-ka-tsuē) |
| 罪 | 罪犯(tsuē-huān)、罪業(tsuē-giáp)、罪過(tsuē-kò) |

tshuē

| 揣 | 揣頭路(tshuē thâu-lōo) |

uē

| 畫 | 畫巡(uē-sûn)、畫虎羼(uē-hóo-lān)、畫圖(uē-tôo)、畫質(uē-tsit) |

| 話 | 話尾(uē-bué)、話縫(uē-phāng)、講話(kóng-uē) |
| 衛 | 衛生紙(uē-sing-tsuá)、衛兵(uē-ping)、衛浴(uē-ik) |

五：i、inn、ui、uinn

▶韻母「i」第1調

pi	
蜱	牛蜱(gû-pi)
卑	卑鄙(pi-phí)、卑賤(pi-tsiān)
啡	咖啡(ka-pi)、咖啡色(ka-pi-sik)
埤	埤仔(pi-á)
悲	悲哀(pi-ai)、悲傷(pi-siong)、悲慘(pi-tshám)、悲劇(pi-kiȯk)
碑	碑文(pi-bûn)
膍	膍仔(pi-á)

phi	
披	披仔(phi-á)、披衫(phi-sann)
砒	砒霜(phi-sng)

mi	
鞭	連鞭(liâm-mi)
糜	糜糜卯卯(mi-mi-mauh-mauh)

知	知己(ti-kí)、知名度(ti-miâ-tōo)、知足(ti-tsiok)、知音(ti-im)
蜘	蜘蛛(ti-tu)、蜘蛛網(ti-tu-bāng)
豬	豬肉(ti-bah)、豬血(ti-hueh)、豬舌(ti-tsi̍h)、豬油粕仔(ti-iû-phoh-á)
呧	擽呧(ngiau-ti)

| 黐 | 黏黐黐(liâm-thi-thi)、胡蠅黐(hôo-sîn-thi) |
| 麶 | 麵麶(mī-thi) |

| 拈 | 偷拈(thau ni) |

| 哩 | 哩哩囉囉(li-li-lo-lo) |
| 離 | 離離落落(li-li-lak-lak) |

吱	冷吱吱(líng-ki-ki)
妓	妓女(ki-lí)
技	技巧(ki-khá)、技師(ki-su)、技能(ki-lîng)、技術(ki-su̍t)

車	車馬炮(ki bé phàu)
居	居民(ki-bîn)
枝	枝仔冰(ki-á-ping)
肢	肢體(ki-thé)
飢	飢荒(ki-hng)
箕	捙箕(tshia-ki)、畚箕(pùn-ki)、簸箕(puà-ki)
基	基因(ki-in)、基金(ki-kim)、基準(ki-tsún)、基督(Ki-tok)、基礎(ki-tshóo)
乩	童乩(tâng-ki)
裾	開裾(khui-ki/ku)、衫仔裾(sann-á-ki/ku)
梔	黃梔仔花(n̂g-ki-á-hue)
機	機車(ki-tshia)、機密(ki-bìt)、機械(ki-kài)、機率(ki-lùt)、機會(ki-huē)、機構(ki-kòo)
支	骿支骨(phiann-ki-kut)、一支喙(tsìt ki tshuì)

khi	
敨	坦敨(thán-khi)、重敨爿 (tāng-khi-pîng)
欺	欺負(khi-hū)、欺瞞(khi-muâ)、欺騙(khi-phiàn)
蹊	蹊蹺(khi-khiau)

hi

墟	牛墟(gû-hi)
希	希罕(hi-hán)、希望(hi-bāng)
稀	稀奇(hi-kî)、稀微(hi-bî)
虛	虛弱(hi-jiȯk)、虛華(hi-hua)
嘻	嘻嘻嘩嘩(hi-hi-huā-huā)
犧	犧牲(hi-sing)

tsi

之	之中(tsi-tiong)、之外(tsi-guā)、之間(tsi-kan)
支	支付(tsi-hù)、支持(tsi-tshî)、支援(tsi-uān)、支應(tsi-ìng)
脂	胭脂(ian-tsi)、油脂(iû-tsi)
枝	荔枝(nāi-tsi)
膣	膣屄(tsi-bai)
芝	靈芝(lîng-tsi)

tshi

蛆	起藥蛆(khí-iȯh-tshi)、著水蛆(tiȯh-tsuí-tshi)
悽	悽慘落魄(tshi-tshám-lȯk-phik)
鰓	魚鰓(hî-tshi)
嗤	嗤舞嗤呲(tshi-bú-tshih-tshū)

痴	痴哥(tshi-ko)、痴迷(tshi-bê)、痴情(tshi-tsîng)
腮	頷腮(ām-tshi)

si

司	下司(ē-si)、頂司(tíng-si)、官司(kuann-si)、公司(kong-si)
鷥	白翎鷥(pe̍h-līng-si)
西	西瓜(si-kue)
屍	屍體(si-thé)
施	施工(si-kang)、施行(si-hîng)、施捨(si-siá)
思	相思(siunn-si)、病相思(pēnn-siunn-si)
私	家私(ke-si)
絲	絲仔襪(si-á-bue̍h)、絲絨(si-jiông)
詩	詩人(si-jîn)、詩句(si-kù)、詩作(si-tsok)
噓	噓尿(si-jiō)
窸	窸窸窣窣(si-si-su̍t-su̍t)

i

伊	予伊(hōo i)
遺	四界遺(sì-kè i)
依	依附(i-hù)、依倚(i-uá)、依照(i-tsiàu)、依據(i-kì)、依賴(i-nāi)

161

衣	雨衣(hōo-i)、壽衣(siū-i)
醫	醫生(i-sing)、醫治(i-tī)、醫學(i-ha̍k)、醫療(i-liâu)、醫藥(i-io̍h)

▶韻母「i」第2調

pí

比	比例(pí-lē)、比並(pí-phīng)、比喻(pí-jū)、比較(pí-kàu)
妣	考妣(khó-pí)
彼	彼此(pí-tshú)

phí

鄙	卑鄙(pi-phí)
疕	堅疕(kian-phí)、飯疕(pn̄g-phí)、鼎疕(tiánn-phí)、遛疕仔(liù-phí-á)

bí

米	米蚮(bí-tâi)、米仔麩(bí-á-hu)、米芳(bí-phang)、米粟(bí-tshik)、米潘(bí-phun)、米漿(bí-tsiunn)
美	美妙(bí-miāu)、美金(Bí-kim)、美容(bí-iông)

mí

乜	何乜苦(hô-mí-khóo)、某乜人(bóo-mí-lâng)
彌	彌補(mí-póo)

| 邸 | 官邸(kuan-tí) |
| 抵 | 抵抗(tí-khòng)、抵制(tí-tsè)、抵押(tí-ah)、抵額(tí-giảh) |

| 恥 | 恥笑(thí-tshiò) |
| 褫 | 褫開(thí--khui) |

| 耳 | 耳目(ní-bỏk) |
| 染 | 染布(ní-pòo)、染色體(ní-sik-thé)、染料(ní-liāu) |

裡	內裡(lāi-lí)
女	仙女(sian-lí)、男女(lâm-lí)、淑女(siok-lí)
你	你佮我(lí kah guá)
李	李仔(lí-á)、李仔鹹(lí-á-kiâm)
里	里民(lí-bîn)、里長(lí-tiúnn)
哩	咖哩(ka-lí)、咖哩嗹囉(ka-lí-liân-lô)
俚	俚俗(lí-siỏk)
力	苦力(ku-lí)

旅	旅行(lí-hîng)、旅社(lí-siā)、旅客(lí-kheh)、旅途(lí-tôo)
理	理由(lí-iû)、理智(lí-tì)、理想(lí-sióng)、理解(lí-kái)、道理(tō-lí)
履	履行(lí-hîng)、履歷表(lí-lik-pió)
鯉	鯉魚(lí-hî)

kí

紀	世紀(sè-kí)、年紀(nî-kí)
己	自己(tsū-kí)、知己(ti-kí)
指	指指揆揆(kí-kí-tuh-tuh)、指指(kí-tsáinn)
杞	枸杞(kóo-kí)
矩	規矩(kui-kí)
幾	幾何(kí-hô)
舉	舉行(kí-hîng)、舉例(kí-lē)、舉荐(kí-tsiàn)、舉辦(kí-pān)

khí

豈	豈有此理(khí-iú-tshú-lí)
起	起鵃(khí-tshio)、起毛(khí-moo)、起行(khí-kiânn)、起狂(khí-kông)、起呸面(khí-phuì-bīn)
齒	齒滒(khí-siûnn)、齒岸(khí-huānn)、齒抿(khí-bín)、齒觳仔(khí-khok-á)、齒戳仔(khí-thok-á)

| 語 | 語言 (gí-giân)、語音 (gí-im)、語氣 (gí-khì)、語義 (gí-gī)、語調 (gí-tiāu) |
| 擬 | 擬定 (gí-tīng) |

| 許 | 許可 (hí-khó) |
| 喜 | 喜帖 (hí-thiap)、喜宴 (hí-iàn)、喜酒 (hí-tsiú)、喜劇 (hí-kiȯk) |

子	甲子 (kah-tsí)、果子 (kué-tsí)、厚子 (kāu tsí)、栗子 (lȧt-tsí)、腰子 (io-tsí)、腱子肉 (kiàn-tsí-bah)
止	止枵 (tsí-iau)、止疼 (tsí-thiànn)、止喙焦 (tsí tshuì-ta)、止嗽 (tsí-sàu)
只	只好 (tsí-hó)、只有 (tsí-ū)、只是 (tsí-sī)
址	住址 (tsū-tsí)、網址 (bāng-tsí)
姊	姊妹 (tsí-muē)、阿姊 (a-tsí)
旨	宗旨 (tsong-tsí)、聖旨 (sìng-tsí)
指	指令 (tsí-līng)、指定 (tsí-tīng)、指教 (tsí-kàu)、指標 (tsí-piau)、指導 (tsí-tō)
觜	針觜 (tsiam-tsí)
紫	紫色 (tsí-sik)、紫菜 (tsí-tshài)、紫檀 (tsí-tuânn)

祉	福祉(hok-tsí)

tshí

鼠	鳥鼠(niáu-tshí)、鼠麴粿(tshí-khak-kué)

sí

死	死心(sí-sim)、死坐活食(sí-tsē-uảh-tsiảh)、死板(sí-pán)
始	開始(khai-sí)、原始(guân-sí)、創始(tshòng-sí)

jí

子	棋子(kî-jí)、麻雀子仔(muâ-tshiok-jí-á)

í

已	已經(í-king)
以	以下(í-hā)、以上(í-siōng)、以及(í-kip)、以免(í-bián)
倚	倚重(í-tiōng)
椅	椅苴(í-tsū)、椅桌(í-toh)、椅條(í-liâu)、椅頭仔(í-thâu-á)

▶韻母「i」第3調

pì

泌	分泌(hun-pì)、內分泌(lāi-hun-pì)
庇	庇佑(pì-iū)

祕	祕方(pì-hng)、祕笈(pì-kíp)、祕密(pì-bìt)、祕訣(pì-kuat)、祕結(pì-kiat)
秘	秘書(pì-su)
閉	閉思(pì-sù)、閉幕(pì-bōo)
痺	小兒麻痺(sió-jî-bâ-pì)

譬	譬相(phì-siùnn)、譬喻(phì-jū)、譬論講(phì-lūn-kóng)

置	處置(tshú-tì)、設置(siat-tì)、裝置(tsong-tì)、配置(phuè-tì)、安置(an-tì)
蒂	底蒂(té-tì)、嚨喉蒂仔(nâ-âu-tì-á)
致	致身命(tì-sin-miā)、致使(tì-sú)、致病(tì-pēnn)、致蔭(tì-ìm)
緻	景緻(kíng-tì)、雅緻(ngá-tì)
智	智能(tì-lîng)、智商(tì-siong)、智慧(tì-huī)、智識(tì-sik)
戴	戴帽仔(tì-bō-á)

剃	剃頭(thì-thâu)

| 剺 | 剺破(lì-phuà) |

既	既然(kì-jiân)
紀	紀念(kì-liām)、紀律(kì-lu̍t)、紀錄(kì-lo̍k)
痣	烏痣(oo-kì)、點痣(tiám-kì)、硃砂痣(tsu-se-kì)
記	記持(kì-tî)、記載(kì-tsài)、記數(kì-siàu)、記憶(kì-ik)、記錄(kì-lo̍k)
計	夥計(hué-kì)、鬥夥計(tàu-hué-kì)
據	據在(kì-tsāi)、據點(kì-tiám)
鋸	鋸仔(kì-á)、鋸鑢仔(kì-lē-á)

去	去了了(khì-liáu-liáu)、去除(khì-tû)、去傷解鬱(khì-siong-kái-ut)
企	企業(khì-gia̍p)、企圖(khì-tôo)
汽	汽水(khì-tsuí)、汽車(khì-tshia)
氣	氣身惱命(khì-sin-lóo-miā)、氣怫怫(khì-phut-phut)、氣氛(khì-hun)、氣概(khì-khài)、氣魄(khì-phik)
棄	棄嫌(khì-hiâm)、放棄(hòng-khì)
器	器具(khì-kū)、器官(khì-kuan)、器重(khì-tiōng)

hì

肺	肺炎(hì-iâm)、肺管(hì-kńg)、肺癌(hì-gâm)、肺癆(hì-lô)
唏	哈唏(hah-hì)
戲	戲曲(hì-khik)、戲弄(hì-lāng)、戲劇(hì-kiók)、戲齣(hì-tshut)

tsì

誌	代誌(tāi-tsì)、雜誌(tsáp-tsì)、無代無誌(bô-tāi-bô-tsì)
薦	加薦仔(ka-tsì-á)
至	至少(tsì-tsió)、至親(tsì-tshin)
志	志工(tsì-kang)、志願(tsì-guān)

tshì

刺	刺毛蟲(tshì-môo-thâng)、刺波(tshì-pho)、刺探(tshì-thàm)、刺激(tshì-kik)、刺鯢(tshì-kui)、刺鑿(tshì-tshák)
翅	魚翅(hî-tshì)
莿	莿桐(tshì-tông)
試	試看覓(tshì-khuànn-māi)、試探(tshì-thàm)、試驗(tshì-giām)

sì

世	一世人(tsi̍t-sì-lâng)、出世(tshut-sì)、卸世眾(sià-sì-tsìng)

四	四丬(sì-pîng)、四句聯(sì-kù-liân)、四正(sì-tsiànn)、四秀仔(sì-siù-á)、四破(sì-phuà)、四淋垂(sì-lâm-suî)、四箍輾轉(sì-khoo-liàn-tńg)
勢	角勢(kak-sì)、慣勢(kuàn-sì)、疭勢(khiap-sì)

ì

意	意思(ì-sù)、意象(ì-siōng)、意愛(ì-ài)、意義(ì-gī)、意境(ì-kíng)、意識(ì-sik)
薏	薏仁(ì-jîn)

▶韻母「i」第 5 調

pî

皮	五加皮(ngóo-ka-pî)
枇	枇杷(pî-pê)
琵	琵琶(pî-pê)
脾	脾土(pî-thóo)、脾胃(pî-uī)

phî

皮	皮皮(phî-phî)、皮蛋(phî-tàn)
疲	疲勞(phî-lô)
脾	脾氣(phî-khì)

bî

眯	眯一下 (bî--tsi̍t-ē)
薇	紫薇 (tsí-bî)
微	微妙 (bî-miāu)、微弱 (bî-jio̍k)、微微仔 (bî-bî-á)
眉	愁眉不展 (tshiû bî put tián)
咪	貓咪 (niau-bî)、鴨咪仔 (ah-bî-á)

mî

棉	棉紗 (mî-se)、棉被 (mî-phuē)、棉裘 (mî-hiû)、棉襀被 (mî-tsioh-phuē)
綿	綿死綿爛 (mî-sí-mî-nuā)、綿爛 (mî-nuā)

tî

持	刁持 (tiau-tî)、記持 (kì-tî)、無張持 (bô-tiunn-tî)
除	四兩銃仔家己除 (sì niú ńg-á ka-kī tî)
池	電池 (tiān-tî)、水池 (tsuí-tî)
鋤	鋤頭 (tî-thâu)
遲	遲到 (tî-tò)

thî

苔	上青苔 (tshiūnn-tshenn-thî)
啼	啼啼哭哭 (thî-thî-khàu-khàu)

nî

尼	尼姑庵(nî-koo-am)
哖	瓜仔哖(kue-á-nî)
年	年久月深(nî-kú-guėh-tshim)、年度(nî-tōo)、年紀(nî-kí)、年兜(nî-tau)、年歲(nî-huè)、年節(nî-tseh)
泥	芋泥(ōo-nî)
連	黃連(n̂g-nî)
簾	簾簷(nî-tsînn)
呢	呢仔布(nî-á-pòo)

lî

厘	公厘(kong-lî)
氂	公氂(kong-lî)
簾	門簾(mn̂g-lî)
狸	狸猫(lî-bâ)
縭	薄縭絲(pȯh-lî-si)
離	離奇(lî-kî)、離散(lî-sàn)
籬	籬笆(lî-pa)
鑢	鑢仔(lî-á)

kî

淇	冰淇淋(ping-kî-lîm)

其	其中(kî-tiong)、其他(kî-thann)、其次(kî-tshù)、其實(kî-sit)
奇	奇巧(kî-khá)、奇妙(kî-miāu)、奇異(kî-ī)、奇蹟(kî-tsik)
歧	歧視(kî-sī)
耆	青耆(tshenn-kî)
祈	祈求(kî-kiû)、祈福(kî-hok)、祈禱(kî-tó)
期	期刊(kî-khan)、期待(kî-thāi)、期限(kî-hān)
棋	棋子(kî-jí)、棋盤(kî-puânn)
旗	旗下(kî-hā)、旗魚(kî-hî)
麒	麒麟(kî-lîn)

khî

疕	一疕(tsit khî)
蜞	蜈蜞(ngôo-khî)
騎	騎士(khî-sū)

gî

宜	便宜(pân-gî)、不宜(put-gî)、事宜(sū-gî)
誼	情誼(tsîng-gî)、聯誼(liân-gî)
疑	疑心(gî-sim)、疑悟(gî-ngōo)、疑難(gî-lân)
儀	儀式(gî-sik)、儀器(gî-khì)

hî	
魚	魚拊(hî-hú)、魚脯(hî-póo)、魚栽(hî-tsai)、魚翅(hî-tshì)、魚塭(hî-ùn)、魚臊(hî-tsho)、魚鮮(hî-tshinn)、魚鰓(hî-tshi)、魚鰾(hî-piō)
漁	漁港(hî-káng)、漁業(hî-giàp)、漁網(hî-bāng)

tsî	
糍	流糍(lâu-tsî)、麻糍(muâ-tsî)
薺	馬薺(bé-tsî)
薯	番薯(han-tsî)、樹薯(tshiū-tsî)、馬鈴薯(má-lîng-tsî)
蛴	蟲蛴(tsiunn-tsî)
鶿	鸕鶿(lôo-tsî)

tshî	
持	持有(tshî-iú)、持股(tshî-kóo)
溡	塗跤溡溡(thôo-kha tshî-tshî)

sî	
匙	湯匙仔(thng-sî-á)、飯匙(pn̄g-sî)、煎匙(tsian-sî)、鎖匙(só-sî)
時	時行(sî-kiânn)、時辰(sî-sîn)、時刻(sî-khik)、時陣(sî-tsūn)、時運(sî-ūn)
辭	辭別(sî-piàt)、辭頭路(sî thâu-lōo)

jî	
兒	小兒科(sió-jî-kho)、囝兒(kiánn-jî)、貓兒竹(bâ-jî-tik)
而	而且(jî-tshiánn)

î	
怡	怡然(î-jiân)
姨	姨丈(î-tiūnn)、姨仔(î-á)、姨婆(î-pô)
胰	胰臟(î-tsōng)
移	移民(î-bîn)、移送(î-sàng)、移轉(î-tsuán)
於	等於(tíng-î)、終於(tsiong-î)、屬於(siók-î)、關於(kuan-î)
維	維持(î-tshî)

▶韻母「i」第 7 調

pī	
被	被告(pī-kò)、被迫(pī-pik)、被動(pī-tōng)
備	備份(pī-hūn)、備註(pī-tsù)、準備(tsún-pī)
避	避免(pī-bián)、避難(pī-lān)
婢	嫺婢(kán-pī)

bī	
未	未免(bī-bián)、未來(bī-lâi)、未知(bī-ti)
媚	妖媚(iau-bī)

味	味素(bī-sòo)、味覺(bī-kak)、氣味(khì-bī)
寐	夢寐(bāng-bī)
魅	魅力(bī-lik)
謎	謎猜(bī-tshai)
沫	藏水沫(tshàng-tsuí-bī)

mī

麵	麵炙(mī-tsià)、麵擔仔(mī-tànn-á)、麵龜(mī-ku)、麵麶(mī-thi)
敉	一敉蚵仔(tsit mī ô-á)

tī

地	土地公(Thóo-tī-kong)
弟	兄弟姊妹(hiann-tī-tsí-muē)、小弟(sió-tī)
稚	幼稚園(iù-tī-hn̂g)
緻	色緻(sik-tī)
佇	佇咧(tī-leh)、佇遮(tī-tsia)
底	底代(tī-tāi)、底當時(tī-tang-sî)
治	治枵(tī-iau)、治病(tī-pēnn)、治療(tī-liâu)
滯	停滯(thîng-tī)
痔	痔瘡(tī-tshng)
箸	箸籠(tī-lāng)、碗箸(uánn-tī)

thī	
雉	雉雞(thī-ke)

nī	
莉	茉莉花(bȧk-nī-hue)
爾	偌爾 (guā-nī)、遐爾 (hiah-nī)、遮爾仔(tsiah-nī-á)

lī	
慮	考慮(khó-lī)、掛慮(kuà-lī)、顧慮(kòo-lī)
俐	伶俐(líng-lī)
利	利尿(lī-jiō)、利便(lī-piān)、利息(lī-sik)、利益(lī-ik)、利純(lī-sûn)
呂	呂洞賓(Lī Tōng-pin)
痢	做痢(tsò-lī)
吏	官吏(kuann-lī)
濾	過濾(kuè-lī)
厲	厲害(lī-hāi)
離	離手(lī-tshiú)、離別(lī-piȧt)、離緣(lī-iân)、離譜(lī-phóo)

kī	
忌	忌日(kī-jit)
拒	拒絕(kī-tsuȧt)

己	家己(ka-kī)
距	差距(tsha-kī)
巨	巨蛋(kī/kū-tàn)

khī

| 忌 | 忌床(khī-tshn̂g)、忌喙(khī-tshuì) |
| 柿 | 柿仔(khī-á)、柿餅(khī-piánn) |

gī

| 義 | 義工(gī-kang)、義子(gī-tsú)、義務(gī-bū)、義理(gī-lí) |
| 議 | 議員(gī-uân)、議案(gī-àn)、議程(gī-tîng)、議論(gī-lūn) |

tsī

| 巳 | 巳時(tsī-sî) |

tshī

| 市 | 市長(tshī-tiúnn)、市面(tshī-bīn)、市草(tshī-tsháu)、市場(tshī-tiûnn) |
| 飼 | 飼料(tshī-liāu)、好育飼(hó-io-tshī) |

sī

| 氏 | 氏族(sī tsȯk) |
| 示 | 示威(sī-ui)、示範(sī-huān) |

寺	寺院(sī-īnn)
序	序大人(sī-tuā-lâng)、序細(sī-sè)
是	是非(sī-hui)、是按怎(sī-án-tsuánn)
視	視力(sī-li̍k)、視野(sī-iá)、視線(sī-suànn)、視覺(sī-kak)
窸	窸倏(sī-suā)

ⓙ	
二	二九暝(Jī-káu-mê)、二手(jī-tshiú)
字	字爿(jī-pîng)、字運(jī-ūn)、字劃(jī-ue̍h)
餌	釣餌(tiò-jī)、魚餌(hî-jī)
膩	膩瓤(jī-nn̂g)

ⓘ	
奕	奕牌仔(ī pâi-á)、奕棋子(ī kî-jí)
易	容易(iông-ī)、輕易(khin-ī)
異	異性(ī-sìng)、異國(ī-kok)、異常(ī-siông)、異鄉(ī-hiong)
預	預言(ī-giân)、預防(ī-hông)、預報(ī-pò)、預算(ī-suàn)

▶韻母「inn」第1調

pinn	
鞭	馬鞭(bé-pinn)
邊	邊仔(pinn--á)、一邊(tsi̍t-pinn)

phinn

篇	完結篇 (uân-kiat-phinn)
偏	偏頭(phinn-thâu)、共人偏(kā lâng phinn)

tinn

甜	甜言蜜語(tinn-giân-bit-gí)、甜物物(tinn-but-but)、甜路(tinn-lōo)、甜粿(tinn-kué)

thinn

天	天公(thinn-kong)、天井(thinn-tsénn)、天反地亂(thinn-huán-tē-luān)、天光(thinn-kng)、天使(thinn-sài)、天意(thinn-ì)
添	添飯(thinn-pn̄g)、添話(thinn-uē)

kinn

鹼	鹼仔粿(kinn-á-kué)、鹼粽(kinn-tsàng)

tsinn

晶	水晶(tsuí-tsinn)、結晶(kiat-tsinn)
櫼	實櫼(tsat-tsinn)、斧頭櫼仔(póo-thâu-tsinn-á)
精	樹精(tshiū tsinn)

tshinn

鮮	鮮沢(tshinn-tshioh)、鮮花(tshinn-hue)

inn	
纓	纓纏(inn-tînn)

▶韻母「inn」第 2 調

pínn	
扁	扁豆(pínn-tāu)、扁魚(pínn-hî)、箬扁(the pínn)

tsínn	
茈	茈薑(tsínn-kiunn)

ínn	
穎	發穎(huat-ínn)、暴穎(pok-ínn)

▶韻母「inn」第 3 調

pìnn	
變	變空(pìnn-khang)、變面(pìnn-bīn)、變鬼變怪(pìnn-kuí-pìnn-kuài)、變猴弄(pìnn-kâu-lāng)

phìnn	
片	影片(iánn-phìnn)、片廠(phìnn-tshiúnn)

kìnn	
見	見面(kìnn-bīn)、看見(khuànn-kìnn)

hìnn	
挕	挕掉(hìnn-tiāu)

tsìnn	
箭	射箭(siā-tsìnn)、吐肉箭(thóo-bah-tsìnn)、使目箭(sái-bák-tsìnn)
搢	搢風(tsìnn-hong)、搢做前(tsìnn-tsò-tsîng)
糋	糋棗仔(tsìnn-tsó-á)、豆乾糋(tāu-kuann-tsìnn)

sìnn	
扇	葵扇(khuê-sìnn)

ìnn	
喑	喑噁(ìnn-ònn)
燕	燕仔(ìnn-á)

▶韻母「inn」第 5 調

tînn	
纏	纏跤絆手(tînn-kha-puànn-tshiú)、纏綴(tînn-tuè)

kînn	
墘	海墘(hái-kînn)、目墘(bák-kînn)、溪仔墘(khe-á-kînn)

khînn	
扴	扴牢牢(khînn-tiâu-tiâu)、扴家(khînn-ke)
鉗	鉗仔(khînn-á)

tsînn	
錢	了錢(liáu-tsînn)、錢鼠(tsînn-tshí)、錢鰻(tsînn-muâ)
簷	簾簷(nî-tsînn)、砛簷(gîm-tsînn)

tshînn	
蒨	蒨倚來(tshînn uá--lâi)

înn	
圓	圓仔(înn-á)、圓箍仔(înn-khoo-á)、圓環(înn-khuân)

▶韻母「inn」第 7 調

pīnn	
辮	辮頭毛(pīnn thâu-mn̂g)

phīnn	
鼻	鼻水(phīnn-tsuí)、鼻目喙(phīnn-bàk-tshuì)、鼻空(phīnn-khang)、鼻芳(phīnn-phang)、鼻頭(phīnn-thâu)、鼻翼(phīnn-sit)

tīnn

| 滇 | 喉滇(âu-tīnn)、飽滇(pá-tīnn) |

thīnn

| 紩 | 紩衫(thīnn-sann)、補紩(póo-thīnn) |

hīnn

| 耳 | 耳仔(hīnn-á)、耳扒仔(hīnn-pê-á)、耳空(hīnn-khang)、耳珠(hīnn-tsu)、耳鉤(hīnn-kau) |
| 硯 | 硯台(hīnn-tâi) |

tsīnn

| 舐 | 狗仔舐碗(káu-á tsīnn uánn) |

sīnn

| 豉 | 豉膎(sīnn-kê)、豉鹽(sīnn-iâm) |

īnn

| 院 | 院長(īnn-tiúnn)、研究院(gián-kiù-īnn) |

▶韻母「ui」第1調

bui

| 微 | 沙微(sa-bui)、峇微(bâ-bui) |

蟂	烏蟂(oo-bui)

tui

追	追究(tui-kiù)、追溯(tui-sòo)、追擊(tui-kik)、追蹤(tui-tsong)
堆	堆肥(tui-puî)、堆積(tui-tsik)

thui

推	推行(thui-hîng)、推展(thui-tián)、推動(thui-tōng)、推測(thui-tshik)、推薦(thui-tsiàn)
梯	電梯(tiān-thui)、樓梯(lâu-thui)、踅螺梯(sèh-lê-thui)

kui

機	布機(pòo-kui)
鮂	刺鮂(tshì-kui)
龜	烏龜(oo-kui)
規	規个(kui-ê)、規年週天(kui-nî-thàng-thinn)、規律(kui-lùt)、規格(kui-keh)、規氣(kui-khì)
胿	脹胿(tiùnn-kui)、頷胿(ām-kui)、大肚胿(tuā-tōo-kui)、歕雞胿(pûn-ke-kui)
歸	歸尾(kui-bué)、歸納(kui-làp)、歸類(kui-luī)、歸屬(kui-siòk)

khui

開	開正(khui-tsiann)、開拆(khui-thiah)、開破(khui-phuà)、開脾(khui-pî)
虧	虧欠(khui-khiàm)、虧空(khui-khong)、虧損(khui-sńg)

hui

妃	王妃(ông-hui)
非	非凡(hui-huân)、非法(hui-huat)、非常(hui-siông)
揮	指揮(tsí-hui)、發揮(huat-hui)
暉	春暉(tshun-hui)
飛	飛行(hui-hîng)、飛舞(hui-bú)、飛彈(hui-tuânn)
輝	輝煌(hui-hông)

tsui

雖	加雖(ka-tsui)
錐	古錐(kóo-tsui)
脽	尾脽(bué-tsui)

tshui

崔	崔媽媽(Tshui ma-ma)
推	推撨(tshui-tshiâu)
催	催生(tshui-sing)、催眠(tshui-bîn)

摧	摧死(tshui--sí)
吹	鼓吹(kóo-tshui)

sui

荽	芫荽(iân-sui)
蓑	棕蓑(tsang-sui)
祟	龜祟(ku-sui)
雖	雖然(sui-jiân)
繐	鬢繐(pìn-sui)
罐	屧罐(lān-sui)

ui

衣	牛衣(gû-ui)
威	威力(ui-li̍k)、威脅(ui-hia̍p)、威嚇(ui-hik)、威嚴(ui-giâm)
搣	針咧搣(tsiam teh ui)
萎	萎去(ui--khì)

▶韻母「ui」第 2 調

muí

每	每日(muí-ji̍t)、每年(muí-nî)

腿	腿庫(thuí-khòo)

luí

壘	本壘(pún-luí)、滿壘(muá-luí)
蕊	花蕊(hue-luí)
累	累計(luí-kè)、累積(luí-tsik)

kuí

癸	壬癸(jîm kuí)
軌	軌道(kuí-tō)
鬼	鬼門關(kuí-mn̂g-kuan)、鬼剃頭(kuí-thì-thâu)、鬼神(kuí-sîn)
幾	幾工(kuí kang)、幾若(kuí-nā)
詭	詭計(kuí-kè)

huí

匪	匪類(huí-luī)
毀	毀滅(huí-biat)
翡	翡翠(huí-tshuì)
誹	誹謗(huí-pòng)

tsuí	
水	水井(tsuí-tsénn)、水圳(tsuí-tsùn)、水底(tsuí-té)、水果(tsuí-kó)

suí	
水	下水(hā-suí)、風水(hong-suí)、喙水(tshuì-suí)、薪水(sin-suí)、山水(san-suí)
媠	媠色(suí-sik)、媠氣(suí-khuì)、媠噹噹(suí-tang-tang)

uí	
委	委屈(uí-khut)、委員(uí-uân)、委託(uí-thok)
偉	偉大(uí-tāi)

▶韻母「ui」第 3 調

puì	
疿	疿仔(puì-á)、疿仔粉(puì-á-hún)

phuì	
屁	放屁(pang-phuì)、屁窒仔(phuì-that-á)
呸	呸血(phuì-hueh)、起呸面(khí-phuì-bīn)、呸瀾(phuì-nuā)

tui	
對	對不起(tuì-put-khí)、對方(tuì-hong)、對沖(tuì-tshiong)、對拗(tuì-áu)、對拄(tuì-tú)、對待(tuì-thāi)
碓	水碓(tsuí-tuì)

luì	
瘰	糊瘰瘰(hôo-luì-luì)

kui	
季	季軍(kuì-kun)、季節(kuì-tseh)
瑰	玫瑰(muî-kuì)
挂	挂紙(kuì-tsuá)
桂	桂竹筍(kuì-tik-sún)、桂花(kuì-hue)
貴	貴庚(kuì-kenn)、貴參參(kuì-som-som)、貴賓(kuì-pin)
劌	劌著(kuì--tio̍h)

khuì	
氣	氣力(khuì-la̍t)、氣口(khuì-kháu)
潰	潰瘍(khuì-iông)

huì	
費	費氣費觸(huì-khì-huì-tak)、費神(huì-sîn)、浪費(lōng-huì)

| 廢 | 廢物(huì-bút)、廢除(huì-tû)、廢棄(huì-khì)、廢話(huì-uē) |

| 醉 | 酒醉(tsiú-tsuì)、麻醉(bâ-tsuì) |

粹	純粹(sûn-tshuì)
脆	脆弱(tshuì-jió̍k)
喙	喙白(tshuì-pe̍h)、喙舌(tshuì-tsi̍h)、喙尾(tshuì-bué)、喙脣(tshuì-tûn)、喙殘(tshuì-tsuânn)、喙焦(tshuì-ta)、喙䫌(tshuì-am)
碎	碎片(tshuì-phìnn)、碎糊糊(tshuì-kôo-kôo)
翠	青翠(tshenn-tshuì)、翡翠(huí-tshuì)

畏	畏寒(uì-kuânn)、畏熱(uì-jua̍h)
飫	飫喙(uì-tshuì)
對	對遮來(uì tsia lâi)
慰	慰問(uì-būn)、慰勞(uì-lō)

▶韻母「ui」第 5 調

puî

| 肥 | 肥肉(puî-bah)、肥料(puî-liāu)、肥軟(puî-nńg) |

muî

玫	玫瑰(muî-kuì)
梅	梅花(muî-hue)
媒	媒介(muî-kài)、媒體(muî-thé)

tuî

| 搥 | 搥心肝(tuî-sim-kuann) |

thuî

| 錘 | 秤錘(tshìn-thuî) |
| 槌 | 槌仔(thuî-á)、一箍槌槌(tsit khoo thuî-thuî) |

luî

瘰	腫一瘰(tsíng tsit luî)
雷	雷公(luî-kong)、雷射(luî-siā)、雷達(luî-tát)
擂	擂缽(luî-puah)、擂鼓(luî-kóo)、擂槌(luî-thuî)

guî

| 危 | 危急(guî-kip)、危害(guî-hāi)、危險(guî-hiám) |

huî

| 瓷 | 瓷仔(huî-á)、粗瓷(tshoo-huî) |

tsuî

| 剉 | 剉甘蔗(tsuî kam-tsià)、剉雞頭(tsuî ke-thâu) |

suî

垂	四淋垂(sì-lâm-suî)、胃下垂(uī-hā-suî)
誰	誰人(suî-jîn)
隨	隨在你(suî-tsāi--lí)、隨便(suî-piān)、隨後(suî-āu)

uî

惟	惟有(uî-iú)
為	為止(uî-tsí)、為主(uî-tsú)、為難(uî-lân)
帷	桌帷(toh-uî)
唯	唯一(uî-it)
圍	圍堵(uî-tóo)、圍牆(uî-tshiûnn)、圍軀裙(uî-su-kûn)、圍爐(uî-lôo)
違	違反(uî-huán)、違法(uî-huat)、違背(uî-puē)、違規(uî-kui)

維	維生素(uî-sing-sòo)、維修(uî-siu)、維護(uî-hōo)
遺	遺言(uî-giân)、遺產(uî-sán)、遺傳(uî-thuân)、遺跡(uî-tsik)、遺憾(uî-hām)、遺囑(uî-tsiok)

▶韻母「ui」第 7 調

puī

吠	狗仔咧吠(káu-á teh puī)

tuī

兌	兌換(tuī-uānn)
隊	隊伍(tuī-ngóo)、隊長(tuī-tiúnn)、隊員(tuī-uân)
墜	墜仔(tuī-á)、墜落(tuī-lóh)、墜跤氣(tuī-kha-khì)、墜繩(tuī-tsîn)
墮	墮落(tuī-lóh)

luī

累	拖累(thua-luī)、連累(liân-luī)
淚	珠淚(tsu-luī)
縋	縋落來(luī--lóh-lâi)
類	類似(luī-sū)、類別(luī-piát)、類型(luī-hîng)
彙	詞彙(sû-luī)

kuī

饋	回饋(huê-kuī)
跪	跪拜(kuī-pài)
櫃	櫃台(kuī-tâi)
膭	膭水(kuī-tsuí)

guī

偽	偽造(guī-tsō)

huī

慧	慧眼(huī-gán)
惠	優惠(iu-huī)、嘉惠(ka-huī)

suī

遂	未遂(bī-suī)
穗	吐穗(thòo-suī)、結穗(kiat-suī)、飽穗(pá-suī)、稻穗(tiū-suī)
瑞	瑞士(suī-sū)

uī

位	位置(uī-tì)、佗位(tó-uī)
謂	無所謂(bû-sóo-uī)

為	為何(uī-hô)、為啥物(uī siánn-mih)
胃	胃下垂(uī-hā-suî)、胃口(uī-kháu)、胃潰瘍(uī-khuì-iông)

▶韻母「uinn」

khuìnn	
快	快活(khuìnn-uàh)

六：o、onn、io

▶韻母「o」第1調

po	
玻	玻璃(po-lê)
褒	褒嗦(po-so)、褒歌(po-kua)、褒獎(po-tsióng)

pho	
坡	山坡(suann-pho)
波	波浪(pho-lōng)、波動(pho-tōng)
泡	雪文泡(sap-bûn pho)、喙瀾泡(tshuì-nuā-pho)

to	
刀	刀柄(to-pènn)、刀砧(to-tiam)、刀鋩(to-khing)

多	多元(to-guân)、多少 (to-siáu)、多數(to-sòo)、多謝(to-siā)
都	連伊都毋知(liân i to m̄-tsai)

叨	叨錢(lo tsînn)
囉	囉嗦(lo-so)

歌	山歌(san-ko)
鍋	火鍋(hué-ko)、電鍋(tiān-ko)
篙	竹篙叉(tik-ko-tshe)、掠篙泅(liáh-ko-siû)、撐篙(the-ko)
哥	兄哥(hiann-ko)
高	高血壓(ko-hueh-ap)、高尚(ko-sióng)、高級(ko-kip)、高速(ko-sok)、高雅(ko-ngá)、高潮(ko-tiau)
膏	膏膏纏(ko-ko-tînn)
糕	糕仔(ko-á)、雞卵糕(ke-nn̄g-ko)
瘌	癩瘌(thái-ko)、癩瘌爛癆(thái-ko-nuā-lô)

科	科目(kho-bo̍k)、科技(kho-ki)、科系(kho-hē)

tso

懵	懵心(tso-sim)
遭	遭受(tso-siū)、遭遇(tso-gū)

tsho

操	貞操(tsing-tsho)、情操(tsîng-tsho)
臊	臊菜(tsho-tshài)、食臊(tsiàh-tsho)

so

梭	太空梭(thài-khong-so)
騷	風騷(hong-so)
嗖	嗖使(so-sú)
挲	挲草(so-tsháu)、挲圓(so-înn)、挲鹽(so-iâm)
嗦	褒嗦(po-so)、囉嗦(lo-so)

o

呵	呵咾(o-ló)
蒿	茼蒿(tang-o)
窩	燕窩(iàn-o)

▶韻母「o」第 2 調

pó

堡	古堡(kóo-pó)、城堡(siânn-pó)
保	保存(pó-tsûn)、保庇(pó-pì)、保育(pó-iòk)、保持(pó-tshî)、保密(pó-bit)
寶	寶石(pó-tsióh)、寶貝(pó-puè)、寶惜(pó-sioh)、寶藏(pó-tsōng)

phó

頗	頗略仔(phó-liòk-á)

bó

母	母身(bó-sin)、母的(bó--ê)、豬母(ti-bó)

tó

佗	佗一个(tó tsit ê)、佗位(tó-uī)
禱	祈禱(kî-tó)
倒	倒會仔(tó-huē-á)、倒數(tó-siàu)、倒擔(tó-tànn)
島	島嶼(tó-sū)

thó

討	討食(thó-tsiàh)、討海(thó-hái)、討趁(thó-thàn)、討債(thó-tsè)、討厭(thó-ià)、討論(thó-lūn)

ló

老	父老(hū-ló)、長老(tiúnn-ló)、古老(kóo-ló)
咾	呵咾(o-ló)
荖	茭荖仔(ka-ló-á)
惱	煩惱(huân-ló)
瑙	瑪瑙(bé-ló)
腦	樟腦(tsiunn-ló)、激腦(kik-ló)
潦	潦草(ló-tshó)

kó

裹	包裹(pau-kó)
果	果汁(kó-tsiap)、果然(kó-jiân)、結果(kiat-kó)
稿	稿費(kó-huì)、文稿(bûn-kó)

khó

可	可怕(khó-phà)、可惱(khó-náu)、可惡(khó-ònn)、可憐 (khó-liân)、可靠(khó-khò)
考	考卷(khó-kǹg)、考核(khó-hik)、考慮(khó-lī)、考驗 (khó-giām)
洘	洘旱(khó-huānn)、洘流(khó-lâu)、洘秫秫(khó-tsút-tsút)、 洘頭糜 (khó-thâu-muê)

hó	
好	好囝(hó-kiánn)、好育飼(hó-io-tshī)、好佳哉(hó-ka-tsài)、好空(hó-khang)

tsó	
左	左右(tsó-iū)、左派(tsó-phài)
棗	棗仔(tsó-á)

tshó	
草	草案(tshó-àn)、草窒仔(tshó-that-á)、草橄欖(tshó-kan-ná)
楚	清楚(tshing-tshó)

só	
嫂	阿嫂(a-só)、姑換嫂(koo-uānn-só)
鎖	鎖定(só-tīng)、鎖門(só mn̂g)、鎖匙(só-sî)

▶韻母「o」第 3 調

pò	
報	報告(pò-kò)、報到(pò-tò)、報馬仔(pò-bé-á)、報答(pò-tap)、報導(pò-tō)

phò

泡	泡泡(phò-phò)
破	破產(phò-sán)、破碎(phò-tshuì)、破壞(phò-huāi)

tò

到	周到(tsiu-tò)、報到(pò-tò)、遲到(tî-tò)
倒	倒反(tò-píng)、倒爿(tò-pîng)、倒貼(tò-thiap)、倒摔向(tò-siàng-hiànn)、倒彈(tò-tuānn)、倒踏(tò-táh)、倒頭栽(tò-thâu-tsai)

thò

妥	妥協(thò-hiáp)、妥當(thò-tòng)
套	套房(thò-pâng)、套裝(thò-tsong)、套話(thò-uē)

lò

躼	躼跤(lò-kha)、躼跤仔(lò-kha-á)

kò

划	划船(kò-tsûn)
告	告別(kò-piát)、告辭(kò-sî)、相告(sio-kò)
個	個人(kò-jîn)、個別(kò-piát)、個性(kò-sìng)
過	罪過(tsuē-kò)、不而過(put-jî-kò)

khò

犒	犒軍(khò-kun)
課	課本(khò-pún)、課長(khò-tiúnn)、課程(khò-tîng)、課業(khò-gia̍p)
靠	靠山(khò-suann)、靠岸(khò-huānn)、靠俗(khò-sio̍k)、靠著(khò--tio̍h)、靠勢(khò-sè)

tsò

做	做人(tsò--lâng)、做人(tsò-lâng)、做大水(tsò-tuā-tsuí)、做月內(tsò-gue̍h-lāi)、做伙(tsò-hué)、做旬(tsò-sûn)、做色(tsò-sik)、做忌(tsò-kī)

tshò

刣	刣柴(tshò-tshâ)
挫	挫折(tshò-tsiat)
操	曹操(Tsô-tshò)
噪	噪人耳(tshò-lâng-hīnn)、噪音(tshò-im)
錯	錯失(tshò-sit)、錯亂(tshò-luān)、錯誤(tshò-gōo)
糙	糙米(tshò-bí)

sò

燥	燥水(sò-tsuí)、焦燥(ta-sò)
埽	糞埽(pùn-sò)、長躼埽(tîg-lò-sò)

203

ò	
奧	奧妙(ò-miāu)、奧運(Ò-ūn)
奠	奠蕘(ò-giô)
澳	蘇澳(Soo-ò)

▶韻母「o」第 5 調

pô	
婆	阿婆(a-pô)、嬸婆(tsím-pô)、婆姐(Pô-tsiá)

bô	
無	無力(bô-la̍t)、無了時(bô-liáu-sî)、無全(bô-kāng)、無去(bô--khì)

tô	
逃	逃脫(tô-thuat)、逃避(tô-pī)、逃難(tô-lān)
淘	淘汰(tô-thài)
陶	陶藝(tô-gē)
桃	楊桃(iûnn-tô)
萄	葡萄(phû-tô)
駝	駱駝(lo̍k-tô)
鴕	鴕鳥(tô-tsiáu)

thô

桃	桃花(thô-hue)
迌	迌迌(tshit-thô)

lô

囉	咖哩嗹囉(ka-lí-liân-lô)
癆	肺癆(hì-lô)、癩痄爛癆(thái-ko-nuā-lô)
勞	勞保(lô-pó)、勞苦(lô-khóo)、勞煩(lô-huân)、辛勞(sin-lô)
牢	監牢(kann-lô)
濁	濁滓(lô tái)、濁水(lô-tsuí)
羅	羅馬字(Lô-má-jī)、羅經(Lô-kenn)、羅漢跤仔(lô-hàn-kha-á)
邏	邏輯(lô-tsip)
鑼	鑼鼓(lô-kóo)

kô

膏	軟膏膏(nńg-kô-kô)
篙	搖篙(iô-kô)

khô

苛	苛頭(khô-thâu)

205

gô

鵝	徛鵝(khiā-gô)、天鵝(thian-gô)
熬	熬糖膏(gô thn̂g-ko)
遨	遨石磨(gô tsi̍oh-bō)、遨遨輾(gô-gô-liàn)

hô

貉	山貉(suann-hô)
何	何乜苦(hô-mí-khóo)、何況(hô-hóng)、何苦(hô-khóo)
河	河川(hô-tshuan)、河床(hô-tshn̂g)、河溪(hô-khe)、河邊(hô-pinn)
荷	薄荷(po̍k-hô)
和	和順(hô-sūn)、和睦(hô-bo̍k)、和解(hô-kái)、和諧(hô-hâi)
壕	防空壕(hông-khong-hô)
毫	毫米(hô-bí)、毫克(hô-khik)
豪	豪華(hô-huâ)

tsô

| 曹 | 曹操(Tsô-tshò) |
| 槽 | 槽頭(tsô-thâu) |

sô	
趖	死趖(sí-sô)、烏趖趖(oo-sô-sô)、鼎邊趖(tiánn-pinn-sô)、蟯蟯趖(ngiàuh-ngiàuh-sô)

ô	
蚵	蚵仔煎(ô-á-tsian)、蚵仔麵線(ô-á-mī-suànn)、蚵炱(ô-te)

▶韻母「o」第 7 調

pō	
暴	暴力(pō-lik)、暴動(pō-tōng)、暴亂(pō-luān)

phō	
部	一部冊(tsit phō tsheh)
抱	抱的(phō--ê)、抱歉(phō-khiàm)

bō	
帽	帽仔(bō-á)
磨	石磨(tsioh-bō)、磨粿(bō-kué)

tō	
就	就是(tō sī)
舵	掌舵(tsiáng-tō)

盜	盜版(tō-pán)
道	道行(tō-hīng)、道義(tō-gī)、道歉(tō-khiám)、道德(tō-tik)
蹈	舞蹈(bú-tō)
導	導師(tō-su)、導演(tō-ián)、導覽(tō-lám)

lō

號	彼號(hit-lō)
囉	咧囉啥(teh lō siánn)
勞	慰勞(uì-lō)
烙	燒烙(sio-lō)

kō

滒	衫滒著油(sann kō-tiȯh iû)
翱	翱翱輾(kō-kō-liàn)

gō

餓	餓死(gō--sí)

hō

禍	災禍(tsai-hō)、車禍(tshia-hō)
賀	賀卡(hō-khah)

號	號名(hō-miâ)、號做(hō-tsò)、號碼(hō-bé)

tsō	
座	座談(tsō-tâm)
皂	烏白亂皂(oo-pėh luān tsō)
造	造勢(tsō-sè)、造話(tsō-uē)、造路(tsō-lōo)、造福(tsō-hok)
坐	靜坐(tsīng-tsō)
嘈	齪嘈(tsak-tsō)

▶韻母「onn」第 1 調

honn	
呼	毛呼(môo-honn)
齁	齁齁叫(honn-honn-kiò)

onn	
唔	唔唔睏(onn-onn-khùn)

▶韻母「onn」第 2 調

honn	
否	否決(hónn-kuat)、否定(hónn-tīng)、否認(hónn-jīn)

▶韻母「onn」第3調

hónn	
好	好色(hònn-sik)、好奇(hònn-kî)、好客(hònn-kheh)

ònn	
惡	可惡(khó-ònn)
噁	喑噁(inn-ònn)

▶韻母「onn」第5調

kônn	
鼾	睏會鼾(khùn ē kônn)

▶韻母「io」第1調

pio	
鏢	保鏢(pó-pio)
標	標會仔(pio-huē-á)、標頭(pio-thâu)

thio	
挑	挑手爿(thio-tshiú-pîng)、沙挑(sua-thio)

tsio	
蕉	弓蕉(king-tsio)、芭蕉(pa-tsio)、隱弓蕉(ún-king-tsio)
招	招呼(tsio-hoo)、招募(tsio-bōo)

椒	胡椒(hôo-tsio)、薟椒仔(hiam-tsio-á)

tshio	
俏	穿甲真俏(tshīng kah tsin tshio)
鵤	鵤哥(tshio-ko)、鵤赴(tshio-tiô)、鵤雞(tshio-ke)

sio	
相	相䝼(sio-siāng)、相欠債(sio-khiàm-tsè)、相出路(sio-tshut-lōo)、相交插(sio-kau-tshap)、相卸代(sio-sià-tāi)、相拍電(sio-phah-tiān)、相招(sio-tsio)
燒	燒金(sio-kim)、燒香(sio-hiunn)、燒烙(sio-lō)、燒滾滾(sio-kún-kún)、燒熱(sio-juah)
蕭	姓蕭(sènn Sio)

io	
么	么二三(io jī sann)
育	育囝(io-kiánn)、育飼(io-tshī)、罔育(bóng-io)
腰	腰子(io-tsí)、腰尺(io-tshioh)、腰脊骨(io-tsiah-kut)、腰帶(io-tuà)

▶韻母「io」第 2 調

pió	
表	表格(pió-keh)

錶	錶仔(pió-á)

bió

母	父母(hū-bió)、師母(su-bió)
秒	秒鐘(bió-tsing)

lió

瞭	瞭過(lió--kuè)

khió

口	有口難言(iú-khió-lân-giân)

tsió

少	少缺(tsió-khueh)、少數(tsió-sòo)

sió

小	小月(sió-gueh)、小可仔(sió-khuá-á)、小玉仔(sió-giók-á)、小叔(sió-tsik)

ió

抶	抶落去(ió--lòh-khì)

▶韻母「io」第 3 調

phiò

票	票券(phiò-kǹg)、票價(phiò-kè)、買票(bé-phiò)
漂	漂白(phiò-pe̍h)

tiò

釣	釣魚(tiò-hî)、釣鈎(tiò-kau)、釣餌(tiò-jī)

thiò

糶	糶米(thiò-bí)

kiò

叫	叫毋敢(kiò-m̄-kánn)、叫是(kiò-sī)、叫苦(kiò-khóo)、叫做(kiò-tsò)

khiò

筃	水筃(tsuí-khiò)、筃水(khiò-tsuí)
叩	叩首(khiò-siú)

tsiò

醮	做醮(tsò-tsiò)
照	照明(tsiò-bîng)、照鏡(tsiò-kiànn)

tshiò

笑	笑哈哈(tshiò-hai-hai)、笑面虎(tshiò-bīn-hóo)、笑梧(tshiò-pue)、笑詼(tshiò-khue)

▶韻母「io」第5調

phiô

藻	水藻(tsuí-phiô)

biô

描	描寫(biô-siá)

tiô

趒	趒跤頓蹄(tiô-kha-tǹg-tê)、嚓嚓趒(tshiák-tshiák-tiô)

thiô

頭	白頭偕老(pik-thiô-kai-nóo)

liô

撩	撩油(liô-iû)
劙	劙豬油(liô ti-iû)、劙花(liô hue)、劙玻璃(liô po-lê)

kiô

茄	茄仔色(kiô-á-sik)

| 橋 | 橋墩(kiô-tun)、橋頭(kiô-thâu) |

giô

| 蕘 | 奠蕘(ò-giô) |
| 蟯 | 蟯仔(giô-á)、蟯桮(giô-pue) |

siô

| 菝 | 軟菝菝(nńg-siô-siô) |

iô

| 窯 | 瓦窯(hiā-iô)、炕窯(khòng-iô)、炭窯(thuànn-iô) |
| 搖 | 搖手(iô-tshiú)、搖尾(iô bué)、搖笱(iô-kô)、搖鼓瑯(iô-kóo-long)、搖頭(iô-thâu)、搖櫓仔(iô-lóo-á)、搖籃(iô-nâ) |

▶韻母「io」第 7 調

piō

| 鰾 | 魚鰾(hî-piō) |

biō

| 廟 | 廟公(biō-kong)、廟寺(biō-sī)、廟埕(biō-tiânn) |

tiō

| 癜 | 白癜(pe̍h-tiō) |

| 趙 | 趙先生(Tiō--sian-sinn) |

| 轎 | 扛轎(kng-kiō)、輦轎仔(lián-kiō-á) |

| 蕎 | 蕗蕎(lōo-giō) |

| 后 | 皇后(hông-hiō)、天后(thian-hiō) |
| 後 | 後果(hiō-kó)、後悔(hiō-hué)、後嗣(hiō-sū)、後輩(hiō-puè) |

| 炤 | 炤路(tshiō lōo) |

| 尿 | 尿帕仔(jiō-phè-á)、尿苴仔(jiō-tsū-á)、尿壺(jiō-ôo)、放尿(pàng-jiō) |

| 喲 | 哎喲喂(ai-iō-uê) |

216

七：oo

▶韻母「oo」第 1 調

poo

晡	下晡 (ē-poo)、半晡 (puànn-poo)、軟晡 (nńg-poo)、頂晡 (tíng-poo)
埔	埔姜 (poo-kiunn)
埠	埠頭 (poo-thâu)
蜅	蜅蜅螬 (am-poo-tsê)

phoo

鋪	鋪面蟶 (phoo-bīn-than)、鋪排 (phoo-pâi)、鋪路 (phoo-lōo)
麩	頭麩 (thâu-phoo)

moo

毛	烏毛 (oo-moo)、起毛 (khí-moo)、龜毛 (ku-moo)
摸	摸飛 (moo-hui)

too

都	都市 (too-tshī)、都合 (too-ha̍p)、都會 (too-huē)

koo

菇	生菇 (senn-koo)、香菇 (hiunn-koo)、蘑菇 (môo-koo)

姑	姑不而將(koo-put-jî-tsiong)、姑情(koo-tsiânn)、阿姑(a-koo)
孤	孤毛絕種(koo-khut-tseh-tsíng)、孤毛絕種(koo-môo-tseh-tsíng)、孤囝(koo-kiánn)、孤單(koo-tuann)、孤獨(koo-tak)、孤獨(koo-tok)
罟	罟仔(koo-á)、牽罟(khan-koo)
辜	辜負(koo-hū)
溝	溝通(koo-thong)
膏	膏肓(koo-bông)、膏藥(koo-ioh)
蛄	蝦蛄(hê-koo)、火金蛄(hué-kim-koo)
鮕	鮕鮐(koo-tai)
鴣	鷓鴣菜(tsià-koo-tshài)

khoo

呼	呼蛋(khoo-tuann)、呼噓仔(khoo-si-á)、呼噎仔(khoo-uh-á)、呼膍仔(khoo-pi-á)
箍	箍半(khoo-puànn)、箍絡(khoo-loh)

hoo

呼	呼應(hoo-ìng)、呼籲(hoo-iok)

tsoo

租	租金(tsoo-kim)、租厝(tsoo-tshù)

組	組合(tsoo-hap)、組長(tsoo-tiúnn)、組頭(tsoo-thâu)、組織(tsoo-tsit)

tshoo

初	初級(tshoo-kip)、初選(tshoo-suán)、初戀(tshoo-luân)
粗	粗坯(tshoo-phue)、粗勇(tshoo-ióng)、粗俗物仔(tshoo-siok-mih-á)、粗穿(tshoo-tshīng)、粗重(tshoo-tāng)、粗紙(tshoo-tsuá)、粗瓷(tshoo-huî)

soo

蘇	姓蘇(sènn Soo)
穌	耶穌(Iâ-soo)
疏	疏忽(soo-hut)、疏散(soo-sàn)、疏開(soo-khai)、疏遠(soo-uán)
酥	酥腰(soo-io)
搜	搜救(soo-kiù)

oo

楎	吊楎(tiàu-oo)
阿	阿彌陀佛(Oo-mí-tôo-hut)
烏	烏黔紅(oo-tòo-âng)、烏仁(oo-jîn)、烏毛(oo-moo)、烏天暗地(oo-thinn-àm-tē)、烏手(oo-tshiú)、烏白來(oo-peh-lâi)、烏有(oo-iú)、烏西(oo-se)
嗚	嗚呼(oo-hoo)

▶韻母「oo」第 2 調

póo	
斧	斧頭(póo-thâu)、斧頭攕仔(póo-thâu-tsinn-á)
捕	捕手(póo-tshiú)
脯	菜脯(tshài-póo)、肉脯(bah-póo)、脯脯無湯(póo-póo bô thng)
補	補冬(póo-tang)、補助(póo-tsōo)、補強(póo-kiông)、補紩(póo-thīnn)、補給(póo-kip)

phóo	
譜	家譜(ka-phóo)、族譜(tsȯk-phóo)、離譜(lī-phóo)、食譜(sit-phóo)
普	普及(phóo-kip)、普通(phóo-thong)、普普仔(phóo-phóo-á)、普渡(phóo-tōo)
剖	解剖(kái-phóo)
輔	輔的(phóo--ê)

bóo	
畝	公畝(kong-bóo)
牡	牡丹(bóo-tan)
某	某人(bóo-lâng)、某乜人(bóo-mí-lâng)、某大姊(bóo-tuā-tsí)、某囝(bóo-kiánn)

220

tóo

肚	肚脹(tóo-tiòng)、肚縮(tóo-kuānn)、膁肚(liám-tóo)、腹肚(pak-tóo)、窞肚(thām-tóo)
堵	枋堵(pang-tóo)、壁堵(piah-tóo)、圍堵(uî-tóo)
賭	賭氣(tóo-khì)、賭強(tóo-kiông)

thóo

土	土公仔(thóo-kong-á)、土木(thóo-bȯk)、土地(thóo-tē)、土地公(Thóo-tī-kong)、土菝仔(thóo-puȧt-á)、土想(thóo-siūnn)
吐	吐大氣(thóo-tuā-khuì)、吐目(thóo-bȧk)、吐肉箭(thóo-bah-tsìnn)、吐舌(thóo-tsih)、吐腸頭(thóo-tn̂g-thâu)

nóo

老	老化(nóo-huà)、敬老(kìng-nóo)

lóo

努	努力(lóo-lȧt)
魯	烏魯木齊(oo-lóo-bȯk-tsè)、粗魯(tshoo-lóo)
勞	勞力(lóo-lȧt)
惱	惱氣(lóo-khì)
櫓	搖櫓仔(iô-lóo-á)
滷	滷肉(lóo-bah)、滷卵(lóo-nn̄g)、滷味(lóo-bī)

砳	砳砧石 (lóo-kóo-tsio̍h)

古	古老(kóo-ló)、古都(kóo-too)、古意(kóo-ì)、古錐(kóo-tsui)
估	估計(kóo-kè)、估算(kóo-sǹg)、估價(kóo-kè)
股	股市(kóo-tshī)、股份(kóo-hūn)、股票(kóo-phiò)
枸	枸杞(kóo-kí)
鈷	茶鈷(tê-kóo)、藥鈷仔(io̍h-kóo-á)
賈	商賈(siong-kóo)
鼓	鼓井(kóo-tsénn)、鼓仔燈(kóo-á-ting)、鼓吹(kóo-tshue)、鼓勵(kóo-lē)
砧	砳砧石 (lóo-kóo-tsio̍h)

許	姓許(sènn Khóo)
苦	苦勸(khóo-khǹg)、苦毛仔(khóo-mn̂g-á)、苦毒(khóo-to̍k)、苦情(khóo-tsîng)、苦楝仔(khóo-līng-á)、苦難(khóo-lān)

午	正午(tsiànn-ngóo)

五	五仁(ngóo-jîn)、五加皮(ngóo-ka-pî)、五官(ngóo-kuan)、五金(ngóo-kim)、五香(ngóo-hiang)、五穀(ngóo-kok)
我	自我(tsū-ngóo)
忤	忤逆(ngóo-gi̍k)
伍	退伍(thè-ngóo)、落伍(lo̍k-ngóo)、入伍(ji̍p-ngóo)
偶	偶像(ngóo-siōng)
鮭	鮭仔(ngóo-á)

hóo

虎	虎豹母(hóo-pà-bú)、虎頭蜂(hóo-thâu-phang)、虎鬚(hóo-tshiu)
唬	唬人(hóo--lâng)、唬秤頭(hóo-tshìn-thâu)

tsóo

阻	阻力(tsóo-li̍k)、阻隔(tsóo-keh)、阻擋(tsóo-tòng)、阻礙(tsóo-gāi)
祖	祖公(tsóo-kong)、祖媽(tsóo-má)、祖厝(tsóo-tshù)、祖產(tsóo-sán)、祖傳祕方(tsóo-thuân-pì-hng)

tshóo

礎	基礎(ki-tshóo)

sóo	
所	所在(sóo-tsāi)、所有(sóo-iú)、所有(sóo-ū)、所致(sóo-tì)、所謂(sóo-uī)

óo	
挖	挖心肝(óo-sim-kuann)、挖空(óo-khang)、挖塗(óo-thôo)

▶韻母「oo」第3調

pòo	
布	面布(bīn-pòo)、帆布(phâng-pòo)、破布子(phuà-pòo-tsí)、布幼仔(pòo-iù-á)、布篷(pòo-phâng)
佈	佈置(pòo-tì)、佈稻仔(pòo-tiū-á)、佈田(pòo-tshân)、宣佈(suan-pòo)、佈局(pòo-kiok)、散佈(sàn-pòo)
怖	恐怖(khióng-pòo)
播	播出(pòo-tshut)、播送(pòo-sàng)、播田(pòo-tshân)、播稻仔(pòo-tiū-á)

phòo	
舖	總舖師(tsóng-phòo-sai)

tòo	
妒	怨妒(uàn-tòo)
黕	黕紙(tòo-tsuá)

pòo
佈局

一〇一年五月一

thòo

吐	吐血(thòo-hueh)、吐憐涎(thòo-liân-siân)、吐穗(thòo-suī)
兔	兔仔(thòo-á)

kòo

固	固定(kòo-tīng)、固執(kòo-tsip)
故	故事(kòo-sū)、故鄉(kòo-hiong)、故意(kòo-ì)、故障(kòo-tsiong)
雇	雇員(kòo-uân)
過	過謙(kòo-khiam)
構	構成(kòo-sîng)、構思(kòo-su)、構造(kòo-tsō)、構想(kòo-sióng)
購	購買(kòo-bé)、採購(tshái-kòo)
顧	顧人怨(kòo-lâng-uàn)、顧三頓(kòo-sann-tǹg)、顧慮(kòo-lī)

khòo

怐	怐怐(khòo-khòo)
庫	庫存(khòo-tsûn)、庫房(khòo-pâng)、倉庫(tshng-khòo)
褲	褲帶(khòo-tuà)、褲跤(khòo-kha)、褲頭(khòo-thâu)

hòo

戽	戽斗(hòo-táu)、戽水(hòo-tsuí)、戽杓(hòo-siàh)

tshòo

措	措施(tshòo-si)
醋	醋桶(tshòo-tháng)、食醋(tsiàh-tshòo)

sòo

素	素材(sòo-tsâi)、素食(sòo-sit)、素描(sòo-biô)、素質(sòo-tsit)
溯	追溯(tui-sòo)
疏	疏文(sòo-bûn)、注疏(tsù-sòo)
訴	訴求(sòo-kiû)、訴狀(sòo-tsñg)
數	數字(sòo-jī)、數值(sòo-tit)、數量(sòo-liōng)、數學(sòo-hàk)

▶韻母「oo」第 5 調

pôo

抪	手抪(tshiú-pôo)、跤抪(kha-pôo)、面抪(bīn-pôo)
醭	豆醭(tāu-pôo)
裒	拗裒(áu-pôo)、放裒(pàng-pôo)
痡	痡心(pôo-sim)
蒲	菖蒲(tshiong-pôo)、菜瓜蒲(tshài-kue-pôo)

phôo

扶	扶羼脬(phôo-lān-pha)、扶挺(phôo-thánn)

菩	菩提樹(phôo-thê-tshiū)、菩薩(phôo-sat)

bôo

摹	描摹(biâu-bôo)
模	模仿(bôo-hóng)、模樣(bôo-iūnn)、模範(bôo-huān)
謀	謀財害命(bôo-tsâi-hāi-bīng)、謀殺(bôo-sat)

môo

毛	毛呼(môo-honn)、毛病(môo-pēnn)、毛蟹(môo-hē)
矛	矛盾(môo-tún)
盲	盲腸(môo-tn̂g)
磨	消磨(siau-môo)
摩	摩西(Môo-se)
蘑	蘑菇(môo-koo)
魔	魔法(môo-huat)、魔神仔(môo-sîn-á)、魔術(môo-su̍t)
髦	時髦(sî-môo)

tôo

途	正途(tsìng-tôo)、改途(kái-tôo)、前途(tsiân-tôo)、路途(lōo-tôo)、運途(ūn-tôo)
陀	阿彌陀佛(Oo-mí-tôo-hu̍t)
徒	徒弟(tôo-tē)

227

屠	屠殺(tôo-sat)
圖	圖片(tôo-phìnn)、圖形(tôo-hîng)、圖像(tôo-siōng)、圖騰(tôo-thîng)
廚	廚子(tôo-tsí)
塗	糊塗(hôo-tôo)

thôo

塗	塗水(thôo-tsuí)、塗尪仔(thôo-ang-á)、塗沙(thôo-sua)、塗豆(thôo-tāu)、塗虱(thôo-sat)、塗炭(thôo-thuànn)、塗墼(thôo-kat)、塗捀(thôo-phâng)

lôo

奴	奴才(lôo-tsâi)、奴隸(lôo-lē)
螺	螺絲(lôo-si)、螺絲絞(lôo-si-ká)
爐	爐丹(lôo-tan)、爐主(lôo-tsú)
蘆	蘆竹(lôo-tik)、蘆筍(lôo-sún)、蘆黍(lôo-sé)
鱸	鱸魚(lôo-hî)、鱸鰻(lôo-muâ)
鸕	鸕鷀(lôo-tsî)

kôo

糊	糊人(kôo--lâng)、糊仔(kôo-á)

gôo

娛	娛樂(gôo-lók)

ngôo

吳	吳郭魚(ngôo-kueh-hî)
娛	娛樂(ngôo-lók)
梧	梧桐(ngôo-tông)
蜈	蜈蜞(ngôo-khî)、蜈蜞釘(ngôo-khî-ting)
娥	嫦娥(siông-ngôo)

hôo

狐	狐狸精(hôo-lî-tsiann)
胡	胡椒(hôo-tsio)、胡蠅(hôo-sîn)、胡蠅黐(hôo-sîn-thi)
壺	酒壺(tsiú-hôo)
葫	葫蘆(hôo-lôo)
撈	撈起來滴水(hôo khí-lâi tih tsuí)
糊	糊塗(hôo-tôo)、糊瘰瘰(hôo-luì-luì)
鬍	鬍鬚(hôo-tshiu)
鰗	鰗鰡(hôo-liu)

ôo

壺	痰壺(thâm-ôo)、簶壺(kám-ôo)
瑚	珊瑚(suan-ôo)
湖	湖面(ôo-bīn)

蝴	蝴蝶(ôo-tia̍p)

▶韻母「oo」第7調

pōo

步	步數(pōo-sòo)、步輦(pōo-lián)、撇步(phiat-pōo)
哺	空喙哺舌(khang-tshuì-pōo-tsi̍h)
埠	商埠(siong-pōo)
部	部份(pōo-hūn)、部長(pōo-tiúnn)、部落(pōo-lo̍k)、部屬(pōo-sio̍k)

phōo

廍	糖廍(thn̂g-phōo)
簿	簿仔(phōo-á)

bōo

茂	大茂(tāi-bōo)
墓	公墓(kong-bōo)
暮	日暮西山(ji̍t-bōo-se-san)
戊	戊己(bōo kí)
慕	思慕(su-bōo)
貿	貿易(bōo-i̍k)
募	募捐(bōo-kuan)、募款(bōo-khuán)

幕	幕後(bōo-āu)、幕僚(bōo-liâu)

mōo

冒	冒險(mōo-hiám)

tōo

杜	杜伯仔(tōo-peh-á)、杜定(tōo-tīng)、杜蚓仔(tōo-kún-á)、杜猴(tōo-kâu)、杜鵑(tōo-kuan)
肚	肚胿仔(tōo-kuai-á)、肚腸(tōo-tn̂g)、肚臍(tōo-tsâi)
度	度小月(tōo-sió-gue̍h)、度假(tōo-ká)、度晬(tōo-tsè)
渡	渡口(tōo-kháu)、渡海(tōo-hái)、渡船(tōo-tsûn)
鍍	電鍍(tiān-tōo)

nōo

怒	憤怒(hùn-nōo)
懦	懦夫(nōo-hu)

lōo

路	路口(lōo-kháu)、有路用(ū lōo-īng)、路沖(lōo-tshiong)、路旁屍(lōo-pông-si)、路祭(lōo-tsè)、路頭(lōo-thâu)
蕗	蕗蕎(lōo-giō)
露	露水(lōo-tsuí)、露營(lōo-iânn)、露螺(lōo-lê)
摎	摎摎摔(lōo lōo hián)

kōo

怙	怙行的(kōo kiânn--ê)

gōo

五	五分仔車(gōo-hun-á-tshia)、五日節(gōo-jit-tseh)、五筋枷(gōo-kin-kê)
午	午時(gōo-sî)、午時水(gōo-sî-tsuí)
誤	誤會(gōo-huē)、誤解(gōo-kái)

ngōo

悟	覺悟(kak-ngōo)、體悟(thé-ngōo)、無疑悟(bô-gî-ngōo)
傲	驕傲(kiau-ngōo)

hōo

予	予伊(hōo i)
互	互相(hōo-siong)、互惠(hōo-huī)、互補(hōo-póo)
戶	戶橂(hōo-tīng)、戶口(hōo-kháu)、戶籍(hōo-tsik)
厚	忠厚(tiong-hōo)
雨	雨毛仔(hōo-mîg-á)、雨傘(hōo-suànn)、雨幔(hōo-mua)、雨霎仔(hōo-sap-á)
後	後衛(hōo-uē)
護	護士(hōo-sū)、護照(hōo-tsiàu)、護龍(hōo-lîng)、保護(pó-hōo)

tsōo

助	助手(tsōo-tshiú)、助益(tsōo-ik)、助陣(tsōo-tīn)

ōo

芋	芋仔(ōo-á)、芋冰(ōo-ping)、芋泥(ōo-nî)、芋莖(ōo-huâinn)、芋稈(ōo-kuáinn)、芋圓(ōo-înn)、芋粿(ōo-kué)、芋粿曲(ōo-kué-khiau)

八：u、iu、iunn

▶韻母「u」第 1 調

pu

哹	哹哹叫(pu-pu-kiò)

tu

株	長株形(tîg-tu-hîng)
蛛	蜘蛛(ti-tu)
挓	挓過去(tu--kuè-khì)、喙挓挓(tshuì tu-tu)

lu

攄	攄仔(lu-á)、攄塗機(lu-thôo-ki)、攄頭毛(lu-thâu-mîg)

ku

痀	曲痀(khiau-ku)、隱痀(ún-ku)

苦	苦力(ku-lí)
呴	痚呴(he-ku)、痚呴嗽(he-ku-sàu)
龜	龜毛(ku-moo)、龜祟(ku-sui)、龜殼(ku-khak)、龜蠅(ku-sîn)
跔	跔佇遐(ku tī hia)

khu

坵	一坵田(tsı̍t khu tshân)
軀	規身軀(kui-sin-khu)、搜身軀(tshiau sin-khu)
丘	姓丘(sènn Khu)
拘	拘束(khu-sok)、拘留(khu-liû)
區	區別(khu-piat)、區段(khu-tuānn)、區域(khu-hik)
驅	驅動(khu-tōng)

hu

夫	夫人(hu-jîn)、夫君(hu-kun)、夫妻(hu-tshe)
烌	火烌(hué-hu)、香烌(hiunn-hu)、骨頭烌(kut-thâu-hu)
麩	米仔麩(bí-á-hu)
俘	俘虜(hu-lóo)
虎	馬馬虎虎(má-má-hu-hu)
撫	撫撫咧(hu-hu--leh)
膚	膚質(hu-tsit)

朱	朱紅(tsu-âng)
株	花株(hue-tsu)
姿	姿色(tsu-sik)、姿勢(tsu-sè)、姿態(tsu-thài)
書	書房(tsu-pâng)、書架仔(tsu-kè-á)、書櫥(tsu-tû)
珠	珠淚(tsu-luī)、珠蔥(tsu-tshang)、珠螺(tsu-lê)
硃	硃砂痣(tsu-se-kì)
滋	滋味(tsu-bī)、滋潤(tsu-jūn)、滋養(tsu-ióng)
資	資料(tsu-liāu)、資格(tsu-keh)、資訊(tsu-sìn)、資歷(tsu-lik)
諸	諸位(tsu-uī)
諮	諮商(tsu-siong)、諮詢(tsu-sûn)

tshu

樞	中樞(tiong-tshu)
舒	舒被(tshu-phuē)
趨	趨勢(tshu-sè)、趨雪(tshu-seh)

su

司	司法(su-huat)、司儀(su-gî)
須	必須(pit-su)

軀	合軀(ha̍h-su)、圍軀裙(uî-su-kûn)
私	私下(su-hā)、私立(su-li̍p)、私密(su-bi̍t)、私通(su-thong)
思	思考(su-khó)、思念(su-liām)、思想(su-sióng)、思維(su-uî)、思慕(su-bōo)
師	師父(su-hū)、師母(su-bió)、師生(su-sing)、師長(su-tiúnn)
書	書刊(su-khan)、書法(su-huat)、書面(su-bīn)、書寫(su-siá)
斯	斯文(su-bûn)
舒	舒展(su-tián)
需	需求(su-kiû)、需要(su-iàu)
輸	輸入(su-ji̍p)、輸血(su-hueh)、輸送(su-sàng)、輸贏(su-iânn)

u	
汙	汙染(u-jiám)
跦	跤頭跦(kha-thâu-u)

▶韻母「u」第2調

phú	
殕	殕色(phú-sik)、臭殕(tshàu-phú)

拇	大頭拇(tuā-thâu-bú)、指頭拇公(tsíng-thâu-bú-kong)
母	母仔囝(bú-á-kiánn)、母妗(bú-kīm)、母舅(bú-kū)、母語(bú-gí)
武	武林(bú-lîm)、武俠(bú-kiap)、武術(bú-sút)、武器(bú-khì)
侮	侮辱(bú-jiòk)
舞	舞台(bú-tâi)、舞曲(bú-khik)、舞步(bú-pōo)、舞蹈(bú-tō)
撫	撫養(bú-ióng)

拄	拄才(tú-tsiah)、拄仔好(tú-á-hó)、拄欲(tú beh)、拄著(tú-tiòh)、拄搪(tú-tng)、拄遤(tú-tshiāng)、拄數(tú-siàu)

女	女人(lú-jîn)、女性(lú-sìng)、女裝(lú-tsong)
旅	旅社(lú-siā)

久	久來(kú--lâi)、久長(kú-tông)
韭	韭菜(kú-tshài)

語	語言(gú-giân)

腑	五臟六腑(ngóo-tsōng-liòk-hú)
抌	肉抌(bah-hú)、魚抌(hî-hú)
府	府城(Hú-siânn)
腐	腐化(hú-huà)、腐敗(hú-pāi)、腐爛(hú-nuā)
輔	輔助(hú-tsōo)、輔導(hú-tō)
撫	撫慰(hú-uì)

子	子弟(tsú-tē)、子宮(tsú-kiong)、子時(tsú-sî)
主	主任(tsú-jīm)、主角(tsú-kak)、主持(tsú-tshî)、主宰(tsú-tsáinn)、主張(tsú-tiunn)
煮	煮食(tsú-tsiàh)、煮飯(tsú-pn̄g)

此	此外(tshú-guā)、此時(tshú-sî)、如此(jû-tshú)
取	取代(tshú-tāi)、取消(tshú-siau)、取得(tshú-tit)、取締(tshú-tè)
處	處方(tshú-hng)、處置(tshú-tì)、處境(tshú-kíng)、處罰(tshú-huàt)

sú

死	不死鬼(put-sú-kuí)
史	史料(sú-liāu)、歷史(lı̍k-sú)
使	使用(sú-iōng)、使命(sú-bīng)
始	始業式(sú-giȧp-sik)
暑	暑假(sú-ká)、暑期(sú-kî)
署	署長(sú-tiúnn)
駛	駕駛(kà-sú)

jú

乳	乳名(jú-miâ)、豆乳(tāu-jú)
愈	愈好(jú hó)

ú

宇	宇宙(ú-tiū)
羽	羽毛(ú-môo)、羽化(ú-huà)
雨	雨水(ú-suí)
與	與會(ú-huē)

▶韻母「u」第 3 調

pù	
富	大富(tuā-pù)

tù	
著	著作(tù-tsok)
注	落注(lòh-tù)
滯	胃滯滯(uī tù-tù)

lù	
鑢	鑢仔(lù-á)、鑢破皮(lù phuà phuê)

kù	
句	句點(kù-tiám)、句讀(kù-tāu)
灸	針灸(tsiam-kù)

hù	
付	付出(hù-tshut)、付款(hù-khuán)
咐	吩咐(huan-hù)
附	附帶(hù-tài)、附設(hù-siat)、附錄(hù-lòk)、附屬(hù-siòk)
訃	訃音(hù-im)、訃文(hù-bûn)

赴	袚赴(bē-hù)
副	副刊(hù-khan)、副本(hù-pún)
富	富戶(hù-hōo)、富貴(hù-kuì)、富裕(hù-jū)
賦	稅賦(suè-hù)、天賦(thian-hù)

tsù

注	注文(tsù-bûn)、注音(tsù-im)、注射(tsù-siā)、注意(tsù-ì)
註	註冊(tsù-tsheh)、註死(tsù-sí)、註定(tsù-tiānn)、註明(tsù-bîng)、註解(tsù-kái)
駐	駐軍(tsù-kun)
鑄	鑄造(tsù-tsō)

tshù

次	次序(tshù-sū)、次要(tshù-iàu)
厝	厝瓦(tshù-hiā)、厝宅(tshù-theh)、厝角鳥仔(tshù-kak-tsiáu-á)、厝邊頭尾(tshù-pinn-thâu-bué)
處	處長(tshù-tiúnn)、處暑(tshù-sú)
趣	趣味(tshù-bī)

sù

四	四序(sù-sī)、四季(sù-kuì)、四物仔(sù-bút-á)、四神湯(sù-sîn-thng)、四配(sù-phuè)、四常(sù-siông)

肆	放肆(hòng-sù)
絮	柳絮(liú-sù)
思	閉思(pì-sù)、意思(ì-sù)、無意無思(bô-ì-bô-sù)
恕	寬恕(khuan-sù)
賜	賞賜(siúnn-sù)

ù

汙	貪官汙吏(tham-kuann-ù-lī)
焐	焐予燒(ù hōo sio)

▶韻母「u」第5調

pû

垺	一垺屎(tsi̍t-pû-sái)
炰	炰番薯(pû han-tsî)
匏	匏仔(pû-á)、匏桸(pû-hia)

phû

浮	浮方(phû-phànn)、浮沉(phû-tîm)、浮崙(phû-lūn)
烰	烰圓仔(phû înn-á)
葡	葡萄(phû-tô)
芙	芙蓉(phû-iông)

| 無 | 無可奈何(bû-khó-nāi-hô)、無妨(bû-hông)、無所謂(bû-sóo-uī)、無辜(bû-koo) |
| 誣 | 誣賴(bû-luā) |

除	除了(tû-liáu)、除非(tû-hui)
廚	廚房(tû-pâng)
儲	儲備(tû-pī)
櫥	櫥仔(tû-á)、櫥窗(tû-thang)
躇	躊躇(tiû-tû)

| 跍 | 跍佇路邊(khû tī lōo-pinn) |

| 牛 | 牛仔褲(gû-á-khòo)、牛奶(gû-ling)、牛杙仔(gû-khit-á)、牛牢(gû-tiâu)、牛肚(gû-tōo) |

| 扶 | 扶助(hû-tsōo)、扶持(hû-tshî)、扶插(hû-tshah) |
| 芙 | 芙蓉(hû-iông) |

| 符 | 符仔(hû-á)、符合(hû-ha̍p)、符咒(hû-tsiù)、符號(hû-hō) |

屪	呼雞屪(khoo ke tsû)
慈	慈善(tsû-siān)、慈悲(tsû-pi)、慈愛(tsû-ài)
磁	電磁(tiān-tsû)

詞	言詞(giân-sû)、致詞(tì-sû)、歌詞(kua-sû)
祠	宗祠(tsong-sû)
殊	特殊(ti̍k-sû)
辭	辭典(sû-tián)

如	如今(jû-kim)、如此(jû-tshú)
挐	挐氅氅(jû-tsháng-tsháng)
儒	儒家(Jû-ka)

餘	盈餘(îng-û)、業餘(gia̍p-û)

▶韻母「u」第 7 調

pū

婦	新婦(sin-pū)、新婦仔(sin-pū-á)
孵	孵卵(pū-nn̄g)、孵岫(pū-siū)、孵膿(pū-lâng)

phū

浡	水浡出來(tsuí phū--tshut-lâi)、浡水(phū tsuí)、浡泡(phū pho)、浡蠓仔水(phū báng-á-tsuí)

bū

務	務實(bū-sit)、任務(jīm-bū)
霧	雺霧(bông-bū)、霧嘎嘎(bū-sà-sà)、霧水(bū-tsuí)、蓮霧(liân-bū)

tū

駐	駐死(tū--sí)、駐水(tū-tsuí)
嘟	懊嘟嘟(àu-tū-tū)

kū

具	具體(kū-thé)、器具(khì-kū)
舅	舅公(kū-kong)、阿舅(a-kū)
舊	舊年(kū-nî)、舊數(kū-siàu)、舊曆(kū-lı̍k)

khū

具	工具(kang-khū)
俱	俱樂部(khū-lo̍k-pōo)
臼	石舂臼(tsio̍h-tsing-khū)

gū

寓	公寓(kong-gū)
禦	防禦(hông-gū)
御	御用(gū-iōng)
遇	遇著(gū--tio̍h)

khū
工具

hū

父	父母(hū-bió)、父老(hū-ló)
腐	豆腐(tāu-hū)
附	附近(hū-kīn)
負	負責(hū-tsik)、負債(hū-tsè)、負擔(hū-tam)
傅	師傅(sai-hū)
婦	婦人人(hū-jîn-lâng)、婦女(hū-lí)

tsū

自	自由(tsū-iû)、自立(tsū-li̍p)、自在(tsū-tsāi)、自作孽(tsū-tsok-gia̍t)、自我(tsū-ngóo)

住	住宅(tsū-thėh)、住址(tsū-tsí)、住所(tsū-sóo)
苴	尿苴仔(jiō-tsū-á)、椅苴(í-tsū)、鞋苴(ê-tsū)
聚	聚集(tsū-tsi̍p)、聚會(tsū-huē)

tshū

跙	跙一倒(tshū tsi̍t tó)、跙倒(tshū--tó)
呲	嗤舞嗤呲(tshi-bú-tshih-tshū)
潄	潄芳水(tshū phang-tsuí)、潄尿(tshū jiō)

sū

士	士兵(sū-ping)
仕	仕途(sū-tôo)
序	序幕(sū-bōo)、冊的序(tsheh ê sū)
事	事件(sū-kiānn)、事先(sū-sian)、事物(sū-bu̍t)、事務(sū-bū)、事實(sū-si̍t)
侍	侍候(sū-hāu)
嗣	傳後嗣(thn̂g-hiō-sū)
嶼	島嶼(tó-sū)
緒	情緒(tsîng-sū)
敘	敘事(sū-sū)、敘述(sū-su̍t)
祀	祭祀(tsè-sū)
似	類似(luī-sū)

jū	
喻	比喻(pí-jū)、譬喻(phì-jū)
裕	富裕(hù-jū)

ū	
有	有身(ū-sin)、有的無的(ū--ê-bô--ê)、有耳無喙(ū-hīnn-bô-tshuì)、有空無榫(ū-khang-bô-sún)、有時仔(ū-sî-á)、有時有陣(ū-sî-ū-tsūn)、有夠(ū-kàu)
譽	榮譽(îng-ū)、名譽(bîng-ū)

▶韻母「iu」第1調

piu	
彪	彪婆(piu-pô)、虎熊豹彪(hóo hîm pà piu)

tiu	
丟	健丟(kiān-tiu)

thiu	
抽	抽長(thiu-tn̂g)、抽疼(thiu-thiànn)、抽退(thiu-thè)、抽鬮(thiu-khau)、抽躼(thiu-lò)
紬	牽紬(khan-thiu)

liu	
溜	溜籠(liu-lông)

鰡	鰗鰡(hôo-liu)

kiu

勼	勼手(kiu-tshiú)、勼水(kiu-tsuí)、勼跤(kiu-kha)

hiu

休	休閒(hiu-hân)、罷休(pā-hiu)
咻	咻咻叫(hiu-hiu-kiò)

tsiu

舟	舟車(tsiu-tshia)
睭	目睭(ba̍k-tsiu)
洲	亞洲(A-tsiu)、美洲(Bí-tsiu)
周	周全(tsiu-tsuân)、周至(tsiu-tsì)、周密(tsiu-bi̍t)
週	週刊(tsiu-khan)、週年(tsiu-nî)、週期(tsiu-kî)
州	漳州(Tsiang-tsiu)、泉州(Tsuân-tsiu)

tshiu

鬚	喙鬚(tshuì-tshiu)、聳鬚(tshàng-tshiu)、鬍鬚(hôo-tshiu)
秋	秋分(tshiu-hun)、秋天(tshiu-thinn)、秋凊(tshiu-tshìn)
鶖	烏鶖(oo-tshiu)
鞦	韆鞦(tshian-tshiu)、幌韆鞦(hàinn-tshian-tshiu)

249

siu	
收	收尾(siu-bué)、收束(siu-sok)、收泔(siu-ám)、收益(siu-ik)
修	修正(siu-tsìng)、修行(siu-hīng)、修理(siu-lí)、修補(siu-póo)
羞	羞恥(siu-thí)

iu	
幽	幽幽仔疼(iu-iu-á-thiànn)、幽雅(iu-ngá)
猶	猶原(iu-guân)
悠	歲月悠悠(suè-guat iu-iu)
憂	憂悶(iu-būn)、憂結結(iu-kat-kat)、憂愁(iu-tshiû)、憂頭結面(iu-thâu-kat-bīn)
優	優秀(iu-siù)、優待(iu-thāi)、優異(iu-ī)、優雅(iu-ngá)、優勢(iu-sè)

▶韻母「iu」第2調

thiú	
丑	丑仔(thiú-á)

niú	
兩	半斤八兩(puànn kin peh niú)
扭	扭曲(niú-khiok)

250

liú

扭	扭掠(liú-liáh)、扭搦(liú-lák)
柳	柳丁(liú-ting)
絡	剪絡仔(tsián-liú-á)
鈕	鈕仔(liú-á)、鈕仔空(liú-á-khang)、鈕鈕仔(liú liú-á)

kiú

| 九 | 九芎仔(kiú-kiong-á) |
| 久 | 久仰(kiú-gióng)、久見(kiú-kiàn) |

khiú

| 搝 | 搝大索(khiú-tuā-soh)、搝搝搦搦(khiú-khiú-lák-lák) |

ngiú

| 扭 | 扭尻川(ngiú kha-tshng) |

hiú

| 朽 | 老朽(nóo-hiú) |

tsiú

| 守 | 守空房(tsiú khang-pâng)、守寡(tsiú-kuá)、守暝(tsiú-mê) |
| 酒 | 酒矸(tsiú-kan)、酒開仔(tsiú-khui-á)、酒甌(tsiú-au) |

tshiú	
手	手下(tshiú-hā)、手爪(tshiú-jiáu)、手目(tshiú-bȧk)、手抍仔(tshiú-huānn-á)、手曲(tshiú-khiau)、手尾力(tshiú-bué-lȧt)、手肚(tshiú-tóo)
帚	掃帚(sàu-tshiú)

siú	
手	水手(tsuí-siú)、兇手(hiong-siú)
守	守則(siú-tsik)、守備(siú-pī)、守護(siú-hōo)
首	首先(siú-sian)、首頁(siú-iȧh)、首席(siú-sik)

iú	
友	友的(iú--ê)、友情(iú-tsîng)、友善(iú-siān)
有	有利(iú-lī)、有孝(iú-hàu)、有志(iú-tsì)、有應公(Iú-ìng-kong)
酉	酉時(iú-sî)、點燈酉(tiám ting iú)
誘	誘因(iú-in)、誘惑(iú-hik)

▶韻母「iu」第 3 調

tiù	
晝	晝夜(tiù-iā)

| 遛 | 遛手(liù-tshiú)、遛皮(liù-phuê)、遛疿仔(liù-phí-á) |

究	究竟(kiù-kìng)
糾	糾正(kiù-tsìng)、糾紛(kiù-hun)、糾帶(kiù-tuà)、糾筋(kiù-kin)
救	救火(kiù-hué)、救援(kiù-uān)、救濟(kiù-tsè)、救贖(kiù-siòk)

| 捖 | 捖水(hiù tsuí) |

| 咒 | 咒誓(tsiù-tsuā)、咒罵(tsiù-mē)、咒讖(tsiù-tshàm) |
| 蛀 | 蛀齒(tsiù-khí)、蛀龜仔(tsiù-ku-á)、蛀蟲(tsiù-thâng) |

鞘	刀鞘(to-siù)
秀	秀氣(siù-khì)、秀梳仔(siù-se-á)、秀麗(siù-lē)
宿	星宿(sing-siù)
袖	領袖(líng-siù)
繡	繡房(siù-pâng)、繡花(siù-hue)、繡球(siù-kiû)

獸	獸醫(siù-i)
鏽	鏽蝕(siù-sik)

iù	
幼	幼秀(iù-siù)、幼骨(iù-kut)、幼稚(iù-tī)、幼路(iù-lōo)、幼齒(iù-khí)、幼麵麵(iù-mī-mī)

▶韻母「iu」第 5 調

tiû	
綢	綢仔(tiû-á)
籌	籌備(tiû-pī)、籌辦(tiû-pān)
躊	躊躇(tiû-tû)

niû	
量	冤家量債(uan-ke-niû-tsè)、量長度(niû tn̂g-tōo)
娘	娘嫺(niû-kán)、娘仔葉(niû-á-hióh)、娘仔繭(niû-á-kián)、娘囝(niû-kiánn)
梁	梁柱(niû-thiāu)
涼	涼傘(niû-suànn)
糧	糧食(niû-sit)、糧草(niû-tsháu)

liû	
瘤	肉瘤(bah-liû)

流	流浪(liû-lōng)、流通(liû-thong)、流傳(liû-thuân)
琉	琉璃(liû-lî)
留	留意(liû-ì)、留學(liû-ha̍k)、留戀(liû-luân)
硫	硫磺(liû-hông)
榴	榴槤(liû-liân)
摺	摺膨紗線(liû phòng-se-suànn)

kiû

求	求神問佛(kiû-sîn-mn̄g-pu̍t)、哀求(ai-kiû)
毬	拍結毬(phah-kat-kiû)
球	球栖(kiû-pue)、球隊(kiû-tuī)、球箠(kiû-tshuê)、拍球 (phah-kiû)

khiû

虯	虯毛(khiû-mn̂g)、虯儉(khiû-khiām)

hiû

裘	裘仔(hiû-á)

tshiû

撨	挽瓜撨藤(bán kue tshiû tîn)
愁	解愁(kái-tshiû)、憂愁(iu-tshiû)

仇	仇恨(siû-hūn)
囚	囚犯(siû-huān)
泅	泅水(siû-tsuí)
酬	應酬(ìng-siû)、報酬(pò-siû)

柔	柔軟(jiû-nńg)、溫柔(un-jiû)
揉	揉桌頂(jiû toh-tíng)
榆	雞榆(ke-jiû)
鰇	鰇魚羹(jiû-hî-kenn)

尤	尤其(iû-kî)
由	由在(iû-tsāi)、由來(iû-lâi)
油	油水(iû-tsuí)、油車(iû-tshia)、油朒朒(iû-leh-leh)、油垢(iû-káu)、油洗洗(iû-sé-sé)、油炸粿(iû-tsiàh-kué)
游	游牧(iû-bo̍k)、游泳(iû-íng)
郵	郵件(iû-kiānn)、郵局(iû-kio̍k)、郵票(iû-phiò)、郵筒(iû-tâng)
遊	遊民(iû-bîn)、遊行(iû-hîng)、遊說(iû-sueh)、遊覽(iû-lám)

▶韻母「iu」第7調

biū

| 謬 | 謬言(biū-giân) |

tiū

宙	宇宙(ú-tiū)
紂	商紂王(Siong Tiū-ông)
稻	稻埕(tiū-tiânn)、稻草人(tiū-tsháu-lâng)、稻穗(tiū-suī)

niū

| 量 | 量仔(niū-á) |
| 讓 | 讓手(niū-tshiú)、讓位(niū-uī)、讓步(niū-pōo) |

liū

| 餾 | 餾粿(liū-kué) |

kiū

| 咎 | 難辭其咎(lân sû kî kiū) |
| 樞 | 靈樞(lîng-kiū) |

khiū

| 飯 | 飯嗲嗲(khiū-teh-teh) |

tsiū

就	就任(tsiū-jīm)、就近(tsiū-kīn)、就按呢(tsiū-án-ne)、就業(tsiū-giáp)

tshiū

樹	樹奶(tshiū-ling)、樹林(tshiū-nâ)、樹栽(tshiū-tsai)、樹椏(tshiū-ue)、樹絡(tshiū-le)、樹葉(tshiū-hió̍h)、樹蔭(tshiū-ńg)

siū

受	受苦(siū-khóo)、受害(siū-hāi)、受氣(siū-khì)、受債(siū-tsè)、受當袂起(siū-tong-bē-khí)、接受(tsiap-siū)
岫	狗岫(káu-siū)、後岫(āu-siū)、蜂岫(phang-siū)、孵岫(pū-siū)
售	售價(siū-kè)
授	授課(siū-khò)、授權(siū-khuân)
壽	壽命(siū-miā)、壽板(siū-pán)、壽金(siū-kim)、壽龜(siū-ku)

iū

又	又閣(iū-koh)
右	左右(tsó-iū)
佑	庇佑(pì-iū)
柚	柚仔(iū-á)

▶韻母「iunn」第 1 調

tiunn	
張	張老(tiunn-lāu)、張身勢(tiunn-sin-sè)、張持(tiunn-tî)、張掇(tiunn-tuah)

kiunn	
羗	羗仔(kiunn-á)
姜	埔姜(poo-kiunn)
薑	薑母鴨(kiunn-bó-ah)、薑絲(kiunn-si)

khiunn	
腔	腔口(khiunn-kháu)

hiunn	
香	香火(hiunn-hué)、香烌(hiunn-hu)、香菇(hiunn-koo)
鄉	鄉里(hiunn-lí)

tsiunn	
章	奏章(tsàu-tsiunn)、文章(bûn-tsiunn)
樟	樟仔(tsiunn-á)、樟腦(tsiunn-ló)
漿	漿泔(tsiunn-ám)、漿洗(tsiunn-sé)、漿衫(tsiunn-sann)
螿	螿蜍(tsiunn-tsî)

tshiunn

鯧	白鯧(pėh-tshiunn)、烏鯧(oo-tshiunn)
槍	長槍(tĥg-tshiunn)
腔	激面腔(kik-bīn-tshiunn)

siunn

廂	車廂(tshia-siunn)
相	相思(siunn-si)
傷	傷鹹(siunn kiâm)
箱	箱仔(siunn-á)、箱籠(siunn-láng)

iunn

鴦	鴛鴦(uan-iunn)、水鴛鴦(tsuí-uan-iunn)

▶韻母「iunn」第 2 調

tiúnn

長	長老(tiúnn-ló)

tsiúnn

槳	槳仔(tsiúnn-á)、船槳(tsûn-tsiúnn)
掌	鴨掌(ah-tsiúnn)、斷掌(tĥg-tsiúnn)

tshiúnn

搶	搶劫(tshiúnn-kiap)、搶孤(tshiúnn-koo)、搶案(tshiúnn-àn)、搶頭香(tshiúnn-thâu-hiunn)
廠	廠房(tshiúnn-pâng)、廠商(tshiúnn-siong)、廠牌(tshiúnn-pâi)

siúnn

賞	賞月(siúnn-gueh)、賞罰(siúnn-huat)、賞賜(siúnn-sù)
鯗	鴨鯗(ah-siúnn)

iúnn

䤐	䤐水(iúnn-tsuí)、䤐肥(iúnn-puî)
養	養母(iúnn-bú)、養爸(iúnn-pē)

▶韻母「iunn」第 3 調

tiùnn

脹	脹肚(tiùnn-tōo)、脹氣(tiùnn-khì)、脹胿(tiùnn-kui)、脹膿(tiùnn-lâng)
漲	漲懸價(tiùnn-kuân-kè)

tsiùnn

醬	醬瓜仔(tsiùnn-kue-á)、醬菜(tsiùnn-tshài)、醬鹹(tsiùnn-kiâm)

tshiùnn	
啾	哈啾(hah-tshiùnn)、拍咳啾(phah-kha-tshiùnn)
唱	唱片 (tshiùnn-phìnn)、唱歌 (tshiùnn-kua)、唱盤 (tshiùnn-puânn)

siùnn	
相	生相(senn-siùnn)、破相(phuà-siùnn)、譬相(phì-siùnn)、歹看相(pháinn-khuànn-siùnn)、清氣相(tshing-khì-siùnn)

▶韻母「iunn」第 5 調

tiûnn	
場	場合(tiûnn-ha̍p)、場所(tiûnn-sóo)、場面(tiûnn-bīn)

tshiûnn	
牆	牆仔(tshiûnn-á)、牆圍 (tshiûnn-uî)
颺	颺風(tshiûnn-hong)、颺粟 (tshiûnn-tshik)

siûnn	
潒	齒潒(khí-siûnn)、米糕潒(bí-ko-siûnn)、腸仔潒(tn̂g-á-siûnn)

iûnn	
陽	半陰陽仔(puànn-iam-iûnn-á)

羊	羊毛(iûnn-mn̂g)、羊仔(iûnn-á)、羊眩(iûnn-hîn)、羊牕 (iûnn-káng)
洋	洋服(iûnn-ho̍k)、洋裝(iûnn-tsong)、洋樓(iûnn-lâu)
楊	楊桃(iûnn-tô)
熔	熔鐵(iûnn thih)
溶	糖溶去(thn̂g iûnn--khì)

▶韻母「iunn」第7調

tiūnn

丈	丈人爸(tiūnn-lâng-pâ)、丈姆(tiūnn-ḿ)

khiūnn

噤	噤喙(khiūnn-tshuì)

tsiūnn

上	上山(tsiūnn-suann)、上手(tsiūnn-tshiú)、上北(tsiūnn-pak)、上冊袂攝(tsiūnn-siap-bē-liap)、上台(tsiūnn-tâi)、上崎(tsiūnn-kiā)
癢	扒癢(pê-tsiūnn)

tshiūnn

上	上水(tshiūnn-tsuí)、上青苔(tshiūnn-tshenn-thî)、上殕 (tshiūnn-phú)

匠	木匠(bák-tshiūnn)
像	若像(ná-tshiūnn)、親像(tshin-tshiūnn)
象	象牙(tshiūnn-gê)、象棋(tshiūnn-kî)

siūnn

尚	和尚(huê-siūnn)
象	象桮(siūnn-pue)
想	想東想西(siūnn-tang-siūnn-sai)、想法(siūnn-huat)、想空想縫(siūnn-khang-siūnn-phāng)

iūnn

| 樣 | 樣式(iūnn-sik)、仝樣(kāng-iūnn) |

九：m、ng

▶韻母「m」

ḿ

| 姆 | 姆仔(ḿ--á)、姆婆(ḿ-pô)、阿姆(a-ḿ) |

hm̂

| 茅 | 茅仔草(hm̂-á-tsháu) |

m̂	
莓	花莓(hue-m̂)、草莓(tsháu-m̂)

m̄	
毋	毋甘(m̄-kam)、毋好(m̄ hó)、毋成囝(m̄-tsiânn-kiánn)、毋成物(m̄-tsiânn-mı̍h)、毋成猴(m̄-tsiânn-kâu)、毋成樣(m̄-tsiânn-iūnn)、毋但(m̄-nā)

▶韻母「ng」第 1 調

m̂
花莓

png	
方	方先生(Png--sian-sinn)
楓	楓仔(png-á)
幫	幫店面(png tiàm-bīn)

tng	
張	張鳥鼠(tng niáu-tshí)、張等(tng-tán)
當	當咧(tng-teh)、當面(tng-bīn)、當頭白日(tng-thâu-pe̍h-jit)、當頭對面(tng-thâu-tuì-bīn)

thng	
湯	湯匙仔(thng-sî-á)、湯頭(thng-thâu)

nng

軁	軁袂過(nng bē kuè)

kng

光	光滑(kng-kút)、光線(kng-suànn)、光頭(kng-thâu)
扛	扛轎(kng-kiō)
缸	醃缸(am-kng)、水缸(tsuí-kng)

khng

糠	糠蛤(khng-tâi)

hng

昏	下昏(e-hng)、下昏暗(e-hng-àm)、昨昏(tsa-hng)
方	地方(tē-hng)、祕方(pì-hng)、處方(tshú-hng)、藥方(ioh-hng)、配方(phuè-hng)
荒	荒埔(hng-poo)、拋荒(pha-hng)

tsng

庄	庄跤(tsng-kha)、庄頭(tsng-thâu)
莊	茶莊(tê-tsng)、錢莊(tsînn-tsng)
粧	添粧(thiam-tsng)、嫁粧(kè-tsng)、蓄嫁粧(hak-kè-tsng)
妝	愛妝(ài tsng)

裝	裝痟的(tsng-siáu--ê)
磚	磚仔(tsng-á)

tshng

川	尻川 (kha-tshng)、尻川頓(kha-tshng-phué)、扭尻川 (ngiú kha-tshng)、長尻川 (tîg-kha-tshng)
穿	穿針(tshng tsiam)
倉	倉庫(tshng-khòo)
瘡	疳瘡(kam-tshng)、痔瘡(tī-tshng)
艙	船艙(tsûn-tshng)

sng

桑	桑材(sng-tsâi)
栓	栓仔(sng-á)
痠	痠抽疼(sng-thiu-thiànn)、痠疼(sng-thiànn)、痠軟(sng-nńg)
酸	酸甘甜(sng-kam-tinn)、酸筍 (sng-sún)
霜	霜降(sng-kàng)、霜風(sng-hong)、霜雪(sng-seh)

ng

央	中央(tiong-ng)
秧	秧仔(ng-á)、秧船(ng-tsûn)

| 掩 | 掩咯雞(ng-kók-ke)、掩掩揜揜(ng-ng-iap-iap) |

▶韻母「ng」第2調

pn̂g

| 榜 | 放榜(hòng-pn̂g)、金榜(kim-pn̂g) |

mn̂g

| 晚 | 晚稻(mn̂g-tiū) |

tn̂g

| 轉 | 轉大人(tn̂g-tuā-lâng)、轉去(tn̂g--khì)、轉來(tn̂g--lâi)、轉骨(tn̂g-kut)、轉喙(tn̂g-tshuì)、轉斡(tn̂g-uat)、轉踅(tn̂g-sėh)、轉臍(tn̂g-tsâi)、轉彎踅角(tn̂g-uan-sėh-kak) |

nn̂g

| 軟 | 軟餒餒(nn̂g-kauh-kauh)、軟心(nn̂g-sim)、軟洴(nn̂g-tsiánn)、軟荍荍(nn̂g-siô-siô)、軟晡(nn̂g-poo)、軟絲仔(nn̂g-si-á)、軟斟斟(nn̂g-sìm-sìm)、軟塗深掘(nn̂g-thôo-tshim-kut)、軟跤(nn̂g-kha)、軟膏膏(nn̂g-kô-kô) |

kn̂g

| 管 | 小管仔(sió-kn̂g-á)、毛管(mn̂g-kn̂g)、血管(hueh-kn̂g)、肺管(hì-kn̂g) |
| 捲 | 捲心白(kn̂g-sim-pėh)、捲螺仔風(kn̂g-lê-á-hong) |

廣	廣東(Kńg-tang)
卷	雞卷(ke-kńg)、雞卵卷(ke-nn̄g-kńg)

tshńg

吮	勢吮食(gâu-tshńg-tsia̍h)、吮骨頭(tshńg kut-thâu)

sńg

耍	愛耍(ài sńg)
損	損神(sńg-sîn)、損蕩(sńg-tn̄g)

ńg

碗	手碗(tshiú-ńg)、擘手碗(pih-tshiú-ńg)
阮	姓阮(sènn-Ńg)
搹	搹棉被(ńg mî-phuē)
銑	四兩銑仔(sì niú ńg-á)
蔭	樹蔭(tshiū-ńg)

▶韻母「ng」第 3 調

tǹg

當	當店(tǹg-tiàm)、當票(tǹg-phiò)
頓	頓印(tǹg-ìn)、頓椅頓桌(tǹg-í-tǹg-toh)、頓龜(tǹg-ku)

thǹg

燙	燙著(thǹg--tio̍h)
褪	褪皮(thǹg-phuê)、褪赤跤(thǹg-tshiah-kha)、褪衫(thǹg-sann)、褪殼(thǹg-khak)、褪腹裼(thǹg-pak-theh)、褪齒(thǹg-khí)

nǹg

軁	軁錢空(nǹg-tsînn-khang)、軁鑽(nǹg-tsǹg)

kǹg

卷	考卷(khó-kǹg)
貫	貫針(kǹg-tsiam)
券	債券(tsè-kǹg)、票券(phiò-kǹg)
楥	楥仔(kǹg-á)
鋼	鋼釘(kǹg-ting)、鋼琴(kǹg-khîm)、鋼筋(kǹg-kin)、鋼筆(kǹg-pit)

khǹg

囥	囥步(khǹg-pōo)、囥歲(khǹg-huè)
勸	勸和(khǹg-hô)、苦勸(khóo-khǹg)

tsǹg

鑽	鑽仔(tsǹg-á)、鑽耳(tsǹg hīnn)、鑽空(tsǹg-khang)

tshǹg

串	串仔(tshǹg-á)

sǹg

算	算命(sǹg-miā)、算袂和(sǹg-bē-hô)、算數(sǹg-siàu)
繏	繏腰(sǹg io)、繏嚨喉(sǹg nâ-âu)

ǹg

向	向望(ǹg-bāng)

▶韻母「ng」第 5 調

mn̂g

毛	頭毛(thâu-mn̂g)、毛管(mn̂g-kńg)
門	門閂(mn̂g-tshuànn)、門風(mn̂g-hong)、門圈(mn̂g-khian)、門跤口 (mn̂g-kha-kháu)、門簾(mn̂g-lî)

tn̂g

堂	佛堂(hut-tn̂g)、禮堂(lé-tn̂g)、教堂(kàu-tn̂g)、課堂(khò-tn̂g)
長	長年(tn̂g-nî)、長株形(tn̂g-tu-hîng)、長短跤話(tn̂g-té-kha-uē)
唐	唐山(Tn̂g-suann)
腸	腸仔(tn̂g-á)、腸仔滫(tn̂g-á-siûnn)、腸肚(tn̂g-tōo)

thn̂g

傳	傳後嗣(thn̂g-hiō-sū)、傳種(thn̂g-tsíng)
糖	糖甘蜜甜(thn̂g-kam-bit-tinn)、糖含仔(thn̂g-kâm-á)、糖膏(thn̂g-ko)、糖蔥(thn̂g-tshang)、糖瘲(thn̂g-phōo)

nn̂g

郎	牛郎(Gû-nn̂g)
瓤	膩瓤(jī-nn̂g)
榔	檳榔(pin-nn̂g)

hn̂g

園	花園(hue-hn̂g)

tsn̂g

全	十全(tsa̍p-tsn̂g)

tshn̂g

床	眠床(bîn-tshn̂g)、床鋪(tshn̂g-phoo)

sn̂g

床	炊床(tshue-sn̂g)、籠床(lâng-sn̂g)

ⓝg	
黃	黃豆(n̂g-tāu)、黃金(n̂g-kim)、黃疸(n̂g-thán)、黃梔仔花(n̂g-ki-á-hue)、黃連(n̂g-nî)、黃酸(n̂g-sng)、黃錦錦(n̂g-gìm-gìm)

▶韻母「ng」第 7 調

ⓟng	
傍	傍你的福氣(pn̄g lí ê hok-khì)
飯	飯杓(pn̄g-siàh)、飯疕(pn̄g-phí)、飯坩(pn̄g-khann)、飯匙(pn̄g-sî)、飯匙銃(pn̄g-sî-tshìng)、飯桶(pn̄g-tháng)、飯頓(pn̄g-tǹg)、飯篋仔(pn̄g-kheh-á)

ⓜng	
問	問話(mn̄g-uē)

ⓣng	
丈	一丈差九尺(tsit tn̄g tsha káu tshioh)
盪	洗盪(sé-tn̄g)
搪	搪著(tn̄g-tiòh)
蕩	損蕩(sńg-tn̄g)
斷	斷根(tn̄g-kin)、斷掌(tn̄g-tsiúnn)、斷種(tn̄g-tsíng)

thñg	
杖	孝杖(hà-thñg)
碭	淋碭(lâm-thñg)
烌	烌菜(thñg tshài)

nñg	
卵	卵仁(nñg-jîn)、卵包(nñg-pau)、卵巢(nñg-tsâu)、卵清(nñg-tshing)
兩	兩爿(nñg-pîng)

hñg	
遠	跳遠(thiàu-hñg)、真遠(tsin hñg)

tsñg	
旋	捲螺仔旋(kńg-lê-á-tsñg)、雙个旋(siang ê tsñg)
狀	訴狀(sòo-tsñg)、獎狀(tsióng-tsñg)

十：韻尾「m」——am、iam、im、om

▶韻母「am」第1調

tam	
啖	啖看覓(tam khuànn-māi)

擔	擔任(tam-jīm)、擔保(tam-pó)、擔當(tam-tng)、擔輸贏(tam-su-iânn)

tham

貪	貪心(tham-sim)、貪汙(tham-u)、貪財(tham-tsâi)、貪戀(tham-luân)

lam

籠	雞籠(ke-lam)

kam

甘	甘草(kam-tshó)、甘甜(kam-tinn)、甘蔗(kam-tsià)、甘願(kam-guān)
柑	柑仔(kam-á)、柑仔蜜(kam-á-bit)、椪柑(phòng-kam)
鮒	紅鮒(âng-kam)
疳	疳瘡(kam-tshng)、疳積(kam-tsik)
監	監禁(kam-kìm)

kham

龕	佛龕(pút-kham)
堪	袂堪得(bē-kham-tit)、會堪得(ē-kham-tit)
勘	勘驗(kham-giām)

ham

腦	下腦(ē-ham)、頂腦(tíng-ham)
箆	竹箆(tik-ham)、落箆(làu-ham)
蚶	蚶仔(ham-á)

tsam

沾	沾菜湯(tsam tshài-thng)、沾一下(tsam--tsit-ē)

tsham

參	參加(tsham-ka)、參考(tsham-khó)、參詳(tsham-siông)、參觀(tsham-kuan)
摻	摻糖(tsham thng)

sam

三	三八(sam-pat)、三七仔(sam-tshit-á)、三不五時(sam-put-gōo-sî)、三心兩意(sam-sim-lióng-ì)、三牲(sam-sing)、三絃(sam-hiân)
杉	杉仔(sam-á)
舢	舢舨仔(sam-pán-á)

am

庵	尼姑庵(nî-koo-am)
掩	掩崁(am-khàm)

諳	深諳(tshim-am)
闇	悾闇(khong-am)
罨	喙罨(tshuì-am)、牛喙罨(gû-tshuì-am)
醃	醃瓜(am-kue)、醃缸(am-kng)
蝹	蝹蜅蠐(am-poo-tsê)

▶韻母「am」第 2 調

tám

膽	膽量(tám-liōng)、膽識(tám-sik)

lám

腩	牛腩(gû-lám)
攬	相攬(sio-lám)、無攬無拈(bô-lám-bô-ne)、承攬(sîng-lám)
覽	展覽(tián-lám)、導覽(tō-lám)、遊覽(iû-lám)
荏	荏身(lám-sin)、荏懶(lám-nuā)
纜	電纜(tiān-lám)

kám

敢	敢毋是(kám m̄ sī)、敢有(kám ū)、敢通(kám thang)、敢講(kám-kóng)
感	感心(kám-sim)、感念(kám-liām)、感冒(kám-mōo)、感情(kám-tsîng)、感著(kám--tioh)、感激(kám-kik)

篏	篏仔(kám-á)、篏仔店(kám-á-tiàm)、篏壺(kám-ôo)

khám

坎	坎仔(khám-á)、坎坎坷坷(khám-khám-khiàt-khiàt)、坎站(khám-tsām)
歁	歁話(khám-uē)、歁頭歁面(khám-thâu-khám-bīn)、悾歁(khong-khám)

hám

撼	撼落去(hám--lóh-khì)

tsám

斬	斬首(tsám-siú)

tshám

慘	慘烈(tshám-liàt)、悲慘(pi-tshám)

sám

糝	糝粉(sám-hún)

ám

泔	泔糜仔(ám-muê-á)、漿泔(tsiunn-ám)

▶韻母「am」第 3 調

tàm	
頕	頕低(tàm-kē)、頕垂(tàm-suê)、頕頭(tàm-thâu)

thàm	
探	探討(thàm-thó)、探墓厝(thàm-bōng-tshù)、探頭(thàm-thâu)、探聽(thàm-thiann)

làm	
踜	用跤踜(iōng kha làm)
湳	湳田(làm tshân)

kàm	
監	監工(kàm-kang)、監理(kàm-lí)、監視(kàm-sī)、監督(kàm-tok)
鑑	鑑定(kàm-tīng)、鑑賞(kàm-sióng)

khàm	
崁	崁頂(khàm-tíng)、崁跤(khàm-kha)、崁蓋(khàm-kuà)、崁頭崁面(khàm-thâu-khàm-bīn)

hàm	
譀	譀古(hàm-kóo)、譀呱呱(hàm-kuā-kuā)、譀浡(hàm-phu̍h)、譀話(hàm-uē)、譀鏡(hàm-kiànn)

tsàm

踅	踅跤步(tsàm-kha-pōo)

tshàm

讖	咒讖(tsiù-tshàm)
摻	摻色(tshàm sik)
懺	懺悔(tshàm-hué)

sàm

三	三思(sàm-su)
毿	暗毿(àm-sàm)
鬖	鬖毛鬼(sàm-mĥg-kuí)、頭毛鬖鬖(thâu-mĥg sàm-sàm)
搧	搧喙頓(sàm tshuì-phué)

àm

暗	暗光鳥(àm-kong-tsiáu)、暗行(àm-hīng)、暗步(àm-pōo)、暗崁(àm-khàm)、暗時(àm-sî)、暗眠摸(àm-bîn-bong)、暗飯(àm-pn̄g)、暗頓(àm-tǹg)、暗暝(àm-mê)

▶韻母「am」第 5 調

tâm

譚	菜根譚(tshài-kin-tâm)
談	談判(tâm-phuànn)、談話(tâm-uē)、談論(tâm-lūn)

| 澹 | 澹漉漉(tâm-lok-lok)、澹糊糊(tâm-kôo-kôo) |

蠶	蠶仔(thâm-á)
痰	痰壺(thâm-ôo)、痰瀾(thâm-nuā)
潭	潭仔(thâm-á)

嵐	山嵐(san-lâm)
男	男女(lâm-lí)、男子漢(lâm-tsú-hàn)、男性(lâm-sìng)
南	南北(lâm-pak)、南洋(Lâm-iûnn)、南極(lâm-kik)、南路鷹(lâm-lōo-ing)、南管(lâm-kuán)
淋	淋水(lâm-tsuí)、淋雨(lâm-hōo)
楠	楠仔(lâm-á)
襤	襤褸(lâm-lú)

| 含 | 金含(kim-kâm)、糖含仔(thôg-kâm-á) |

| 岩 | 岩石(gâm-tsioh) |
| 癌 | 癌症(gâm-tsìng) |

hâm	
含	含冤(hâm-uan)、含笑(hâm-tshiàu)、含梢(hâm-sau)
函	函數(hâm-sòo)
涵	涵蓋(hâm-kài)

sâm	
儳	垃儳(lâ-sâm)

âm	
涵	涵空(âm-khang)、涵溝(âm-kau)

▶韻母「am」第7調

tām	
啖	啖糝(tām-sám)
淡	淡化(tām-huà)、淡水(Tām-tsuí)、淡薄仔(tām-póh-á)

thām	
窞	窞肚(thām-tóo)

lām	
濫	濫使(lām-sú)、濫糝(lām-sám)
艦	艦隊(lām-tuī)

gām	
鮌	狗鮌仔(káu-gām-á)
儑	儑面(gām-bīn)、儑頭儑面(gām-thâu-gām-bīn)

hām	
和	我和你(guá hām lí)
陷	陷坑(hām-khenn)、陷阱(hām-tsénn)、陷害(hām-hāi)、陷眠(hām-bîn)
憾	遺憾(uî-hām)、缺憾(khuat-hām)

tsām	
站	站長(tsām-tiúnn)、站節(tsām-tsat)
鏨	鏨仔(tsām-á)、鏨頭(tsām-thâu)

ām	
領	領巾(ām-kin)、領垂(ām-sê)、領胿(ām-kui)、領腮(ām-tshi)、領領(ām-niá)、領頸(ām-kún)

▶韻母「iam」第 1 調

tiam	
砧	砧皮鞋(tiam-phuê-ê)

thiam

添	添丁(thiam-ting)、添油香 (thiam-iû-hiunn)、添粧(thiam-tsng)、添福壽 (thiam-hok-siū)

liam

拈	拈田嬰(liam-tshân-enn)、拈香 (liam-hiunn)、拈鬮(liam-khau)
跕	跕跤行。(Liam kha kiânn.)

kiam

兼	兼任(kiam-jīm)、兼職(kiam-tsit)、兼顧(kiam-kòo)

khiam

謙	謙卑(khiam-pi)、謙虛(khiam-hi)

hiam

薟	薟椒仔(hiam-tsio-á)、薟薑仔(hiam-kiunn-á)

tsiam

尖	尖刀(tsiam-to)、尖喙夾仔(tsiam-tshuì-ngeh-á)、尖跤幼手(tsiam-kha-iù-tshiú)
詹	姓詹(sènn Tsiam)
針	針灸(tsiam-kù)、針車(tsiam-tshia)、針黹(tsiam-tsí)、針對(tsiam-tuì)、針鼻(tsiam-phīnn)

tshiam	
簽	簽名(tshiam-miâ)、簽約(tshiam iok)、簽證(tshiam-tsìng)
攕	攕擔(tshiam-tann)
籤	籤詩(tshiam-si)、抽籤(thiu-tshiam)

siam	
纖	無鹹無纖(bô-kiâm-bô-siam)
眅	眅看覓(siam khuànn-māi)

iam	
陰	半陰陽仔(puànn-iam-iûnn-á)
閹	閹雞(iam-ke)

▶韻母「iam」第 2 調

tiám	
點	點破(tiám-phuà)、點痣(tiám-kì)、點點滴滴(tiám-tiám-tih-tih)、點鐘(tiám-tsing)

thiám	
忝	忝頭(thiám-thâu)、誠忝(tsiânn thiám)

liám

臁	臁肚(liám-tóo)

kiám

減	減少(kiám-tsió)、減省(kiám-síng)、減輕(kiám-khin)
檢	檢定(kiám-tīng)、檢采(kiám-tshái)、檢查(kiám-tsa)、檢討(kiám-thó)、檢察官(kiám-tshat-kuann)、檢舉(kiám-kí)、檢驗(kiám-giām)

khiám

歉	道歉(tō-khiám)

hiám

險	險險(hiám-hiám)、冒險(mōo-hiám)

tshiám

攕	攕仔(tshiám-á)、李仔攕(lí-á-tshiám)

siám

閃	閃著(siám-tióh)、閃開(siám-khui)、閃避(siám-pī)、閃爍(siám-sih)

jiám

染	傳染(thuân-jiám)、感染(kám-jiám)、汙染(u-jiám)

iám	
掩	掩護(iám-hōo)

▶韻母「iam」第3調

tiàm	
店	店面(tiàm-bīn)、店頭(tiàm-thâu)
踮	踮遮(tiàm tsia)

liàm	
捻	捻喙顊(liàm tshuì-phué)、捻菜(liàm tshài)

kiàm	
劍	寶劍(pó-kiàm)

khiàm	
欠	欠安(khiàm-an)、欠缺(khiàm-khueh)、欠債(khiàm-tsè)、欠數(khiàm-siàu)

hiàm	
喊	共伊喊(kā i hiàm)

tsiàm	
占	占地(tsiàm-tē)、占領(tsiàm-niá)、霸占(pà-tsiàm)

僭	僭位(tsiàm-uī)、僭話(tsiàm-uē)

siàm	
滲	滲尿(siàm-jiō)、滲屎(siàm-sái)

▶韻母「iam」第 5 調

liâm	
簾	竹簾(tik-liâm)
廉	清廉(tshing-liâm)
連	連鞭(liâm-mi)
臁	跤鼻臁(kha-phīnn-liâm)
黏	黏塗(liâm-thôo)、黏膠(liâm-ka)、黏黐黐(liâm-thi-thi)
鯰	鯰魚(liâm-hî)

kiâm	
鹹	鹹汫(kiâm-tsiánn)、鹹淡(kiâm-tānn)、鹹酸甜(kiâm-sng-tinn)、鹹篤篤(kiâm-tok-tok)

giâm	
閻	閻君(Giâm-kun)、閻羅王(Giâm-lô-ông)
岩	攀岩(phan-giâm)
嚴	嚴重(giâm-tiōng)、嚴格(giâm-keh)、嚴肅(giâm-siok)

hiâm

嫌	嫌犯(hiâm-huān)、嫌疑(hiâm-gî)

tsiâm

潛	潛力(tsiâm-lik)、潛能(tsiâm-lîng)

siâm

蟾	玉蟾(giók-siâm)
尋	相尋(sio-siâm)

iâm

鹽	鹽花仔(iâm-hue-á)、鹽埕(iâm-tiânn)、鹽酸(iâm-sng)、鹽甕仔(iâm-àng-á)

▶韻母「iam」第 7 調

tiām

恬	恬去(tiām--khì)、恬恬(tiām-tiām)、恬靜(tiām-tsīng)

thiām

填	填本(thiām-pún)、填海(thiām-hái)

liām

殮	入殮(jip-liām)

念	念頭(liām-thâu)、思念(su-liām)
捻	高麗菜捻(ko-lê-tshài liām)、兩捻龍眼(nn̄g liām lîng-gíng)
唸	雜唸(tsáp-liām)、詘詘唸(kāu-kāu-liām)、踅踅唸(se̍h-se̍h-liām)

儉	儉腸凹肚(khiām-tn̂g-neh-tōo)、儉儉仔用(khiām-khiām-á īng)、儉錢(khiām-tsînn)

驗	驗收(giām-siu)、驗血(giām-hueh)、驗傷(giām siong)、驗證(giām-tsìng)

漸	漸漸(tsiām-tsiām)
暫	暫且(tsiām-tshiánn)、暫度(tsiām-tōo)、暫時(tsiām-sî)

焰	火焰(hué-iām)
炎	炎熱(iām-jua̍h)
豔	豔麗(iām-lē)

thim	
鵃	陰鵃(im-thim)

lim	
啉	啉水(lim tsuí)、啉茶(lim tê)、啉酒(lim tsiú)、啉湯(lim thng)

kim	
今	今後(kim-āu)
金	金斗甕仔(kim-táu-àng-á)、金仔(kim-á)、金含(kim-kâm)、金金看(kim-kim-khuànn)

khim	
欽	阿欽(A-khim)
襟	對襟仔(tuì-khim-á)

him	
欣	欣羨(him-siān)、欣賞(him-sióng)

tsim	
唚	唚喙(tsim-tshuì)
斟	斟酌(tsim-tsiok)

tshim	
侵	侵犯(tshim-huān)、侵害(tshim-hāi)、侵略(tshim-lio̍k)
深	深井(tshim-tsénn)、深坑(tshim-khenn)、深沉(tshim-tîm)、深刻(tshim-khik)、深淺(tshim-tshián)、深造(tshim-tsō)、深遠(tshim-uán)

sim	
心	心火(sim-hué)、心目中(sim-bo̍k-tiong)、心血(sim-hiat)、心行(sim-hīng)、心狂火著(sim-kông-hué-to̍h)、心肝(sim-kuann)、心胸(sim-hing)
參	參仔(sim-á)、參茸(sim-jiông)
森	森林(sim-lîm)

im	
音	音色(im-sik)、音效(im-hāu)、音符(im-hû)、音樂(im-ga̍k)、音調(im-tiāu)、音質(im-tsit)、音響(im-hióng)
淹	淹大水(im-tuā-tsuí)、淹水(im-tsuí)、淹死(im--sí)
陰	陰桮(im-pue)、陰陽(im-iông)、陰間(im-kan)、陰暗(im-àm)、陰魂(im-hûn)、陰德(im-tik)、陰鴆(im-thim)、陰謀(im-bôo)

▶韻母「im」第2調

lím	
臨	臨臨仔(lím-lím--á)

kím

| 錦 | 錦標(kím-piau) |

kím
錦標

gím

| 筌 | 掃梳筌仔(sàu-se-gím-á) |
| 錦 | 錦蛇(gím-tsuâ) |

tsím

| 枕 | 枕頭(tsím-thâu)、枕頭囊(tsím-thâu-lông) |
| 嬸 | 嬸婆(tsím-pô) |

tshím

| 寴 | 伊寴出去(i tshím tshut-khì) |
| 寢 | 寢室(tshím-sik)、寢頭(tshím-thâu) |

sím

| 沈 | 沈小姐(Sím sió-tsiá) |
| 審 | 審判(sím-phuànn)、審查(sím-tsa)、審問(sím-mñg)、審理(sím-lí) |

jím

| 忍 | 忍心(jím-sim)、忍受(jím-siū)、忍者(jím-tsiá)、忍耐(jím-nāi) |

293

im	
飲	飲用(ím-iōng)、飲食(ím-sit)、飲料(ím-liāu)

▶韻母「im」第3調

tìm	
扰	扰石頭(tìm tsióh-thâu)
揣	揣輕重(tìm khin tāng)

kìm	
禁	禁止(kìm-tsí)、禁忌(kìm-khī)、禁氣(kìm-khuì)、禁喙 (kìm-tshuì)

gìm	
錦	黃錦錦(n̂g-gìm-gìm)

tsìm	
浸	浸水(tsìm-tsuí)

sìm	
戡	軟戡戡(nńg-sìm-sìm)、烏戡戡(oo-sìm-sìm)

ìm	
廕	廕火(ìm hué)
蔭	蔭身(ìm-sin)、蔭豉仔(ìm-sīnn-á)

▶韻母「im」第 5 調

tîm

| 沉 | 沉底(tîm-té)、沉重(tîm-tāng) |

lîm

霖	甘霖(kam-lîm)
淋	冰淇淋(ping-kî-lîm)
林	林木(lîm-bȯk)、林業(lîm-giȧp)
臨	臨床(lîm-tshn̂g)、臨急(lîm-kip)、臨時(lîm-sî)、臨終(lîm-tsiong)

khîm

琴	月琴(guȧh-khîm)、彈琴(tuânn-khîm)、鋼琴(kǹg-khîm)
禽	禽獸(khîm-siù)
擒	擒賊(khîm tshȧt)

gîm

| 吟 | 吟唱(gîm-tshiùnn)、吟詩(gîm-si) |
| 砛 | 砛仔(gîm-á)、砛簷 (gîm-tsînn) |

hîm

| 熊 | 烏熊(oo-hîm)、熊膽(hîm-tánn) |

tsîm

蟳	蟳仔(tsîm-á)、蟳管(tsîm-kóng)

tshîm

鑱	鑱仔(tshîm-á)

jîm

壬	壬癸(jîm kuí)
撏	撏錢(jîm tsînn)

îm

淫	淫亂(îm-luān)

▶韻母「im」第 7 調

tīm

朕	朕(tīm)
燖	燖鍋(tīm-ue)

kīm

妗	阿妗(a-kīm)、妗婆(kīm-pô)

gīm

拎	拎牢牢(gīm-tiâu-tiâu)

sīm

| 甚 | 甚至(sīm-tsì) |
| 憐 | 憐半晡(sīm puànn-poo) |

jīm

| 任 | 任何(jīm-hô)、任務(jīm-bū)、主任(tsú-jīm) |

▶韻母「om」

som

| 參 | 貴參參(kuì-som-som) |

om

| 掩 | 掩起來(om--khí-lâi) |

tôm

| 丼 | 丼一聲(tôm tsi̍t siann) |

ōm

| 茂 | 葉仔真茂(hio̍h-á tsin ōm) |

297

十一：韻尾「n」──an、ian、uan、in、un

▶韻母「an」第 1 調

pan	
班	班長(pan-tiúnn)、班級(pan-kip)
斑	斑馬(pan-má)、斑鴿(pan-kah)
頒	頒布(pan-pòo)、頒發(pan-huat)、頒獎(pan-tsióng)

phan	
攀	攀岩(phan-giâm)

ban	
屘	屘仔(ban-á)、屘囝(ban-kiánn)

tan	
丹	丹田(tan-tiân)、丹毒(tan-tȯk)
單	單元(tan-guân)、單字(tan-jī)、單位(tan-uī)、單純(tan-sûn)、單獨(tan-tȯk)
癉	鴨仔癉(ah-á-tan)

than	
蟶	竹蟶(tik-than)、蔫蟶(hiauh-than)、日月蟶(jı̍t-guȧt-than)、鋪面蟶(phoo-bīn-than)

灘	海灘(hái-than)

lan

跈	結跈(kiat-lan)

kan

干	干干仔(kan-kan-á)、干休(kan-hiu)、干貝(kan-puè)、干涉(kan-siáp)、干焦(kan-na)、干樂(kan-lȯk)
間	世間(sè-kan)、空間(khong-kan)、之間(tsi-kan)
奸	奸巧(kan-khiáu)、奸細(kan-sè)、奸雄(kan-hiông)、奸詭(kan-kuí)、奸險(kan-hiám)
矸	矸仔(kan-á)、酒矸(tsiú-kan)
姦	姦情(kan-tsîng)
乾	乾仔孫(kan-á-sun)、乾杯(kan-pue)
橄	橄欖(kan-ná)
艱	艱苦(kan-khóo)、艱苦罪過(kan-khóo-tsē-kuà)、艱難(kan-lân)
杆	欄杆(lân-kan)
竿	南竿鄉(Lâm-kan-hiong)、北竿鄉(Pak-kan-hiong)

khan

刊	刊物(khan-bu̍t)、刊登(khan-ting)、刊載(khan-tsài)

牽	牽亡(khan-bông)、牽公(khan-kong)、牽手(khan-tshiú)、牽成(khan-sîng)、牽尪姨(khan-ang-î)、牽抾(khan-khioh)、牽拖(khan-thua)、牽的(khan--ê)、牽師仔(khan sai-á)、牽挽(khan-bán)、牽核仔(khan-hát-á)、牽涉(khan-siáp)、牽粉(khan-hún)、牽罟(khan-koo)

han

番	番薯(han-tsî)、番薯簽(han-tsî-tshiam)
頇	頇顢(han-bān)

tsan

曾	姓曾(sènn Tsan)
顫	後顫(āu-tsan)
鯧	鯧仔(tsan-á)、鯧魚(tsan-hî)

tshan

呻	哭呻(khàu-tshan)
餐	餐飲(tshan-ím)、餐廳(tshan-thiann)

san

山	山水(san-suí)、山伯英台(San-phik-Ing-tâi)、山珍海味(san-tin-hái-bī)、山盟海誓(san-bîng-hái-sè)、山歌(san-ko)
刪	刪除(san-tû)
星	零星(lân-san)

an

安	安心(an-sim)、安宅(an-thėh)、安床(an-tshn̂g)、安家(an-ka)、安插(an-tshah)、安搭(an-tah)
鞍	馬鞍(bé-an)

▶韻母「an」第 2 調

pán

闆	老闆(láu-pán)
板	板脊(pán-lâ)、板嘹(pán-liâu)、薄板(pȯh-pán)
版	版本(pán-pún)、版面(pán-bīn)、版權(pán-khuân)
舨	舢舨仔(sam-pán-á)

bán

挽	挽回(bán-huê)、挽花(bán hue)、挽面(bán-bīn)、挽脈(bán-mėh)、挽茶(bán tê)、挽喙齒(bán tshuì-khí)
饅	饅頭(bán-thô)

tán

等	等一下(tán--tsı̍t-ē)、等待(tán-thāi)、等候(tán-hāu)、等路(tán-lōo)

thán

坦	坦白(thán-pi̍k)、坦直(thán-ti̍t)、坦倒(thán-tó)、坦徛(thán-khiā)、坦敧(thán-khi)、坦敧身(thán-khi-sin)、坦橫(thán-huâinn)、坦覆(thán-phak)
毯	毯仔(thán-á)
疸	黃疸(n̂g-thán)

lán

咱	咱兩人(lán nn̄g lâng)
懶	懶屍(lán-si)

kán

嫺	娘嫺(niû-kán)、查某嫺(tsa-bóo-kán)
簡	簡便(kán-piān)、簡報(kán-pò)、簡單(kán-tan)、簡稱(kán-tshing)

gán

眼	眼光(gán-kong)、眼前(gán-tsiân)、眼神(gán-sîn)

hán

罕	罕行(hán-kiânn)、罕見(hán-kiàn)、罕得(hán-tit)

tsán

讚	有夠讚(ū-kàu tsán)

sán

散	胃散(uī sán)
產	產生(sán-sing)、產地(sán-tē)、產物(sán-bu̍t)、產品(sán-phín)、產婆(sán-pô)、產業(sán-gia̍p)
瘦	瘦田(sán-tshân)、瘦肉(sán bah)、瘦卑巴(sán-pi-pa)、瘦抽(sán-thiu)、瘦猴(sán-kâu)

án

按	按呢(án-ne)、按怎(án-tsuánn)、按怎樣(án-tsuánn-iūnn)
俺	俺爸(án-pē)

▶韻母「an」第 3 調

phàn

盼	盼仔(phàn-á)
襻	鈕仔襻(liú-á-phàn)、鞋襻(ê-phàn)

tàn

旦	一旦(it-tàn)、文旦(bûn-tàn)
蛋	皮蛋(phî-tàn)、巨蛋(kī-tàn)
誕	誕生(tàn-sing)
擲	擲抌捔(tàn-hiat-ka̍k)

thàn

嘆	怨嘆(uàn-thàn)、感嘆(kám-thàn)
探	探戈(thàn-gòo)
趁	趁早(thàn-tsá)、趁私奇(thàn-sai-khia)、趁食(thàn-tsiáh)、趁燒(thàn sio)、趁錢(thàn-tsînn)

kàn

姦	姦撟(kàn-kiāu)
間	間接(kàn-tsiap)、間諜(kàn-tiáp)
幹	幹事(kàn-sū)、幹部(kàn-pōo)

khàn

看	看護婦(khàn-hōo-hū)

gàn

滰	滰水(gàn-tsuí)、滰鋼(gàn-kǹg)

hàn

漢	漢文(hàn-bûn)、漢字(hàn-jī)、漢草(hàn-tsháu)、漢醫(hàn-i)、漢藥(hàn-ioh)

tsàn

層	九層塔(káu-tsàn-thah)、頂層(tíng-tsàn)、樓層(lâu-tsàn)

棧	客棧(kheh-tsàn)
贊	贊同(tsàn-tông)、贊成(tsàn-sîng)、贊助(tsàn-tsōo)、贊聲(tsàn-siann)
讚	讚美(tsàn-bí)、讚揚(tsàn-iông)

tshàn

燦	燦爛(tshàn-lān)

sàn

散	散凶(sàn-hiong)、散步(sàn-pōo)、散赤(sàn-tshiah)、散食人(sàn-tsiah-lâng)

àn

按	按下(àn-hā)、按時(àn-sî)、按脈(àn-méh)、按算(àn-sǹg)、按額(àn-giáh)
案	案件(àn-kiānn)、案例(àn-lē)、案底(àn-té)

▶韻母「an」第 5 調

pân

瓶	花瓶(hue-pân)、酒瓶(tsiú-pân)
便	便宜(pân-gî)

305

bân	
閩	閩南語(Bân-lâm-gí)
蠻	蠻皮(bân-phuê)、蠻皮癬(bân-phuê-sián)

tân	
陳	陳三五娘(Tân-sann-Gōo-niû)
霆	霆水螺(tân-tsuí-lê)、霆雷公(tân-luî-kong)

thân	
彈	亂彈(lān-thân)

lân	
鱗	拍鱗(phah-lân)、魚鱗(hî-lân)、魚鱗癖仔(hî-lân-tshè-á)
零	零星(lân-san)
難	難免(lân-bián)、難忘(lân-bōng)、難得(lân-tit)
欄	欄杆(lân-kan)
蘭	蘭花(lân-hue)
剆	剆甘蔗(lân kam-tsià)

gân	
顏	紅顏(hông-gân)
寒	跤寒手寒(kha gân tshiú gân)

hân

閒	休閒(hiu-hân)
繏	門小繏咧(mn̂g sió hân--leh)
寒	寒流(hân-liû)、寒假(hân-ká)、寒露(hân-lōo)
韓	韓國(Hân-kok)

tsân

殘	殘忍(tsân-jím)、殘酷(tsân-khok)、殘骸(tsân-hâi)
層	層次(tsân-tshù)、層面(tsân-bīn)、層級(tsân-kip)

tshân

田	田庄(tshân-tsng)、田佃(tshân-tiān)、田岸(tshân-huānn)、田契(tshân-khè)、田租(tshân-tsoo)、田蛤仔(tshân-kap-á)、田園(tshân-hn̂g)、田僑仔(tshân-kiâu-á)、田嬰(tshân-enn)、田螺(tshân-lê)
殘	粗殘(tshoo-tshân)
蠶	蠶豆(tshân-tāu)

ân

絚	手頭絚(tshiú-thâu ân)、縛傷絚(pak siunn ân)

307

▶韻母「an」第7調

pān

扮	扮公伙仔(pān-kong-hué-á)、扮仙(pān-sian)、扮笑面(pān-tshiò-bīn)
範	範勢(pān-sè)
辦	辦公(pān-kong)、辦法(pān-huat)、辦桌(pān-toh)、辦貨(pān-huè)

bān

瓣	柑仔瓣(kam-á-bān)
曼	曼妙(bān-miāu)
顢	頇顢(han-bān)
萬	萬一(bān-it)、萬不得已(bān-put-tik-í)、萬年筆(bān-liân-pit)、萬事(bān-sū)、萬幸(bān-hīng)、萬般(bān-puann)
慢	慢且(bān-tshiánn)、慢冬(bān-tang)、慢慢仔是(bān-bān-á-sī)
漫	漫遊(bān-iû)、漫談(bān-tâm)
蔓	藤蔓(tîn-bān)

tān

但	但是(tān-sī)

lān

亂	亂彈(lān-thân)
爛	燦爛(tshàn-lān)
難	難民(lān-bîn)
屢	屢罐(lān-sui)、屢核(lān-hu̍t)、屢神(lān-sîn)、屢脬(lān-pha)、屢鳥(lān-tsiáu)、屢蔓(lān-muā)

gàn

諺	俗諺(sio̍k-gān)
雁	雙雁影(siang gān iánn)

hān

旱	久旱(kiú hān)
限	限制(hān-tsè)、限定(hān-tiānn)、限度(hān-tōo)

tsān

贊	鬥幫贊(tàu-pang-tsān)

ān

限	限數(ān-siàu)

▶韻母「ian」第 1 調

pian

扳	扳過來(pian--kuè-lâi)
鞭	教鞭(kàu-pian)、虎鞭(hóo-pian)
編	編列(pian-liát)、編曲(pian-khik)、編制(pian-tsè)、編劇(pian-kiók)、編輯(pian-tsip)、編織(pian-tsit)
邊	邊界(pian-kài)、邊緣(pian-iân)

phian

偏	偏心(phian-sim)、偏名(phian-miâ)、偏見(phian-kiàn)、偏偏仔(phian-phian-á)、偏僻(phian-phiah)
篇	篇幅(phian-hok)

tian

顛	顛倒(tian-tò)、顛覆(tian-hok)

thian

天	天下(thian-hā)、天良(thian-liông)、天狗熱(thian-káu-jiát)
顛	顛倒(thian-thóh)

lian

蔫	花蔫去(hue lian--khì)

kian

堅	堅巴(kian-pa)、堅疕(kian-phí)、堅定(kian-tīng)、堅持(kian-tshî)、堅凍(kian-tàng)、堅乾(kian-kuann)、堅強(kian-kiông)

khian

圈	圈仔(khian-á)
擎	擎石頭(khian tsióh-thâu)

hian

掀	掀開(hian--khui)、掀冊(hian tsheh)

tsian

煎	煎匙(tsian-sî)、煎餅(tsian-piánn)

tshian

千	千萬(tshian-bān)、千古(tshian-kóo)、千里眼(Tshian-lí-gán)、千里鏡(tshian-lí-kiànn)、千辛萬苦(tshian-sin-bān-khóo)
遷	遷居(tshian-ki)、遷徙(tshian-suá)
韆	韆鞦(tshian-tshiu)

sian

身	一身尪仔(tsit sian ang-á)

仙	仙丹(sian-tan)、仙拚仙(sian-piànn-sian)、仙草(sian-tsháu)
銑	生銑(senn-sian)、鐵銑(thih-sian)
先	先天(sian-thian)、先生(sian-sinn)、先知(sian-ti)、先進(sian-tsìn)、先輩(sian-puè)、先覺(sian-kak)
鮮	新鮮(sin-sian)

ian

嫣	三日嫣(sann jit ian)
軒	書軒(su-ian)
胭	胭脂(ian-tsi)
淵	淵源(ian-guân)
煙	煙仔魚(ian-á-hî)、煙筒(ian-tâng)、煙腸(ian-tshiâng)、煙黗(ian-thûn)、煙霧(ian-bū)

▶韻母「ian」第2調

pián

扁	扁食(pián-sit)
匾	牌匾(pâi-pián)
貶	褒貶(po-pián)
諞	諞仙仔(pián-sian-á)

bián

娩	分娩(hun-bián)
免	免疫(bián-i̍k)、免除(bián-tû)、免費(bián-huì)、免數想(bián-siàu-siūnn)、免錢飯(bián-tsînn-pn̄g)、免驚(bián-kiann)
勉	勉強(bián-kióng)、勉勵(bián-lē)
鮸	鮸魚(bián-hî)

tián

典	典雅(tián-ngá)、典範(tián-huān)、辭典(sû-tián)
展	展示(tián-sī)、展威(tián-ui)、展風神(tián-hong-sîn)、展寶(tián-pó)、展覽(tián-lám)

thián

展	展開(thián-khui)、展翼(thián-si̍t)

lián

碾	石碾(tsio̍h-lián)
臉	落臉(lak-lián)
撚	撚骰仔(lián-tâu-á)、撚寶(lián-pó)、撚鑽(lián-tsǹg)
蓮	蓮霧(lián-bū)
輦	輦轎仔(lián-kiō-á)

輪	輪仔(lián-á)、輪框(lián-khing)

繭	娘仔繭(niû-á-kián)

犬	小犬(siáu-khián)
遣	消遣(siau-khián)
譴	譴責(khián-tsik)

研	研究(gián-kiù)、研討(gián-thó)、研習(gián-sip)、研發(gián-huat)

捻	船會捻(tsûn ē hián)
顯	顯現(hián-hiān)、顯聖(hián-sìng)、顯露(hián-lōo)

剪	剪布(tsián-pòo)、剪絡仔(tsián-liú-á)、剪綵(tsián-tshái)

淺	淺色(tshián-sik)、淺見(tshián-kiàn)、淺拖仔(tshián-thua-á)、淺眠(tshián-bîn)、淺想(tshián-siūnn)

仙	一仙錢(tsi̍t sián tsînn)
癬	生癬(senn sián)、爛癬(nuā-sián)、蠻皮癬(bân-phuê-sián)

ián

衍	衍生(ián-sing)
偃	偃倒(ián-tó)
演	演技(ián-ki)、演奏(ián-tsàu)、演戲(ián-hì)、演講(ián-káng)

▶韻母「ian」第 3 調

piàn

遍	遍布(piàn-pòo)
變	變化(piàn-huà)、變心(piàn-sim)、變卦(piàn-kuà)、變款(piàn-khuán)、改變(kái-piàn)

phiàn

遍	普遍(phóo-phiàn)
片	鴉片(a-phiàn)
騙	騙人(phiàn--lâng)、騙局(phiàn-kio̍k)、騙鬼(phiàn-kuí)

輾	輾轉(liàn-tńg)

kiàn

見	見本(kiàn-pún)、見怪(kiàn-kuài)、見若(kiàn-nā)、見笑(kiàn-siàu)、見擺(kiàn-pái)、見識(kiàn-sik)
建	建立(kiàn-li̍p)、建材(kiàn-tsâi)、建設(kiàn-siat)、建築(kiàn-tio̍k)、建議(kiàn-gī)
毽	毽子(kiàn-tsí)
腱	腱子肉(kiàn-tsí-bah)

khiàn

芡	芡芳(khiàn-phang)、芡滷(khiàn-lóo)
譴	厚譴損(kāu-khiàn-sńg)、做譴損(tsò-khiàn-sńg)

giàn

癮	癮仙哥(giàn-sian-ko)、癮頭(giàn-thâu)

hiàn

羶	臭羶(tshàu-hiàn)、鴨羶(ah-hiàn)
現	現身(hiàn-sin)、現胸(hiàn-hing)
憲	憲兵(hiàn-ping)、憲法(hiàn-huat)
獻	獻身(hiàn-sin)、獻計(hiàn kè)

tsiàn	
薦	推薦(thui-tsiàn)
戰	戰役(tsiàn-i̍k)、戰爭(tsiàn-tsing)、戰亂(tsiàn-luān)
餞	餞別(tsiàn-piat)
荐	舉荐(kí-tsiàn)

siàn	
搧	搧大耳(siàn-tuā-hīnn)、搧風(siàn-hong)、搧喙頓(siàn-tshuì-phué)
煽	煽動(siàn-tōng)

iàn	
宴	宴會(iàn-huē)、宴請(iàn-tshiánn)
厭	厭氣(iàn-khì)
燕	燕窩(iàn-o)

▶韻母「ian」第 5 調

biân	
眠	安眠(an-biân)
綿	綿延(biân-iân)

tiân

田	田野(tiân-iá)

liân

年	少年(siàu-liân)、成年(sîng-liân)、青年(tshing-liân)
腱	肝腱(kuann-liân)
嗹	咖哩嗹囉(ka-lí-liân-lô)
蘭	荷蘭豆(huê-liân-tāu)
連	連回(liân-huê)、連累(liân-luī)、連紲(liân-suà)、連續 (liân-siòk)
榫	榴榫(liû-liân)
憐	憐憫(liân-bín)
蓮	蓮子(liân-tsí)、蓮花(liân-hue)、蓮蕉花(liân-tsiau-hue)、 蓮藕(liân-ngāu)
聯	聯合(liân-hàp)、聯絡(liân-lòk)、聯想(liân-sióng)、聯盟 (liân-bîng)
鰱	鰱魚(liân-hî)

khiân

虔	虔誠(khiân-sîng)
乾	乾坤(khiân-khun)

giân

言	言行(giân-hîng)、言詞(giân-sû)、言語(giân-gí)、言論(giân-lūn)

hiân

玄	好玄(hònn-hiân)
絃	絃仔(hiân-á)
賢	賢慧(hiân-huē)

tsiân

前	前因後果(tsiân-in-hiō-kó)、前言(tsiân-giân)、前金(tsiân-kim)、前科(tsiân-kho)、前途(tsiân-tôo)、前景(tsiân-kíng)、前程(tsiân-tîng)、前輩(tsiân-puè)

tshiân

涎	涎涎(iân-tshiân)

siân

涎	吐憐涎(thòo-liân-siân)
禪	禪師(siân-su)
蟬	蟬仔(siân-á)

jiân	
然	然後(jiân-āu)
燃	燃料(jiân-liāu)

iân	
延	延伸(iân-sin)、延延(iân-tshiân)、延誤(iân-gōo)、延續(iân-siók)
沿	沿岸(iân-huānn)、沿海(iân-hái)、沿途(iân-tôo)、沿路(iân-lōo)、沿線(iân-suànn)
芫	芫荽(iân-sui)
蜒	菜著蜒(tshài tióh iân)
鉛	鉛桶(iân-tháng)、鉛球(iân-kiû)、鉛筆(iân-pit)、鉛管(iân-kóng)、鉛鉼(iân-phiánn)
筵	筵席(iân-sik)
緣	緣份(iân-hūn)、緣投(iân-tâu)、緣故(iân-kòo)

▶韻母「ian」第7調

piān	
便	便衣(piān-i)、便利(piān-lī)、便所(piān-sóo)、便便(piān-piān)、便看(piān-khuànn)、便菜(piān-tshài)、便當(piān-tong)、便藥仔(piān-ióh-á)
辨	辨別(piān-piát)、辨認(piān-jīn)、辨識(piān-sik)

辯	辯士(piān-sū)、辯解(piān-kái)、辯論(piān-lūn)、辯護(piān-hōo)

biān

面	面會(biān-huē)、面試(biān-tshì)、面談(biān-tâm)

tiān

佃	佃戶(tiān-hōo)
殿	宮殿(kiong-tiān)
奠	奠儀(tiān-gî)
電	電子(tiān-tsú)、電火(tiān-hué)、電台(tiān-tâi)、電光(tiān-kong)、電池(tiān-tî)

liān

煉	提煉(thê-liān)
練	練習(liān-sıp)、練痟話(liān-siáu-uē)
鍊	鍊仔(liān-á)

kiān

健	健丟(kiān-tiu)、健保(kiān-pó)、健康(kiān-khong)
胘	雞胘(ke-kiān)
鍵	關鍵(kuan-kiān)

現	現今(hiān-kim)、現世(hiān-sì)、現此時(hiān-tshú-sî)、現拄現(hiān-tú-hiān)、現況(hiān-hóng)、現狀(hiān-tsōng)、現流仔(hiān-lâu-á)

tsiān

踐	實踐(sit-tsiān)
賤	賤蟲(tsiān-thâng)

siān

羨	欣羨(him-siān)
善	善男信女(siān-lâm-sìn-lí)、善良(siān-liông)、善惡(siān-ok)
瘍	厭瘍(ià-siān)
擅	擅自(siān-tsū)
鱔	鱔魚(siān-hî)
蟮	蟮蟲仔(siān-thâng-á)
腎	大細腎(tuā-sè-siān)

▶韻母「uan」第 1 調

puan

搬	搬弄是非(puan-lōng sī-hui)

| 潘 | 潘安(Phuan-an) |

| 端 | 端正(tuan-tsìng) |

鵑	杜鵑(tōo-kuan)
娟	秀娟(siù-kuan)
冠	冠軍(kuan-kun)
捐	捐助(kuan-tsōo)、捐款(kuan-khuán)
棺	棺木(kuan-bȯk)
官	器官(khì-kuan)、感官(kám-kuan)、五官(ngóo-kuan)
關	關切(kuan-tshiat)、關心(kuan-sim)、關係(kuan-hē)、關童(kuan-tâng)、關節(kuan-tsat)、關落陰(kuan-lȯh-im)
觀	觀光(kuan-kong)、觀念(kuan-liām)、觀音(Kuan-im)、觀察(kuan-tshat)

圈	圈套(khuan-thò)
寬	寬限(khuan-hān)、寬容(khuan-iông)、寬恕(khuan-sù)

huan

吩	吩咐(huan-hù)
番	番仔火(huan-á-hué)、番社(huan-siā)、番麥(huan-béh)、番黍(huan-sé)、番號(huan-hō)、番鴨(huan-ah)、番薑仔(huan-kiunn-á)、番顛(huan-tian)
幡	幡仔(huan-á)
翻	翻身(huan-sin)、翻厝(huan-tshù)、翻草(huan-tsháu)、翻頭(huan-thâu)、翻點(huan-tiám)、翻譯(huan-ik)
歡	歡呼(huan-hoo)、歡迎(huan-gîng)、歡送(huan-sàng)、歡樂(huan-lok)

tsuan

專	專工(tsuan-kang)、專心(tsuan-sim)、專門(tsuan-bûn)、專長(tsuan-tióng)

tshuan

川	川七(tshuan-tshit)、川芎(tshuan-kiong)、川貝(tshuan-puè)
釧	金釧(kim-tshuan)
穿	貫穿(kuàn-tshuan)

suan

宣	宣告(suan-kò)、宣傳(suan-thuân)、宣誓(suan-sè)

珊	珊瑚(suan-ôo)
旋	旋藤(suan-tîn)

uan	
冤	冤仇(uan-siû)、冤屈(uan-khut)、冤枉(uan-óng)、冤家(uan-ke)、冤家量債(uan-ke-niû-tsè)
灣	海灣(hái-uan)、港灣(káng-uan)
鴛	鴛鴦(uan-iunn)
彎	彎曲(uan-khiau)、彎來幹去(uan-lâi-uat-khì)

▶韻母「uan」第 2 調

buán	
晚	晚安(buán-an)
滿	滿足(buán-tsiok)
輓	輓聯(buán-liân)

tuán	
短	短打(tuán-tánn)

luán	
奕	奕奕咧(luán-luán--leh)
卵	排卵(pâi-luán)

軟	軟弱(luán-jiók)
暖	溫暖(un-luán)、三溫暖(sam-un-luán)

kuán

管	管制(kuán-tsè)、管待(kuán-thāi)、管區的(kuán-khu--ê)、管教(kuán-kà)、管轄(kuán-hat)
館	館長(kuán-tiúnn)

khuán

款	款式(khuán-sik)、款待(khuán-thāi)、款勸(khuán-khǹg)

guán

阮	阮兜(guán tau)

huán

反	反正(huán-tsìng)、反目(huán-bȯk)、反省(huán-síng)、反背(huán-puē)、反倒轉(huán-tò-tńg)、反症(huán-tsìng)、反僥(huán-hiau)

tsuán

賺	賺食(tsuán-tsiȧh)
轉	轉手(tsuán-tshiú)、轉世(tsuán-sè)、轉換(tsuán-uānn)、轉播(tsuán-pòo)

tshuán

喘	喘氣(tshuán-khuì)

suán

選	選手(suán-tshiú)、選擇(suán-tik)、選舉(suán-kí)、選購(suán-kòo)

uán

苑	上林苑(Siōng-lîm-uán)
腕	有手腕(ū tshiú-uán)
宛	宛然(uán-jiân)
婉	溫婉(un-uán)
遠	遠見(uán-kiàn)、遠足(uán-tsiok)、遠景(uán-kíng)、遠離(uán-lī)

▶韻母「uan」第 3 調

puàn

半	半子(puàn-tsú)、半天筍 (puàn-thian-sún)、半仙(puàn-sian)

tuàn

鍛	鍛鍊(tuàn-liān)
斷	斷定(tuàn-tīng)

327

kuàn

券	券商(kuàn-siong)
卷	卷宗(kuàn-tsong)
眷	眷村(kuàn-tshun)、眷屬(kuàn-siòk)
貫	貫穿(kuàn-tshuan)
慣	慣例(kuàn-lē)、慣勢(kuàn-sì)
灌	灌水(kuàn-tsuí)、灌風(kuàn hong)、灌腸(kuàn tñg)、灌腸(kuàn-tshiâng)
罐	罐仔(kuàn-á)、罐裝(kuàn-tsng)、罐頭(kuàn-thâu)

khuàn

勸	勸善(khuàn-siān)、勸解(khuàn-kái)

huàn

幻	幻想(huàn-sióng)
喚	召喚(tiàu-huàn)
販	販仔(huàn-á)、販仔白(huàn-á-pèh)、販厝(huàn-tshù)
泛	廣泛(kóng-huàn)

tshuàn

串	串通(tshuàn-thong)、串聯(tshuàn-liân)、串講(tshuàn-kóng)

| 竄 | 流竄(liû-tshuàn) |
| 篡 | 篡位(tshuàn-uī) |

suàn

| 算 | 預算(ī-suàn)、清算(tshing-suàn)、運算(ūn-suàn)、勝算(sìng-suàn) |
| 蒜 | 蒜仔(suàn-á)、蒜茸(suàn-jiông)、蒜頭(suàn-thâu) |

uàn

| 怨 | 怨妒(uàn-tòo)、怨恨(uàn-hūn)、怨嘆(uàn-thàn)、怨感(uàn-tsheh) |

▶韻母「uan」第 5 調

phuân

| 盤 | 盤古(Phuân-kóo) |
| 磐 | 磐石(phuân-si̍k) |

thuân

| 傳 | 傳言(thuân-giân)、傳奇(thuân-kî)、傳承(thuân-sîng)、傳染(thuân-jiám)、傳統(thuân-thóng) |
| 團 | 團結(thuân-kiat)、團隊(thuân-tuī)、團圓(thuân-înn)、團體(thuân-thé) |

luân

戀	戀情(luân-tsîng)、戀愛(luân-ài)、失戀(sit-luân)
鑾	鑾駕(luân-kà)

kuân

懸	懸山(kuân-suann)、懸低(kuân-kē)、懸度(kuân-tōo)

khuân

環	環保(khuân-pó)、環島(khuân-tó)、環節(khuân-tsiat)、環境(khuân-kíng)
權	權力(khuân-lik)、權利(khuân-lī)、權益(khuân-ik)、權勢(khuân-sè)

guân

元	元老(guân-ló)、元首(guân-siú)、元宵(Guân-siau)、元氣(guân-khì)
原	原本(guân-pún)、原因(guân-in)、原在(guân-tsāi)、原早(guân-tsá)、原住民(guân-tsū-bîn)、原來(guân-lâi)、原底(guân-té)
源	源頭(guân-thâu)、水源(tsuí-guân)

huân

帆	一帆風順(it huân hong sūn)
凡	凡事(huân-sū)

礬	用礬坐清(iōng huân tsē-tshing)
煩	煩惱(huân-ló)、操煩(tshau-huân)
繁	繁華(huân-huâ)、繁榮(huân-îng)
還	還俗(huân-siók)

tsuân

全	全民(tsuân-bîn)、全面(tsuân-bīn)、全體(tsuân-thé)
泉	泉源(tsuân-guân)

tshuân

攢	攢物件(tshuân mih-kiānn)

tsuân
全民

suân

旋	旋律(suân-lút)

uân

丸	丸仔(uân-á)、貢丸(kòng-uân)、臭丸(tshàu-uân)
完	完全(uân-tsuân)、完成(uân-sîng)、完備(uân-pī)、完整(uân-tsíng)
員	員工(uân-kang)、員外(uân-guē)、員警(uân-kíng)
園	園地(uân-tē)、園藝(uân-gē)
圓	圓栱門(uân-kong-mn̂g)、圓滿(uân-buán)

puān

| 叛 | 叛亂(puān-luān) |

tuān

段	段考(tuān-khó)
傳	傳記(tuān-kì)
緞	綾羅綢緞(lîng-lô-tiû-tuān)
斷	斷交(tuān-kau)、斷絕(tuān-tsua̍t)

luān

| 亂 | 亂七八糟(luān-tshi-pa-tsau)、亂來(luān-lâi)、亂使(luān-sú)、亂操操(luān-tshau-tshau)、亂講(luān-kóng)、亂鐘仔(luān-tsing-á) |

kuān

| 縣 | 縣市(kuān-tshī)、縣長(kuān-tiúnn) |

guān

| 願 | 願望(guān-bōng)、願意(guān-ì) |

huān

| 凡 | 凡勢(huān-sè) |

犯	犯人(huān-lâng)、犯法(huān-huat)、犯規(huān-kui)、犯著(huān--tio̍h)、犯罪(huān-tsuē)
范	姓范(sènn Huān)
泛	泛稱(huān-tshing)
患	患者(huān-tsiá)
梵	梵文(Huān-bûn)
還	這還這(tse huān tse)、彼還彼(he huān he)
範	範例(huān-lē)、範圍(huān-uî)

tsuān

撰	撰寫(tsuān-siá)
轉	轉水道頭(tsuān tsuí-tō-thâu)

suān

訕	訕削(suān-siah)、訕潲(suān-siâu)
漩	漩尿(suān-jiō)、漩桶(suān-tháng)
璇	璇石(suān-tsio̍h)、璇筆(suān-pit)

uān

緩	小緩咧(sió uān--leh)
援	援助(uān-tsōo)

▶韻母「in」第 1 調

pin

彬	文質彬彬(bûn-tsit pin-pin)
賓	賓館(pin-kuán)
濱	濱海公路(pin-hái kong-lōo)
檳	檳榔(pin-nñg)
殯	殯儀館(pin-gî-kuán)

tin

| 津 | 津貼(tin-thiap) |
| 珍 | 珍惜(tin-sioh)、珍貴(tin-kuì)、珍寶(tin-pó) |

lin

| 輪 | 拋車輪(pha-tshia-lin) |
| 玲 | 玲瑯鼓(lin-long-kóo) |

kin

斤	公斤(kong-kin)、台斤(tâi-kin)
巾	巾仔(kin-á)
今	今仔日(kin-á-jit)、今年(kin-nî)
均	平均(pîng-kin)

根	根本(kin-pún)、根底(kin-té)、根基(kin-ki)、根節(kin-tsat)、根據(kin-kì)
筋	筋骨(kin-kut)、筋絡(kin-le)、筋節(kin-tsat)
跟	跟綴(kin-tuè)、跟隨(kin-suî)

khin

輕	輕手(khin-tshiú)、輕可(khin-khó)、輕便(khin-piān)、輕重(khin-tāng)、輕秤(khin-tshìn)、輕視(khin-sī)、輕銀(khin-gîn)、輕聲細說(khin-siann-sè-sueh)、輕鬆(khin-sang)

tsin

升	一升米(tsit tsin bí)、米升(bí-tsin)
真	真心(tsin-sim)、真正(tsin-tsiànn)、真拄好(tsin-tú-hó)、真珠(tsin-tsu)、真誠(tsin-tsiânn)
蓁	菅蓁(kuann-tsin)
甄	甄試(tsin-tshì)

tshin

親	親切(tshin-tshiat)、親手(tshin-tshiú)、親目(tshin-bàk)、親生(tshin-senn)、親身(tshin-sin)、親家(tshin-ke)、親骨肉(tshin-kut-jiòk)

申	申冤(sin-uan)、申訴(sin-sòo)、申請(sin-tshíng)
身	身上(sin--siōng)、身世(sin-sè)、身份(sin-hūn)、身命(sin-miā)、身段(sin-tuānn)、身軀(sin-khu)
辛	辛苦(sin-khóo)、辛勞(sin-lô)
伸	延伸(iân-sin)
紳	紳士(sin-sū)
新	新正(sin-tsiann)、新郎(sin-lông)、新娘(sin-niû)、新婦(sin-pū)、新婦仔(sin-pū-á)
薪	薪水(sin-suí)、薪傳(sin-thuân)

因	因此(in-tshú)、因為(in-uī)、因素(in-sòo)、因端(in-tuann)、因緣(in-iân)
姻	姻緣(in-iân)
殷	殷商(In Siong)
絪	草絪(tsháu-in)
恩	報恩(pò in)
個	個的(in ê)

▶韻母「in」第 2 調

pín

稟	稟告(pín-kò)
鉼	鉼針(pín-tsiam)
箅	箅仔(pín-á)、箅仔骨(pín-á-kut)

phín

品	品行(phín-hīng)、品明(phín-bîng)、品種(phín-tsíng)、品質(phín-tsit)
箆	箆仔(phín-á)

bín

抿	抿仔(bín-á)
敏	敏豆(bín-tāu)、敏捷(bín-tsiàt)、敏感(bín-kám)
憫	憐憫(liân-bín)

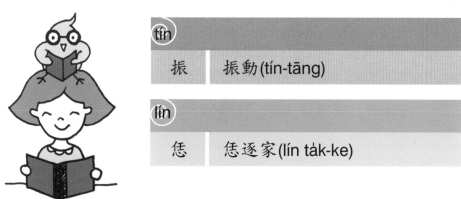

tín

振	振動(tín-tāng)

lín

恁	恁逐家(lín tàk-ke)

kín

緊	緊手(kín-tshiú)、緊事寬辦(kín-sū-khuann-pān)、緊急(kín-kip)、緊張(kín-tiunn)、緊慢(kín-bān)
謹	謹慎(kín-sīn)

gín

囡	囡仔(gín-á)、囡仔囝(gín-á-kiánn)、囡仔疕(gín-á-phí)、囡仔栽(gín-á-tsai)、囡仔款(gín-á-khuán)

tsín

拯	拯救(tsín-kiù)
振	振興(tsín-hing)
診	診所(tsín-sóo)、診療(tsín-liâu)、診斷(tsín-tuàn)
賑	賑災(tsín-tsai)
疹	濕疹(sip-tsín)

ín

允	允人(ín--lâng)、允准(ín-tsún)
引	引用(ín-iōng)、引述(ín-sút)、引起(ín-khí)、引渡(ín-tōo)、引誘(ín-iú)、引頭路(ín-thâu-lōo)

▶韻母「in」第 3 調

pin	
篦	蝨篦(sat-pìn)
鬢	鬢跤(pìn-kha)、鬢繐(pìn-sui)、鬢邊(pìn-pinn)

tìn	
鎮	鎮地(tìn-tè)、鎮位(tìn-uī)、鎮長(tìn-tiúnn)、鎮煞(tìn-suah)、鎮路(tìn-lōo)、鎮靜劑(tìn-tsīng-tse)

kìn	
絹	白絹(pe̍h kìn)

tsìn	
進	進行(tsìn-hîng)、進步(tsìn-pōo)、進前(tsìn-tsîng)、進香(tsìn-hiunn)
震	震動(tsìn-tōng)、震盪(tsìn-tōng)

tshìn	
秤	秤仔(tshìn-á)、秤仔花(tshìn-á-hue)、秤頭(tshìn-thâu)、秤錘(tshìn-thuî)
清	清心(tshìn-sim)、清汗(tshìn-kuānn)、清彩(tshìn-tshái)、清飯(tshìn-pn̄g)、清糜(tshìn-muê)

sìn	
囟	囟門(sìn-mn̂g)
迅	迅速(sìn-sok)
信	信用(sìn-iōng)、信仰(sìn-gióng)、信任(sìn-jīm)、信息(sìn-sit)、信篤(sìn-táu)、信賴(sìn-nāi)
訊	訊息(sìn-sit)、訊號(sìn-hō)

ìn	
印	印仔(ìn-á)、印刷(ìn-suat)、印堂(ìn-tông)、印象(ìn-siōng)、印證(ìn-tsìng)、印鑑(ìn-kàm)
應	應喙應舌(ìn-tshuì-ìn-tsih)、應話(ìn-uē)、應聲(ìn-siann)

▶韻母「in」第5調

pîn	
貧	貧血(pîn-hiat)、貧惰(pîn-tuānn)、貧道(pîn-tō)
屏	徛屏(khiā-pîn)、閘屏(tsa̍h-pîn)
憑	憑良心(pîn-liông-sim)、憑準(pîn-tsún)、憑據(pîn-kì)、憑證(pîn-tsìng)
頻	頻率(pîn-lu̍t)、頻道(pîn-tō)、頻繁(pîn-huân)

phîn	
蹁	行路會蹁(kiânn-lōo ē phîn)

bîn

民	民主(bîn-tsú)、民俗(bîn-siok)、民族(bîn-tsok)、民眾(bîn-tsiòng)
明	明仔日 (bîn-á-jit)、明仔早起 (bîn-á-tsá-khí)、明仔暗 (bîn-á-àm)、明仔載(bîn-á-tsài)
眠	眠一下(bîn--tsit-ē)、眠床(bîn-tshn̂g)、眠夢(bîn-bāng)

tîn

藤	豆藤(tāu-tîn)、荖藤(láu-tîn)、旋藤(suan-tîn)、牽藤(khan-tîn)
籐	籐條(tîn-tiâu)
塵	風塵(hong-tîn)、紅塵(hông-tîn)
陳	陳皮(tîn-phî)、陳列(tîn-liat)、陳情(tîn-tsîng)

thîn

斟	斟茶(thîn tê)、斟酒(thîn tsiú)

lîn

鄰	鄰近(lîn-kīn)、鄰長(lîn-tiúnn)
遴	遴選(lîn-suán)
麟	麒麟(kî-lîn)、拋麒麟(pha-kî-lîn)

khîn

芹	芹菜(khîn-tshài)
勤	勤務(khîn-bū)、勤儉(khîn-khiām)

gîn

睨	共人睨(kā lâng gîn)
銀	銀行(gîn-hâng)、銀角仔(gîn-kak-á)、銀紙(gîn-tsuá)、銀票(gîn-phiò)

hîn

眩	眩車(hîn-tshia)、眩船(hîn-tsûn)

tsîn

秦	西秦王爺(Se-tsîn-ông-iâ)
繩	墜繩(tuī-tsîn)

sîn

臣	奸臣(kan-sîn)、功臣(kong-sîn)
承	承水(sîn-tsuí)
蠅	胡蠅(hôo-sîn)、胡蠅黐(hôo-sîn-thi)、龜蠅(ku-sîn)
辰	時辰(sî-sîn)
神	神主牌仔(sîn-tsú-pâi-á)、神去(sîn--khì)、神明(sîn-bîng)、神桌(sîn-toh)、神祕(sîn-pì)、神經(sîn-king)

晨	晨昏(sîn-hun)

jîn

人	人口(jîn-kháu)、人士(jîn-sū)、人中(jîn-tiong)、人文(jîn-bûn)、人民(jîn-bîn)、人生(jîn-sing)、人事(jîn-sū)、人物(jîn-bu̍t)、人為(jîn-uî)
仁	仁丹(jîn-tan)、仁愛(jîn-ài)、仁慈(jîn-tsû)

în

寅	寅時(în-sî)

▶韻母「in」第7調

bīn

面	面巾(bīn-kin)、面子(bīn-tsú)、面水(bīn-tsuí)、面皮(bīn-phuê)、面色(bīn-sik)、面形(bīn-hîng)、面油(bīn-iû)、面前(bīn-tsîng)、面容(bīn-iông)、面桶(bīn-tháng)、面頂(bīn-tíng)、面對(bīn-tuì)、面貌(bīn-māu)、面憂面結(bīn-iu-bīn-kat)、面模仔(bīn-bôo-á)
蝒	蝒蟲(bīn-thâng)

tīn

陣	陣容(tīn-iông)、陣頭(tīn-thâu)、陣營(tīn-iânn)

thīn

伨	姑表相伨(koo-piáu sio-thīn)、我伨你(guá thīn--lí)

kīn

近 | 近代(kīn-tāi)、近來(kīn-lâi)、近倚(kīn-uá)、近期(kīn-kî)、近視(kīn-sī)、近廟欺神(kīn-biō-khi-sîn)

gīn

猌 | 共人猌(kā lâng gīn)

hīn

恨 | 抾恨(khioh-hīn)

tsīn

盡 | 盡力(tsīn-lik)、盡量(tsīn-liōng)、盡磅(tsīn-pōng)

sīn

腎 | 敗腎(pāi-sīn)
慎 | 慎重(sīn-tiōng)

jīn

認 | 認份(jīn-hūn)、認同(jīn-tông)、認定(jīn-tīng)、認真(jīn-tsin)、認路(jīn-lōo)、認輸(jīn-su)、認錯(jīn-tshò)、認證(jīn-tsìng)

īn

孕 | 孕育(īn-iòk)

▶韻母「un」第 1 調

pun	
分	分伻(pun-phenn)、分的(pun--ê)、分紅(pun-âng)、分張(pun-tiunn)

phun	
奔	奔走(phun-tsáu)、奔波(phun-pho)
潘	潘水(phun-tsuí)、潘泔(phun-ám)、潘桶(phun-tháng)

tun	
鈍	刀真鈍(to tsin tun)
敦	敦煌(Tun-hông)
墩	橋墩(kiô-tun)

thun	
吞	吞忍(thun-lún)

lun	
圇	拉圇仔燒(la-lun-á-sio)

kun	
君	君子(kun-tsú)、君王(kun-ông)

軍	軍人(kun-jîn)、軍火(kun-hué)、軍師(kun-su)、軍隊(kun-tuī)、軍艦(kun-lām)

khun

坤	乾坤(khiân-khun)
髡	髡喙鬚(khun tshuì-tshiu)

hun

分	分工(hun-kang)、分寸(hun-tshùn)、分別(hun-piát)、分享(hun-hióng)、分明(hun-bîng)、分析(hun-sik)、分歧(hun-kî)、分泌(hun-pì)
勳	功勳(kong-hun)
芬	芬芳(hun-hong)
紛	亂紛紛(luān-hun-hun)、紛亂(hun-luān)、紛擾(hun-jiáu)
婚	婚姻(hun-in)、婚約(hun-iok)、婚禮(hun-lé)
昏	黃昏(hông-hun)
薰	薰吹(hun-tshue)、薰頭(hun-thâu)、食薰(tsiáh-hun)、噗薰(pok-hun)

tsun

尊	尊長(tsun-tióng)、尊重(tsun-tiōng)、尊敬(tsun-kìng)、尊嚴(tsun-giâm)
遵	遵守(tsun-siú)、遵命(tsun-bīng)、遵照(tsun-tsiàu)

tshun

伸	伸勼(tshun-kiu)、伸匀(tshun-ûn)、伸跤(tshun-kha)
村	村民(tshun-bîn)、村長(tshun-tiúnn)
春	春分(tshun-hun)、春風(tshun-hong)、春飯(tshun-pn̄g)、春節(tshun-tseh)、春聯(tshun-liân)
賰	賰的(tshun--ê)、賰錢(tshun-tsînn)

sun

孫	孫仔(sun-á)、孫婿(sun-sài)、囝孫(kiánn-sun)

un

恩	恩怨(un-uàn)、恩情(un-tsîng)
溫	溫和(un-hô)、溫度(un-tōo)、溫柔(un-jiû)、溫泉(un-tsuânn)、溫暖(un-luán)、溫馴(un-sûn)、溫罐(un-kuàn)
瘟	瘟疫(un-i̍k)
蝹	蝹伫膨椅(un tī phòng-í)
鰛	鰛仔魚(un-á-hî)

▶韻母「un」第 2 調

pún

本	本土(pún-thóo)、本地(pún-tē)、本成(pún-tsiânn)、本事(pún-sū)、本命錢(pún-miā-tsînn)、本底(pún-té)、本等(pún-tíng)、本領(pún-líng)

扁	扁擔(pún-tann)

phún

翸	拍翸(phah-phún)

pún
扁擔

tún

盾	矛盾(mâu-tún)
囤	囤物件(tún mih-kiānn)

thún

跉	跉踏(thún-tah)

lún

碖	石碖(tsioh-lún)
忍	忍氣(lún-khì)
懍	懍場(lún-tiûnn)

kún

蚓	杜蚓仔(tōo-kún-á)
滾	滾水(kún-tsuí)、滾笑(kún-tshiò)、滾絞(kún-ká)
頸	領頸(ām-kún)

khún

捆	捆縛(khún-pák)
墾	開墾(khai-khún)
懇	懇求(khún-kiû)

hún

粉	粉肝(hún-kuann)、粉條(hún-tiâu)、粉鳥(hún-tsiáu)、粉筆(hún-pit)、粉圓(hún-înn)、粉腸仔(hún-tñg-á)、粉腸(hún-tshiâng)、粉粿(hún-kué)、粉蟯(hún-giô)

tsún

准	允准(ín-tsún)、批准(phue-tsún)、不准(put-tsún)
準	準拄好(tsún-tú-hó)、準時(tsún-sî)、準做(tsún-tsò)、準備(tsún-pī)、準算(tsún-sǹg)、準確(tsún-khak)
撙	撙節(tsún-tsat)

tshún

忖	自忖(tsū-tshún)

sún

恂	青恂恂(tshenn-sún-sún)、交懍恂(ka-lún-sún)
筍	筍仔(sún-á)、筍乾(sún-kuann)、筍絲(sún-si)
損	損失(sún-sit)、損害(sún-hāi)、損傷(sún-siong)

榫	榫空(sún-khang)、榫頭(sún-thâu)、有空無榫(ū-khang-bô-sún)

ún	
隱	隱弓蕉(ún-king-tsio)、隱私(ún-su)、隱疴(ún-ku)、隱瞞(ún-muâ)
穩	穩心仔(ún-sim-á)、穩定(ún-tīng)、穩重(ún-tiōng)、穩健(ún-kiān)、穩當(ún-tàng)、穩觸觸(ún-tak-tak)

▶韻母「un」第 3 調

pùn	
畚	畚斗(pùn-táu)、畚箕(pùn-ki)
糞	糞口(pùn-kháu)、糞口蟲(pùn-kháu-thâng)、糞埽(pùn-sò)、糞埽籠(pùn-sò-láng)、糞堆(pùn-tui)

phùn	
噴	噴水池(phùn-tsuí-tî)、噴射(phùn-siā)、噴漆(phùn-tshat)、噴點(phùn-tiám)

bùn	
濆	水一直濆(tsuí it-tit bùn)
𪗱	𪗱鼠(bùn-tshí)

tùn

鈍	腦鈍鈍(náu tùn-tùn)
頓	頓手(tùn-tshiú)
噸	公噸(kong-tùn)

kùn

棍	棍仔(kùn-á)

khùn

困	困苦(khùn-khóo)、困擾(khùn-jiáu)、困難(khùn-lân)
睏	睏坦敧(khùn thán-khi)、睏房(khùn-pâng)、睏衫(khùn-sann)、睏眠(khùn-bîn)、睏晝(khùn-tàu)、睏醒(khùn-tshénn)

hùn

訓	訓練(hùn-liān)
憤	憤怒(hùn-nōo)、憤慨(hùn-khài)
楦	鞋楦(ê-hùn)、楦闊(hùn-khuah)
奮	奮鬥(hùn-tàu)、奮戰(hùn-tsiàn)

tsùn

圳	圳溝(tsùn-kau)
顫	直直顫(tit-tit tsùn)

俊	英俊(ing-tsùn)
峻	嚴峻(giâm-tsùn)

tshùn

寸	寸尺(tshùn-tshioh)
吋	英吋(ing-tshùn)

sùn

瞬	瞬間(sùn-kan)

ùn

塭	塭仔(ùn-á)
搵	搵水(ùn-tsuí)、搵豆油(ùn-tāu-iû)
蘊	蘊藏(ùn-tsông)

▶韻母「un」第 5 調

pûn

歕	歕火(pûn-hué)、歕風(pûn-hong)、歕觱仔(pûn pi-á)、 歕雞胿(pûn-ke-kui)

phûn

盆	盆栽(phûn-tsai)、盆跤骨(phûn-kha-kut)

bûn

文	文文仔笑(bûn-bûn-á-tshiò)、文化(bûn-huà)、文旦(bûn-tàn)、文字(bûn-jī)、作文(tsok-bûn)
紋	紋理(bûn-lí)、紋路(bûn-lōo)
門	專門(tsuan-bûn)
聞	聞名(bûn-bîng)

tûn

屯	大屯山(Tuā-tûn-suann)
脣	喙脣(tshuì-tûn)、喙脣皮(tshuì-tûn-phuê)

thûn

黗	煙黗(ian-thûn)、烏煙黗(oo-ian-thûn)
豚	豚母(thûn-bú/bó)、雞豚仔(ke/kue-thûn-á)

lûn

倫	倫理(lûn-lí)
淪	淪陷(lûn-hām)
輪	輪流(lûn-liû)、輪值(lûn-tit)、輪班(lûn-pan)、輪迴(lûn-huê)、輪椅(lûn-í)、輪箍(lûn-khau)

kûn

拳	拳頭(kûn-thâu)、拳頭拇(kûn-thâu-bó)、拳頭師(kûn-thâu-sai)

裙	桌裙(toh-kûn)、繍裙(hâ kûn)、百襇裙(pah-kíng-kûn)、圍軀裙(uî-su-kûn)、煮食裙仔(tsú-tsiàh-kûn-á)
群	群島(kûn-tó)、群眾(kûn-tsiòng)、群體(kûn-thé)
焄	焄豬跤(kûn ti-kha)

khûn

困	困草(khûn tsháu)、草困(tsháu khûn)
蜷	蜷電線(khûn tiān-suànn)

hûn

痕	痕跡(hûn-jiah)
渾	渾沌(hûn-tūn)
焚	焚化爐(hûn-huà-lôo)
雲	雲尪(hûn-ang)
魂	魂魄(hûn-phik)

tsûn

存	存心(tsûn-sim)、存在(tsûn-tsāi)、存貨(tsûn-huè)、存款(tsûn-khuán)
前	前年(tsûn--nî)
船	船仔(tsûn-á)、船長(tsûn-tiúnn)、船隻(tsûn-tsiah)、船廠(tsûn-tshiúnn)、船艙(tsûn-tshng)、船頭(tsûn-thâu)

| 存 | 存死(tshûn-sí)、存後步(tshûn-āu-pōo)、存範(tshûn-pān) |

旬	中旬(tiong-sûn)、做旬(tsò-sûn)、頭旬(thâu-sûn)、下旬(hā-sûn)
巡	巡查(sûn-tsa)、巡迴(sûn-huê)、巡視(sûn-sī)、巡邏(sûn-lô)
純	純金(sûn-kim)、純益(sûn-ik)、純情(sûn-tsîng)、純粹(sûn-tshuì)
循	循環(sûn-khuân)
馴	溫馴(un-sûn)
詢	質詢(tsit-sûn)、諮詢(tsu-sûn)、查詢(tshâ-sûn)、徵詢(ting-sûn)
醇	醇酒(sûn-tsiú)

| 勻 | 勻勻仔(ûn-ûn-á)、勻勻仔火(ûn-ûn-á-hué)、勻仔是(ûn-á-sī) |
| 耘 | 耕耘(king-ûn) |

▶韻母「un」第 7 調

pūn	
笨	笨跤笨手(pūn kha pūn tshiú)

būn	
問	問卷(būn-kuàn)、問答(būn-tap)、問題(būn-tê)
悶	心悶悶(sim būn-būn)
燜	燜飯(būn-pñg)

tūn	
沌	渾沌(hûn-tūn)
鈍	鈍刀(tūn-to)
遁	遁逃(tūn-tô)
燉	燉肉(tūn bah)、燉補(tūn-póo)

thūn	
坉	坉平(thūn-pênn)、坉塗(thūn-thôo)

lūn	
崙	崙仔(lūn-á)
論	論文(lūn-bûn)、論述(lūn-sút)、論調(lūn-tiāu)、論戰(lūn-tsiàn)、論點(lūn-tiám)

kūn

郡	郡主(kūn-tsú)

hūn

份	份子(hūn-tsú)、份量(hūn-liōng)、份額(hūn-giảh)
昏	昏去(hūn--khì)、昏倒(hūn--tó)、昏迷(hūn-bê)
恨	怨恨(uàn-hūn)、仇恨(siû-hūn)、痛恨(thòng-hūn)
混	混合(hūn-hảp)、混亂(hūn-luān)

tsūn

捘	捘窒仔(tsūn that-á)、捘開關(tsūn khai-kuan)、捘面巾 (tsūn bīn-kin)
陣	陣雨(tsūn-hōo)、陣疼(tsūn-thiànn)

sūn

循	循圖畫(sūn tôo uē)
順	順月(sūn-guẻh)、順手(sūn-tshiú)、順行(sūn-kiânn)、順利(sūn-lī)、順序(sūn-sī)、順風耳(Sūn-hong-ní)、順從(sūn-tsiông)、順眼(sūn-gán)、順紲(sūn-suà)、順勢(sūn-sè)、順路(sūn-lōo)

jūn

韌	皮真韌(phuê tsin jūn)
閏	閏月(jūn-guẻh)

潤	潤餅餃(jūn-piánn-kauh)

ūn

運	運行(ūn-hîng)、運作(ūn-tsok)、運命(ūn-miā)、運河(ūn-hô)、運氣(ūn-khì)、運動埕(ūn-tōng-tiânn)、運途(ūn-tôo)、運勢(ūn-sè)、運轉手(ūn-tsuán-tshiú)
韻	韻味(ūn-bī)、韻律(ūn-lu̍t)

十二：韻尾「ng」——ang、iang、uang、ing、ong、iong

▶韻母「ang」第 1 調

pang

封	一封批(tsi̍t pang phue)、封條(pang-tiâu)
邦	邦交(pang-kau)
枋	枋仔(pang-á)、枋堵(pang-tóo)、枋模(pang-bôo)
崩	崩山(pang-suann)、崩盤(pang-puânn)
幫	幫忙(pang-bâng)、幫助(pang-tsōo)、幫派(pang-phài)、幫贊(pang-tsān)

phang

芳	芳水(phang-tsuí)、芳瓜(phang-kue)、芳味(phang-bī)、芳料(phang-liāu)

蜂	蜂岫(phang-siū)

tang

冬	冬天(tang-thinn)、冬瓜(tang-kue)、冬尾(tang-bué)、冬菜(tang-tshài)、冬節(tang-tseh)
東	東西南北(tang-sai-lâm-pak)、東倒西歪(tang-tó-sai-uai)、東部(tang-pōo)
茼	茼蒿(tang-o)
當	當中(tang-tiong)、當時(tang-sî)
噹	媠噹噹(suí-tang-tang)

thang

熥	火熥(hué-thang)
通	毋通(m̄-thang)
窗	窗仔門(thang-á-mn̂g)、窗仔框(thang-á-khing)、窗外(thang-guā)

lang

郎	巴郎(pa-lang)
欖	疏欖(se-lang)
籠	雞籠(ke-lang)、鳥仔籠(tsiáu-á-lang)

kang

工	工夫(kang-hu)、工作(kang-tsok)、工具(kang-kū)、工場(kang-tiûnn)、工程(kang-tîng)、工業(kang-giȧp)、工寮(kang-liâu)
公	公母(kang-bó)、公的(kang--ê)
功	功夫(kang-hu)
江	江山(kang-san)、江南(Kang-lâm)、江湖(kang-ôo)
蚣	蜈蚣(giâ-kang)

khang

工	工課(khang-khuè)
空	空房(khang-pâng)、空曆間(khang-tshù-king)、空喙(khang-tshuì)、空喙哺舌(khang-tshuì-pōo-tsih)、空殼(khang-khak)、空虛(khang-hi)、空腹(khang-pak)、空榫(khang-sún)、空隙(khang-khiah)、空頭(khang-thâu)、空縫(khang-phāng)

hang

烘	烘火(hang-hué)、烘肉(hang bah)、烘爐(hang-lôo)
魴	魴魚(hang-hî)

tsang

鯨	赤鯨(tshiah-tsang)

棕	棕笀仔(tsang-tshíng-á)、棕簑(tsang-sui)、棕鑢仔(tsang-lù-á)
鬃	頭鬃(thâu-tsang)、髻仔鬃(kuè-á-tsang)
摤	摤著(tsang--tióh)、摤起來(tsang--khí-lâi)

tshang	
娼	老娼頭(lāu-tshang-thâu)
蔥	蔥仔(tshang-á)、蔥頭(tshang-thâu)

sang	
鬆	鬆軟(sang-nńg)

ang	
尪	尪仔(ang-á)、尪仔冊(ang-á-tsheh)、尪仔物(ang-á-mih)、尪仔標(ang-á-phiau)、尪仔頭(ang-á-thâu)、尪姨(ang-î)、尪架桌(ang-kè-toh)
翁	翁某(ang-bóo)、翁婿(ang-sài)

▶韻母「ang」第 2 調

páng	
綁	綁票(páng-phiò)

pháng	
紡	紡車(pháng-tshia)、紡紗(pháng-se)、紡織(pháng-tsit)

麭	俗麭(siok-pháng)

蟒	蟒袍(báng-phâu)
蠓	蠓仔(báng-á)、蠓仔水(báng-á-tsuí)、蠓仔香(báng-á-hiunn)、蠓捽仔(báng-sut-á)、蠓罩(báng-tà)、蠓蟲(báng-thâng)
魍	變無魍(pìnn-bô-báng)、變啥魍(pìnn-siánn-báng)

董	董事(táng-sū)、董事長(táng-sū-tiúnn)
懂	懂嚇(táng-hiannh)

桶	桶仔(tháng-á)、桶柑(tháng-kam)、桶捾(tháng-kuānn)、桶筍(tháng-sún)、桶箍(tháng-khoo)、桶盤(tháng-puânn)

攏	攏褲(láng khòo)、攏權(láng-khuân)
籠	籠仔(láng-á)

牁	牛牁(gû-káng)、羊牁(iûnn-káng)

港	港口(káng-kháu)、港都(káng-too)、港路(káng-lōo)、港墘(káng-kînn)
講	講求(káng-kiû)、講究(káng-kiù)、講師(káng-su)、講習(káng-sı̍p)、講義(káng-gī)、講演(káng-ián)

kháng

孔	九孔(káu-kháng)

tsáng

總	總頭(tsáng-thâu)、頭總(thâu-tsáng)、掠無頭總(liȧh-bô-thâu-tsáng)

tsháng

氅	挐氅氅(jû/lû-tsháng-tsháng)

sáng

桑	阿桑(a-sáng)
聳	聳勢(sáng-sè)

▶韻母「ang」第 3 調

pàng

放	放刁(pàng-tiau)、放工(pàng-kang)、放冗(pàng-līng)、放手(pàng-tshiú)、放火(pàng-hué)、放血(pàng-hueh)、放卵(pàng-nn̄g)、放屁(pàng-phuì)、放帖仔(pàng-thiap-á)、放牧(pàng-bȯk)、放空(pàng-khang)、放屎(pàng-sái)、放重利(pàng tāng-lāi)

tàng

揀	用指甲揀(iōng tsíng-kah tàng)
凍	凍舌(tàng-tsih)、凍霜(tàng-sng)、凍露水(tàng-lōo-tsuí)
當	袂當(bē-tàng)、會當(ē-tàng)、穩當(ún-tàng)

thàng

痛	疼痛(thiànn-thàng)
迵	迵過(thàng--kuè)

làng

閬	閬工(làng-kang)、閬月(làng-gue̍h)、閬縫(làng-phāng)

kàng

降	降低(kàng-kē)、降落(kàng-lo̍h)、降價(kàng-kè)

khàng

空	空白(khàng-pe̍h)、空地(khàng-tē)
控	控疕仔(khàng phí-á)

hàng

胖	胖奶(hàng-ling)
脝	脝起來(hàng--khí-lâi)

tàng
凍舌

一〇一年五月一

tsàng

粽	粽箬(tsàng-ha̍h)

tshàng

笒	笒鬚(tshàng-tshiu)
藏	藏水沫(tshàng-tsuí-bī)

sàng

送	送上山(sàng-tsiūnn-suann)、送日仔(sàng-ji̍t-á)、送定(sàng-tiānn)、送神(sàng-sîn)、送嫁(sàng-kè)

àng

甕	甕仔(àng-á)、甕肚(àng-tōo)
齆	齆鼻(àng-phīnn)、齆聲(àng-siann)

▶韻母「ang」第 5 調

pâng

房	房間(pâng-king)
縫	縫衫(pâng-sann)、縫紩(pâng-thīnn)
龐	龐先生(Pâng--sian-sinn)

phâng

篷	布篷(pòo-phâng)

帆	帆布(phâng-pòo)、帆船(phâng-tsûn)
捀	捀斗(phâng-táu)、捀水(phâng-tsuí)、捀茶(phâng-tê)

bâng

茫	白茫茫(pe̍h-bâng-bâng)
芒	菅芒(kuann-bâng)
忙	幫忙(pang-bâng)

tâng

同	同年(tâng-nî)、同姒仔(tâng-sāi-á)、同門(tâng-mn̂g)、同齊(tâng-tsê)
桐	桐油(tâng-iû)
童	童乩(tâng-ki)
筒	筒仔米糕(tâng-á-bí-ko)
銅	銅牌(tâng-pâi)、銅管仔(tâng-kóng-á)、銅線(tâng-suànn)、銅錢(tâng-tsînn)、銅環(tâng-khuân)、銅鑼(tâng-lô)

thâng

蟲	蟲豸(thâng-thuā)

lâng

人	人才(lâng-tsâi)、人客(lâng-kheh)、人面(lâng-bīn)、人影(lâng-iánn)、人緣(lâng-iân)、人範(lâng-pān)

膿	出膿(tshut-lâng)、脹膿(tiùnn-lâng)、孵膿(pū-lâng)
聾	臭耳聾(tshàu-hīnn-lâng)
礱	塗礱(thôo-lâng)
籠	籠床(lâng-sŋg)

hâng

行	行郊(hâng-kau)、行情(hâng-tsîng)、行業(hâng-giáp)
降	投降(tâu-hâng)
杭	杭州(Hâng-tsiu)
航	航行(hâng-hîng)、航空(hâng-khong)、航班(hâng-pan)、航站(hâng-tsām)、航程(hâng-tîng)、航運(hâng-ūn)、航線(hâng-suànn)

tsâng

欉	大欉(tuā-tsâng)、在欉黃(tsāi-tsâng- n̂g)、花欉(hue-tsâng)、茶欉(tê-tsâng)、菁仔欉(tshenn-á-tsâng)
灇	灇水(tsâng tsuí)、灇身軀(tsâng sin-khu)

âng

洪	洪先生(Âng--sian-sinn)
紅	紅色(âng-sik)、紅毛塗(âng-mn̂g-thôo)、紅牙(âng-gê)、紅包(âng-pau)、紅目(âng-bák)、紅目墘(âng-bák-kînn)、紅目鰱(âng-bák-liân)、紅尾冬(âng-bué-tang)、紅豆(âng-tāu)、紅帖仔(âng-thiap-á)、紅柿(âng-khī)

367

▶韻母「ang」第7調

pāng

| 棒 | 棒球(pāng-kiû) |

phāng

| 縫 | 空縫(khang-phāng)、敆縫(kap-phāng)、楔縫(seh-phāng)、話縫(uē-phāng)、跤縫(kha-phāng)、閬縫(làng-phāng)、齒縫(khí-phāng)、楔手縫(seh-tshiú-phāng)、屜手縫(siap-tshiú-phāng)、想空想縫(siūnn-khang-siūnn-phāng) |

bāng

望	向望(ǹg-bāng)、希望(hi-bāng)、無望(bô-bāng)、寄望(kià-bāng)
夢	夢中(bāng-tiong)、夢見(bāng-kìnn)、夢境(bāng-kíng)
網	網仔(bāng-á)、網址(bāng-tsí)、網頁(bāng-iàh)、網站(bāng-tsām)、網球(bāng-kiû)、網路(bāng-lōo)

tāng

| 重 | 重手(tāng-tshiú)、重手頭(tāng-tshiú-thâu)、重利(tāng-lāi)、重敨汼(tāng-khi-pîng)、重量(tāng-liōng)、重擔(tāng-tànn)、重頭輕(tāng-thâu-khin)、重聲(tāng-siann)、重鹹(tāng-kiâm) |
| 動 | 動工(tāng-kang)、動土(tāng-thóo)、動手(tāng-tshiú)、動箸(tāng-tī) |

lāng

弄	弄風(lāng-hong)、弄喙花(lāng-tshuì-hue)、弄獅(lāng-sai)、弄龍(lāng-lîng)、弄鐃(lāng-lâu)
俍	挑俍(thiau-lāng)
籠	箸籠(tī-lāng)

kāng

仝	仝爸各母(kāng-pē-koh-bú)、仝款(kāng-khuán)、相仝(sio-kāng)
共	鬥相共(tàu-sann-kāng)

gāng

愣	愣去(gāng--khì)

hāng

巷	巷仔(hāng-á)
項	項目(hāng-bȯk)

▶韻母「iang」第 1 調

liang

嚶	嚶仔(liang-á)

369

khiang

勥	勥仔(khiang-á)

giang

婸	起毛婸(khí-moo giang)
鈃	鈃仔(giang-á)

hiang

香	香油(hiang-iû)

tsiang

漳	漳州(Tsiang-tsiu)

siang

雙	雙人(siang-lâng)、雙叉路(siang-tshe-lōo)、雙方(siang-hong)、雙生仔(siang-senn-á)、雙重(siang-tîng)、雙面刀鬼(siang-bīn-to-kuí)、雙棚鬥(siang-pênn-tàu)、雙層(siang-tsân)

iang

央	央三托四(iang-sann-thok-sì)

▶韻母「iang」第 2 調

hiáng

| 享 | 享有(hiáng-iú)、享受(hiáng-siū)、享福(hiáng-hok) |
| 響 | 響亮(hiáng-liāng)、響應(hiáng-ìng) |

tshiáng

| 蹌 | 蹌跤雞(tshiáng-kha-ke)、蹌箍螺(tshiáng-khoo-lê) |

jiáng

| 嚷 | 相嚷(sio-jiáng) |

▶韻母「iang」第 3 調

piàng

| 迸 | 硬迸迸(ngē-piàng-piàng) |

khiàng

| 勥 | 勥跤(khiàng-kha) |

giàng

| 齴 | 齴牙(giàng-gê) |

371

hiàng	
向	向時(hiàng-sî)

tsiàng	
障	白內障(pėh-lāi-tsiàng)

tshiàng	
唱	唱聲(tshiàng-siann)

siàng	
摔	倒摔向(tò-siàng-hiànn)

▶韻母「iang」第5調

liâng	
粱	高粱酒(kau-liâng-tsiú)
涼	涼水(liâng-tsuí)、涼亭(liâng-tîng)、涼風(liâng-hong)、涼勢(liâng-sè)

tshiâng	
沖	沖水(tshiâng-tsuí)、沖沖滾(tshiâng-tshiâng-kún)
腸	粉腸(hún-tshiâng)、煙腸(ian-tshiâng)、灌腸(kuàn-tshiâng)
常	常在(tshiâng-tsāi)

▶韻母「iang」第 7 調

phiāng

| 龎 | 大龎(tuā-phiāng) |

phiāng
大龎

liāng

| 亮 | 響亮(hiáng-liāng) |

tshiāng

| 逞 | 逞拄逞(tshiāng-tú-tshiāng) |

siāng

| 上 | 上尺工(siāng-tshe-kong) |
| 𢫦 | 𢫦人(siāng-lâng)、𢫦勻 (siāng-ûn)、𢫦年(siāng-nî)、𢫦時 (siāng-sî)、𢫦途(siāng-tôo)、𢫦款(siāng-khuán) |

iāng

| 煬 | 臭煬(tshàu-iāng) |

▶韻母「uang」

uang

| 嚾 | 規嚾規黨(kui uang kui tóng) |

▶韻母「ing」第 1 調

ping	
冰	冰角(ping-kak)、冰枝(ping-ki)、冰涼(ping-liâng)、冰淇淋(ping-kî-lîm)、冰箱(ping-siunn)、冰糖(ping-thn̂g)
兵	兵仔(ping-á)、兵役(ping-ik)
崩	皇帝駕崩(hông-tè kà-ping)

phing	
拼	拼音(phing-im)
娉	娉婷(phing-tîng)
烹	烹煮(phing-tsú)

ting	
丁	出丁(tshut-ting)、添丁(thiam-ting)、柳丁(liú-ting)
叮	叮嚀(ting-lîng)
町	西門町(Se-mn̂g-ting)
疔	疔仔(ting-á)
釘	釘仔(ting-á)、釘仔鉗(ting-á-khînn)
登	登記(ting-kì)、登陸(ting-liȯk)、登機(ting-ki)、登錄(ting-lȯk)
徵	徵文(ting-bûn)、徵召(ting-tiàu)、徵收(ting-siu)、徵求(ting-kiû)、徵詢(ting-sûn)、徵選(ting-suán)

燈	燈心(ting-sim)、燈火(ting-hué)、燈猜(ting-tshai)、燈塔(ting-thah)、燈罩(ting-tà)

ling

奶	奶水(ling-tsuí)、奶母(ling-bú)、奶帕仔(ling-phè-á)、奶嗉仔(ling-tshuì-á)、奶頭(ling-thâu)

king

弓	弓仔(king-á)、弓開(king--khui)、弓蕉(king-tsio)
更	更正(king-tsìng)、更生(king-sing)、更改(king-kái)
供	供體(king-thé)
肩	肩胛(king-kah)、肩胛頭(king-kah-thâu)
宮	宮廟(king-biō)
荊	荊州(King-tsiu)
庚	貴庚(kuì-king)
間	間仔(king-á)
經	經典(king-tián)、經商(king-siong)、經理(king-lí)、經過(king-kuè)、經歷(king-lìk)、經營(king-îng)、經濟(king-tsè)、經驗(king-giām)
耕	農耕(lông-king)

khing

鏗	刀鏗(to-khing)

卿	阿卿(A-khing)
筐	筐仔(khing-á)
傾	傾向(khing-hiòng)
框	輪框(lián-khing)、鏡框(kiànn-khing)、籃框(nâ-khing)、窗仔框(thang-á-khing)

hing

兄	兄長(hing-tióng)
亨	亨通(hing-thong)
胸	胸坎(hing-khám)、胸前(hing-tsîng)、胸掛骨(hing-kuà-kut)
興	興旺(hing-ōng)、興建(hing-kiàn)、興衰(hing-sue)

tsing

鐘	秒鐘(bió-tsing)、挵鐘(lòng tsing)、時鐘(sî-tsing)、喉鐘(âu-tsing)、亂鐘仔(luān-tsing-á)、摃鐘(kòng-tsing)、點鐘(tiám-tsing)
鍾	酒鍾(tsiú-tsing)
征	征服(tsing-hȯk)
爭	爭取(tsing-tshú)、爭奪(tsing-tuȧt)、爭論(tsing-lūn)、爭議(tsing-gī)
偵	偵查(tsing-tsa)、偵探(tsing-thàm)、偵辦(tsing-pān)
舂	舂米(tsing-bí)、舂臼(tsing-khū)

晶	晶片 (tsing-phìnn)
增	增加(tsing-ka)、增長(tsing-tióng)、增添(tsing-thiam)
精	精光(tsing-kong)、精牲(tsing-senn)、精差 (tsing-tsha)、精神(tsing-sîn)、精彩(tsing-tshái)
菁	菁英(tsing-ing)

tshing

青	青山(tshing-san)、青天(tshing-thian)、青年(tshing-liân)、青春(tshing-tshun)
清	清心(tshing-sim)、清水(tshing-tsuí)、清火(tshing-hué)、清白 (tshing-pik)、清秀 (tshing-siù)、清明 (tshing-bîng)、清芳 (tshing-phang)、清幽(tshing-iu)、清查(tshing-tsa)、清氣(tshing-khì)、清酒(tshing-tsiú)
千	規千萬(kui-tshing-bān)、一千(tsit tshing)
稱	稱呼(tshing-hoo)

sing

升	升級(sing-kip)、升等(sing-tíng)、升遷(sing-tshian)、升學(sing-hak)
先	代先(tāi-sing)、頭先(thâu-sing)、起先(khí-sing)、頭起先(thâu-khí-sing)
甥	外甥(guē-sing)

生	生存(sing-tsûn)、生育(sing-io̍k)、生物(sing-bu̍t)、生長(sing-tióng)、生活(sing-ua̍h)、生理(sing-lí)、生產(sing-sán)、生態(sing-thài)
昇	昇華(sing-huâ)
荌	荌草(sing tsháu)、荌菜(sing tshài)
星	星座(sing-tsō)、星宿(sing-siù)
牲	牲醴(sing-lé)
猩	猩猩(sing-sing)
僧	僧人(sing-jîn)
聲	聲明(sing-bîng)、聲望(sing-bōng)、聲稱(sing-tshing)

ing

垗	垗埃(ing-ia)
英	英才(ing-tsâi)、英文(Ing-bûn)、英雄(ing-hiông)、英語(Ing-gí)、英鎊(ing-pōng)
嬰	聖嬰(Sìng-ing)
應	應當(ing-tong)、應該(ing-kai)、應該然(ing-kai-jiân)
櫻	櫻花(ing-hue)、櫻桃(ing-thô)
癭	癭仔(ing-á)
鷹	鷹架(ing-kè)
鸚	鸚哥(ing-ko)

▶韻母「ing」第 2 調

píng

反	反爿(píng-pîng)、反白睚(píng-pėh-kâinn)、反肚(píng-tōo)、反肚瘡(píng-tōo-sua)、反車(píng-tshia)、反來反去(píng-lâi-píng-khì)、反桌(píng-toh)、反船(píng-tsûn)、反腹(píng-pak)、反輾轉(píng-liàn-tńg)
丙	丙午年(píng-ngóo nî)
秉	秉持(píng-tshî)
炳	彪炳(piau-píng)

bíng

猛	猛將(bíng-tsiòng)、猛禽(bíng-khîm)、猛獸(bíng-siù)

tíng

鼎	大名鼎鼎(tuā-miâ-tíng-tíng)
頂	頂顇(tíng-ham)、頂下勻(tíng-ē-ûn)、頂月日(tíng guėh-jit)、頂日(tíng-jit)、頂世人(tíng-sì-lâng)、頂司(tíng-si)、頂肱骨(tíng-kong-kut)、頂面(tíng-bīn)、頂真(tín-tsin)
等	等於(tíng-î)、等級(tíng-kip)、等號(tíng-hō)
戥	戥仔(tíng-á)

thíng

逞	逞性(thíng sìng)

艇	遊艇(iû-thíng)
寵	寵倖(thíng-sīng)

líng

伶	伶俐(líng-lī)
冷	冷水(líng-tsuí)、冷吱吱(líng-ki-ki)、冷風(líng-hong)、冷凍(líng-tòng)、冷氣(líng-khì)、冷淡(líng-tām)、冷清(líng-tshing)、冷盤(líng puânn)、冷戰(líng-tsiàn)、冷靜(líng-tsīng)
領	領土(líng-thóo)、領先(líng-sian)、領域(líng-hik)、領教(líng-kàu)、領袖(líng-siù)

kíng

筧	水筧(tsuí-kíng)
裍	百裍裙(pah-kíng-kûn)、抾裍(khioh-kíng)、攝裍(liap-kíng)
繭	娘仔繭(niû-á-kíng)
揀	揀食(kíng-tsiàh)、揀茶(kíng-tê)、揀菜(kíng-tshài)
景	景色(kíng-sik)、景物(kíng-bùt)、景氣(kíng-khì)、景象(kíng-siōng)、景緻(kíng-tì)
境	境內(kíng-lāi)、境地(kíng-tē)、境界(kíng-kài)
警	警察(kíng-tshat)、警方(kíng-hong)、警告(kíng-kò)、警戒(kíng-kài)、警官(kíng-kuann)、警報(kíng-pò)、警衛(kíng-uē)

khing

頃	公頃(kong-khíng)
肯	肯定(khíng-tīng)

gíng

研	研缽(gíng-puah)、研槌(gíng-thuî)、研槽(gíng-tsô)
眼	福眼(hok-gíng)、龍眼(lîng-gíng)、龍眼乾(lîng-gíng-kuann)

tsíng

指	指甲(tsíng-kah)、指甲扦(tsíng-kah-tshuann)、指甲花(tsíng-kah-hue)、指頭仔(tsíng-thâu-á)、指頭拇公(tsíng-thâu-bú-kong)
腫	腫領(tsíng-ām)
種	種子(tsíng-tsí)、種族(tsíng-tsòk)
整	整合(tsíng-hàp)、整治(tsíng-tī)、整修(tsíng-siu)、整理(tsíng-lí)、整頓(tsíng-tùn)、整齊(tsíng-tsê)

tshíng

笭	笭仔(tshíng-á)
惝	噗噗惝(phòk-phòk-tshíng)
請	請示(tshíng-sī)、請安(tshíng-an)、請命(tshíng-bīng)、請假(tshíng-ká)、請教(tshíng-kàu)、請罪(tshíng-tsuē)、請願(tshíng-guān)

síng

省	省力(síng-la̍t)、省工(síng-kang)、省略(síng-lio̍k)、省錢(síng-tsînn)
醒	醒悟(síng-ngōo)

íng

湧	風湧(hong-íng)、海湧(hái-íng)、痟狗湧(siáu-káu-íng)
永	永久(íng-kiú)、永遠(íng-uán)、永續(íng-sio̍k)
往	往往(íng-íng)、往時(íng-sî)、往過(íng-kuè)、往擺(íng-pái)
泳	游泳(iû-íng)
影	影響(íng-hióng)

▶韻母「ing」第 3 調

pìng

併	併發症(pìng-huat-tsìng)

phìng

聘	聘金(phìng-kim)、聘約(phìng-iok)、聘書(phìng-su)、聘請(phìng-tshiánn)、聘禮(phìng-lé)

tìng

中	中意(tìng-ì)

釘	釘孤枝(tìng-koo-ki)、釘根(tìng-kin)、釘點(tìng-tiám)
叮	蠓仔叮(báng-á tìng)

thìng
聽	聽候(thìng-hāu)

lìng
蹌	蹌被(lìng phuē)

kìng
更	更加(kìng-ka)
供	供天公(kìng thinn-kong)、供神(kìng-sîn)
徑	直徑(tit-kìng)、半徑(puànn-kìng)、路徑(lōo-kìng)
竟	竟然(kìng-jiân)
敬	敬佩(kìng-puē)、敬重(kìng-tiōng)、敬酒(kìng-tsiú)

khìng
慶	慶典(khìng-tián)、慶祝(khìng-tsiok)、慶賀 (khìng-hō)

hìng
興	興酒(hìng tsiú)、興趣(hìng-tshù)、興頭(hìng-thâu)

tsìng

正	正式(tsìng-sik)、正常(tsìng-siông)、正途(tsìng-tôo)、正當(tsìng-tong)、正義(tsìng-gī)、正經(tsìng-king)、正確(tsìng-khak)
政	政府(tsìng-hú)、政治(tsìng-tī)、政策(tsìng-tshik)、政黨(tsìng-tóng)
症	症頭(tsìng-thâu)
眾	眾人(tsìng-lâng)
種	種田(tsìng-tshân)、種作(tsìng-tsoh)、種珠(tsìng-tsu)
證	證人(tsìng-jîn)、證件(tsìng-kiānn)、證券(tsìng-kuàn)、證明(tsìng-bîng)、證照(tsìng-tsiàu)、證實(tsìng-sit)、證據(tsìng-kì)

tshìng

銃	銃子(tshìng-tsí)、銃手(tshìng-tshiú)、銃空(tshìng-khang)、銃殺(tshìng-sat)
熗	熗油飯(tshìng iû-pn̄g)
衝	衝懸(tshìng kuân)、足衝(tsiok tshìng)
擤	擤鼻(tshìng-phīnn)

sìng

姓	姓名(sìng-bîng)
性	性地(sìng-tē)、性別(sìng-piat)、性格(sìng-keh)、性情(sìng-tsìng)、性質(sìng-tsit)

勝	勝利(sìng-lī)、勝訴(sìng-sòo)、勝算(sìng-suàn)
聖	聖火(sìng-hué)、聖旨(sìng-tsí)、聖經(sìng-king)、聖誕 (sìng-tàn)

ing

映	反映(huán-ìng)
壅	壅田(ìng tshân)、壅肥(ìng puî)
應	有應公(iú-ìng-kong)、應付(ìng-hù)、應用(ìng-iōng)、應酬(ìng-siû)、應對(ìng-tuì)、應徵(ìng-ting)、應驗(ìng-giām)、應變(ìng-piàn)
蕹	蕹菜(ìng-tshài)

▶韻母「ing」第5調

pîng

爿	反爿(píng-pîng)、四爿(sì-pîng)、正爿(tsiànn-pîng)、字爿(jī-pîng)、彼爿(hit pîng)、倒爿(tò-pîng)、規爿(kui-pîng)、雙爿(siang-pîng)、正手爿(tsiànn-tshiú-pîng)、挑手爿(thio-tshiú-pîng)、重敧爿(tāng-khi-pîng)
秤	天秤(thian-pîng)
憑	文憑(bûn-pîng)
平	平凡(pîng-huân)、平反(pîng-huán)、平安(pîng-an)、平行(pîng-hîng)、平均(pîng-kin)、平原(pîng-guân)、平時(pîng-sî)、平常(pîng-siông)、平等(pîng-tíng)、平順(pîng-sūn)、平靜(pîng-tsīng)

朋	朋友(pîng-iú)

萍	萍水相逢(phîng-suí-siong-hông)
評	評分(phîng-hun)、評比(phîng-pí)、評估(phîng-kóo)、評判(phîng-phuànn)、評審(phîng-sím)、評論(phîng-lūn)、評鑑(phîng-kàm)
硼	硼砂(phîng-se)

鳴	共鳴(kiōng-bîng)
名	名利(bîng-lī)、名望(bîng-bōng)、名產(bîng-sán)、名義(bîng-gī)、名譽(bîng-ū)
明	明白(bîng-pik)、明呼(bîng-hoo)、明朗(bîng-lóng)、明理(bîng-lí)、明確(bîng-khak)、明瞭(bîng-liâu)、明講(bîng-kóng)、明顯(bîng-hián)
冥	冥婚(bîng-hun)、冥想(bîng-sióng)
盟	盟友(bîng-iú)
銘	銘謝(bîng-siā)
蟆	蟆蛉子(bîng-lîng-tsú)

庭	天庭(thian-tîng)、家庭(ka-tîng)、法庭(huat-tîng)

亭	亭仔(tîng-á)、亭仔跤(tîng-á-kha)
重	重句(tîng-kù)、重巡(tîng-sûn)、重來(tîng-lâi)、重重疊疊(tîng-tîng-thàh-thàh)、重耽(tîng-tânn)
婷	娉婷(phing-tîng)
廷	宮廷(kiong-tîng)、教廷(Kàu-tîng)
程	程式(tîng-sik)
澄	澄清(tîng-tshing)
霆	謝霆鋒(Siā Tîng-hong)

thîng

呈	呈現(thîng-hiān)、呈報(thîng-pò)
停	停手(thîng-tshiú)、停止(thîng-tsí)、停車(thîng-tshia)、停留(thîng-liû)、停睏(thîng-khùn)、停跤(thîng-kha)、停電(thîng-tiān)、停靠(thîng-khò)
程	程序(thîng-sū)、程度(thîng-tōo)
騰	圖騰(tôo-thîng)
謄	謄本(thîng-pún)

lîng

齡	年齡(nî-lîng)、保齡球(pó-lîng-kiû)
拎	拎水(lîng tsu)、拎尪架桌(lîng ang-kè-toh)、拎耳仔(lîng hīnn-á)

笭	放笭(pàng lîng)、笭魚(lîng hî)
玲	林志玲(Lîm Tsì-lîng)
陵	皇陵(hông-lîng)
行	飛行機(hue-lîng-ki)
凌	凌治(lîng-tī)、凌遲(lîng-tî)
能	能力(lîng-lìk)、能耐(lîng-nāi)、能量(lîng-liōng)、能源(lîng-guân)
苓	茯苓糕(hòk-lîng-ko)
稜	番薯稜(han-tsî lîng)
薐	菠薐仔(pue-lîng-á)
菱	菱角(lîng-kak)
鈴	鈴仔(lîng-á)
零	零件(lîng-kiānn)、零售(lîng-siū)
寧	寧可(lîng-khó)、寧靜(lîng-tsīng)
綾	綾羅綢緞(lîng-lô-tiû-tuān)
龍	龍眼(lîng-gíng)、龍眼乾(lîng-gíng-kuann)、龍船(lîng-tsûn)、龍蝦(lîng-hê)
靈	靈丹(lîng-tan)、靈巧(lîng-khá)、靈芝(lîng-tsi)、靈骨塔(lîng-kut-thah)、靈感(lîng-kám)、靈聖(lîng-siànn)、靈魂(lîng-hûn)

kîng

窮	神明興弟子窮(sîn-bîng hing tē-tsú kîng)

khîng

窮	窮分(khîng-hun)
瓊	瓊花(khîng-hue)

gîng

迎	迎接(gîng-tsiap)、迎戰(gîng-tsiàn)
凝	凝心(gîng-sim)、凝血(gîng-hueh)

hîng

衡	平衡(pîng-hîng)、抗衡(khòng-hîng)
刑	刑事(hîng-sū)、刑法(hîng-huat)、刑罰(hîng-huàt)
雄	有雄(ū-hîng)、鴨雄仔(ah-hîng-á)
行	行李(hîng-lí)、行車(hîng-tshia)、行使(hîng-sú)、行政(hîng-tsìng)、行為(hîng-uî)、行動(hîng-tōng)
形	形式(hîng-sik)、形成(hîng-sîng)、形狀(hîng-tsōng)、形容(hîng-iông)、形象(hîng-siōng)、形勢(hîng-sè)、形態(hîng-thài)、形影(hîng-iánn)
型	型錄(hîng-lòk)、類型(luī-hîng)
橫	橫逆(hîng-gìk)

| 還 | 還數(hîng siàu)、還錢(hîng tsînn) |

tsîng

曾	未曾(buē-tsîng)、未曾未(buē-tsîng-buē)
前	前日(tsîng-jit)、前世(tsîng-sì)、前後(tsîng-āu)、前某(tsîng-bóo)、前翁(tsîng-ang)、前謝(tsîng-siā)、前擴(tsîng-khok)、前驛(tsîng-iàh)
從	從到今(tsîng-kàu-tann)
情	情份(tsîng-hūn)、情形(tsîng-hîng)、情況(tsîng-hóng)、情面(tsîng-bīn)、情結(tsîng-kat)、情勢(tsîng-sè)、情愛(tsîng-ài)、情節(tsîng-tsiat)、情境(tsîng-kíng)

tshîng

| 松 | 松仔(tshîng-á) |
| 榕 | 榕仔(tshîng-á) |

sîng

成	成人(sîng-jîn)、成功(sîng-kong)、成本(sîng-pún)、成份(sîng-hūn)、成全(sîng-tsuân)、成年(sîng-liân)、成長(sîng-tióng)、成家(sîng-ka)、成敗(sîng-pāi)、成就(sîng-tsiū)、成熟(sîng-sik)、成親(sîng-tshin)
承	承包(sîng-pau)、承受(sîng-siū)、承接(sîng-tsiap)、承認(sîng-jīn)、承擔(sîng-tam)、承諾(sîng-lòk)
城	城隍(Sîng-hông)、城隍廟(Sîng-hông-biō)

誠	誠心(sîng-sim)、誠意(sîng-ì)、誠實(sîng-si̍t)、誠懇(sîng-khún)

îng

盈	盈餘(îng-û)
閒	閒人(îng-lâng)、閒工(îng-kang)、閒仔話(îng-á-uē)、閒仙仙(îng-sian-sian)、閒間(îng-king)、閒錢(îng-tsînn)
榮	榮民(îng-bîn)、榮幸(îng-hīng)、榮耀(îng-iāu)、榮譽(îng-ū)
螢	螢幕(îng-bōo)
營	營收(îng-siu)、營利(îng-lī)、營建(îng-kiàn)、營造(îng-tsō)、營業(îng-gia̍p)、營運(îng-ūn)、營養(îng-ióng)

▶韻母「ing」第 7 調

pīng

並	並且(pīng-tshiánn)

phīng

並	比並(pí-phīng)

bīng

命	命令(bīng-līng)、命題(bīng-tê)
孟	孟子(Bīng-tsú)

tīng

模	戶模(hōo-tīng)
定	定性(tīng-sìng)、定律(tīng-lu̍t)、定時(tīng-sî)、定義(tīng-gī)、定論(tīng-lūn)
訂	訂定(tīng-tīng)、訂做(tīng-tsò)、訂婚(tīng-hun)、訂貨(tīng-huè)
鄭	鄭重(tīng-tiōng)
錠	藥錠(io̍h-tīng)
有	有硞硞(tīng-khok-khok)、有篤(tīng-tauh)

līng

另	另日(līng-ji̍t)、另外(līng-guā)
翎	白翎鷥(pe̍h-līng-si)
令	命令(bīng-līng)、法令(huat-līng)、指令(tsí-līng)、禁令(kìm-līng)
稜	拍一稜(phah tsi̍t līng)
冗	放冗(pàng-līng)
楝	苦楝仔(khóo-līng-á)
鴒	鵁鴒(ka-līng)

kīng

楗	相楗(sio-kīng)

| 競 | 競爭(kīng-tsing)、競選(kīng-suán)、競賽(kīng-sài) |

khīng

| 虹 | 出虹(tshut khīng) |

hīng

行	心行(sim-hīng)、厚行(kāu-hīng)、品行(phín-hīng)、暗行(àm-hīng)、道行(tō-hīng)
杏	杏仁茶(hīng-jîn tê)
幸	幸運(hīng-ūn)、幸福(hīng-hok)
莧	莧菜(hīng-tshài)
睨	睨紅卵(hīng âng nn̄g)
倖	僥倖(hiau-hīng)、僥倖錢(hiau-hīng-tsînn)

tsīng

靖	李靖(Lí Tsīng)
淨	淨化(tsīng-huà)、淨利(tsīng-lī)、淨香(tsīng-hiunn)
靜	靜坐(tsīng-tsō)、靜電(tsīng-tiān)、靜態(tsīng-thài)、靜養(tsīng-ióng)
贈	贈品(tsīng-phín)、贈送(tsīng-sàng)、贈與(tsīng-ú)

tshīng

| 穿 | 穿插(tshīng-tshah)、穿衫(tshīng-sann) |

sīng

盛	盛大(sīng-tāi)、盛會(sīng-huē)
剩	過剩(kuè-sīng)
倖	寵倖(thíng-sīng)

īng

| 用 | 欠用(khiàm-īng)、合用(ha̍h-īng)、袂用得(bē-īng-tit)、粗用(tshoo-īng)、開用(khai-īng)、路用(lōo-īng)、有路用(ū-lōo-īng)、無路用(bô-lōo-īng) |

▶韻母「ong」第 1 調

phong

| 豐 | 豐沛(phong-phài) |

bong

| 摸 | 摸無路(bong-bô-lōo) |

tong

東	東笐(tong kiáu)
冬	寒冬(hân-tong)
當	當今(tong-kim)、當年(tong-nî)、當地(tong-tē)、當初(tong-tshoo)、當前(tong-tsiân)、當時(tong-sî)、當然(tong-jiân)、當歸(tong-kui)

thong

通	通用 (thong-iōng)、通行 (thong-hîng)、通車 (thong-tshia)、通知 (thong-ti)、通俗 (thong-siòk)、通書 (thong-su)、通訊 (thong-sìn)、通常 (thong-siông)、通勤 (thong-khîn)、通過 (thong-kuè)、通路 (thong-lōo)、通鼓 (thong-kóo)
蓪	蓪草 (thong-tshó)

long

龍	沙龍巴斯 (sa-long-pa-suh)
瑯	玲瑯鼓 (lin-long-kóo)、喝玲瑯 (huah-lin-long)、搖鼓瑯 (iô-kóo-long)、踅玲瑯 (sèh-lin-long)
囊	囊入去 (long--jip-khì)

kong

工	上尺工 (siāng-tshe-kong)
綱	大綱 (tāi-kong)
公	公子 (kong-tsú)、公分 (kong-hun)、公分 (kong-pun)、公平 (kong-pênn)、公正 (kong-tsìng)、公共 (kong-kiōng)
功	功用 (kong-iōng)、功利 (kong-lī)、功效 (kong-hāu)、功能 (kong-lîng)、功勞 (kong-lô)、功德 (kong-tik)、功課 (kong-khò)

光	光明(kong-bîng)、光彩(kong-tshái)、光景(kong-kíng)、光榮(kong-îng)、光臨(kong-lîm)
攻	攻打(kong-tánn)、攻勢(kong-sè)、攻擊(kong-kik)
剛	金剛石(kim-kong-tsióh)
胱	膀胱(phông-kong)

khong

空	空中(khong-tiong)、空前(khong-tsiân)、空氣(khong-khì)、空間(khong-kan)、空襲(khong-sip)
框	框起來(khong--khí-lâi)
康	康健(khong-kiān)
悾	悾悾(khong-khong)、悾歁(khong-khám)、悾闇(khong-am)、悾顛(khong-tian)

hong

方	方向(hong-hiòng)、方式(hong-sik)、方言(hong-giân)、方法(hong-huat)、方便(hong-piān)、方面(hong-bīn)、方案(hong-àn)
鋒	先鋒(sian-hong)、中鋒(tiong-hong)、前鋒(tsiân-hong)
芳	芬芳(hun-hong)
封	封肉(hong-bah)、封釘(hong-ting)、封殺(hong-sat)、封條(hong-tiâu)、封閉(hong-pì)、封喙(hong-tshuì)、封鎖(hong-só)

風	風水(hong-suí)、風火(hong-hué)、風火頭(hong-hué-thâu)、風吹(hong-tshue)、風吹輪(hong-tshue-lián)、風尾(hong-bué)、風邪(hong-siâ)、風采(hong-tshái)、風俗(hong-siòk)、風度(hong-tōo)、風流(hong-liû)
荒	荒廢(hong-huì)
峰	高峰(ko-hong)、顛峰(tian-hong)
捎	捎喙頼(hong tshuì-phué)
豐	豐年(hong-nî)、豐年祭(hong-nî-tsè)、豐收(hong-siu)、豐富(hong-hù)
轟	轟炸(hong-tsà)、轟動(hong-tōng)

tsong

妝	化妝(huà-tsong)、彩妝(tshái-tsong)
蹤	失蹤(sit-tsong)、追蹤(tui-tsong)、行蹤(hîng-tsong)
宗	宗旨(tsong-tsí)、宗祠(tsong-sû)、宗教(tsong-kàu)、宗親(tsong-tshin)
莊	莊嚴(tsong-giâm)
裝	裝甲(tsong-kah)、裝備(tsong-pī)、裝置(tsong-tì)、裝潢(tsong-hông)
綜	綜合(tsong-hàp)、綜藝(tsong-gē)
贓	贓物(tsong-bùt)

匆	匆匆 (tshong-tshong)
窗	同窗 (tông-tshong)
倉	周倉 (Tsiu Tshong)
創	金創 (kim-tshong)
滄	滄桑 (tshong-song)
蒼	蒼天 (tshong-thian)
聰	聰明 (tshong-bîng)

song

霜	風霜 (hong-song)
喪	喪事 (song-sū)
桑	滄桑 (tshong-song)
鬆	蓬鬆 (phōng-song)
孀	遺孀 (uî-song)

ong

| 汪 | 汪洋 (ong-iông) |

▶韻母「ong」第 2 調

póng

| 榜 | 金榜 (kim-póng) |

phóng

捧	捧屎抹面(phóng-sái-buah-bīn)

bóng

網	天羅地網(thian lô tē bóng)
罔	罔行(bóng kiânn)、罔育(bóng io)、罔度(bóng-tōo)、罔飼(bóng-tshī)
惘	迷惘(bê-bóng)
莽	闊莽莽(khuah-bóng-bóng)
檬	檸檬(lê-bóng)
懵	懵懂(bóng-tóng)

tóng

董	古董(kóo-tóng)、刁古董(tiau-kóo-tóng)
檔	檔名(tóng-miâ)、檔案(tóng-àn)、檔期(tóng-kî)
懂	懵懂(bóng-tóng)
黨	黨派(tóng-phài)、黨籍(tóng-tsik)、政黨(tsìng-tóng)

thóng

捅	捅頭(thóng-thâu)、百捅箍(pah thóng khoo)
統	統一(thóng-it)、統治(thóng-tī)、統計(thóng-kè)

lóng

朗	開朗(khai-lóng)、明朗(bîng-lóng)
壟	壟斷(lóng-tuān)
攏	攏是(lóng sī)、攏總(lóng-tsóng)

kóng

管	管線(kóng-suànn)
廣	廣告(kóng-kò)、廣泛(kóng-huàn)、廣義(kóng-gī)、廣播(kóng-pòo)
講	講話(kóng-uē)、講古(kóng-kóo)、講白賊(kóng-pe̍h-tsha̍t)、講和(kóng-hô)、講明(kóng-bîng)、講破(kóng-phuà)、講笑(kóng-tshiò)、講笑詼(kóng-tshiò-khue)、講情(kóng-tsîng)、講親情(kóng-tshin-tsiânn)

khóng

孔	孔子公(Khóng-tsú-kong)、孔明車(khóng-bîng-tshia)、孔雀(khóng-tshiok)
紺	紺色(khóng-sik)
慷	慷慨(khóng-khài)

hóng

仿	仿仔雞(hóng-á-ke)
況	何況(hô-hóng)、情況(tsîng-hóng)、狀況(tsōng-hóng)、現況(hiān-hóng)、實況(si̍t-hóng)

彷	彷彿(hóng-hut)
恍	恍惚(hóng-hut)
訪	訪客(hóng-kheh)、訪查(hóng-tsa)、訪問(hóng-būn)、訪談(hóng-tâm)

tsóng

總	總共(tsóng-kiōng)、總是(tsóng--sī)、總務(tsóng-bū)、總統(tsóng-thóng)、總部(tsóng-pōo)、總結(tsóng-kiat)、總裁(tsóng-tshâi)、總貿(tsóng-bāu)、總督(tsóng-tok)、總經理(tsóng-king-lí)、總管(tsóng-kuán)、總算(tsóng sǹg)、總舖師(tsóng-phòo-sai)

tshóng

衝	衝碰(tshóng-pōng)

sóng

爽	爽快(sóng-khuài)

óng

往	往日(óng-jit)、往生(óng-sing)、往回(óng-huê)、往年(óng-nî)、往來(óng-lâi)、往事(óng-sū)
枉	枉死(óng-sí)、枉屈(óng-khut)、枉費(óng-huì)

▶韻母「ong」第 3 調

pòng

| 嗙 | 風聲嗙影(hong-siann-pòng-iánn) |
| 謗 | 誹謗(huí-pòng) |

phòng

椪	椪柑(phòng-kam)
碰	碰釘(phòng-ting)
膨	膨皮(phòng-phuê)、膨床(phòng-tshn̂g)、膨肚短命(phòng-tōo-té-miā)、膨風(phòng-hong)、膨疱(phòng-phā)、膨粉(phòng-hún)、膨紗(phòng-se)、膨紗衫(phòng-se-sann)、膨椅(phòng-í)、膨獅獅(phòng-sai-sai)、膨鼠(phòng-tshí)、膨餅(phòng-piánn)

bòng

| 甏 | 甏予你倒(bòng hōo lí tó) |
| 懵 | 懵仙(bòng-sian) |

tòng

棟	一棟厝(tsit tòng tshù)
侗	侗戇(tòng-gōng)
凍	凍結(tòng-kiat)
當	當做(tòng-tsò)、當選(tòng-suán)

| 擋 | 擋咧(tòng--leh)、擋頭(tòng-thâu) |

thòng

| 痛 | 痛恨(thòng-hūn)、痛苦(thòng-khóo) |

lòng

| 闊 | 闊閬閬(khuah-lòng-lòng) |
| 挵 | 挵門(lòng mn̂g)、挵破(lòng-phuà)、挵球(lòng-kiû)、挵鼓(lòng kóo)、挵鐘(lòng tsing) |

kòng

絳	紅絳絳(âng-kòng-kòng)
貢	貢丸(kòng-uân)、貢獻(kòng-hiàn)
摃	摃槌仔(kòng-thuî-á)、摃龜(kòng-ku)、摃鐘(kòng-tsing)

khòng

空	一百空一(tsit-pah khòng-it)
抗	抗生素(khòng-sing-sòo)、抗爭(khòng-tsing)、抗衡(khòng-hîng)、抗議(khòng-gī)
炕	炕肉(khòng-bah)、炕菜頭(khòng-tshài-thâu)、炕窯(khòng-iô)
控	控告(khòng-kò)、控制(khòng-tsè)、控管(khòng-kuán)

壙	墓壙(bōng-khòng)
曠	曠床(khòng-tshn̂g)
礦	礦石 (khòng-tsio̍h)、礦物 (khòng-bu̍t)、礦泉水 (khòng-tsuânn-tsuí)、礦業 (khòng-gia̍p)

hòng

放	放大(hòng-tuā)、放心(hòng-sim)、放任(hòng-jīm)、放放(hòng-hòng)、放送(hòng-sàng)、放棄(hòng-khì)、放肆(hòng-sù)、放榜(hòng-pn̂g)、放蕩(hòng-tōng)

tsòng

葬	安葬(an-tsòng)、落葬(lo̍h-tsòng)
壯	壯大(tsòng-tāi)、壯麗(tsòng-lē)、壯觀(tsòng-kuan)

tshòng

創	創立(tshòng-li̍p)、創作(tshòng-tsok)、創始(tshòng-sí)、創治(tshòng-tī)、創空(tshòng-khang)、創造(tshòng-tsō)、創景(tshòng-kíng)、創意(tshòng-ì)、創新(tshòng-sin)、創業(tshòng-gia̍p)、創辦(tshòng-pān)

sòng

宋	宋米仔(sòng-bí-á)、宋江陣(sòng-kang-tīn)、宋盼的(sòng-phàn--ê)
喪	喪失(sòng-sit)、喪生(sòng-sing)

▶韻母「ong」第 5 調

pông

篷	天篷(thian-pông)
房	洞房(tōng-pông)
旁	旁觀(pông-kuan)、旁觀者(pông-kuan-tsiá)

phông

膀	膀胱(phông-kong)
蘋	蘋果(phông-kó)、蘋果樣(phông-kó-suāinn)

bông

茫	人海茫茫(jîn-hái bông-bông)
亡	亡國(bông-kok)、亡魂(bông-hûn)
芒	芒種(bông-tsíng)
盲	盲點(bông-tiám)
雾	雾霧(bông-bū)
肓	膏肓(koo-bông)
蒙	蒙古(Bông-kóo)

tông

筒	五筒(gōo-tông)
塘	水塘(tsuí-tông)

同	同行(tông-hâng)、同志(tông-tsì)、同事(tông-sū)、同性(tông-sìng)、同時(tông-sî)、同情(tông-tsîng)、同窗(tông-tshong)、同意(tông-ì)、同僚(tông-liâu)
唐	唐詩(Tông-si)
棠	海棠(hái-tông)
堂	堂的(tông--ê)、堂堂(tông-tông)
桐	梧桐(ngôo-tông)、莿桐(tshì-tông)
童	童年(tông-liân)、童話(tông-uē)、童謠(tông-iâu)
幢	幢幡(tông-huan)
瞳	雙瞳(siang-tông)

lông

囊	手囊(tshiú-lông)、批囊(phue-lông)、被囊(phuē-lông)、枕頭囊(tsím-thâu-lông)
郎	郎君(lông-kun)
狼	狼毒(lông-tȯk)、狼狽(lông-puē)
廊	畫廊(uē-lông)、走廊(tsáu-lông)
籠	溜籠(liu-lông)
農	農民(lông-bîn)、農作物(lông-tsok-bȯt)、農村(lông-tshun)、農具(lông-kū)、農業(lông-giȧp)、農曆(lông-lȧk)、農藥(lông-iȯh)
濃	濃度(lông-tōo)、濃縮(lông-sok)

櫳	櫳仔(lông-á)、櫳仔內(lông-á-lāi)

狂	心狂火著(sim-kông-hué-toh)、生狂(tshenn-kông)、兇狂(hiong-kông)、起狂(khí-kông)、掠狂(liáh-kông)、發狂(huat-kông)
棋	門棋(mng-kông)、樓棋(lâu-kông)

楞	頭楞楞(thâu gông-gông)

洪	山洪(san-hông)
弘	弘法(hông-huat)
癀	吊癀(tiàu-hông)、退癀(thè-hông)、發癀(huat-hông)
妨	妨害(hông-hāi)、妨礙(hông-gāi)
宏	宏觀(hông-kuan)
防	防止(hông-tsí)、防水(hông-tsuí)、防火(hông-hué)、防守(hông-siú)、防治(hông-tī)、防空壕(hông-khong-hô)、防疫(hông-ik)、防備(hông-pī)、防腐劑(hông-hú-tse)、防範(hông-huān)
隍	城隍(Sîng-hông)、城隍廟(Sîng-hông-biō)
皇	皇室(hông-sik)、皇帝(hông-tè)、皇宮(hông-kiong)

逢	相逢(siong-hông)
紅	紅塵(hông-tîn)
煌	敦煌(Tun-hông)、輝煌(hui-hông)
縫	裁縫(tshâi-hông)、裁縫店(tshâi-hông-tiàm)
黃	黃昏(hông-hun)、黃泉(hông-tsuân)
凰	鳳凰(hōng-hông)
蓬	蓬萊米(hông-lâi-bí)
磺	磺水(hông-tsuí)、磺火(hông-hué)

tsông

藏	收藏(siu-tsông)、典藏(tián-tsông)
崇	崇拜(tsông-pài)
傱	傱錢(tsông-tsînn)
叢	叢書(tsông-su)

sòng

倯	食倯(tsiàh-sòng)

ông

王	王子(ông-tsú)、王妃(ông-hui)、王哥柳哥(ông--ko-liú--ko)、王國(ông-kok)、王梨(ông-lâi)、王爺(ông-iâ)、王爺債(ông-iâ-tsè)、王祿仔(ông-lȯk-á)

pōng

碰	碰壁(pōng-piah)
磅	磅子(pōng-tsí)、磅仔(pōng-á)、磅皮(pōng-phuê)、磅米芳(pōng-bí-phang)、磅空(pōng-khang)、磅重(pōng-tāng)、磅錶(pōng-pió)
蓬	蓬心(pōng-sim)

phōng

滂	拍滂泅(phah-phōng-siû)
蓬	蓬鬆(phōng-song)

bōng

望	人望(jîn-bōng)、失望(sit-bōng)、名望(bîng-bōng)、絕望(tsuát-bōng)、聲望(sing-bōng)、願望(guān-bōng)、探望(thàm-bōng)
妄	妄想(bōng-sióng)
墓	墓仔埔(bōng-á-poo)、墓埕(bōng-tiânn)、墓牌(bōng-pâi)、墓龜(bōng-ku)、墓壙(bōng-khòng)
夢	夢幻(bōng-huàn)
忘	難忘(lân-bōng)

tōng

蕩	放蕩(hòng-tōng)、浪蕩(lōng-tōng)
洞	洞房(tōng-pông)、洞簫(tōng-siau)
動	動力(tōng-lik)、動用(tōng-iōng)、動作(tōng-tsok)、動物(tōng-bút)、動詞(tōng-sû)、動亂(tōng-luān)、動搖(tōng-iâu)、動態(tōng-thài)、動機(tōng-ki)、動靜(tōng-tsīng)
撞	撞突(tōng-tút)、撞破(tōng-phuà)、撞球(tōng-kiû)、撞著(tōng--tióh)
盪	震盪(tsìn-tōng)

thōng

繟	一繟碗(tsit thōng uánn)、繟冊(thōng tsheh)

lōng

弄	弄狗相咬(lōng-káu-sio-kā)
浪	浪子(lōng-tsú)、浪費(lōng-huì)、浪漫(lōng-bān)、浪蕩(lōng-tōng)

khōng

吭	吭跤翹(khōng-kha-khiàu)
鞏	鞏磚仔(khōng tsng-á)

gōng

戇	戇人(gōng-lâng)、戇大呆(gōng-tuā-tai)、戇的(gōng--ê)、戇直(gōng-tit)、戇神(gōng-sîn)、戇想(gōng-siūnn)、戇話(gōng-uē)、戇錢(gōng-tsînn)、戇頭戇面(gōng-thâu-gōng-bīn)、戇膽(gōng-tánn)

hōng

俸	月俸(gueh-hōng)
奉	奉茶(hōng-tê)、奉送(hōng-sàng)
鳳	鳳凰(hōng-hông)、鳳凰木(hōng-hông-bok)

tsōng

臟	五臟(ngóo-tsōng)、心臟(sim-tsōng)
狀	狀況(tsōng-hóng)、狀態(tsōng-thài)
藏	寶藏(pó-tsōng)

ōng

旺	旺盛(ōng-sīng)

▶韻母「iong」第 1 調

tiong

中	中人(tiong-lâng)、中元(Tiong-guân)、中古(tiong-kóo)、中立(tiong-lip)、中年(tiong-liân)、中旬(tiong-sûn)、中性(tiong-sìng)

忠	忠直(tiong-tit)、忠厚(tiong-hōo)、忠誠(tiong-sîng)、忠實(tiong-sit)
張	開張(khai-tiong)、擴張(khok-tiong)

thiong

衷	情衷(tsîng-thiong)

kiong

芎	九芎仔(kiú-kiong-á)、川芎(tshuan-kiong)
供	供給(kiong-kip)、供應(kiong-ìng)
宮	宮廷(kiong-tîng)、宮殿(kiong-tiān)
恭	恭喜(kiong-hí)
躬	鞠躬(kiok-kiong)
疆	疆域(kiong-hik)

khiong

殭	殭屍(khiong-si)

hiong

凶	凶年(hiong-nî)、凶煞(hiong-suah)
兇	兇手(hiong-siú)、兇狂(hiong-kông)、兇惡(hiong-ok)
香	香港(Hiong-káng)、香港跤(hiong-káng-kha)

鄉	鄉土(hiong-thóo)、鄉民(hiong-bîn)、鄉村(hiong-tshun)、鄉親(hiong-tshin)、鄉鎮(hiong-tìn)

tsiong

障	故障(kòo-tsiong)、保障(pó-tsiong)
將	將來(tsiong-lâi)、將近(tsiong-kīn)、將軍(tsiong-kun)
終	終年(tsiong-nî)、終身(tsiong-sin)、終於(tsiong-î)、終點(tsiong-tiám)
章	章程(tsiong-thîng)、章節(tsiong-tsiat)
彰	彰顯(tsiong-hián)

tshiong

充	充分(tshiong-hun)、充血(tshiong-hiat)、充足(tshiong-tsiok)、充電(tshiong-tiān)、充實(tshiong-sı̍t)、充滿(tshiong-buán)
沖	沖犯(tshiong-huān)、沖銷(tshiong-siau)
昌	阿昌(A-tshiong)
菖	菖蒲(tshiong-pôo)
衝	衝突(tshiong-tu̍t)、衝動(tshiong-tōng)、衝擊(tshiong-kik)

siong

相	相干(siong-kan)、相好(siong-hó)、相信(siong-sìn)、相差(siong-tsha)、相配(siong-phuè)、相逢(siong-hông)、相通(siong-thong)、相傳(siong-thuân)、相愛(siong-ài)、相會(siong-huē)、相當(siong-tong)、相隔(siong-keh)、相對(siong-tuì)、相隨(siong-suî)、相識(siong-sik)、相關(siong-kuan)
商	商行(siong-hâng)、商品(siong-phín)、商務(siong-bū)、商圈(siong-khuan)、商場(siong-tiûnn)、商量(siong-liông)、商業(siong-giȧp)、商標(siong-phiau)
傷	傷心(siong-sim)、傷天害理(siong-thian-hāi-lí)、傷本(siong-pún)、傷重(siong-tiōng)、傷風(siong-hong)、傷風敗俗(siong-hong-pāi-siȯk)、傷害(siong-hāi)、傷痕(siong-hûn)、傷寒(siong-hân)、傷勢(siong-sè)、傷腦筋(siong-náu-kin)、傷跡(siong-jiah)
襄	襄理(siong-lí)

iong

央	中央(tiong-iong)

▶韻母「iong」第 2 調

tióng

長	長男 (tióng-lâm)、長官 (tióng-kuann)、長進(tióng-tsìn)、長輩(tióng-puè)

thióng

塚	塚山(thióng-suann)、塚仔埔(thióng-á-poo)
寵	寵物(thióng-bút)

lióng

輛	車輛(tshia-lióng)
兩	兩光(lióng-kong)、兩岸(lióng-huānn)、兩性(lióng-sìng)、兩難(lióng-lân)

kióng

強	勉強(bián-kióng)

khióng

恐	恐怖(khióng-pòo)、恐龍(khióng-liông)、恐驚(khióng-kiann)

gióng

仰	久仰(kiú-gióng)、信仰(sìn-gióng)

hióng

享	分享(hun-hióng)
響	影響(íng-hióng)、音響(im-hióng)、交響曲(kau-hióng-khik)、回響(huê-hióng)

tsióng

掌	掌管(tsióng-kuán)、掌聲(tsióng-siann)、掌權(tsióng-khuân)
種	種種(tsióng-tsióng)、種類(tsióng-luī)
獎	獎助(tsióng-tsōo)、獎券(tsióng-kuàn)、獎狀(tsióng-tsñg)、獎金(tsióng-kim)、獎品(tsióng-phín)、獎牌(tsióng-pâi)、獎勵(tsióng-lē)

sióng

上	上聲(sióng-siann)
賞	欣賞(him-sióng)、觀賞(kuan-sióng)、鑑賞(kàm-sióng)
尚	高尚(ko-sióng)
想	想像(sióng-siōng)

ióng

勇	勇士(ióng-sū)、勇者(ióng-tsiá)、勇氣(ióng-khì)、勇健(ióng-kiānn)、勇敢(ióng-kám)
氧	氧化(ióng-huà)
養	養女(ióng-lí)、養子(ióng-tsú)、養生(ióng-sing)、養份(ióng-hūn)、養成(ióng-sîng)、養老(ióng-ló)、養育(ióng-iok)、養的(ióng--ê)、養神(ióng-sîn)、養飼(ióng-tshī)、養樂多(Ióng-lok-to)
擁	擁護(ióng-hōo)
踴	踴躍(ióng-iok)

▶韻母「iong」第 3 調

tiòng

中	中用(tiòng-iōng)、中毒(tiòng-tók)、中計(tiòng-kè)、中風(tiòng-hong)、中傷(tiòng-siong)
長	有較長(ū khah tiòng)
脹	肚脹(tóo-tiòng)
漲	海漲(hái-tiòng)

thiòng

| 暢 | 樂暢(lók-thiòng) |

liòng

| 躘 | 躘被(liòng phuē/phē) |

hiòng

| 向 | 向前(hiòng-tsiân)、向善(hiòng-siān) |

tsiòng

將	將士(tsiòng-sū)、將才(tsiòng-tsâi)
眾	眾生(tsiòng-sing)、眾神(tsiòng-sîn)
障	障礙(tsiòng-gāi)

tshiòng	
倡	提倡(thê-tshiòng)

siòng	
相	相公(siòng-kong)、相片 (siòng-phìnn)、相命(siòng-miā)、相貌(siòng-māu)、相親(siòng-tshin)

▶韻母「iong」第 5 調

tiông	
重	重生(tiông-sing)、重建(tiông-kiàn)、重現(tiông-hiān)、重陽節 (Tiông-iông-tseh)、重新(tiông-sin)、重複(tiông-ho̍k)
腸	斷腸(tuān-tiông)

thiông	
蟲	冬蟲夏草(tong-thiông-hā-tshó)

liông	
良	良心(liông-sim)、良性(liông-sìng)、良知(liông-ti)
量	商量(siong-liông)、測量(tshik-liông)、評量(phîng-liông)
隆	隆重(liông-tiōng)
龍	龍脈(liông-me̍h)、龍骨(liông-kut)、龍鳳(liông-hōng)

kiông

強	強求(kiông-kiû)、強制(kiông-tsè)、強押(kiông ah)、強迫(kiông-pik)、強烈(kiông-liát)、強硬(kiông-ngē)、強勢(kiông-sè)、強摃(kiông-kòng)、強調(kiông-tiāu)

khiông

瓊	瓊林(Khiông-lîm)

hiông

雄	雄心(hiông-sim)、雄偉(hiông-uí)、雄雄(hiông-hiông)、雄黃(hiông-hông)、心肝雄(sim-kuann-hiông)

tsiông

從	從此(tsiông-tshú)、從來(tsiông-lâi)、從事(tsiông-sū)

siông

松	松茸(siông-jiông)、松梧(siông-ngôo)、松膠(siông-ka)
翔	飛翔(hui-siông)
常	常用(siông-iōng)、常務(siông-bū)、常識(siông-sik)
祥	祥和(siông-hô)
詳	詳情(siông-tsîng)、詳細(siông-sè)、詳盡(siông-tsīn)
嫦	嫦娥(Siông-ngôo)
償	償還(siông-huân)

jiông	
茸	松茸(siông-jiông)、參茸(sim-jiông)、鹿茸(lȯk-jiông)、蒜茸(suàn-jiông)
絨	絨仔布(jiông-á-pòo)

iông	
洋	汪洋(ong-iông)
蓉	芙蓉(hû-iông)
容	容允(iông-ín)、容易(iông-ī)、容貌(iông-māu)
揚	發揚(huat-iông)、表揚(piáu-iông)、宣揚(suan-iông)、讚揚(tsàn-iông)
陽	陽春(iông-tshun)、陽曆(iông-lȧk)
瘍	潰瘍(khuì-iông)、胃潰瘍(uī-khuì-iông)
融	融合(iông-hȧp)、融券(iông-kuàn)、融資(iông-tsu)

▶韻母「iong」第7調

tiōng	
丈	大丈夫(tāi-tiōng-hu)
杖	手杖(tshiú-tiōng)
仗	仗勢欺人(tiōng-sè-khi-jîn)
仲	仲介(tiōng-kài)

重	重大(tiōng-tāi)、重心(tiōng-sim)、重穿(tiōng-tshīng)、重要(tiōng-iàu)、重食(tiōng-tsiáh)、重眠(tiōng-bîn)、重視(tiōng-sī)、重錢(tiōng-tsînn)、重點(tiōng-tiám)

liōng

冗	冗早(liōng-tsá)、冗剩(liōng-siōng)
量	量其約(liōng-kî-iok)、量產(liōng-sán)
諒	諒解(liōng-kái)

kiōng

共	共犯(kiōng-huān)、共同(kiōng-tông)、共存(kiōng-tsûn)、共產(kiōng-sán)、共通(kiōng-thong)、共識(kiōng-sik)
強	強強(kiōng-kiōng)、強欲(kiōng-beh)

tsiōng

狀	狀元(tsiōng-guân)

siōng

上	上久(siōng-kú)、上元(Siōng-guân)、上天(siōng-thian)、上加(siōng-ke)、上好(siōng hó)、上帝(Siōng-tè)、上班(siōng-pan)、上等(siōng-tíng)、上訴(siōng-sòo)、上緊(siōng-kín)
剩	冗剩(liōng-siōng)

像	佛像(hu̍t-siōng)、想像(sióng-siōng)、偶像(ngóo-siōng)、雕像(tiau-siōng)、畫像(uē-siōng)
訟	訴訟(sòo-siōng)
象	象徵(siōng-ting)
誦	誦經(siōng-king)

jiōng

讓	讓渡(jiōng-tōo)

iōng

用	用心(iōng-sim)、用具(iōng-kū)、用法(iōng-huat)、用品(iōng-phín)、用途(iōng-tôo)、用意(iōng-i)、用語(iōng-gí)

🌼 第二單元：入聲練習

一：韻尾 p 第 4 調

▶韻母「ap」

tap	
答	答案(tap-àn)、答喙鼓(tap-tshuì-kóo)、答謝(tap-siā)、答覆(tap-hok)

thap	
塌	塌本(thap-pún)、塌空(thap-khang)、塌跤(thap-kha)、塌錢(thap-tsînn)

lap	
塌	塌底(lap-té)、塌落(lap--lòh)

kap	
合	一合(tsit-kap)
佮	相佮(sann-kap)
敆	敆作(kap-tsoh)、敆痕(kap-hûn)、敆逝(kap-tsuā)、敆縫(kap-phāng)、敆藥仔(kap-ioh-á)
蛤	蛤仔(kap-á)

khap	
匼	撚匼笑(lián-khap-tshiò)

hap

欱	欱落去(hap--lóh-khì)

tshap

插	插一跤(tshap-tsi̍t-kha)、插手(tshap-tshiú)、插代誌(tshap-tāi-tsì)、插喙(tshap-tshuì)、插喙插舌(tshap-tshuì-tshap-tsi̍h)、插牌(tshap-pâi)、插潲(tshap-siâu)、插雜(tshap-tsa̍p)

sap

屑	沙屑(sua-sap)、厚沙屑(kāu-sua-sap)
圾	垃圾(lah-sap)、垃圾鬼(lah-sap-kuí)
霎	雨霎仔(hōo-sap-á)
雪	雪文(sap-bûn)、雪文粉(sap-bûn-hún)

ap

壓	壓力(ap-li̍k)、壓制(ap-tsè)、壓迫(ap-pik)、壓縮(ap-sok)

▶韻母「iap」

tiap

霎	一霎仔久(tsi̍t-tiap-á-kú)

424

thiap	
帖	帖仔(thiap-á)
貼	貼人食(thiap-lâng-tsiah)、貼本(thiap-pún)

liap	
攝	攝屎(liap-sái)、攝影(liap-iánn)、攝襇(liap-kíng)
瞴	瞴目睭(liap-bák-tsiu)

kiap	
劫	劫數(kiap-sòo)、劫機(kiap-ki)
俠	武俠(bú-kiap)
峽	海峽(hái-kiap)
袷	袷裘(kiap-hiû)

khiap	
疧	疧勢(khiap-sì)、疧勢命(khiap-sì-miā)

giap	
鋏	頭毛鋏仔(thâu-mn̂g-giap-á)

tsiap	
汁	柳丁汁(liú-ting-tsiap)、桔仔汁(kiat-á-tsiap)、墨汁(bák-tsiap)、果汁(kó-tsiap)

接	接任(tsiap-jīm)、接收(tsiap-siu)、接見(tsiap-kiàn)、接受(tsiap-siū)、接枝(tsiap-ki)、接近(tsiap-kīn)、接待(tsiap-thāi)、接納(tsiap-lap)、接送(tsiap-sàng)、接骨(tsiap-kut)、接喙(tsiap-tshuì)、接替(tsiap-thè)、接跤(tsiap-kha)

tshiap

妾	妾身(tshiap-sin)
竊	竊盜(tshiap-tō)

siap

冊	上冊袯攝(tsiūnn-siap-bē-liap)
屧	屧手縫(siap-tshiú-phāng)、屧貼(siap-thiap)
澀	澀澀(siap-siap)

iap

揜	揜尾狗(iap-bué-káu)、揜貼(iap-thiap)

▶韻母「ip」

kip

級	低級(kē-kip)、初級(tshoo-kip)、高級(ko-kip)、超級(tshiau-kip)、階級(kai-kip)、升級(sing-kip)、等級(tíng-kip)、年級(nî-kip)、層級(tsân-kip)、班級(pan-kip)、五星級(gōo-tshenn-kip)、分級(hun-kip)

急	急性(kip-sìng)、急症(kip-tsìng)、急救(kip-kiù)、急診(kip-tsín)、急難(kip-lān)
給	給燒仔(kip-sio-á)

khip

吸	吸引(khip-ín)、吸石(khip-tsióh)、吸收(khip-siu)

hip

翕	翕死(hip--sí)、翕豆菜(hip-tāu-tshài)、翕相(hip-siòng)、翕相機(hip-siòng-ki)、翕熱(hip-juáh)、翕甌(hip-au)

tsip

執	執行(tsip-hîng)、執法(tsip-huat)、執政(tsip-tsìng)、執筆(tsip-pit)、執勤(tsip-khîn)、執意(tsip-ì)、執業(tsip-giáp)、執照(tsip-tsiàu)

sip

溼	溼地(sip-tē)、溼度(sip-tōo)、溼疹(sip-tsín)、溼溼(sip-sip)

ip

挹	挹墓粿(ip-bōng-kué)

▶韻母「op」

lop	
橐	橐仔(lop-á)

二：韻尾 p 第 8 調

▶韻母「ap」

tàp	
沓	沓沓滴滴(tàp-tàp-tih-tih)、沓滴(tàp-tih)
踏	踏入(tàp-jip)

làp	
納	納入(làp-jip)、納稅(làp-suè)

khàp	
磕	磕袂著(khàp-bē-tiòh)、磕著(khàp--tiòh)、磕頭(khàp-thâu)

hàp	
合	合作(hàp-tsok)、合法(hàp-huat)、合奏(hàp-tsàu)、合約(hàp-iok)、合計(hàp-kè)、合倚(hàp-uá)、合家(hàp-ka)、合格(hàp-keh)、合唱(hàp-tshiùnn)、合理(hàp-lí)、合喙(hàp-tshuì)、合掌(hàp-tsióng)、合資(hàp-tsu)、合算(hàp-sǹg)

tsa̍p

十	十一哥(tsa̍p-it-ko)、十二生相(tsa̍p-jī-senn-siùnn)、十八變(tsa̍p-peh-piàn)、十全(tsa̍p-tsn̂g)、十足(tsa̍p-tsiok)、十花五色(tsa̍p-hue-gōo-sik)
咂	咂咂叫(tsa̍p-tsa̍p-kiò)
雜	雜音(tsa̍p-im)、雜差仔工(tsa̍p-tshe-á-kang)、雜草(tsa̍p-tsháu)、雜唸(tsa̍p-liām)、雜細(tsa̍p-sè)、雜貨(tsa̍p-huè)、雜插(tsa̍p-tshap)、雜誌(tsa̍p-tsì)、雜質(tsa̍p-tsit)

tsha̍p

眨	眨眨瞬(tsha̍p-tsha̍p-nih)
潗	潗潗落(tsha̍p-tsha̍p-lo̍h)、潗潗滴(tsha̍p-tsha̍p-tih)

a̍p

盒	盒仔(a̍p-á)、盒仔餅(a̍p-á-piánn)

▶韻母「iap」

tia̍p

撲	打撲(tánn-tia̍p)
碟	光碟(kong-tia̍p)
諜	間諜(kàn-tia̍p)
蝶	蝴蝶(ôo-tia̍p)

thiap	
疊	疊跤(thia̍p kha)

lia̍p	
捏	捏麵尪仔(lia̍p-mī-ang-á)
粒	粒子(lia̍p-tsú)、粒仔(lia̍p-á)、粒積(lia̍p-tsik)

gia̍p	
挾	挾咧(gia̍p--leh)
業	業主(gia̍p-tsú)、業者(gia̍p-tsiá)、業界(gia̍p-kài)、業務(gia̍p-bū)、業務員(gia̍p-bū-uân)、業債(gia̍p-tsè)、業餘(gia̍p-û)、業績(gia̍p-tsik)

hia̍p	
協	協力(hia̍p-li̍k)、協同(hia̍p-tông)、協助(hia̍p-tsōo)、協定(hia̍p-tīng)、協約(hia̍p-iok)、協商(hia̍p-siong)、協理(hia̍p-lí)、協會(hia̍p-huē)、協調(hia̍p-tiau)、協辦(hia̍p-pān)、協議(hia̍p-gī)
脅	威脅(ui-hia̍p)
搚	搚水(hia̍p-tsuí)

tsia̍p	
捷	捷捷(tsia̍p-tsia̍p)、真捷來(tsin tsia̍p lâi)

▶韻母「ip」

tsip

輯	專輯(tsuan-tsip)、剪輯(tsián-tsip)、邏輯(lô-tsip)
緝	通緝(thong-tsip)
集	集中(tsip-tiong)、集合(tsip-háp)、集會(tsip-huē)、集團(tsip-thuân)、集權(tsip-khuân)、集體(tsip-thé)
呮	呮一下(tsip--tsit-ē)

sip

十	十二指腸(sip-jī-tsí-tñg)、十八骰仔(sip-pat-tâu-á)、十全(sip-tsuân)、十字架(sip-jī-kè)、十字路(sip-jī-lōo)
襲	空襲(khong-sip)
拾	抾拾(khioh-sip)
習	習慣(sip-kuàn)

jip

入	入口(jip-kháu)、入土(jip-thóo)、入伍(jip-ngóo)、入耳(jip-ní)、入股(jip-kóo)、入門(jip-mñg)、入侵(jip-tshim)、入厝(jip-tshù)、入院(jip-īnn)、入教(jip-kàu)、入場(jip-tiûnn)、入圍(jip-uî)、入會(jip-huē)、入獄(jip-gák)、入學(jip-óh)

三：韻尾 t 第 4 調

▶韻母「at」

pat

八	八仙(pat-sian)、八仙桌(pat-sian-toh)、八仙綵(pat-sian-tshái)、八字跤(pat-jī-kha)、八卦(pat-kuà)、八珍(pat-tin)、八家將(pat-ka-tsiòng)

bat

捌	捌字(bat-jī)、捌貨(bat-huè)、捌想(bat-siūnn)

that

窒	窒仔(that-á)、窒倒街(that-tó-ke)、窒喙空(that-tshuì-khang)
踢	踢被(that-phuē)、踢毽子(that-kiàn-tsí)
躂	蹧躂(tsau-that)

kat

結	結綵(kat-tshái)
墼	塗墼(thôo-kat)、塗墼厝(thôo-kat-tshù)

khat

斛	斛仔(khat-á)

hat

轄	管轄(kuán-hat)

tsat

節	節力(tsat-la̍t)、節脈(tsat-me̍h)
紮	跤紮仔(kha-tsat-á)

tshat

察	失覺察(sit-kak-tshat)、考察(khó-tshat)、診察(tsín-tshat)、檢察官(kiám-tshat-kuann)、警察局(kíng-tshat-kio̍k)、觀察(kuan-tshat)、視察(sī-tshat)、偵察(tsing-tshat)
漆	噴漆(phùn-tshat)、油漆(iû-tshat)、落漆(lak-tshat)
擦	擦番仔火(tshat huan-á-hué)
檫	檫仔(tshat-á)

sat

虱	虱目魚(sat-ba̍k-hî)
殺	殺手(sat-tshiú)、殺生(sat-sing)、殺害(sat-hāi)、殺氣(sat-khì)
薩	菩薩(phôo-sat)
塞	塞鼻(sat-phīnn)
蝨	蝨母(sat-bó)、蝨箆(sat-pìn)

| 遏 | 遏手把(at-tshiú-pà)、遏泔(at-ám) |
| 楬 | 楬仔(at-á) |

▶韻母「iat」

| 撇 | 無半撇(bô-puànn-phiat)、飄撇(phiau-phiat)、撇步(phiat-pōo) |
| 砏 | 砏仔(phiat-á) |

| 哲 | 哲理(tiat-lí)、哲學(tiat-ha̍k) |

| 徹 | 徹底(thiat-té) |
| 撤 | 撤退(thiat-thè)、撤銷(thiat-siau)、撤離(thiat-lī) |

吉	吉凶(kiat-hiong)、吉日(kiat-ji̍t)、吉兆(kiat-tiāu)、吉祥(kiat-siông)
桔	桔仔(kiat-á)、桔仔汁(kiat-á-tsiap)
潔	清潔(tshing-kiat)、純潔(sûn-kiat)

結	結子(kiat-tsí)、結石(kiat-tsióh)、結交(kiat-kau)、結合(kiat-háp)、結冰(kiat-ping)、結局(kiat-kiók)、結束(kiat-sok)、結拜(kiat-pài)、結怨(kiat-uàn)、結冤(kiat-uan)、結婚(kiat-hun)、結跚(kiat-lan)、結晶(kiat-tsinn)、結業(kiat-giáp)、結構(kiat-kòo)
搰	搰石頭(kiat tsióh-thâu)

khiat

戞	戞火(khiat-hué)
譎	孽譎仔話(giát-khiat-á-uē)

giat

蠍	蠍仔(giat-á)

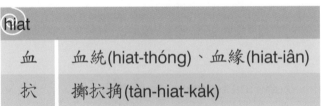

hiat

血	血統(hiat-thóng)、血緣(hiat-iân)
抧	擲抧捔(tàn-hiat-kák)

tsiat

折	折扣(tsiat-khàu)、折磨(tsiat-buâ)
節	節目(tsiat-bók)、節制(tsiat-tsè)、節奏(tsiat-tsàu)、節約(tsiat-iok)、節稅(tsiat-suè)

tshiat	
切	切手(tshiat-tshiú)、切片(tshiat-phìnn)、切除(tshiat-tû)、切換(tshiat-uānn)、切開(tshiat-khui)、切斷(tshiat-tñg)
竊	偷竊(thau-tshiat)

siat	
設	設立(siat-li̍p)、設定(siat-tīng)、設法(siat-huat)、設施(siat-si)、設計(siat-kè)、設備(siat-pī)、設想(siat-sióng)、設置(siat-tì)、設廠(siat-tshiúnn)、設緣投(siat-iân-tâu)

▶韻母「uat」

phuat	
潑	活潑(hua̍t-phuat)

thuat	
脫	脫手(thuat-tshiú)、脫水(thuat-tsuí)、脫身(thuat-sin)、脫走(thuat-tsáu)、脫種(thuat-tsíng)、脫線(thuat-suànn)、脫離(thuat-lī)

kuat	
括	包括(pau-kuat)
抉	抉喙䫌(kuat tshuì-phué)

決	決心(kuat-sim)、決定(kuat-tīng)、決策(kuat-tshik)、決戰(kuat-tsiàn)、決賽(kuat-sài)、決議(kuat-gī)
訣	祕訣(pì-kuat)

khuat

缺	缺失(khuat-sit)、缺席(khuat-sik)、缺陷(khuat-hām)、缺憾(khuat-hām)、缺點(khuat-tiám)

huat

法	法律(huat-lu̍t)、無法度(bô-huat-tōo)、法文(Huat-bûn)、法令(huat-līng)、法官(huat-kuann)、法定(huat-tīng)、法治(huat-tī)、法門(huat-mn̂g)、法則(huat-tsik)、法師(huat-su)、法庭(huat-tîng)、法案(huat-àn)、法院(huat-īnn)、法務(huat-bū)、法規(huat-kui)、法術(huat-su̍t)、辦法(pān-huat)
髮	洗髮精(sé-huat-tsing)
發	發包(huat-pau)、發布(huat-pòo)、發生(huat-sing)、發光(huat-kng)、發行(huat-hîng)、發作(huat-tsok)、發狂(huat-kông)、發言(huat-giân)、發角(huat-kak)、發車(huat-tshia)、發函(huat-hâm)、發性地(huat-sìng-tē)、發明(huat-bîng)、發炎(huat-iām)、發表(huat-piáu)

tsuat

泏	沿路泏(iân-lōo tsuat)

suat

雪	小雪(siáu-suat)、大雪(tāi-suat)
刷	印刷(ìn-suat)
說	說明(suat-bîng)
鱈	鱈魚(suat-hî)

uat

斡	轉斡(tńg-uat)

▶韻母「it」

pit

必	必叉(pit-tshe)、必開(pit--khui)、必痕(pit-hûn)、必定(pit-tīng)、必要(pit-iàu)、必修(pit-siu)、必然(pit-jiân)、必須(pit-su)、必需(pit-su)
伯	伯勞仔(pit-lô-á)
畢	畢竟(pit-kìng)、畢業(pit-gia̍p)
筆	筆法(pit-huat)、筆者(pit-tsiá)、筆記(pit-kì)、筆試(pit-tshì)、筆跡(pit-tsik)、筆錄(pit-lo̍k)

phit

匹	一匹布(tsit phit pòo)、一匹馬(tsit phit bé)

tit	
得	得人疼(tit-lâng-thiànn)、得人惜(tit-lâng-sioh)、得勢(tit-sè)

khit	
乞	乞的(khit--ê)、乞食(khit-tsi̍ah)、乞食命(khit-tsi̍ah-miā)、乞食琴(khit-tsi̍ah-khîm)

hit	
彼	彼一日(hit-tsi̍t-ji̍t)、彼個(hit-ê)、彼爿(hit-pîng)、彼時(hit-sî)、彼站(hit-tsām)、彼陣(hit-tsūn)、彼款(hit-khuán)、彼搭(hit-tah)、彼號(hit-lō)、彼跡(hit-jiah)、彼頭(hit-thâu)、彼擺(hit-pái)

tsit	
脊	中脊(tiong-tsit)
這	這世人(tsit-sì-lâng)、這時(tsit-sî)、這站(tsit-tsām)、這馬(tsit-má)、這陣(tsit-tsūn)、這搭(tsit-tah)、這過(tsit-kuè)、這種(tsit-tsióng)、這聲(tsit-siann)、這點仔(tsit-tiám-á)
姪	賢姪(hiân-tsit)
質	質地(tsit-tē)、質料(tsit-liāu)、質問(tsit-mn̄g)、質量(tsit-liōng)、質感(tsit-kám)、質詢(tsit-sûn)、質疑(tsit-gî)
織	織女(Tsit-lí)

職	職位(tsit-uī)、職災(tsit-tsai)、職員(tsit-uân)、職缺(tsit-khueh)、職能(tsit-lîng)、職務(tsit-bū)、職責(tsit-tsik)、職業(tsit-giȧp)、職權(tsit-khuân)
鯽	鯽仔魚(tsit-á-hî)

tshit

七	七夕(tshit-siȧh)、七字仔(tshit-jī-á)、七早八早(tshit-tsá-peh-tsá)、七老八老(tshit-lāu-peh-lāu)、七娘媽(Tshit-niû-má)、七爺(Tshit-iâ)
拭	拭仔(tshit-á)、拭尻川(tshit-kha-tshng)
姼	姼仔(tshit-á)、姼仔�(tshit-á-khue)
迌	迌迌(tshit-thô)、迌迌人(tshit-thô-lâng)、迌迌囡仔(tshit-thô-gín-á)、迌迌物(tshit-thô-mı̍h)、迌迌物仔(tshit-thô-mı̍h-á)

sit

熄	火熄去(hué sit--khì)
失	失人禮(sit-lâng-lé)、失手(sit-tshiú)、失志(sit-tsì)、失味(sit-bī)、失明(sit-bîng)、失信(sit-sìn)、失約(sit-iok)、失重(sit-tāng)、失效(sit-hāu)、失眠(sit-bîn)、失神(sit-sîn)、失常(sit-siông)、失敗(sit-pāi)、失望(sit-bōng)、失陪(sit-puê)
息	訊息(sìn-sit)、信息(sìn-sit)、消息(siau-sit)
蝕	蝕月(sit-guȧh)、蝕日(sit-jı̍t)
穡	穡頭(sit-thâu)

it	
一	一刀兩斷(it-to-lióng-tuān)、一切(it-tshè)、一心一意(it-sim-it-ì)、一片 (it-phiàn)、一旦(it-tàn)、一向(it-hiòng)、一再(it-tsài)、一來(it--lâi)、一定(it-tīng)、一直(it-tit)、一律(it-lut)、一流(it-liû)、一致(it-tì)、一般(it-puann)、一粒一(it-liap-it)、一連串(it-liân-tshuàn)、一概(it-khài)
乙	甲乙丙丁(kah it piánn ting)

▶韻母「ut」

put	
不	不三不四(put-sam-put-sù)、不才(put-tsâi)、不仁(put-jîn)、不中用 (put-tiòng-iōng)、不比(put-pí)、不止(put-tsí)、不止仔(put-tsí-á)、不可(put-khó)、不可思議(put-khó-su-gī)、不只(put-tsí)、不平(put-pîng)、不再(put-tsài)、不安(put-an)、不如(put-jû)、不死鬼(put-sú-kuí)、不而過(put-jî-kò)、不但(put-tān)
抔	抔起來(put--khí-lâi)
梯	耙梯(pê-put)

phut	
刜	刜柴(phut-tshâ)
怫	氣怫怫(khì-phut-phut)

442

but

物	甜物物(tinn-but-but)
魩	魩仔魚(but-á-hî)

thut

禿	禿頭(thut-thâu)
脫	脫箠(thut-tshuê)
黜	黜毛(thut-mñg)

lut

甪	甪鉎(lut sian)

kut

骨	骨力(kut-làt)、骨肉(kut-jiòk)、骨折(kut-tsih)、骨架(kut-kè)、骨格(kut-keh)、骨氣(kut-khì)、骨烌(kut-hu)、骨質(kut-tsit)、骨輪(kut-lûn)、骨頭(kut-thâu)、骨頭烌(kut-thâu-hu)、骨髓(kut-tshué)

khut

屈	屈服(khut-hòk)
窟	窟仔(khut-á)

hut

囫	囫三碗公(hut sann uánn-kong)

彿	彷彿(hóng-hut)
忽	忽略(hut-lió k)、忽然(hut-jiân)、忽視(hut-sī)
拂	拂落去(hut--lóh-khì)

tsut

卒	卒仔(tsut-á)
腑	肥腑腑(puî-tsut-tsut)

tshut

出	出入(tshut-jip)、出力(tshut-lat)、出丁(tshut-ting)、出口 (tshut-kháu)、出山(tshut-suann)、出土(tshut-thóo)、出 水(tshut-tsuí)、出世(tshut-sì)、出外(tshut-guā)、出任 (tshut-jīm)、出名(tshut-miâ)、出帆(tshut-phâng)、出血 (tshut-hueh)
齣	齣頭(tshut-thâu)

sut

屑	一屑仔(tsit-sut-á)
戌	戌時(sut-sî)
捽	捽仔(sut-á)、捽目尾(sut-bak-bué)
蟀	蟋蟀仔(sih-sut-á)

ut	
熨	熨斗(ut-táu)、熨金(ut-kim)
鬱	鬱卒(ut-tsut)、鬱傷(ut-siong)、鬱歲(ut-huè)

四：韻尾 t 第 8 調

▶韻母「at」

pàt	
別	別人(pàt-lâng)、別个(pàt-ê)、別日仔(pàt-jit-á)、別位(pàt-uī)、別款(pàt-khuán)、別項(pàt-hāng)、別搭(pàt-tah)
菝	菝仔(pàt-á)、林菝仔(ná-puàt-á)

bàt	
密	密密(bàt-bàt)、密㽎㽎(bàt-tsiuh-tsiuh)、密實(bàt-tsàt)

tàt	
值	值得(tàt-tit)、值錢(tàt-tsînn)
笛	烏笛仔(oo-tàt-á)
達	達成(tàt-sîng)、達到(tàt-kàu)

làt	
力	力頭(làt-thâu)
栗	栗子(làt-tsí)

445

hat	
核	牽核仔(khan-hat-á)
乏	錢較乏(tsînn khah hat)

tsat	
實	實腹(tsat-pak)、實鼻(tsat-phīnn)、實櫼(tsat-tsinn)
賊	墨賊仔(bak-tsat-á)

tshat	
賊	賊仔(tshat-á)、賊仔市(tshat-á-tshī)、賊仔貨(tshat-á-huè)、賊頭(tshat-thâu)

▶韻母「iat」

piat	
別	別莊(piat-tsong)

biat	
滅	滅亡(biat-bông)
蔑	輕蔑(khin-biat)

tiat	
秩	秩序(tiat-sū)

446

liát	
裂	分裂(hun-liát)
列	列出(liát-tshut)、列印(liát-ìn)、列車(liát-tshia)、列席(liát-sik)、列舉(liát-kí)
烈	強烈(kiông-liát)、熱烈(jiát-liát)、劇烈(kik-liát)、慘烈(tshám-liát)

kiát	
杰	阿杰(A-kiát)
傑	傑出(kiát-tshut)、傑作(kiát-tsok)

khiát	
坷	坎坎坷坷(khám-khám-khiát-khiát)

giát	
孽	孽子(giát-tsú)、孽潲(giát-siâu)、孽譎仔話(giát-khiat-á-uē)

hiát	
穴	點穴(tiám-hiát)

tsiát	
捷	捷運(tsiát-ūn)
截	截止(tsiát-tsí)、截稿(tsiát-kó)

jia̍t	
熱	熱心(jia̍t-sim)、熱火(jia̍t-hué)、熱門(jia̍t-mn̂g)、熱度(jia̍t-tōo)、熱毒(jia̍t-to̍k)、熱烈(jia̍t-lia̍t)、熱帶(jia̍t-tài)、熱情(jia̍t-tsîng)、熱量(jia̍t-liōng)、熱愛(jia̍t-ài)、熱誠(jia̍t-sîng)、熱嗽(jia̍t-sàu)、熱潮(jia̍t-tiâu)、熱線(jia̍t-suànn)、熱戀(jia̍t-luân)

ia̍t	
閱	閱覽(ia̍t-lám)
撲	撲手(ia̍t-tshiú)、撲風(ia̍t-hong)

▶韻母「uat」

pua̍t	
跋	序佮跋(sū kah pua̍t)
拔	海拔(hái-pua̍t)
菝	菝仔(pua̍t-á)

bua̍t	
末	末日(bua̍t-ji̍t)、末代(bua̍t-tāi)

tua̍t	
奪	爭奪(tsing-tua̍t)

guạt	
月	月下老人(Guạt-hā-nóo-jîn)、月台(guạt-tâi)

huạt	
活	活潑(huạt-phuat)
乏	貧乏(pîn-huạt)
發	發落(huạt-lȯh)
罰	罰金(huạt-kim)、罰徛(huạt-khiā)、罰單(huạt-tuann)、罰款(huạt-khuán)

tsuạt	
絕	絕交(tsuạt-kau)、絕食(tsuạt-sit)、絕氣(tsuạt-khuì)、絕情(tsuạt-tsîng)、絕望(tsuạt-bōng)、絕路(tsuạt-lōo)、絕對(tsuạt-tuì)

uạt	
曰	子曰(Tsú uạt)
越	越戰(Uạt-tsiàn)、越頭(uạt-thâu)
閱	閱讀(uạt-thȯk)

▶韻母「it」

bit	
密	密切(bit-tshiat)、密告(bit-kò)、密室(bit-sik)、密度(bit-tōo)、密婆(bit-pô)、密集(bit-tsip)

蜜	蜜月 (bit-guát)

tit

直	直升機(tit-sing-ki)、直徑(tit-kìng)、直接(tit-tsiap)、直透(tit-thàu)、直溜溜(tit-liu-liu)、直腸直肚(tit-tñg-tit-tōo)、直播(tit-pòo)、直線(tit-suànn)、直銷(tit-siau)、直覺(tit-kak)
姪	姪仔(tit-á)
值	值班(tit-pan)
蟄	驚蟄(kenn-tit)

khit

杙	杙仔(khit-á)
煡	煡甜粿(khit tinn-kué)

tsit

一	一下(tsit-ē)、一月日(tsit-guéh-jit)、一日到暗(tsit-jit-kàu-àm)、一世人(tsit-sì-lâng)、一半(tsit-puànn)、一四界(tsit-sì-kè)、一目瞬仔(tsit-bák-nih-á)、一甲子(tsit-kah-tsí)、一百空一(tsit-pah-khòng-it)

sit

食	食用(sit-iōng)、食材(sit-tsâi)、食物(sit-bút)、食品(sit-phín)、食堂(sit-tñg)、食補(sit-póo)、食療(sit-liâu)、食譜(sit-phóo)

植	植物(sit-bút)
殖	殖民(sit-bîn)、殖民者(sit-bîn-tsiá)
實	實力(sit-li̍k)、實在(sit-tsāi)、實行(sit-hîng)、實例(sit-lē)、實況(sit-hóng)、實施(sit-si)、實務(sit-bū)、實情(sit-tsîng)、實現(sit-hiān)、實習(sit-si̍p)、實話(sit-uē)、實際(sit-tsè)、實價(sit-kè)、實踐(sit-tsiàn)、實驗(sit-giām)
翼	翼股(sit-kóo)

jit

日	日子(jit-tsí)、日文(Jit-bûn)、日月蚶(jit-gua̍t-ham)、日月潭(Jit-gua̍t-thâm)、日月蛏(jit-gua̍t-than)、日光燈(jit-kong-ting)、日夜(jit-iā)、日後(jit-āu)、日時(jit--sî)、日時仔(jit--sî-á)、日記(jit-kì)、日常(jit-siông)、日期(jit-kî)

▶韻母「ut」

pu̍t

佛	佛仔(pu̍t-á)、佛祖(Pu̍t-tsóo)、佛龕(pu̍t-kham)

phu̍t

踒	踒踒跳(phu̍t-phu̍t-thiàu)

bu̍t

勿	切勿(tshiat-bu̍t)

沒	沒收(bu̍t-siu)
物	物品(bu̍t-phín)、物理(bu̍t-lí)、物資(bu̍t-tsu)、物種(bu̍t-tsióng)、物價(bu̍t-kè)、物質(bu̍t-tsit)、物體(bu̍t-thé)
扬	扬落去(bu̍t--lo̍h-khì)

tu̍t

突	突出(tu̍t-tshut)、突破(tu̍t-phuà)、突然(tu̍t-jiân)、突發(tu̍t-huat)

thu̍t

脫	脫輪(thu̍t-lûn)

lu̍t

率	利率(lī-lu̍t)、機率(ki-lu̍t)、比率(pí-lu̍t)、匯率(huē-lu̍t)、頻率(pîn-lu̍t)、費率(huì-lu̍t)、稅率(suè-lu̍t)、功率(kong-lu̍t)
律	律師(lu̍t-su)

ku̍t

掘	掘仔(ku̍t-á)
滑	滑倒(ku̍t--tó)、滑溜溜(ku̍t-liu-liu)、滑鼠(ku̍t-tshí)

khu̍t

毛	毛頭山(khu̍t-thâu-suann)、孤毛絕種(koo-khu̍t-tse̍h-tsíng)

佛	佛手瓜(hu̍t-tshiú-kue)、佛寺(hu̍t-sī)、佛法(Hu̍t-huat)、佛門(hu̍t-mn̂g)、佛珠(hu̍t-tsu)、佛堂(hu̍t-tn̂g)、佛教(Hu̍t-kàu)、佛經(hu̍t-king)
核	羼核(lān-hu̍t)、核能(hu̍t-lîng)

秫	秫米(tsu̍t-bí)、秫米飯(tsu̍t-bí-pn̄g)

術	妖術(iau-su̍t)、法術(huat-su̍t)、美術(bí-su̍t)、學術(ha̍k-su̍t)、藝術(gē-su̍t)、魔術(môo-su̍t)、技術(ki-su̍t)、武術(bú-su̍t)
述	敘述(sū-su̍t)、引述(ín-su̍t)、講述(káng-su̍t)、論述(lūn-su̍t)
窣	窸窸窣窣(si-si-su̍t-su̍t)

遹	四界遹(sì-kè u̍t)
聿	聿著漆(u̍t-tio̍h tshat)

五：韻尾 k 第 4 調

▶韻母「ak」

pak

幅	一幅(tsit-pak)
北	北方(pak-hong)、北爿(pak-pîng)、北區(pak-khu)、北部(pak-pōo)、北極(pak-kik)、北管(pak-kuán)
剝	剝皮(pak-phuê)、剝削(pak-siah)
腹	腹內(pak-lāi)、腹肚(pak-tóo)、腹肚尾(pak-tóo-bué)、腹肚枵(pak-tóo-iau)

phak

仆	仆落去(phak--lóh-khì)
覆	覆菜(phak-tshài)

bak

沐	沐手(bak-tshiú)、沐水(bak-tsuí)

tak

觸	觸舌(tak-tsih)

thak

剔	剔喙齒(thak tshuì-khí)

轆	加轆仔(ka-lak-á)
落	落色(lak-sik)、落臉(lak-lián)
擽	擽空(lak-khang)、擽鑽(lak-tsǹg)
橐	橐袋仔(lak-tē-á)

角	角色(kak-sik)、角度(kak-tōo)、角勢(kak-sì)、角鼓(kak-kóo)、角齒(kak-khí)、角頭(kak-thâu)
桷	桷仔(kak-á)
鵤	鴨鵤(ah-kak)、雞鵤(ke-kak)
覺	覺悟(kak-ngōo)、覺醒(kak-tshénn)

殼	殼仔絃(khak-á-hiân)、頭殼(thâu-khak)、褪殼(thǹg-khak)、龍眼殼(lîng-gíng-khak)
麴	鼠麴草(tshí-khak-tsháu)、鼠麴粿(tshí-khak-kué)
確	確定(khak-tīng)、確保(khak-pó)、確實(khak-si̍t)、確認(khak-jīn)

蓄	蓄厝(hak-tshù)、蓄嫁粧(hak-kè-tsng)

tsak	
齪	齪嘈(tsak-tsō)

sak	
揀	揀走(sak-tsáu)、揀做堆(sak-tsò-tui)

ak	
沃	沃水(ak-tsuí)、沃花(ak-hue)、沃肥(ak-puî)、沃雨(ak-hōo)、沃澹(ak-tâm)
握	握手(ak-tshiú)
齷	齷齪(ak-tsak)

▶韻母「iak」

piak	
煏	煏油(piak-iû)、煏空(piak-khang)、煏桌(piak-toh)

siak	
鑠	白鑠鑠(pe̍h-siak-siak)
摔	摔倒(siak--tó)、摔桶(siak-tháng)、摔粟(siak-tshik)

▶韻母「ik」

pik	
百	百依百順(pik-i-pik-sūn)

柏	柏樹(pik-tshiū)
迫	迫切(pik-tshiat)、迫近(pik-kīn)、迫倚(pik-uá)、迫害(pik-hāi)
逼	逼籤詩(pik-tshiam-si)

phik

伯	山伯英台(San-phik-Ing-tâi)
拍	拍拍(phah-phik)、嘹拍(liâu-phik)
碧	碧玉(phik-giȯk)
魄	魄力(phik-lik)
霹	霹靂(phik-lik)

tik

德	歹積德(pháinn-tsik-tik)、功德(kong-tik)、失德(sit-tik)、美德(bí-tik)、做功德(tsò-kong-tik)、陰德(im-tik)、道德(tō-tik)、積德(tsik-tik)、公德心(kong-tik-sim)
竹	竹仔(tik-á)、竹目(tik-bȧk)、竹扦(tik-tshuann)、竹披仔(tik-phi-á)、竹耙(tik-pê)、竹排(tik-pâi)、竹筍(tik-sún)、竹筒(tik-tâng)、竹笒(tik-tshíng)、竹葉(tik-hiȯh)、竹篏(tik-ham)、竹箍(tik-khoo)、竹管(tik-kóng)、竹蓆(tik-tshiȯh)、竹箬(tik-hȧh)、竹膜(tik-mȯoh)、竹篙(tik-ko)
的	的確(tik-khak)
得	得失(tik-sit)、得意(tik-ì)、得罪(tik-tsuē)
嫡	嫡傳(tik-thuân)

thik

畜	畜生(thik-senn)
斥	排斥(pâi-thik)

kik

革	革命(kik-bīng)、革新(kik-sin)
激	激力(kik-la̍t)、激五仁(kik-ngóo-jîn)、激心(kik-sim)、激外外(kik-guā-guā)、激怐怐(kik-khòo-khòo)、激空(kik-khang)、激屎(kik-sái)、激派頭(kik-phài-thâu)、激面腔(kik-bīn-tshiunn)、激氣(kik-khì)、激氣(kik-khuì)、激烈(kik-lia̍t)、激骨(kik-kut)、激酒(kik-tsiú)、激動(kik-tōng)、激腦(kik-ló)
擊	擊退(kik-thè)

khik

曲	曲盤(khik-puânn)
克	克服(khik-ho̍k)、克虧(khik-khui)
刻	刻印仔(khik-ìn-á)、刻板(khik-pán)、刻薄(khik-po̍k)
剋	相剋(sio-khik)

hik

嚇	威嚇(ui-hik)

即	即刻 (tsik-khik)、即時 (tsik-sî)
叔	叔公 (tsik-kong)、叔伯兄弟 (tsik-peh-hiann-tī)、叔伯姊妹 (tsik-peh-tsí-muē)、叔伯的 (tsik-peh--ê)、叔孫 (tsik-sun)
蹟	奇蹟 (kî-tsik)、事蹟 (sū-tsik)
稷	社稷 (siā-tsik)
則	規則 (kui-tsik)、法則 (huat-tsik)、準則 (tsún-tsik)、守則 (siú-tsik)
責	責任 (tsik-jīm)、責備 (tsik-pī)
藉	憑藉 (pîng-tsik)
積	積水 (tsik-tsuí)、積極 (tsik-kik)、積德 (tsik-tik)
跡	遺跡 (uî-tsik)
擠	擠疵仔 (tsik-thiāu-á)
燭	燭台 (tsik-tâi)、蠟燭 (la̍h-tsik)
績	績效 (tsik-hāu)

觸	拍觸衰 (phah-tshik-sue)
促	促歲壽 (tshik-huè-siū)
測	測量 (tshik-liông)、測驗 (tshik-giām)
策	策略 (tshik-lio̍k)、策畫 (tshik-uē)

粟	粟仔(tshik-á)、粟青(tshik-tshenn)、粟倉(tshik-tshng)、粟鳥仔(tshik-tsiáu-á)
戚	親戚(tshin-tshik)

sik

式	正式(tsìng-sik)、西式(se-sik)、形式(hîng-sik)、舊式(kū-sik)、程式(tîng-sik)、模式(bôo-sik)、儀式(gî-sik)、格式(keh-sik)、款式(khuán-sik)、公式(kong-sik)、制式(tsè-sik)、樣式(iūnn-sik)
悉	收悉(siu-sik)
色	色水(sik-tsuí)、色盲(sik-bông)、色素(sik-sòo)、色彩(sik-tshái)、色緻(sik-tī)
息	利息(lī-sik)
昔	昔日(sik-jit)
飾	服飾(ho̍k-sik)
室	室內(sik-lāi)、室外(sik-guā)、室溫(sik-un)
索	索引(sik-ín)
惜	惜福(sik-hok)
瑟	琴瑟和鳴(khîm-sik hô-bîng)
媳	媳婦(sik-hū)
識	意識(ì-sik)、共識(kiōng-sik)、辨識(piān-sik)、常識(siông-sik)、見識(kiàn-sik)、相識(siong-sik)、膽識(tám-sik)

析	解析(kái-sik)
適	適用(sik-iōng)、適合(sik-hảp)、適量(sik-liōng)、適當(sik-tòng)、適應(sik-ìng)
釋	釋出(sik-tshut)、釋放(sik-hòng)、釋迦(sik-khia)

ik

益	益處(ik-tshù)
憶	記憶體(kì-ik-thé)、回憶(huê-ik)
億	幾億(kuí ik)
溢	溢奶(ik-ling)、溢刺酸(ik-tshiah-sng)

▶韻母「ok」

pok

卜	卜卦(pok-kuà)
駁	駁回(pok-huê)
噗	噗薰(pok-hun)
暴	暴牙(pok-gê)、暴穎(pok-ínn)

phok

噗	一噗(tsit phok)
博	博士(phok-sū)、博物館(phok-bút-kuán)、博愛(phok-ài)、博覽會(phok-lám-huē)

bok

揍	揍落去(bok--lóh-khì)

tok

剁	剁雞(tok ke)
啄	啄鼻仔(tok-phīnn-á)、啄龜(tok-ku)、阿啄仔(a-tok-á)
督	督學(tok-ha̍k)
篤	鹹篤篤(kiâm-tok-tok)
捒	捒破(tok-phuà)

thok

托	托兒所(thok-jî-sóo)、托夢(thok-bāng)
拓	拓展(thok-tián)、拓寬(thok-khuan)
託	託付(thok-hù)
戳	齒戳仔(khí-thok-á)

lok

漉	烏漉肚(oo-lok-tōo)、澹漉漉(tâm-lok-lok)
橐	橐仔(lok-á)

kok

顎	下顎(ē-kok)

462

谷	山谷(suann-kok)
各	各人(kok-lâng)、各地(kok-tē)、各行各業(kok-hâng-kok-giáp)、各位(kok-uī)、各界(kok-kài)、各種(kok-tsióng)、各鼈(kok-pih)
國	國小(kok-sió)、國內(kok-lāi)、國外(kok-guā)、國中(kok-tiong)、國王(kok-ông)、國片(kok-phìnn)、國民(kok-bîn)、國立(kok-li̍p)
穀	穀雨(kok-ú)

khok

鵠	白頭鵠仔(pe̍h-thâu-khok-á)
硞	老硞硞(lāu-khok-khok)、有硞硞(tīng-khok-khok)
涸	焦涸涸(ta-khok-khok)
酷	酷刑(khok-hîng)
瞉	瞉仔(khok-á)、瞉仔炱(khok-á-te)
擴	擴頭(khok-thâu)、擴擴(khok-khok)、擴大(khok-tāi)、擴充(khok-tshiong)、擴展(khok-tián)

hok

幅	幅度(hok-tōo)
覆	答覆(tap-hok)、顛覆(tian-hok)
福	福利社(hok-lī-siā)、福杉(hok-sam)、福相(hok-siòng)、福音(hok-im)、福氣(hok-khì)、福壽螺(hok-siū-lê)

輻	輻射(hok-siā)

tsok

作	作文(tsok-bûn)、作用(tsok-iōng)、作弄(tsok-lōng)、作怪(tsok-kuài)、作法(tsok-huat)、作物(tsok-bút)、作者(tsok-tsiá)、作品(tsok-phín)、作為(tsok-uî)、作風(tsok-hong)、作家(tsok-ka)、作亂(tsok-luān)、作業(tsok-giáp)、作弊(tsok-pè)、作戰(tsok-tsiàn)、作孽(tsok-giát)

tshok

撮	一撮仔(tsit-tshok-á)
簇	一簇人(tsit tshok lâng)、一簇頭毛(tsit tshok thâu-mn̂g)

sok

束	束結(sok-kiat)、束腰(sok-io)、束縛(sok-pák)、結束(kiat-sok)
宿	宿舍(sok-sià)
速	速度(sok-tōo)、速率(sok-lút)
塑	塑造(sok-tsō)、塑膠(sok-ka)、塑膠袋仔(sok-ka-tē-á)
縮	縮小(sok-sió)、縮茶心(sok-tê-sim)、縮影(sok-iánn)

ok

屋	新屋(Sin-ok)

惡	惡人(ok-lâng)、惡化(ok-huà)、惡性(ok-sìng)、惡毒(ok-tȯk)、惡報(ok-pò)、惡意(ok-ì)、惡夢(ok-bāng)、惡確確(ok-khiȧk-khiȧk)、惡霸(ok-pà)、惡魔(ok-môo)

▶韻母「iok」

tiok

竺	天竺(Thian-tiok)

thiok

畜	六畜(liȯk-thiok)

kiok

菊	菊花(kiok-hue)
鞠	鞠躬(kiok-kiong)

khiok

曲	曲線(khiok-suànn)
卻	卻是(khiok-sī)

tsiok

爵	公爵(kong-tsiok)
足	充足(tshiong-tsiok)、知足(ti-tsiok)、飽足(pá-tsiok)、滿足(buán-tsiok)、遠足(uán-tsiok)、不足(put-tsiok)、補足(póo-tsiok)

燭	花燭(hua-tsiok)
祝	祝賀(tsiok-hō)、祝壽(tsiok-siū)、祝福(tsiok-hok)
酌	斟酌(tsim-tsiok)
囑	遺囑(uî-tsiok)

tshiok

促	促成(tshiok-sîng)、促使(tshiok-sú)、促進(tshiok-tsìn)、促銷(tshiok-siau)
雀	雀斑(tshiok-pan)
觸	觸犯(tshiok-huān)

siok

宿	宿命(siok-bīng)、宿怨(siok-uàn)
淑	淑女(siok-lí)
肅	肅靜(siok-tsīng)、嚴肅(giâm-siok)

jiok

逐	走相逐(tsáu-sio-jiok)

iok

約	約束(iok-sok)、約定(iok-tīng)、約會(iok-huē)、約談(iok-tâm)

六：韻尾 k 第 8 調

▶韻母「ak」

pak

縛	縛跤(pak-kha)、縛粽(pak-tsàng)
瞨	瞨田(pak-tshân)

phak

曝	曝日(phak-jit)、曝乾(phak-kuann)、曝粟(phak-tshik)、曝鹽(phak-iâm)

bak

木	木工(bak-kang)、木匠(bak-tshiūnn)、木屐(bak-kiah)、木蝨(bak-sat)
目	目瞤仔(bak-nih-á)、目地(bak-tē)、目色(bak-sik)、目油(bak-iû)、目狗針(bak-káu-tsiam)、目空(bak-khang)、目屎(bak-sái)、目眉(bak-bâi)、目針(bak-tsiam)、目蚶(bak-ham)、目睫毛(bak-tsiah-mn̂g)、目睭(bak-tsiu)
茉	茉莉花(bak-nī-hue)
墨	墨斗(bak-táu)、墨水(bak-tsuí)、墨汁(bak-tsiap)、墨賊仔(bak-tsat-á)、墨盤(bak-puânn)

tak

獨	孤獨(koo-tak)

逐	逐个(ta̍k-ê)、逐日(ta̍k-ji̍t)、逐年(ta̍k-nî)、逐家(ta̍k-ke)、逐暗(ta̍k-àm)、逐擺(ta̍k-pái)
碡	礰碡(la̍k-ta̍k)

tha̍k

讀	讀冊(tha̍k-tsheh)、讀書(tha̍k-tsu)

la̍k

六	六月天(la̍k-gue̍h-thinn)
慄	慄慄掣(la̍k-la̍k-tshuah)
搦	搦屎搦尿(la̍k-sái-la̍k-jiō)、搦權(la̍k-khuân)
礰	礰碡(la̍k-ta̍k)

ka̍k

捔	擲抎捔(tàn-hiat-ka̍k)

kha̍k

咯	咯血(kha̍k-hueh)、咯痰(kha̍k-thâm)

ga̍k

岳	山岳(suann-ga̍k)
獄	監獄(kann-ga̍k)、出獄(tshut-ga̍k)、入獄(ji̍p-ga̍k)

樂	樂曲(ga̍k-khik)、樂章(ga̍k-tsiong)、樂隊(ga̍k-tuī)、樂團(ga̍k-thuân)、樂器(ga̍k-khì)、音樂(im-ga̍k)

ha̍k

礐	屎礐仔(sái-ha̍k-á)、屎礐仔蟲(sái-ha̍k-á-thâng)
學	學力(ha̍k-li̍k)、學士(ha̍k-sū)、學分(ha̍k-hun)、學生(ha̍k-sing)、學年度(ha̍k-nî-tōo)、學位(ha̍k-uī)、學者(ha̍k-tsiá)、學長(ha̍k-tiúnn)、學校(ha̍k-hāu)、學院(ha̍k-īnn)、學問(ha̍k-būn)、學習(ha̍k-si̍p)

tsa̍k

嗾	嗾著(tsa̍k-tio̍h)

tsha̍k

鑿	鑿仔(tsha̍k-á)、鑿目(tsha̍k-ba̍k)、鑿鑿(tsha̍k-tsha̍k)

▶韻母「iak」

phia̍k

擗	鳥鼠擗仔(niáu-tshí-phia̍k-á)、蝦蛄擗仔(hê-koo-phia̍k-á)

tia̍k

擉	擉算盤(tia̍k-sǹg-puânn)

khiak

碻	惡碻碻(ok-khiak-khiak)

tshiak

嚓	嚓嚓趒(tshiak-tshiak-tiô)

▶ 韻母「ik」

pik

帛	玉帛(giok-pik)
白	白宮(Pik-kiong)

bik

默	默禱(bik-tó)

tik

的	目的(bok-tik)
迪	迪化街(Tik-huà-ke)
特	特有(tik-iú)、特色(tik-sik)、特別(tik-piat)、特技(tik-ki)、特例(tik-lē)、特使(tik-sài)、特定(tik-tīng)、特性(tik-sìng)、特約(tik-iok)、特效(tik-hāu)、特殊(tik-sû)、特務(tik-bū)、特區(tik-khu)、特產(tik-sán)、特種(tik-tsióng)
澤	福澤(hok-tik)
敵	敵人(tik-jîn)、敵手(tik-tshiú)、敵意(tik-ì)、敵對(tik-tuì)

470

擇	選擇(suán-tik)

lik

力	力量(lik-liōng)、權力(khuân-lik)、協力(hiap-lik)、努力(lóo-lik)、勞力(lô-lik)
肋	肋排(lik-pâi)
曆	陽曆(iông-lik)、新曆(sin-lik)、舊曆(kū-lik)、農曆(lông-lik)、農民曆(lông-bîn-lik)、行事曆(hîng-sū-lik)
碌	傷碌(siunn lik)
綠	綠化(lik-huà)、綠卡(lik-khah)、綠色(lik-sik)、綠竹筍(lik-tik-sún)、綠豆仔(lik-tāu-á)
歷	歷代(lik-tāi)、歷史(lik-sú)、歷來(lik-lâi)、歷練(lik-liān)
靂	霹靂(phik-lik)
勒	凌勒(lîng-lik/lik)

kik

極	極力(kik-lik)、極度(kik-tōo)、極端(kik-tuan)
劇	劇烈(kik-liat)

gik

玉	玉仔(gik-á)
虐	虐待(gik-thāi)
逆	逆子(gik-tsú)、逆天(gik-thinn)、逆境(gik-kíng)

hik

或	或者(hik-tsiá)
核	核子(hik-tsú)、核心(hik-sim)、核定(hik-tīng)、核准(hik-tsún)、核能(hik-lîng)
惑	疑惑(gî-hik)、迷惑(bê-hik)
域	領域(líng-hik)、水域(tsuí-hik)、流域(liû-hik)、區域(khu-hik)
穫	收穫(siu-hik)

tsik

寂	寂寞(tsik-bo̍k)
籍	籍貫(tsik-kuàn)

tshik

摵	摵仔麵(tshik-á-mī)

sik

夕	夕陽(sik-iông)
石	岩石(gâm-sik)
席	席次(sik-tshù)
碩	碩士(sik-sū)
熟	熟手(sik-tshiú)、熟似(sik-sāi)、熟似人(sik-sāi-lâng)、熟練(sik-liān)、熟鐵(sik-thih)

ik	
亦	亦然(ik-jiân)
翼	羽翼(ú-ik)
役	役男(ik-lâm)
易	易經(ik-king)
疫	疫苗(ik-biâu)、疫情(ik-tsîng)
浴	浴桶(ik-tháng)、浴場(ik-tiûnn)、浴間仔(ik-king-á)、洗浴(sé-ik)
液	液體(ik-thé)
域	領域(líng-ik)
譯	翻譯(huan-ik)

▶韻母「ok」

pȯk	
暴	暴露(pȯk-lōo)
薄	薄情(pȯk-tsîng)、薄荷(pȯk-hô)
爆	爆炸(pȯk-tsà)、爆發(pȯk-huat)

phȯk	
噗	拍噗仔(phah-phȯk-á)
泡	電火泡仔(tiān-hué-phȯk-á)

bȯk

木	木心枋(bȯk-sim-pang)、木瓜(bȯk-kue)、木耳(bȯk-ní)、木材(bȯk-tsâi)、木星(Bȯk-tshenn)、木魚(bȯk-hî)、木麻黃(bȯk-muâ-hông)、木棉(bȯk-mî)、木雕(bȯk-tiau)
目	目的(bȯk-tik)、目前(bȯk-tsiân)、目標(bȯk-piau)、目錄(bȯk-lȯk)
沐	沐沐泅(bȯk-bȯk-siû)
睦	和睦(hô-bȯk)
牧	牧師(bȯk-su)、牧場(bȯk-tiûnn)
寞	寂寞(tsik-bȯk)
莫	莫名其妙(bȯk-bîng-kî-miāu)、莫怪(bȯk-kuài)、莫非(bȯk-hui)
漠	暗漠漠(àm-bȯk-bȯk)、冷漠(líng-bȯk)

tȯk

毒	毒死(tȯk--sí)、毒性(tȯk-sìng)、毒品(tȯk-phín)、毒計(tȯk-kè)、毒害(tȯk-hāi)、毒素(tȯk-sòo)、毒藥(tȯk-iȯh)
獨	獨一無二(tȯk-it-bû-jī)、獨立(tȯk-lip)、獨自(tȯk-tsū)、獨身(tȯk-sin)、獨裁(tȯk-tshâi)

thȯk

讀	讀物(thȯk-bȯt)、讀者(thȯk-tsiá)、朗讀(lóng-thȯk)

祿	王祿仔(ông-lȯk-á)
諾	承諾(sîng-lȯk)
絡	連絡(liân-lȯk)
鹿	鹿仔(lȯk-á)、鹿角(lȯk-kak)、鹿茸(lȯk-jiông)
碌	碌硞馬(lȯk-khȯk-bé)
落	落伍(lȯk-ngóo)、落成(lȯk-sîng)、落第(lȯk-tē)、落實(lȯk-sit)、落魄(lȯk-phik)、落選(lȯk-suán)
漉	漉喙(lȯk-tshuì)、漉糊糜(lȯk-kôo-muê)
樂	樂暢(lȯk-thiòng)、樂觀(lȯk-kuan)、快樂(khuài-lȯk)
錄	錄用(lȯk-iōng)、錄取(lȯk-tshú)、錄音(lȯk-im)、錄音機(lȯk-im-ki)、錄製(lȯk-tsè)、錄影(lȯk-iánn)
駱	駱駝(lȯk-tô)

kȯk

咯	掩咯雞(ng-kȯk-ke)
焗	鹹焗雞(kiâm-kȯk-ke)

khȯk

硞	硞著(khȯk-tiȯh)
鱷	鱷魚(khȯk-hî)

gȯk

嚗	嚗魚(gȯk-hî)

hȯk

袱	包袱仔(pau-hȯk-á)
服	服用 (hȯk-iōng)、服役(hȯk-ȧk)、服侍(hȯk-sāi)、服務 (hȯk-bū)、服裝 (hȯk-tsong)、服飾(hȯk-sik)
伏	埋伏(bâi-hȯk)
茯	茯苓糕(hȯk-lîng-ko)
復	復仇(hȯk-siû)、復古 (hȯk-kóo)、復原(hȯk-guân)、復 健(hȯk-kiān)、復習 (hȯk-sıp)、復發(hȯk-huat)、復甦 (hȯk-soo)、復興(hȯk-hing)
複	複習 (hȯk-sıp)、複賽(hȯk-sài)、複雜(hȯk-tsȧp)、重複 (tiông-hȯk)

tsȯk

族	族人(tsȯk-jîn)、族群(tsȯk-kûn)、族親(tsȯk-tshin)、族譜 (tsȯk-phóo)

▶韻母「iok」

tiȯk

築	建築(kiàn-tiȯk)

liȯk

六	六合(liȯk-hȧp)、六法全書(liȯk-huat-tsuân-su)、六書(liȯk-su)、六畜(liȯk-thiok)
錄	目錄(bȯk-liȯk)
戮	殺戮(sat-liȯk)
陸	陸地(liȯk-tē)、陸軍(liȯk-kun)、陸橋(liȯk-kiô)、陸續(liȯk-siȯk)
略	策略(tshik-liȯk)、忽略(hut-liȯk)、戰略(tsiàn-liȯk)、侵略(tshim-liȯk)、省略(síng-liȯk)、大略(tāi-liȯk)

kiȯk

局	局長(kiȯk-tiúnn)、局面(kiȯk-bīn)、局勢(kiȯk-sè)
侷	侷限(kiȯk-hān)
劇	劇本(kiȯk-pún)、劇院(kiȯk-īnn)、劇情(kiȯk-tsîng)、劇場(kiȯk-tiûnn)、劇團(kiȯk-thuân)

giȯk

玉	玉山(Giȯk-san)、玉皇大帝(Giȯk-hông-tāi-tè)、玉蘭花(giȯk-lân-hue)

tshiȯk

浞	浞浞咧(tshiȯk-tshiȯk--leh)

siȯk	
俗	俗名(siȯk-miâ)、俗物(siȯk-mih)、俗貨(siȯk-huè)、俗語(siȯk-gí)、俗諺(siȯk-gān)、俗賣(siȯk-bē)
續	接續(tsiap-siȯk)、連續(liân-siȯk)、繼續(kè-siȯk)、陸續(liȯk-siȯk)、延續(iân-siȯk)、連續劇(liân-siȯk-kiȯk)、永續(íng-siȯk)
屬	屬性(siȯk-sìng)、屬於(siȯk-î)
贖	贖回(siȯk-huê)、贖身(siȯk-sin)

jiȯk	
撋	用手撋(iōng tshiú jiȯk)
肉	肉桂(jiȯk-kuì)
辱	侮辱(bú-jiȯk)
若	若干(jiȯk-kan)、宛若(uán-jiȯk)
弱	弱者(jiȯk-tsiá)、弱勢(jiȯk-sè)、弱點(jiȯk-tiám)

iȯk	
育	教育(kàu-iȯk)、培育(puê-iȯk)、生育(sing-iȯk)
籲	呼籲(hoo-iȯk)
欲	欲望(iȯk-bōng)
躍	踴躍(ióng-iȯk)

七：韻尾 h 第 4 調

▶韻母「ah」

pah

百	百二(pah-jī)、百分之百(pah-hun-tsi-pah)、百分比(pah-hun-pí)、百日(pah-jit)、百日紅(pah-jit-âng)、百年(pah-nî)、百百空(pah-pah-khang)、百步蛇(pah-pōo-tsuâ)、百般(pah-puann)、百貨公司(pah-huè-kong-si)、百萬(pah-bān)、百樣(pah-iūnn)、百襇裙(pah-kíng-kûn)
爸	阿爸(a-pah)
叭	喇叭(lá-pah)

phah

拍	拍毋見(phah-m̄-kìnn)、拍歹(phah-pháinn)、拍片(phah-phìnn)、拍尻川(phah-kha-tshng)、拍生驚(phah-tshenn-kiann)、拍石(phah-tsióh)、拍交落(phah-ka-láuh)、拍呃(phah-eh)、拍折(phah-tsiat)、拍官司(phah-kuann-si)、拍捋涼(phah-lā-liâng)

bah

肉	肉包(bah-pau)、肉皮(bah-phuê)、肉色(bah-sik)、肉豆(bah-tāu)、肉拊(bah-hú)、肉砧(bah-tiam)、肉骨(bah-kut)、肉乾(bah-kuann)、肉脯(bah-póo)、肉豉仔(bah-sīnn-á)、肉絲(bah-si)、肉酥(bah-soo)、肉圓(bah-uân)、肉感(bah-kám)、肉跤仔(bah-kha-á)、肉粽(bah-tsàng)

mah

媽	媽媽(má-mah)

tah

答	答應(tah-ìng)
貼	貼心(tah-sim)、貼底(tah-té)、貼紙(tah-tsuá)
搭	搭油(tah-iû)、搭架(tah-kè)、搭鉤仔(tah-kau-á)、搭嚇(tah-hiannh)

thah

塔	九層塔(káu-tsàn-thah)、金字塔(kim-jī-thah)、靈骨塔(lîng-kut-thah)

nah

凹	凹落去(nah--lòh-khì)、凹鼻(nah-phīnn)
燚	燚日(nah-jit)

lah

垃	垃圾(lah-sap)、垃圾鬼(lah-sap-kuí)、垃圾話(lah-sap-uē)

kah

甲	甲子(kah-tsí)、甲板(kah-pán)、甲馬(kah-bé)、甲箬笠(kah-hàh-lèh)

480

柙	米篩柙(bí-thai kah)
佮	佮喙(kah-tshuì)、佮意(kah-ì)
胛	胛心(kah-sim)、胛心肉(kah-sim-bah)
鴿	斑鴿(pan-kah)
較	較秤仔(kah tshìn-á)
蓋	蓋被(kah-phuē)
裌	裌仔(kah-á)

khah

卡	卡片(khah-phìnn)、卡車(khah-tshia)
盍	盍會(khah ē)
較	較大面(khah-tuā-bīn)、較加(khah-ke)、較早(khah-tsá)、較快(khah-khuài)、較停仔(khah-thîng-á)、較輸(khah-su)、較講(khah-kóng)
篋	篋仔(khah-á)

hah

哈	哈唏(hah-hì)、哈啾(hah-tshiùnn)

tsah

扎	打扎(tánn-tsah)
紮	紮布(tsah-pòo)、紮錢(tsah-tsînn)

tshah	
插	插花仔(tshah-hue-á)、插座(tshah-tsō)、插胳(tshah-koh)、插畫(tshah-uē)、插話(tshah-uē)、插頭(tshah-thâu)

ah	
押	押後(ah-āu)、押送(ah-sàng)、押韻(ah-ūn)
鴨	鴨仔(ah-á)、鴨仔癉(ah-á-tan)、鴨母(ah-bó)、鴨母喙(ah-bó-tshuì)、鴨母蹄(ah-bó-tê)、鴨卵(ah-nn̄g)、鴨咪仔(ah-bî-á)、鴨掌(ah-tsiúnn)、鴨雄仔(ah-hîng-á)、鴨鵤(ah-kak)、鴨羶(ah-hiàn)、鴨豢(ah-siúnn)
壓	壓味(ah-bī)、壓霸(ah-pà)

▶韻母「annh」

hannh	
熁	熁燒(hannh-sio)

sannh	
唼	唼胡蠅(sannh hôo-sîn)
煞	煞心(sannh-sim)

▶韻母「iah」

piah	
壁	壁空(piah-khang)、壁紙(piah-tsuá)、壁堵(piah-tóo)、壁畫(piah-uē)、壁櫥(piah-tû)

phiah	
僻	僻靜(phiah-tsīng)
癖	癖性(phiah-sìng)

tiah	
摘	摘要(tiah-iàu)

thiah	
拆	拆日仔(thiah-jit-á)、拆字(thiah-jī)、拆扦(thiah-tshuann)、拆股(thiah-kóo)、拆食落腹(thiah-tsiah-lóh-pak)、拆破(thiah-phuà)、拆除(thiah-tû)、拆票(thiah-phiò)、拆單(thiah-tuann)、拆散(thiah-suànn)、拆開(thiah-khui)、拆腿(thiah-thuí)、拆藥仔(thiah-ióh-á)

liah	
裂	裂破面(liah-phuà-bīn)

piah
壁空

khiah	
隙	空隙(khang-khiah)

giah

攑	攑刺(giah-tshì)

hiah

遐	遐爾(hiah-nī)、遐爾仔(hiah-nī-á)

tsiah

才	才是(tsiah-sī)、才會(tsiah-ē)
睫	目睫毛(bak-tsiah-mng)
脊	尻脊後(kha-tsiah-āu)、尻脊骿(kha-tsiah-phiann)、腰脊骨(io-tsiah-kut)
隻	船隻(tsûn-tsiah)
跡	無影無跡(bô-iánn-bô-tsiah)
遮	遮爾(tsiah-nī)、遮爾仔(tsiah-nī-á)

tshiah

赤	赤牛(tshiah-gû)、赤目(tshiah-bak)、赤肉(tshiah-bah)、赤砂(tshiah-sua)、赤跤(tshiah-kha)、赤鯮(tshiah-tsang)
刺	刺字(tshiah-jī)、刺花(tshiah-hue)、刺查某(tshiah-tsa-bóo)、刺疫(tshiah-iah)、刺耙耙(tshiah-pê-pê)、刺酸(tshiah-sng)、刺膨紗(tshiah-phòng-se)、刺繡(tshiah-siù)
錔	錔塗(tshiah thôo)

siah

錫	歹銅舊錫(pháinn-tâng-kū-siah)
削	削削叫(siah-siah-kiò)

jiah

跡	痕跡(hûn-jiah)、傷跡(siong-jiah)、跤跡(kha-jiah)、血跡(hueh-jiah)

iah

搤	搤空(iah-khang)

▶韻母「iannh」

hiannh

挸	挸衫(hiannh-sann)
嚇	懂嚇(táng-hiannh)、心驚膽嚇(sim-kiann-tánn-hiannh)

▶韻母「uah」

puah

撥	撥工(puah-kang)、撥款(puah-khuán)、撥開(puah--khui)、撥駕(puah-kà)
缽	擂缽(luî-puah)

485

phuah

潑	潑雨(phuah-hōo)

buah

抹	抹刀(buah-to)、抹面(buah-bīn)、抹粉(buah-hún)、抹壁(buah-piah)、抹鹽(buah-iâm)

tuah

掇	張掇(tiunn-tuah)

thuah

獺	海獺(hái-thuah)
挩	挩枋(thuah-pang)、挩門(thuah-mn̂g)、挩窗(thuah-thang)
屜	屜仔(thuah-á)

luah

挬	挬挬咧(luah-luah--leh)

kuah

括	規群規括(kui-kûn-kui-kuah)
割	割包(kuah-pau)、割肉(kuah-bah)、割金(kuah-kim)、割香(kuah-hiunn)、割耙(kuah-pē)、割貨(kuah-huè)、割喉(kuah-âu)、割價(kuah-kè)、割稻仔(kuah-tiū-á)、割稻仔尾(kuah-tiū-á-bué)

486

khuah

渴	喙焦喉渴(tshuì ta âu khuah)
闊	闊莽莽(khuah-bóng-bóng)、闊喙(khuah-tshuì)、闊腹(khuah-pak)、闊閬閬(khuah-lòng-lòng)

huah

砉	砉刀(huah to)
喝	喝咻(huah-hiu)、喝玲瑯(huah-lin-long)、喝拳(huah-kûn)、喝魚仔(huah-hî-á)

tsuah

泏	泏出來(tsuah--tshut-lâi)

tshuah

疶	疶屎(tshuah-sái)
掣	掣流(tshuah-lâu)
礤	礤冰(tshuah-ping)、礤簽(tshuah-tshiam)、菜礤(tshài-tshuah)

suah

煞	煞去(suah--khì)、煞尾(suah-bué)、煞神(suah-sîn)、煞著(suah--tio̍h)、煞鼓(suah-kóo)、煞戲(suah-hì)
撒	撒豆油(suah-tāu-iû)、撒胡椒(suah-hôo-tsio)、撒鹽(suah-iâm)

▶韻母「auh」

mauh

| 卯 | 卯喙(mauh-tshuì) |

tauh

| 篤 | 有篤(tīng-tauh) |

nauh

| 喃 | 喃來喃去(nauh lâi nauh khì) |

kauh

| 軋 | 軋著人(kauh-tio̍h lâng) |
| 餀 | 餀肥(kauh-puî) |

▶韻母「iauh」

hiauh

| 歊 | 歊歊(hiauh-hiauh)、歊蟶(hiauh-than) |

▶韻母「eh」

peh

| 八 | 八字(peh-jī)、八角(peh-kak) |
| 百 | 百姓(peh-sènn) |

伯	伯公(peh-kong)
柏	松柏仔(tshîng-peh-á)
擘	擘金(peh-kim)、擘開(peh--khui)
距	距山(peh-suann)、距樓梯(peh-lâu-thui)、距懸距低(peh-kuân-peh-kē)

beh

欲	欲死欲活(beh-sí-beh-uah)、欲呢(beh-nî)、欲知(beh-tsai)、欲暗仔(beh-àm-á)

meh

蜢	草蜢仔(tsháu-meh-á)

teh

咧	咧欲(teh-beh)
揲	揲定(teh-tiānn)、揲枝(teh-ki)、揲扁(teh-pínn)、揲落去(teh--lóh-khì)、揲嗽(teh-sàu)、揲驚(teh-kiann)
嗲	飪嗲嗲(khiū-teh-teh)

theh

裼	褪腹裼(thǹg-pak-theh)

neh

凹	儉腸凹肚(khiām-tn̂g-neh-tōo)

躡	躡跤尾(neh-kha-bué)

keh

挌	挌開(keh--khui)
格	格仔(keh-á)、格式(keh-sik)、格調(keh-tiāu)
隔	隔日(keh-jit)、隔年(keh-nî)、隔界(keh-kài)、隔開(keh--khui)、隔間(keh-king)、隔腹(keh-pak)、隔暝(keh-mê)、隔壁(keh-piah)、隔轉工(keh-tńg-kang)、隔轉日(keh-tńg-jit)、隔離(keh-lī)
鍥	鍥仔(keh-á)

kheh

瞌	目睭瞌瞌(bak-tsiu kheh-kheh)
客	客人(Kheh-lâng)、客話(Kheh-uē)、客運(kheh-ūn)、客戶(kheh-hōo)、客串(kheh-tshuàn)、客房(kheh-pâng)、客氣(kheh-khì)、客棧(kheh-tsàn)、客廳(kheh-thiann)
篋	篋仔(kheh-á)
唊	唊燒(kheh-sio)

ngeh

夾	夾仔(ngeh-á)、夾菜(ngeh tshài)
莢	豆莢(tāu-ngeh)

heh

嚇	嚇驚 (heh-kiann)

tseh

仄	平仄 (piânn-tseh)
節	節日 (tseh-jit)、節氣 (tseh-khuì)、冬節 (tang-tseh)

tsheh

冊	冊包 (tsheh-pau)、冊店 (tsheh-tiàm)、冊房 (tsheh-pâng)、冊架仔 (tsheh-kè-á)、冊櫥 (tsheh-tû)
慼	慼心 (tsheh-sim)

seh

雪	雪仔柑 (seh-á-kam)
楔	楔手縫 (seh-tshiú-phāng)、楔空 (seh-khang)、楔後手 (seh-āu-tshiú)、楔縫 (seh-phāng)

eh

厄	解厄 (kái-eh)、消災解厄 (siau-tsai-kái-eh)
呃	飽呃 (pá-eh)

▶韻母「ueh」

kueh	
郭	吳郭魚(ngôo-kueh-hî)
刮	刮喙頼(kueh tshuì-phué)
蕨	蕨貓(kueh-niau)

khueh	
缺	欠缺(khiàm-khueh)、職缺(tsit-khueh)

hueh	
血	血色(hueh-sik)、血型(hueh-hîng)、血氣(hueh-khì)、血液(hueh-ik)、血蚶(hueh-ham)、血筋(hueh-kin)、血跡(hueh-jiah)、血路(hueh-lōo)、血管(hueh-kńg)、血壓(hueh-ap)、血癌(hueh-gâm)

tsueh	
節	節日(tseh-jit/tsueh-lit)、節氣(tseh/tsueh-khuì)

sueh	
說	說多謝(sueh-to-siā)、說服(sueh-hȯk)、說謝(sueh-siā)

▶韻母「ih」

pih	
鱉	各鱉(kok-pih)

492

| 鱉 | 掠龜走鱉(liàh-ku-tsáu-pih) |
| 擎 | 擎手碗(pih-tshiú-ńg)、擎紮(pih-tsah)、擎褲跤(pih-khòo-kha) |

phih

| 躄 | 躄佇塗跤(phih tī thôo-kha) |

bih

| 覕 | 覕雨(bih-hōo)、覕相揣(bih-sio-tshuē)、覕喙(bih-tshuì) |

mih

| 物 | 無啥物(bô-siánn-mih) |

tih

| 滴 | 沓沓滴滴(tàp-tàp-tih-tih)、嘈嘈滴(tsháuh-tsháuh-tih)、潘潘滴(tshàp-tshàp-tih)、點點滴滴(tiám-tiám-tih-tih) |

thih

| 鐵 | 鐵人(thih-lâng)、鐵工(thih-kang)、鐵牛仔(thih-gû-á)、鐵甲(thih-kah)、鐵枝路(thih-ki-lōo)、鐵枋(thih-pang)、鐵門(thih-mn̂g)、鐵馬(thih-bé)、鐵骨仔生(thih-kut-á-senn)、鐵釘仔(thih-ting-á)、鐵桶(thih-tháng)、鐵路(thih-lōo)、鐵鉎(thih-sian)、鐵槌(thih-thuî) |

nih

| 瞡 | 瞡瞡看(nih-nih-khuànn)、瞡目 (nih-bàk) |

khih

缺	缺角(khih-kak)、缺喙(khih-tshuì)

tsih

接	接力(tsih-la̍t)、接接(tsih-tsiap)、接載(tsih-tsài)
摺	摺衫(tsih-sann)、摺紙(tsih-tsuá)

tshih

頤	頭頤頤(thâu tshih-tshih)

sih

蟋	蟋蟀仔(sih-sut-á)
爍	爍爁(sih-nah)

▶韻母「oh」

poh

駁	駁岸(poh-huānn)

phoh

粕	粕粕(phoh-phoh)
樸	樸實(phoh-sit)

toh

佗	佇佗(tī-toh)
桌	桌巾(toh-kin)、桌仔(toh-á)、桌布(toh-pòo)、桌面(toh-bīn)、桌崁(toh-khàm)、桌屜(toh-thuah)、桌帷(toh-uî)、桌球(toh-kiû)、桌頂(toh-tíng)、桌裙(toh-kûn)、桌跤(toh-kha)、桌頭(toh-thâu)、桌櫃(toh-kuī)

thoh

魠	塗魠(thôo-thoh)

loh

落	落後日(loh-āu--jit)、落後年(loh-āu--nî)、落昨日(loh-tsóh--jit)

koh

各	各樣(koh-iūnn)
胳	胳下空(koh-ē-khang)
過	猶毋過(iáu-m̄-koh)
閣	閣再(koh-tsài)、閣員(koh-uân)、閣較(koh-khah)、閣樓(koh-lâu)

tsoh

作	作田(tsoh-tshân)、作田人(tsoh-tshân-lâng)、作穡(tsoh-sit)、作穡人(tsoh-sit-lâng)

tshoh	
警	共人警(kā lâng tshoh)

soh	
索	索仔(soh-á)

oh	
偓	偓做(oh-tsò)、偓講(oh-kóng)

▶韻母「ioh」

tioh	
擢	擢舌根(tioh-tsih-kin)

kioh	
腳	腳數(kioh-siàu)

khioh	
抾	抾水(khioh-tsuí)、抾囡仔(khioh-gín-á)、抾囝母(khioh-kiánn-bú)、抾字紙的(khioh-jī-tsuá--ê)、抾客(khioh-kheh)、抾恨(khioh-hīn)、抾拾(khioh-sip)、抾紅點仔(khioh-âng-tiám-á)、抾捔(khioh-kak)、抾柴(khioh-tshâ)、抾骨(khioh-kut)、抾稅(khioh-suè)、抾著(khioh-tiòh)、抾錢(khioh-tsînn)、抾襇(khioh-kíng)

hioh

歇	歇工(hioh-kang)、歇冬(hioh-tang)、歇晝(hioh-tàu)、歇喘(hioh-tshuán)、歇寒(hioh-kuânn)、歇睏(hioh-khùn)、歇暗(hioh-àm)、歇暝(hioh-mê)、歇熱(hioh-juáh)

tsioh

借	借人(tsioh--lâng)、借用(tsioh-iōng)、借問(tsioh-mñg)、借款(tsioh-khuán)、借過(tsioh-kuè)、借錢(tsioh-tsînn)、借蹛(tsioh-tuà)
襀	棉襀被(mî-tsioh-phuē)

tshioh

尺	概尺(kài-tshioh)、腰尺(io-tshioh)、公尺(kong-tshioh)
沢	鮮沢(tshinn-tshioh)

sioh

惜	惜皮(sioh-phuê)、惜囝(sioh-kiánn)、惜別(sioh-piát)、惜命命(sioh-miā-miā)、惜面皮(sioh-bīn-phuê)

ioh

臆	臆出出(ioh-tshut-tshut)

▶韻母「ooh」

mooh

| 搣 | 搣壁鬼(mooh-piah-kuí) |

▶韻母「uh」

puh

| 不 | 阿沙不魯(a-sa-puh-luh) |
| 發 | 發芽(puh-gê) |

tuh

| 盹 | 盹瞌睡(tuh-ka-tsuē)、盹龜(tuh-ku) |

thuh

黜	黜仔(thuh-á)、黜破(thuh-phuà)、黜臭(thuh-tshàu)、黜塗機(thuh-thôo-ki)
托	托下頦(thuh ē-hâi)
禿	禿額(thuh-hiah)

luh

| 魯 | 阿沙不魯(a-sa-puh-luh) |

khuh

| 呿 | 呿呿嗽(khuh-khuh-sàu) |

tsuh

泏	泏出來(tsuh--tshut-lâi)

tshuh

眵	眵目(tshuh-bák)、眵眵(tshuh-tshuh)
焠	焠一空(tshuh tsi̍t khang)

suh

欶	欶水(suh-tsuí)、欶奶(suh-ling)、欶管(suh-kóng)

uh

噎	呼噎仔(khoo-uh-á)

▶韻母「iuh」

tiuh

搐	搐一下(tiuh--tsi̍t-ē)

tsiuh

羶	密羶羶(ba̍t-tsiuh-tsiuh)

▶韻母「ngh」

phngh

嗙	共人嗙(kā lâng phngh)

khngh

吭	吭吭叫(khngh-khngh-kiò)

八：韻尾 h 第 8 調

▶韻母「ah」

tȧh

踏	踏斗(tȧh-táu)、踏出(tȧh-tshut)、踏枋(tȧh-pang)、踏差(tȧh-tsha)、踏硬(tȧh-ngē)、踏話頭(tȧh-uē-thâu)、踏蹺(tȧh-khiau)

thȧh

疊	重重疊疊(tîng-tîng-thȧh-thȧh)

lȧh

獵	拍獵(phah-lȧh)
鑞	嘉鑞(ka-lȧh)
曆	曆日(lȧh-jit)
臘	臘肉(lȧh-bah)
蠟	蠟紙(lȧh-tsuá)、蠟條(lȧh-tiâu)、蠟筆(lȧh-pit)、蠟燭(lȧh-tsik)

khah

卡	卡牢咧(khah-tiâu--leh)
闔	闔倚來(khah uá--lâi)

hah

合	合用(hah-īng)、合軀(hah-su)
箬	竹箬(tik-hah)、粽箬(tsàng-hah)、蔗箬(tsià-hah)

tsah

閘	閘日(tsah-ji̍t)、閘光(tsah-kng)、閘車(tsah-tshia)、閘屏(tsah-pîn)、閘風(tsah-hong)、閘路(tsah-lōo)

sah

煠	白煠(pe̍h-sah)

ah

曷	曷使(ah-sái)、曷著(ah-tio̍h)
盒	飯盒仔(pn̄g-ah-á)

▶韻母「iah」

phiah

癖	出癖(tshut-phiah)
覕	熟覕(si̍k phiah)

tiah

糴	糴米 (tiȧh-bí)

liȧh

掠	掠包 (liȧh-pau)、掠交替 (liȧh-kau-thè)、掠沙筋 (liȧh-sua-kin)、掠狂 (liȧh-kông)、掠兔仔 (liȧh-thòo-á)、掠坦橫 (liȧh-thán-huâinn)、掠直 (liȧh-tȧt)、掠長補短 (liȧh-tn̂g-póo-té)、掠做 (liȧh-tsò)、掠無頭摠 (liȧh-bô-thâu-tsáng)、掠猴 (liȧh-kâu)、掠痧 (liȧh-sua)、掠筋 (liȧh-kin)、掠準 (liȧh-tsún)、掠漏 (liȧh-lāu)

kiȧh

屐	柴屐 (tshâ-kiȧh)

giȧh

額	額度 (giȧh-tōo)
攑	攑手 (giȧh-tshiú)、攑箸 (giȧh-tī)、攑頭 (giȧh-thâu)、攑懸 (giȧh-kuân)

hiȧh

額	額頭 (hiȧh-thâu)

tsiȧh

炸	油炸粿 (iû-tsiȧh-kué)

食	食人(tsiảh--lâng)、食力(tsiảh-lảt)、食外口(tsiảh-guā-kháu)、食奶(tsiảh-ling)、食市(tsiảh-tshī)、食名(tsiảh-miâ)、食老(tsiảh-lāu)、食色(tsiảh-sik)、食命(tsiảh-miā)、食便領現(tsiảh-piān-niá-hiān)、食穿(tsiảh-tshīng)、食苦(tsiảh-khóo)、食食(tsiảh-sit)、食倯(tsiảh-sông)、食家己(tsiảh-ka-kī)

siảh

夕	七夕(tshit-siảh)
石	石榴(siảh-liû)
杓	杓仔(siảh-á)

iảh

易	交易(ka-iảh)
抑	抑是(iảh-sī)
疫	刺疫(tshiah-iảh)
驛	後驛(āu-iảh)
蛾	蛾仔(iảh-á)
頁	網頁(bāng-iảh)
蝶	蝶仔(iảh-á)

▶韻母「uah」

puȧh

拔	拔桶(puȧh-tháng)
跋	跋倒(puȧh-tó)、跋桮(puȧh-pue)、跋牌仔(puȧh-pâi-á)、跋筊(puȧh-kiáu)

phuȧh

袚	袚鍊(phuȧh-liān)

buȧh

末	末末(buȧh-buȧh)
茉	茉草(buȧh-tsháu)

tuȧh

掇	受氣受掇(siū-khì-siū-tuȧh)、氣掇掇(khì-tuȧh-tuȧh)

luȧh

捋	捋仔(luȧh-á)、捋頭毛(luȧh-thâu-mn̂g)
辣	薟辣(hiam-luȧh)、芥辣(kài-luȧh)

huȧh

伐	伐過(huȧh--kuè)

tsuàh

差	走差(tsáu-tsuàh)
蚻	虼蚻(ka-tsuàh)
縒	無較縒(bô-khah-tsuàh)、緊縒慢(kín-tsuàh-bān)

tshuàh

斜	斜角(tshuàh-kak)、緊縒慢(kín-tsuàh-bān)

juàh

熱	熱人(juàh--lâng)、熱天(juàh-thinn)、熱著(juàh--tiòh)

uàh

活	活力(uàh-lik)、活水(uàh-tsuí)、活性(uàh-sìng)、活動(uàh-tāng)、活欲(uàh-beh)、活結(uàh-kat)、活會(uàh-huē)、活路(uàh-lōo)、活跳跳(uàh-thiàu-thiàu)、活錢(uàh-tsînn)

▶韻母「auh」

phàuh

雹	落雹(lòh phàuh)

tàuh

沓	沓沓仔(tàuh-tàuh-á)

làuh	
落	拍交落(phah-ka-làuh)

tshàuh	
嘈	嘈嘈滴(tshàuh-tshàuh-tih)

▶韻母「aunnh」

hàunnh	
㘘	㘘㘘(hàunnh-hàunnh)

▶韻母「iauh」

ngiàuh	
蟯	蟯蟯趖(ngiàuh-ngiàuh-sô)

▶韻母「eh」

pèh	
白	白仁(pèh-jîn)、白內障pèh-lāi-tsiàng)、白木耳(pèh-bòk-ní)、白包(pèh-pau)、白肉(pèh-bah)、白米(pèh-bí)、白色(pèh-sik)、白汫無味(pèh-tsiánn-bô-bī)、白帖仔(pèh-thiap-á)、白金(pèh-kim)、白柚(pèh-iū)、白食(pèh-tsiàh)、白帶(pèh-tài)、白帶魚(pèh-tuà-hî)
帛	頭帛(thâu-pèh)、跤帛(kha-pèh)

beh	
麥	麥片 (beh-phìnn)、麥仔(beh-á)、麥仔茶(beh-á-tê)、麥仔酒(beh-á-tsiú)、麥芽膏(beh-gê-ko)

meh	
脈	候脈(hāu-meh)、挽脈(bán-meh)、節脈(tsat-meh)、龍脈(liông-meh)、動脈(tōng-meh)、山脈(suann-meh)

theh	
宅	厝宅(tshù-theh)、住宅(tsū-theh)、國宅(kok-theh)、吵家抐宅(tshá-ke-lā-theh)
提	偷提(thau-theh)、提物件(theh mih-kiānn)

leh	
笠	笠仔(leh-á)
艻	艻肚(leh-tōo)

keh	
扴	扴味(keh-bī)

kheh	
挈	挈物件(kheh mih-kiānn)

ngeh	
挾	挾佇中央(ngeh tī tiong-ng)

tseh	
絕	絕種(tseh-tsíng)

seh	
踅	踅玲瑯(seh-lin-long)、踅神(seh-sîn)、踅街(seh-ke)、踅踅唸(seh-seh-liām)、踅螺梯(seh-lê-thui)、踅輾轉(seh-liàn-tńg)

eh	
狹	真狹(tsin eh)

▶韻母「ennh」

khennh	
喀	喀痰(khennh-thâm)

▶韻母「ueh」

pueh	
拔	鞋拔仔(ê-pueh-á)

phueh	
沫	雪文沫(sap-bûn phueh)

buėh

襪	襪仔(buėh-á)

kuėh

橛	一橛(tsı̍t kuėh)

guėh

月	月內(guėh-lāi)、月內房(guėh-lāi-pâng)、月內風(guėh-lāi-hong)、月中(guėh-tiong)、月日(guėh-jı̍t)、月外日(guėh-guā-jı̍t)、月刊(guėh-khan)、月半(guėh-puànn)、月份(guėh-hūn)、月光(guėh-kng)、月光暝(guėh-kng-mê)、月色(guėh-sik)、月尾(guėh-bué)、月來香(guėh-lâi-hiong)、月初(guėh-tshe)

uėh

劃	劃撥(uėh-puah)

▶韻母「ih」

phih

呸	呸呸掣(phih-phih-tshuah)

bih

篾	篾仔(bih-á)、篾蓆(bih-tshióh)

mih

物	物件(mih-kiānn)、物食(mih-tsiàh)、物配(mih-phuè)

tih

挃	毋挃(m̄-tih)
碟	碟仔(tih-á)

thih

喋	興喋(hìng thih)

lih

裂	裂開(lih--khui)

tsih

舌	火舌(hué-tsih)、吐舌(thóo-tsih)、凍舌(tàng-tsih)、喙舌(tshuì-tsih)、豬舌(ti-tsih)、擢舌根(tioh-tsih-kin)、觸舌(tak-tsih)、牛舌餅(gû-tsih-piánn)、西刀舌(sai-to-tsih)、空喙哺舌(khang-tshuì-pōo-tsih)、插喙插舌(tshap-tshuì-tshap-tsih)、應喙應舌(ìn-tshuì-ìn-tsih)
折	骨折(kut-tsih)

tshih

揤	揤電鈴(tshih-tiān-lîng)
蟻	蟻仔(tshih-á)

sih

蝕	蝕本(sih-pún)、蝕重(sih-tāng)
窸	窸窣叫(sih-sut-kiò)

▶韻母「oh」

poh

箔	金箔(kim-poh)
薄	薄板仔(poh-pán-á)、薄縭絲(poh-lî-si)

toh

著	著火(toh-hué)

thoh

倒	老顛倒(lāu-thian-thoh)

loh

落	落人的喙(loh-lâng-ê-tshuì)、落山風(loh-suann-hong)、落手(loh-tshiú)、落水(loh-tsuí)、落去(loh--khì)、落本(loh-pún)、落尾(loh-bué)、落尾手(loh-bué-tshiú)、落車(loh-tshia)、落來(loh--lâi)、落注(loh-tù)、落肥(loh-puî)、落雨(loh-hōo)、落南(loh-lâm)
絡	箍絡(khoo-loh)

hòh	
鶴	白鶴(pe̍h-hòh)

tsòh	
昨	昨日(tsòh--ji̍t)

ò̍h	
學	學人(ò̍h--lâng)、學工夫(ò̍h-kang-hu)、學仔(ò̍h-á)、學仔仙(ò̍h-á-sian)、學堂(ò̍h-tn̂g)、學話(ò̍h-uē)

▶韻母「ioh」

tio̍h	
著	著水蛆(tio̍h-tsuí-tshi)、著生驚(tio̍h-tshenn-kiann)、著災(tio̍h-tse)、著咳嗽(tio̍h-ka-tsa̍k)、著急(tio̍h-kip)、著時(tio̍h-sî)、著病(tio̍h-pēnn)、著寒熱仔(tio̍h-kuânn-jia̍t-á)、著猴(tio̍h-kâu)、著痧(tio̍h-sua)、著傷(tio̍h-siong)、著賊偷(tio̍h-tsha̍t-thau)、著銃(tio̍h-tshìng)、著頭(tio̍h-thâu)、著蟲(tio̍h-thâng)

lio̍h	
略	略仔(lio̍h-á)、略略仔(lio̍h-lio̍h-á)

gio̍h	
虐	礙虐(gāi-gio̍h)

hiòh

葉	葉仔(hiòh-á)
鵼	鴟鵼(bā-hiòh)

tsiòh

石	石仔(tsiòh-á)、石灰(tsiòh-hue)、石坎(tsiòh-khám)、石板(tsiòh-pán)、石枋(tsiòh-pang)、石油(tsiòh-iû)、石柱(tsiòh-thiāu)、石洞(tsiòh-tōng)、石舂臼(tsiòh-tsing-khū)、石敢當(tsiòh-kám-tong)、石牌(tsiòh-pâi)、石獅(tsiòh-sai)、石磟(tsiòh-lún)

tshiòh

蓆	草蓆(tsháu-tshiòh)、篾蓆(bih-tshiòh)、大甲蓆(Tāi-kah-tshiòh)

siòh

液	跤液(kha-siòh)、臭跤液(tshàu-kha-siòh)

iòh

藥	藥丸(iòh-uân)、藥丹(iòh-tan)、藥方(iòh-hng)、藥水(iòh-tsuí)、藥片(iòh-phìnn)、藥仔(iòh-á)、藥包(iòh-pau)、藥局(iòh-kiòk)、藥材(iòh-tsâi)、藥房(iòh-pâng)、藥物(iòh-bùt)、藥品(iòh-phín)、藥洗(iòh-sé)、藥師(iòh-su)、藥效(iòh-hāu)、藥粉(iòh-hún)、藥茶(iòh-tê)、藥草(iòh-tsháu)、藥酒(iòh-tsiú)

▶韻母「ooh」

m̍ooh	
瘼	起清瘼(khí-tshìn-m̍ooh)
膜	腦膜炎(náu-m̍ooh-iām)、面膜(bīn-m̍ooh)、黏膜(liâm-m̍ooh)

▶韻母「uh」

ph̍uh	
浡	譀浡(hàm-ph̍uh)

t̍uh	
揬	指指揬揬(kí-kí-t̍uh-t̍uh)

▶韻母「mh」

hm̍h	
噷	噷噷(hm̍h-hm̍h)

▶韻母「aunnh」

khàunnh	
摳	摳摳叫(khàunnh-khàunnh-kiò)

hàunnh	
㘡	㘡㘡(hàunnh-hàunnh)

鑑往知來勤練習

學會了臺羅拼音與閩南語漢字，有個好機會可以小試身手，那就是全國語文競賽中的「閩南語字音字形」這個項目。比賽內容的第一部分，題目是閩南語漢字，參賽者要寫出「」中正確的臺羅拼音；第二部分題目是臺羅拼音，要寫出「」中正確的閩南語漢字。

臺羅拼音的考法，題目是一個「以漢字書寫的完整詞彙」，將其中一個字以「」標示出來，答案要寫出這個字在這個詞彙當中的音讀。如果答案有兩個以上，則寫哪一個都可以，方言差異也都算在答對的範圍內。觀察歷年來的題目我們可以發現，出題通常兼顧各種聲母、韻母和聲調，其中，國語沒有的聲母以及兩個入聲絕對不會缺席，因爲這是最能展現程度差異的拼音。因此，濁聲母 b-、g-、ng-、j- 等，以及入聲韻尾 -p、-t、-k、-h，一定要多加練習。另外，由於多數年輕人常常丟失了合脣韻尾-m，因此也是必考題。

閩南語漢字的部分，題目是一個「以臺羅拼音書寫的完整詞彙」，將其中一個字以「」標示出來，答案要寫出對應的漢字。由於是官方舉辦的競賽，漢字只接受教育部《臺灣閩南語常用詞辭典》的

漢字，也就是說，所出的題目不會超出辭典詞目的範圍，但會有不同的「組合」。這是因為辭典收的是「詞」，所以像「食飯」、「食果子」、「食飯飽」、「食無停」等等詞組都不會收錄，但「食」、「飯」、「果子」、「飽」、「無」、「停」等都收錄，這些組合就都有可能會出現。同時，幾乎不會考寫法和國語一模一樣的詞彙，除非那個詞的讀音比較困難，才會考它的臺羅拼音，所以練習的時候，只要發現這個詞彙國語不是這樣說的，就要特別把它記下來。

除了得要熟練臺羅拼音和閩南語漢字之外，也要多認識詞彙，才能明確掌握多音字中應該選哪一個音讀，以及同音字當中應該寫哪個字。除了本書第二部分「字音字形好清楚」列出的詞彙之外，讀者也可以利用教育部《臺灣閩南語常用詞辭典》，點選左邊功能列上的「索引瀏覽」，練習拼音時點選「聲韻調索引」，可挑選自己比較不熟悉的聲母、韻母或聲調去練習；練習漢字則推薦「分類索引」，依照不同的分類瀏覽詞彙。

以下為各年度公告的題目和答案，有興趣參加比賽的讀者可以把答案遮住，當作考古題來練習。一般讀者也可以當成自我測驗，檢視自己學習的情況。

107年閩南語字音字形競賽

一：國小、國中、高中、教大學生組

▶請寫出「」內臺灣閩南語漢字之臺羅拼音。

題號	閩南語漢字	臺羅拼音	題號	閩南語漢字	臺羅拼音
1	「菅」芒	kuann	16	快「活」	uah
2	「連」續	liân	17	「土」匪	thóo
3	「挑」手爿	thio	18	「偏」僻	phian
4	齒「抿」	bín	19	「倉」庫	tshng
5	「影」著	iánn	20	勇「健」	kiānn
6	番「麥」	beh	21	電「源」	guân
7	扭「掠」	liah	22	「行」春	kiânn
8	「擎」褲跤	pih	23	「抱」孫	phō/phōr
9	有「雄」	hîng	24	「離」譜	lī
10	「唊」燒	kheh/khueh/khereh	25	悲「慘」	tshám
11	遊「覽」	lám	26	「慢」分	bān
12	「折」扣	tsiat	27	「皺」襞襞	jiâu/liâu/giâu
13	「虱」目魚	sat	28	獎「狀」	tsng
14	合「格」	keh	29	氣「魄」	phik
15	山「珍」海味	tin	30	「谷」關	Kok

題號	閩南語漢字	臺羅拼音	題號	閩南語漢字	臺羅拼音
31	「孵」卵	pū	49	九「層」塔	tsàn
32	疏「忽」	hut	50	中「間」	kan/king
33	「秩」序	tiàt	51	「力」頭	làt
34	馬「鞍」草	uann	52	「鋼」筆	kǹg
35	歇「喘」	tshuán	53	「蓮」霧	lián/liám
36	「城」市	siânn	54	「克」苦	khik
37	「測」驗	tshik	55	「合」用	hàh
38	討「厭」	ià	56	「桃」花	thô/thôr
39	「淺」拖	tshián	57	目「蚶」	ham
40	「祈」求	kî	58	「名」單	miâ
41	「伻」生	tènn/tìnn	59	「難」民	lān
42	「拗」蠻	áu	60	空「襲」	sip
43	順「從」	tsiông	61	「扳」予牢	pian/pan/penn
44	「空」地	khàng	62	欠「血」	hueh/huih
45	鉸「剪」	tsián	63	無聲無「說」	sueh/seh/serh
46	「日」期	jit/lit/git	64	「驗」傷	giām
47	羊仔「羶」	hiàn	65	「八」家將	pat
48	憂頭「結」面	kat	66	監「獄」	gàk

題號	閩南語漢字	臺羅拼音	題號	閩南語漢字	臺羅拼音
67	「忍」受	jím/lím/gím	84	註「冊」	tsheh
68	「眼」科	gán	85	「著」時	tiòh/tiō/tiòrh
69	「近」視	kīn/kūn/kīrn	86	開「脾」	pî
70	歪膏揜「斜」	tshuàh	87	「物」理	bùt
71	「列」車	liàt	88	可「疑」	gî
72	「剃」頭	thì	89	「鯰」鼠	bùn
73	憂「悶」	būn	90	「柿」粿	khī
74	不「服」	hòk	91	批「囊」	lông/long
75	「領」導	líng	92	「進」步	tsìn
76	「入」厝	jip/lip/gip	93	「累」積	luí
77	「好」玄	hònn	94	美「滿」	buán
78	圓「環」	khuân	95	「失」誤	sit
79	烏「貓」	niau	96	聯「盟」	bîng
80	「嚇」驚	heh/hennh	97	枉「屈」	khut
81	「借」問	tsioh	98	柑仔「蜜」	bit
82	上「課」	khò	99	股「長」	tiúnn/tiónn
83	團「圓」	înn	100	「損」蕩	sńg/suínn

519

▶請依下列詞彙中「」內之音讀，寫出閩南語漢字。（「/」
表示不同音讀）

題號	臺羅拼音	漢字	題號	臺羅拼音	漢字
1	tsit「tîng」phuê/phê/phêr	重	17	tsit「phè」thôo	帕
2	Gû-「nñg」	郎	18	「tsng」suí-suí	妝
3	hāu-「siáh」	杓	19	「khiūnn/khiōnn」-tshuì	嗙
4	nñg/nuí-「tsiánn」	洪	20	「ù」-ping	焐
5	「pín」-tsiam	鉼	21	tò-「khap」	匼
6	sio-「thīn」	佝	22	tsháu-「hu」	烌
7	tshiú-「huānn」-á	扞	23	kha sio-「phuáh」	袚
8	sán-「pi」-pa	卑	24	m̄-「tih/tìnnh」	挃
9	nâ-âu-「tì」-á	蒂	25	「siah」-siah-kiò	削
10	tiánn-「phí」	疕	26	「thǹg/thuìnn」-khí	褪
11	「hàng」-ling/lin/ni/ne	胖	27	kha-tshng-「phué/phé/phuí」	頓
12	tshiah-「iáh」	疫	28	「bái」-tsáinn	穤
13	「Tân」Tsuí-lê	陳	29	「khàng」liáp-á	控
14	tíng-「ûn」	勻	30	phong-「phài」	沛
15	ōo-「kuáinn/kuínn」	稈	31	tshài tsin「kua」	柯
16	「láh」-pit	蠟	32	「pûn」hōo hua	歕

題號	臺羅拼音	漢字	題號	臺羅拼音	漢字
33	「kám」-á-tiàm	篏	51	「tsâi」-tuà	臍
34	gīm-「tiâu」-tiâu	牢	52	「phīnn/phī」-phang	鼻
35	liàh-「ko」-siû	篙	53	「hiannh」-sann	挔
36	sing-「lé」	醴	54	「suá」-tsai	徙
37	「pué/pé/pér」-khui	掰	55	「pit」-hûn	必
38	「tsìnn」-tsò/tsuè-tsîng	搢	56	sio-「tsènn/tsìnn」	諍
39	tshiò-「hai」-hai	咍	57	「nǹg/nuì」-khang	軁
40	「tháu」soh-á	敨	58	「thiah」-phiò	拆
41	lâ-「giâ」-tshia	蜈	59	khí-tshìn-「móoh/mooh」	瘼
42	「puì」-á	痱	60	hái-「tiòng/tiùnn/tiònn」	漲
43	「tshuā」-jiō/liō/giō	泄	61	「liàp」-mī-ang-á	捏
44	「ló」-tshó	潦	62	tsīn-「pōng」	磅
45	kuán-「thāi」--i	待	63	「kà」-tshia	較
46	「phiann」-liâu-kut	骿	64	pun-「phenn/phinn」	伻
47	tn̂g-「tu」-hîng	株	65	「tshńg/tshuínn」kut-thâu	吮
48	「mê/mî」-kak	鋩	66	png/puīnn-「kheh」-á	篋
49	bô-「tī」-tāi	底	67	hōo-「mua」	幔
50	「nuá」toh-pòo	撋	68	「hiam/hiang」-tsio-á	薟

題號	臺羅拼音	漢字	題號	臺羅拼音	漢字
69	tìng tsit「phok」	噗	85	「khiû」-khiām	虯
70	「khò/khòo/khòr」-siong	靠	86	「tsing」-senn/sinn-á	精
71	「ing」-ko-phīnn/phī	鸚	87	「iân/ian/uan」-sui/suinn	芫
72	「thuah」-thang	挩	88	tshàu-「phú」-tê	殕
73	「luȧh/luā」thâu-tsang	捋	89	「ìng」-tshài	蕹
74	uan-ke-「niû/niôo」-tsè	量	90	thâng-「thuā」	豸
75	「ȧh/iȧh」-sái	曷	91	「sià」-sì-tsìng	卸
76	「sit」-kóo	翼	92	thán-「phak」	覆
77	tshài-「khok」	擴	93	hȯk-「sāi」	侍
78	「bȯk」-bȯk-siû	沐	94	bē/buē/berē-「hù」	赴
79	tshia-「tòng」-á	擋	95	「hóo/hió」-tshìn-thâu	唬
80	「khia/kha」-sòo	奇	96	siá tiȯh「khê」-khê	扝
81	「iȧt」kong-tshia	撬	97	thâu-khak「gông」	楞
82	suann-「niā」	陵	98	niû/niôo-「lé」	嬭
83	kha-thâu-「u/hu」	跗	99	khang-「khiah」	隙
84	「phôo」-thánn	扶	100	tshiú「iap」-āu	揜

二：教師組、社會組

▶請寫出「」內臺灣閩南語漢字之臺羅拼音。

題號	閩南語漢字	臺羅拼音	題號	閩南語漢字	臺羅拼音
1	「丼」一聲	tôm	17	「喊」伊來	hiàm
2	腹肚大「奓」	hai	18	「舵」公	tāi
3	份「額」	giàh	19	「五」柳居	ngóo
4	石「碾」	lián	20	麵「炙」	tsià
5	手後「曲」	khiau	21	「擽」跤底	ngiau
6	「潘」潘滴	tshàp	22	「笐」黗	tshíng
7	綢「絹」	kìn	23	目睭「脝」脝	hàng
8	甲「箬」笠	hàh	24	「拘」束	khu
9	藥「渣」	tse	25	「矜」簷跤	gîm
10	「硬」篤	ngē/ngī	26	「挂」紙	kuì
11	三「兆」	tiāu	27	「汋」落水底	bit
12	作「孽」	giàt	28	「窵」遠	tiàu
13	中「脊」	tsit	29	譏「滒」	phùh
14	金「箔」	pòh	30	「襪」仔	bueh/bēr/béh/bèrh
15	鸕「鷀」	tsî/jî	31	骨「折」	tsih
16	「各」樣	koh	32	「肉」桂	jiòk/liòk/giòk

題號	閩南語漢字	臺羅拼音	題號	閩南語漢字	臺羅拼音
33	田「佃」	tiān	51	「甕」聲	àng
34	「閬」港	làng	52	尾「胴」骨	tâng
35	目「瞷」仔	nih	53	假「博」	phok
36	鉛「鉼」	phiánn	54	「鬖」毛鬼	sàm
37	「塌」空	thap/lap	55	「怴」神	gīn
38	墨「硯」	hīnn	56	坎坎「坷」坷	khiát
39	「澈」底	thiat	57	「搦」屎搦尿	lȧk
40	「結」頭菜	kiat	58	「秩」序	tiȧt
41	「刏」豬跤	táinn/tán	59	「勑」仔	kénn/kínn
42	「迎」媽祖	ngiâ/giâ	60	「衰」穓	sue
43	「摘」菜	tiah	61	菜籃「縈」	kiânn
44	「愖」一睏	sīm	62	拄「遒」	tshiāng
45	「糴」米	tiȧh	63	富「裕」	jū/lū
46	海「域」	hik/ik	64	白「賊」	tshȧt
47	「囟」門	sìn	65	刀「鞘」	siù/siò
48	「研」麩	gíng/nguí/gán	66	診「斷」	tuàn
49	磨「薑」去	ui	67	「抉」喙䫌	kuat
50	「夏」至	hē	68	竹「蟶」	than

題號	閩南語漢字	臺羅拼音	題號	閩南語漢字	臺羅拼音
69	腦「膜」炎	mòoh	85	一「霎」仔久	tiap
70	放重「利」	lāi	86	鹹「焗」雞	kòk
71	馬「鞍」草	uann	87	手「摺」簿仔	tsih/tsí
72	「唊」燒	kheh/khueh/khereh	88	「嘔」紅	áu
73	舂「杵」	thú	89	六「畜」	thiok
74	文「房」四寶	pông	90	「容」貌	iông
75	靈「聖」	siànn	91	「傳」種	thñg
76	「反」字典	píng/páinn/puínn/pán	92	各「鷩」	pih
77	承「諾」	lòk	93	遺「囑」	tsiok
78	「黗」紙	tòo	94	「挽」脈	bán
79	「展」翼	thián	95	「秧」船	ng
80	「難」民	lān	96	「聘」金	phìng
81	「鑱」仔	tshîm	97	「攕」擔	tshiam
82	歹「紡」	pháng	98	「蝕」本	sih
83	真勢「喋」	thih	99	「劌」一空	kuì
84	「盲」腸	môo	100	大「伐」行	huàh

▶請依下列詞彙中「」內之音讀，寫出閩南語漢字。（「/」表示不同音讀）

題號	臺羅拼音	漢字	題號	臺羅拼音	漢字
1	「àu」-kóo	漚	19	「phànn」-siàu	冇
2	「liû」 phòng-se	搙	20	kiâm-「tānn」	淡
3	「khó」-tsút-tsút	洘	21	kui-nî-「thàng」-thinn	週
4	tò-thè-「lu」	攄	22	「huah」 to	舂
5	「ián」--tó	偃	23	tsit「tsí」tsuá	只
6	「tū」--sí	駐	24	「khip」-tiâu-tiâu	扱
7	tshá-ke-「lā」-thèh	抐	25	「tsūn」 bīn-pòo	捘
8	「ìm」 hué/hé/hér	罨	26	「tshuàn」 kóng tshuàn tióh	串
9	「kà」-tshia	較	27	「kuānn」-tsuí	捾
10	「tìm」 lóh tsuí	抌	28	「lak」-tsǹg	擽
11	tshīng kah tsin「tshio」	俏	29	「khút」-thâu-suann	毛
12	siàn-「pôo」	裒	30	「thīn」-thâu	佮
13	「kénn/kínn」-kui	哽	31	nńg/nuí-「siô」-siô	荍
14	tsuí sì-kè/kuè「sè」	洩	32	「tshuànn」 mñg/muî	閂
15	「Tân」 Tsuí-lê	陳	33	ún-「ku」	痀
16	「khàng」 suann-piah	控	34	oo-ian-「thûn」	黗
17	「kuè」-kè	會	35	「khun」 tshuì-tshiu	髡
18	「láng」 khòo	攏	36	tînn-「puànn」	絆

題號	臺羅拼音	漢字	題號	臺羅拼音	漢字
37	「khò」-siong	靠	55	tsóng-「bāu/bàuh」	貿
38	「ī」pâi-á	奕	56	「khat」thng	刳
39	thâu-tsang-「kuè/kè/kèr」	髻	57	「liù」-tsiann-á	遛
40	「tíng」kim-á	戥	58	「tshiah」thôo	鍤
41	「liám」-tóo	膁	59	「hānn/hâ」tsuí-kau	迒
42	gín-á-「tan」	瘤	60	「lió」--tsi̍t-ē	瞭
43	「khiò」-tsuí	筧	61	uàn-「tsheh/tshueh/tshereh/tshuè」	感
44	tshiú-「lê」	脧	62	「hiù」phang-tsuí	揁
45	「thng」-kng	碭	63	「ânn」koo-lâng	攔
46	「lì」-phuà	剺	64	bán kue「tshiû」tîn	擎
47	「tshuh」tsit khang	焠	65	tsi̍t-「lia̍h」tng	掠
48	「lîng」ông-lâi ba̍k	拎	66	khí-moo「giang」	娚
49	「tu」tsînn	抹	67	iōng tshiú「keh」--khui	挌
50	「khiân」-tsō	乾	68	hōo-「sut」-á	捽
51	koo-「bông/hong/hông」	肓	69	「ut」-tio̍h tshat	聿
52	hái-「thē」	蛇	70	oo-pe̍h「tsō」	皂
53	ke/kue/kere-「nuā」-á	健	71	hang「pháng」	麭
54	tuì-「khiat」	戞	72	「luí」tsînn	壘

527

題號	臺羅拼音	漢字	題號	臺羅拼音	漢字
73	「kian」-phí	堅	87	thâu「tshih」-tshih	頣
74	「bi̍h」-tshio̍h	篾	88	「ù」-ping	焐
75	「the/thenn」-í	躂	89	kiat-「lan」	趼
76	khò-「sio̍k」	俗	90	「penn/pinn」-ân	繃
77	「pû」-hia	匏	91	「sing/sng/san」tsháu	芟
78	「tsu̍t」-bí	秫	92	「tshāi」thiāu-á	跢
79	「khóng」-sik	紺	93	sòng-「phàn」	盼
80	「tshui」-tshiâu	推	94	liân-「huê」	回
81	ē-「ham」	腦	95	「kōo」kiânn--ê	怙
82	「kha̍k」-thâm	咯	96	huān-lâng-「khia」	攲
83	「lut」sian	角	97	「hong」tshuì-phué/phé/phuí	搧
84	「tshê/tshuê」thôo-kha	躔	98	khng-「tâi」	蛤
85	「giah」tshì	攑	99	uī「tso」-tso	懵
86	「khue/khe/kher」-hâi	詼	100	「khe」thôo-sua	刮

一：國小、國中、高中、教大學生組

▶請寫出「」內臺灣閩南語漢字之臺羅拼音。

題號	閩南語漢字	臺羅拼音	題號	閩南語漢字	臺羅拼音
1	「禽」獸	khîm	16	「實」鼻	tsát
2	「扦」頭	huānn	17	「幌」韆／ 桸鞦	hàinn
3	「觸」舌	tak	18	珊「瑚」	ôo/lôo
4	「浴」間仔	ik	19	「泔」糜	ám
5	明「白」	pi̍k	20	收「容」	iông
6	「炕」窯	khòng	21	羊「眩」	hîn
7	「奇」號	khia	22	拍「滂」泗	phōng/pōng
8	翕「熱」	juah/luah	23	提「拔」	puat
9	海「獺」	thuah	24	發「酵」	kànn/kà
10	「潛」水艇	tsiâm	25	領「域」	hi̍k/i̍k
11	三年一 「閏」	jūn/lūn	26	「噴」漆	phùn
12	禿「額」	hia̍h	27	「及」格	ki̍p
13	信「義」路	gī	28	花「瓶」	pân
14	假「包」	pâu	29	掃「地」	tè
15	蓮「藕」	ngāu	30	齒「戳」仔	thok

題號	閩南語漢字	臺羅拼音	題號	閩南語漢字	臺羅拼音
31	「值」錢	tát	49	「佮」意	kah
32	「否」認	hónn/hóo	50	七「夕」	siah/sik
33	憤「慨」	khài	51	「煠」水餃	sah
34	效「率」	lút	52	禁「忌」	khī/kī
35	「囊」入去	long	53	「恥」笑	thí
36	「攑」手	giah/kiah	54	「疿」仔	puì
37	卑「鄙」	phí	55	共人「唌」	siânn
38	連「累」	luī	56	五「官」	kuan
39	赤「鯮」	tsang	57	跳「逝」	tsuā
40	頭「敧」敧	khi	58	「栗」子	lát
41	「荏」懶	lám	59	「窒」車	that
42	阿「妗」	kīm	60	大「前」年	tsûn/tsū
43	驚「惶」	hiânn	61	「硈」砧石	lóo
44	困「難」	lân	62	膨「疱」	pha
45	生「癬」	sián	63	「模」型	bôo
46	「雜」插	tsáp	64	比「喻」	jū/lū
47	「僥」倖	hiau	65	皮「蛋」	tàn
48	「颺」颺飛	iānn	66	結「局」	kiȯk

題號	閩南語漢字	臺羅拼音	題號	閩南語漢字	臺羅拼音
67	「底」當時	tī	84	「戇」神	gōng
68	竹「籠」仔	láng	85	目「睫」毛	tsiah/tsiap
69	「偝」巾	āinn/iāng	86	「百」合	pik
70	厝「宅」	thèh	87	「瓷」仔	huî
71	「肯」定	khíng	88	「粟」仔	tshik
72	腹肚「枵」	iau	89	「滅」亡	biat
73	蘭「嶼」	sū	90	「疼」痛	thiànn
74	損「槌」仔	thuî	91	「了」工	liáu
75	處「罰」	huat	92	甘蔗「粕」	phoh
76	「鹹」粽	kinn	93	「缺」角	khih
77	「捅」頭	thóng	94	「粒」積	liap
78	「曆」日	lah	95	一「床」包仔	sîng
79	「落」伍	lok	96	「鼢」鼠	bùn
80	黃「疸」	thán	97	光「榮」	îng
81	草「蓆」	tshioh	98	「碎」糊糊	tshuì
82	袚「赴」市	hù	99	宇「宙」	tiū
83	粗「坯」	phue/phe	100	硬「篤」	táu

▶請依下列詞彙中「」內之音讀，寫出閩南語漢字。（「/」表示不同音讀）

題號	臺羅拼音	漢字	題號	臺羅拼音	漢字
1	「tsìng」-thâu	症	18	「thuh」ē-táu	托
2	tiàu-「kah」-á	裀	19	hit-「tah」	搭
3	「bat/pat」-tāi-tsì	捌	20	「tshiàng」-siann	唱
4	tsiáu-á-「siū」	岫	21	「pê」-tsiūnn/tsiōnn	扒
5	pìn-「sui」	繐	22	huàt-「khiā」	徛
6	giàt-「khiat」-á-uē	譎	23	「tsùn」-kau	圳
7	tsiù-「tsuā」	誓	24	kuân-「kē」	低
8	「uá」-tàu	倚	25	pèh-thâu-「khok」-á	鵠
9	「lán」-si	懶	26	「tshiâng」-tsāi	常
10	「tshì」-môo-thâng	刺	27	hún-「giô」	蟯
11	kí-「tsáinn」	指	28	「thiám」-thâu	忝
12	sàu-「se/sue」	梳	29	tsit「pha」hue	葩
13	「tshia」-pùn-táu	捙	30	「lâ」-giâ	蟧
14	oo-bīn-「lā」-pue	抐	31	「tsih」-sann	摺
15	「peh」iu-á	擘	32	huah-「hiu」	咻
16	「tāi」-sing	代	33	「tshìn」-kuānn	凊
17	kian-「tàng」	凍	34	hit「pîng」	爿

題號	臺羅拼音	漢字	題號	臺羅拼音	漢字
35	iû-「tsiảh」-kué/ ké/kér	炸	53	tsiâu-「ûn」	匀
36	「peh」-suann	距	54	pan-「kah」	鴿
37	「tènn/tìnn」-lảt	瞪	55	tsuá-「lok」-á	橐
38	「lu」thâu-mng/ moo	擄	56	「huan」-hù	吩
39	koo-「tsiânn」	情	57	「lò」-kha	躼
40	pùn-「sò」	埽	58	「khînn」-ke	拑
41	tuā-ām-「kui」	胿	59	「tshảk」-bảk	鑿
42	「kái」-pinn	骱	60	iû-「káu」	垢
43	「tú」-hó	拄	61	ngóo-「hiang」	香
44	pó-「pì」	庇	62	thái-「ko」	瘌
45	「gâm/giâm」-tsiỏh	岩	63	「kha/ka」-tsiah	尻
46	tảuh-tảuh-á-「sī」	是	64	「tshih」-á	蟋
47	hong-「kuàn」	灌	65	sió-「khuá」-á	可
48	khok-á-「te」	炱	66	「khẻnnh」thâm	喀
49	「tshò」-tshâ	剉	67	「siảp」-tsuí	洩
50	mī-「thi」	麵	68	khùn-「bîn」	眠
51	「a」-tsa	腌	69	hōo tshia「kauh」- -tiỏh	軋
52	「phảk」-sann	曝	70	「tsín」-tsok	振

533

題號	臺羅拼音	漢字	題號	臺羅拼音	漢字
71	pōo-「lián」	輦	86	giâ-「kê」	枷
72	tê-「tái」	滓	87	「hòo」-tsuí	戽
73	hōo-「sap」-á	霎	88	「liàh」-pau	掠
74	「kiàn/kìnn」-pái	見	89	「thán」-tit	坦
75	āu-「liú」	鈕	90	tsàng-「hàh」	箬
76	「tshiō」lōo	炤	91	hó-tshuì-「táu」	斗
77	「hâ」kûn	繕	92	tàn-thó-「kàk」	捔
78	thíng-「sīng」	倖	93	「kiânn」-tshun	行
79	「lām」-sám	濫	94	「uè/è/èr」--lâng	穢
80	tāu-「kuann」	乾	95	kut-thâu-「hu」	烌
81	bí-「thai」-bàk	篩	96	「guē」-sing	外
82	sin-「suí」	水	97	Tâi-「è」	裔
83	tuì-「áu」	拗	98	lòh-「kiā」	崎
84	khiau-「ku」	痀	99	pèh-tshài-「lóo」	滷
85	tsàp-「liàm」	唸	100	hue-「kan」	矸

二：教師組、社會組

▶請寫出「」內臺灣閩南語漢字之臺羅拼音。

題號	閩南語漢字	臺羅拼音	題號	閩南語漢字	臺羅拼音
1	「限」數	ān	17	「齴」牙	giàng
2	「爁」日	nah/nà	18	「怐」怐	khòo
3	下「水」湯	suí	19	魚「鰓」	tshi
4	「裼」壁	puè	20	冇「篤」	tauh
5	垃「儳」	sâm	21	扶「挺」	thánn
6	「懵」仙	bòng	22	予樹枝「刮」著	kueh/kuih
7	「索」引	sik	23	「衣」做前	ui
8	「曆」日	la̍h	24	「頗」略仔	phó/phóo
9	「掣」流	tshuah	25	大「前」年	tsûn/tsū
10	喙焦喉「渴」	khuah	26	海「獺」	thuah
11	四淋「垂」	suî	27	釘仔「鉗」	khînn
12	抾「襇」	kíng	28	莫共伊「嚇」	hánn
13	「躄」佇塗跤	phih	29	羊「眩」	hîn
14	拍「拍」	phik	30	針「灸」	kù
15	「餒」志	lué	31	「磕」頭	kha̍p
16	「搰」佇肩胛	khainn/kháinn	32	「窘」肚	thām

535

題號	閩南語漢字	臺羅拼音	題號	閩南語漢字	臺羅拼音
33	「剾」草	thuánn	51	飄「撇」	phiat
34	「橫」逆	hîng	52	「樸」實	phoh
35	「佯」生	tènn/tìnn	53	針「指」	tsáinn
36	「晚」冬	mńg	54	拍「翸」	phún
37	茇「茗」仔	ló	55	監「囚」	siû
38	「貫」鼻	kǹg/kuìnn	56	冗「剩」	siōng/sīng
39	予人「訕」	suān	57	入「殮」	liām
40	臭「羶」	hiàn	58	「縱」貫路	tshiòng
41	「挼」狗蟻	juê/lê/jê/lêr/jêr	59	烏白「炸」	tsuànn
42	「腳」數	kioh	60	「園」步	khǹg
43	「募」捐	bōo	61	手「液」	sióh
44	歹銅舊「錫」	siah	62	蓮「藕」	ngāu
45	「纓」纏	inn	63	「潛」水艇	tsiâm
46	幫「贊」	tsān	64	「薟」薑仔	hiam
47	錢較「乏」	hát	65	「吮」食	tshńg/tshuínn
48	出「獄」	gȧk	66	悾「闇」	am
49	「喀」痰	khėnnh	67	厚譴「損」	sńg/suínn
50	發「酵」	kànn/kà	68	「衝」碰	tshóng

題號	閩南語漢字	臺羅拼音	題號	閩南語漢字	臺羅拼音
69	「跛」跤	kué/ké/keré	85	「孝」尾囝	hà
70	「雉」雞	thī	86	木「屐」	kiáh/khiáh/kiā
71	「撼」落去	hám	87	「向」時	hiàng
72	生「疥」	kè/kuè/kerè	88	「洮」仔內	thiāu
73	做議「量」	niū/niōo	89	厚沙「屑」	sap
74	「滌」芳水	tshū	90	「擢」衫尾	tioh
75	雪文「沫」	phueh/pheh	91	相「楗」	kīng
76	「供」四果	kìng	92	水「觳」仔	khok
77	研「缽」	puah	93	潤餅「餞」	kauh
78	苦「衷」	thiong	94	暗「毿」	sàm
79	四界「抨」	phiann/piann	95	「捅」頭	thóng
80	「額」度	giah	96	「揜」貼	iap
81	「慄」慄掣	lak	97	「塚」仔埔	thióng
82	「檨」籃	siānn/siā	98	輕「秤」	tshìn
83	五筋「膜」	kê/kuê/kerê	99	「胛」心肉	kah
84	挑「俍」	lāng	100	「撐」篙	the/thenn

537

▶請依下列詞彙中「」內之音讀，寫出閩南語漢字。（「/」表示不同音讀）

題號	臺羅拼音	漢字	題號	臺羅拼音	漢字
1	tshia-「khit」	杙	18	「e/ue/ere」hiân-á	挨
2	ām-「sê」	垂	19	báng-「sut」-á	捽
3	「phut」-tsháu	刜	20	「tshih」-á	蟄
4	「tshia」-pùn-táu	捹	21	「gām」-bīn	儑
5	「pōng」-sim	蓬	22	「huānn」-puânn	扞
6	「kái」-pinn	骱	23	tshiú-「pē」	耙
7	tshau-sim-「peh」-pak	擘	24	「khòng」-tshhg	曠
8	「hòo」-tsuí	戽	25	lōo-「giō/kiō」	蕎
9	「thiānn」sin-thé	侹	26	「khàm」-thâu-khàm-bīn	崁
10	uân-「phûn」	墳	27	tuā-ām-「kui」	胿
11	「khiap」-sì	疨	28	khó-「tsút」-tsút	秫
12	「thuā」-phái/pháinn	汰	29	「tshik」uá--lâi	促
13	ê/uê/erê-「phàn」	襻	30	tâng-「ki」	乩
14	Tâi-「è」	裔	31	「hang」-á-hî/hû/hîr	魟
15	nuá「tshè/tshuè/tsherè」	桚	32	se/sue/sere-「lang」	攏
16	「khōng」-kha-khiàu	吭	33	lòng tsit「mau」	托
17	tíng-「kong」-kut	肱	34	uánn-「phuè」	柿

題號	臺羅拼音	漢字	題號	臺羅拼音	漢字
35	「tènn/tìnn」-la̍t	瞪	52	「ngóo」-gi̍k	忤
36	ba̍t-「tsiuh」-tsiuh	朒	53	「ku」-lí	苦
37	khan-「ha̍t」	核	54	tâng-「sāi」-á	姒
38	「thng」 hōo sio	燙	55	「pān」-sè	範
39	「hāu」-sia̍h	鱟	56	「khîng」 siàu	窮
40	koo-「ta̍k」	獨	57	「bâ」-jî/lî/gî-tik	貓
41	pán-「liâu」	嘹	58	tshenn/tshinn-「kî」	耆
42	iân-「tshiân」	延	59	「tsáng」-thâu	摠
43	「tshāi」 kong-má	祀	60	liām「thò」-thâu	套
44	khàu-「tshan」	呻	61	tsháu-「khûn」	囷
45	「iah」-khang	搤	62	「kháinn」 thâu-khak	敱
46	「khi」-khiau	蹊	63	thàng-「thiànn」	疼
47	tóo-「kuānn」	綰	64	to-「khing」	鋻
48	「uè/è/èr」--lâng	穢	65	「hūn」 sing-lí	份
49	ah-「siúnn/sióonn」	羴	66	「luán/juán」 hōo suànn	耎
50	「tshûn」-āu-pōo	存	67	「liô」 bah	劃
51	「kha/ka」-tsiah	尻	68	phang-siū-「ing」	癰

題號	臺羅拼音	漢字	題號	臺羅拼音	漢字
69	piàn-「khiàu」	竅	85	「koo」 hî	罟
70	「lân」 kam-tsià	剃	86	tiàm thôo-kha 「nuà」	躺
71	「tsi̍p/si̍p」--tsi̍t-ē	唈	87	pe̍h-「tiō/tiò」	癜
72	kha 「tsuāinn」--tio̍h	踭	88	「kap」-tsoh	敆
73	「lām」-sú	濫	89	hōo tshia 「kauh」--tio̍h	軋
74	「kiān」-tiu	健	90	「siap」-phāng	屧
75	hûn-「ang」	尪	91	tsiok 「phānn」	奅
76	「tshàng」-tshiu	聳	92	ka-「ia̍h」	蛙
77	ka-「tsì」-á	薦	93	「thak」 tshuì-khí	剔
78	「thà」 suāinn-á	挓	94	「gia̍p」-miā	業
79	khiām-tng-「neh」-tōo	凹	95	「tshè/tshuè/tsherè」 tiánn	摖
80	tsuá-「lok」-á	橐	96	sì-kè/kuè 「út」	遏
81	pó-「pì」	庇	97	「thái」-ko-nuā-lô	癩
82	thóo-bah-「tsìnn」	箭	98	âng-「hê」	霞
83	「lu」 thâu-mn̂g/moo	攄	99	ku-「sui」	崇
84	「bū」-tsuí	霧	100	「lián」-khap-tshiò	撚

🏵105年閩南語字音字形競賽

一：國小、國中、高中、教大學生組

▶請寫出「」內臺灣閩南語漢字之臺羅拼音。

題號	閩南語漢字	臺羅拼音	題號	閩南語漢字	臺羅拼音
1	「輻」射	hok	16	「褪」衫	thǹg/thuìnn
2	氣「怫」怫	phut	17	印「鑑」	kàm
3	蹔「躂」	that	18	好「育」飼	io
4	船咧「捙」	hián	19	「哲」學	tiat/thiat
5	「踅」踅念	sėh/sėrh	20	苦「勸」	khǹg/khuìnn
6	尻脊「骿」	phiann	21	「及」格	kip
7	「襪」仔	buėh/bėh/ bėrh	22	「塞」鼻	sat
8	「削」鉛筆	siah	23	「眵」目	tshuh
9	浡「旱」	huānn/uānn	24	歁「臗」仔	pi
10	「重」巡	tîng	25	「吟」詩	gîm
11	娘「嬭」	lé	26	山「坪」	phiânn
12	穩「當」	tàng	27	「榕」仔	tshîng/tsîng
13	四「季」	kuì	28	出「院」	īnn
14	後「驛」	iȧh	29	「撞」突	tōng
15	飯「坩」	khann	30	「唱」聲	tshiàng

題號	閩南語漢字	臺羅拼音	題號	閩南語漢字	臺羅拼音
31	採「購」	kòo	49	「諺」語	gān
32	「肯」定	khíng	50	「夯」重	giâ
33	「頓」印仔	tǹg/tuìnn	51	藥「劑」	tse
34	「浴」間仔	ik	52	「焅」路	tshiō
35	「齊」勻	tsiâu	53	空「隙」	khiah
36	少「年」	liân	54	「數」簿	siàu
37	「毽」子	kiàn	55	笑「詼」	khue/khe/kher
38	推「薦」	tsiàn	56	分「別」	piat
39	「蝒」蟲	bīn	57	「虐」待	gik
40	「傳」授	thuân	58	牽「涉」	siap
41	「遺」憾	uî	59	墨「賊」仔	tsat
42	牛「蜱」	pi	60	布「篷」	phâng
43	厭「瘹」	siān	61	娘仔「繭」	kián/kíng/kán
44	誠「懇」	khún	62	「性」命	sènn/sìnn
45	海「鰻」	muâ	63	「挕」衫	hiannh
46	「答」應	tah/tap	64	出「虹」	khīng
47	魚「鱗」	lân	65	烏「蠅」	bui
48	包「餡」	ānn	66	錯「誤」	gōo/ngōo

題號	閩南語漢字	臺羅拼音	題號	閩南語漢字	臺羅拼音
67	「撩」油	liô	84	文「憑」	pîng/pîn
68	「燒」烙	sio	85	「侗」戇	tòng
69	「外」甥	guē	86	鴟「鴞」	hiȯh/hiō
70	「沓」滴	táp	87	「寵」倖	thíng
71	果「汁」	tsiap/tsap	88	「協」助	hia̍p
72	「癌」症	gâm	89	「駱」駝	lo̍k
73	放「榜」	pńg	90	「舀」水	iúnn/iónn/ió
74	「糖」水	thn̂g	91	「鐵」枝路	thih
75	「燃」火	hiânn	92	「網」站	bāng
76	「捷」運	tsia̍t	93	「摠」喉頓	sai
77	「伯」勞仔	pit	94	「夾」菜	ngeh/gueh/gereh
78	「陳」年	tîn	95	「鑢」塗跤	lù
79	發「芽」	gê	96	「釘」點	tìng
80	「額」頭	hia̍h	97	小「可」仔	khuá
81	「種」珠	tsìng	98	「指」頭仔	tsíng/tsńg
82	「茅」仔草	hm̂/m̂	99	阻「礙」	gāi
83	一「下」仔	ē	100	「凹」鼻	nah

▶請依下列詞彙中「」內之音讀，寫出閩南語漢字。（「/」表示不同音讀）

題號	臺羅拼音	漢字	題號	臺羅拼音	漢字
1	「puann」-hì	搬	16	khioh-「kíng」	襇
2	tñg-「ńg/uínn」	衱	17	tām-「sám」	糝
3	kiâm-「tsiánn」	汫	18	phah-「eh/erh」	呃
4	tsia̍h-「tàu」	晝	19	「ue/e/er/meh」-á-tshài	萵
5	nńg-「kauh」-kauh	餃	20	「tsa̍k」--tio̍h	嗾
6	「làng」-phāng	閬	21	「tìn」-uī	鎮
7	「ke」-pô	家	22	tsia̍h-「po」	褒
8	tsuí-「tshi/tshu/tshir」	蛆	23	khí-「phuì」-bīn	呸
9	lâng-「sn̂g」	床	24	「siūnn/siōnn/sīn」-pue	象
10	「tsiàm」-uē	僭	25	tháng-「khoo」	箍
11	「put」thôo-sua	抔	26	pì-「sù」	思
12	tshiū-「le」	絡	27	「kan」-á-sun	乾
13	hiān-「tú」-hiān	拄	28	「ngiau/iau」-ti	擽
14	「teh」-sàu	硩	29	「hiauh/hiau」--khí-lâi	薂
15	「phiat」-á	砒	30	「iat」-hong	擛

題號	臺羅拼音	漢字	題號	臺羅拼音	漢字
31	「khè/khuè/kherè」-pē	契	48	「sàh」mī	煠
32	「tiȧk/tiak」-sǹg-puânn	擉	49	tshiú-「pôo」	捗
33	「uànn」khùn	晏	50	「khiat」hōo tȯh	戛
34	「khiū」-teh-teh	餡	51	「liōng」-tsá	冗
35	「tsūn」hōo līng	捘	52	「suān」-jiō/liō/giō	漩
36	mī-「tsià」	炙	53	「thīnn」-sann	紩
37	sì-「siù」-á	秀	54	âng-「khak」	麯
38	「tshiâu」sî-kan	撨	55	「tshiânn」-ióng/iúnn	晟
39	「siû」-tsuí	泅	56	bē/buē/berē「giàn」	癮
40	「khiàn」-phang	芡	57	「lián」tshuì-tshiu	撚
41	「thìng」-hāu	聽	58	tshûn/tshūn-「pān」	範
42	sio/sann-「ián」	偃	59	「kian」-pa	堅
43	「tshó」-kan-ná	草	60	tuā-kha-「tâng」	胴
44	「pȧk」tsàng	縛	61	hìng「thih」	喋
45	「hù」tshia-pang	赴	62	kim-「kȯt」	滑
46	「khian」kiû	掔	63	tshiú-「kóo」	股
47	「kò」-tsûn	划	64	「uân」-buán	圓

545

題號	臺羅拼音	漢字	題號	臺羅拼音	漢字
65	kún-「lìng/liòng」	躘	83	「khōng」tsng-á	蛬
66	tiánn-pinn-「sô」	趖	84	「kuà」-tshài	芥
67	iân-pit-「khau」	剾	85	tsng-「kha」	跤
68	「khuh」-khuh-sàu	呿	86	sio/sann-「tsing」	舂
69	「tshuah」-sái	疶	87	hê-á-「tsan」	螿
70	「hiat」-tiāu	抰	88	ah-「kiān」	胘
71	「tsuānn」tsuí	濺	89	「tshuah」-ping	礤
72	「áu」-bân	拗	90	「li」-li-lak-lak	離
73	「tsún」-tsat	撙	91	「khiang」-á	勍
74	「sǹg」io	繏	92	ah-「kak」	鵤
75	「hìnn」-sak	抨	93	「tènn/tìnn」-m̄-tsai	佯
76	oo-「sìm」-sìm	欕	94	khok/khóo-á-「te」	㮦
77	「seh/sueh/sereh」-khang	楔	95	「thâi」si-kue	刣
78	「tshu」--tó	趨	96	hó-「khang」	空
79	mî-「tsioh」	蓆	97	「íng」-kuè/kè/kèr	往
80	tshenn/tshinn-「sún」-sún	恂	98	tsháu-「pû」	垺
81	「phū」nuā	浡	99	sann-á-「ki/ku/kir」	裾
82	「tak」-tsih	觸	100	iau-「sâi」	饞

二：教師組、社會組

▶請寫出「」內臺灣閩南語漢字之臺羅拼音。

題號	閩南語漢字	臺羅拼音	題號	閩南語漢字	臺羅拼音
1	打「揲」	tiap̍	16	「縫」紩	pâng
2	激「怐」怐	khòo	17	催「陣」	tsūn
3	「亂」捎	luān	18	「半」仙	puàn
4	損「蕩」	tn̄g	19	四界「遺」	i
5	「屜」貼	siap	20	鴟「鴞」	hio̍h/hiō
6	「灙」水	tsâng	21	噗噗「惝」	tshíng/tsháinn
7	「簸」米	puà	22	「凹」鼻	nah
8	「譀」涒	hàm	23	厚「譴」損	khiàn
9	蘆「黍」	sé/sué/seré	24	健「丟」	tiu
10	板「脅」	lâ	25	「糶」米	thiò
11	「譬」相	phì	26	黃「梔」仔花	ki/kinn
12	「沒」收	bu̍t	27	壁「溡」溡	tshî
13	石「蔘」	tsām	28	「掀」布	hiannh
14	奢「華」	hua	29	盹瞌「睡」	tsuē
15	「搐」一下	tiuh	30	插「胳」	koh

題號	閩南語漢字	臺羅拼音	題號	閩南語漢字	臺羅拼音
31	「繩」規晡	tsîn	48	做「囚」	buê
32	「炰」鰇魚	pû	49	「橋」年	siāng
33	面一「痕」	khî	50	「核」能	hik/hu̍t
34	「松」柏	tshîng	51	「撩」油	liô
35	頷「垂」	sê	52	烏「蠅」	bui
36	「翶」翶輾	kō	53	延「延」	tshiân
37	「重」巡	tîng	54	「鱟」桸	hāu
38	雞「榆」	jiû/liû/giû	55	柴「杙」	khit
39	「掂」看偌重	tìm	56	「眵」目	tshuh
40	菜傷「柯」	kua	57	「挓」火烌	thà
41	「幫」店面	png	58	「纓」纏	inn
42	李仔「攕」	tshiám	59	魚「瀺」倚來	tshînn
43	「敤」頭殼	kháinn	60	「噭」噭叫	kiàu
44	「下」落不明	hē	61	「小」丑仔	siáu
45	貓咧「喓」	iaunn	62	硬「掙」	tsiānn
46	春「臼」	khū	63	掛「軸」	tik
47	「籌」備	tiû	64	「卅」五	siap

題號	閩南語漢字	臺羅拼音	題號	閩南語漢字	臺羅拼音
65	笑「詼」	khue/khe/kher	83	「繡」裙	hâ
66	「焙」予燒	puē/pē/pēr	84	「著」作	tù
67	「繐」落來	luī	85	小「緩」咧	uān
68	藥「鋪」	phòo	86	「炤」路	tshiō
69	水「筧」	kíng/khiò	87	「販」貨	phuànn/phuà
70	「津」喙瀾	tin	88	戽「杓」	siáh
71	尻脊「骿」	phiann	89	「倩」辛勞	tshiànn
72	「遛」手	liù	90	「穢」涗	uè/è/èr
73	青「磅」白磅	pōng	91	有「膭」	kuī
74	「接」神	tsih	92	「釘」點	tìng
75	弄「鐃」	lâu	93	「飫」喙	uì/ir
76	鴨「災」	tse	94	「剸」草	thuánn
77	空「隙」	khiah	95	圓「栱」門	kong/kóng/kióng
78	閘「屏」	pîn	96	「燖」鍋	tīm
79	哭「呻」	tshan	97	牛「蜱」	pi
80	暗「漠」漠	bȯk	98	「顫」跤	tsùn
81	船咧「搟」	hián	99	烏「滓」血	lái
82	「毒」蠅蟲	thāu	100	嗤舞嗤「呲」	tshū

▶請依下列詞彙中「」內之音讀，寫出閩南語漢字。（「/」表示不同音讀）

題號	臺羅拼音	漢字	題號	臺羅拼音	漢字
1	「thuah」-pang	捝	17	khioh-「kák/kak」	挵
2	khui-「ki/ku/kir」	裾	18	「uáinn/uaih」--tióh	踅
3	tiunn-「tuah」	掇	19	ok-「khiák」-khiák	碻
4	「bòng」-sian	懵	20	「thuh」-á	黜
5	nńg/nuí-「poo」	晡	21	kiám-「tshái」	采
6	tshiū-「le」	絡	22	mî-「hiû」	裘
7	mī-「tshik」-á	搣	23	「tshio」-tiô	鵤
8	bí-「hu」	麩	24	「khiap」-sì	疢
9	「phè」 āu-táu	帕	25	thiau-「lāng」	俍
10	「kian」-tàng	堅	26	「po」-so	褒
11	「tng」-tán	張	27	tsáp-「tsôg」	全
12	「lîng」 hî	罗	28	「khian」 kiû	掔
13	「án」-pē	俺	29	「phinn/phenn」--lâng	偏
14	「tshím」-thâu	寢	30	pìnn-siánn-「báng」	魍
15	「hiáp」 tshuì-khí	挾	31	khí-ioh-「tshi/tshu/tshir」	蛆
16	「tìng」-ì	中	32	「mńg」-tang	晚

550

題號	臺羅拼音	漢字	題號	臺羅拼音	漢字
33	「hak」-tshù	蓄	50	「tè」ám	渧
34	lián-「khap」-tshiò	匼	51	pun-「phenn/phinn」	伻
35	「bùn」tsuí	濆	52	tn̂g-「lò」-sò	躼
36	tshuì-「tsuânn」	殘	53	「kóo」-bút-siong	古
37	「thām」-tóo	窞	54	「tī」-tang-sî	底
38	「king」-thé	供	55	「kainn」bô tsînn	嗐
39	「kuà/khuà」-gāi	掛	56	tshenn/tshinn-「sún」-sún	恂
40	tánn-「tsah」	扎	57	kí-kí-「tủh」-tủh	揆
41	「mooh」-piah-kuí	揖	58	tshiú-「huānn」-á	扞
42	kui-nî-「thàng」-thinn	週	59	khong-「khám」	歁
43	「siūnn/siōnn/sīn」-pue	象	60	sio/sann-「kīng」	楗
44	「té/tué/teré」-thng	貯	61	hâm-「sau」	梢
45	「pián」-sian-á	論	62	「phànn」-thuànn	方
46	「khó」-lâu	滂	63	「liam」kha liam tshiú	跕
47	「piânn」-tseh	平	64	「hâ」-pau	荷
48	tshinn-「tshioh」	沢	65	「tshǹg」-á	串
49	「pik」-uá	迫	66	nn̂g/nuí-「sìm」-sìm	歠

題號	臺羅拼音	漢字	題號	臺羅拼音	漢字
67	「pih」-khòo-kha	擎	84	tsióh-「kô」	筶
68	「kueh/keh/kerh」-niau	蕨	85	「khuán」-khǹg	款
69	tê-「khah」	籰	86	「hùn」lâng	楦
70	「ìng」puî	壅	87	「tsàm」-kha-pōo	蹔
71	pàng-「pôo」	袌	88	「ue/e/er/meh」-á-tshài	萵
72	「kiù」-tuà	糾	89	「pôo」-sim	痛
73	thau-「iap」	揜	90	「seh/sueh/sereh」-khang	楔
74	「ang」-kè-toh	尪	91	phôo-「thánn」	挺
75	「gàn」-tsînn	滲	92	lák-lák-「tshuah」	掣
76	「tshenn/tshinn」-á-tsâng	菁	93	sik「phiàh」	甓
77	「uân」-buán	圓	94	tshàu-「iāng」	煬
78	「mé」-tshénn/tshínn	猛	95	「sái」-lōng	使
79	「puānn」báng-á	拌	96	kha-「pèh」	帛
80	tshâ-「tsau」	慒	97	「tshiâu」í-toh	撨
81	liâm-「thi」	黐	98	「khiang」-á	劍
82	sé/sué/seré-「tńg」	盪	99	tióh-ka-「tsák」	嗾
83	huâinn/huînn-「kèh」	扴	100	lûn-「khau」	鬮

🌸 104年閩南語字音字形競賽

一：國小、國中、高中、教大學生組

▶請寫出「」內臺灣閩南語漢字之臺羅拼音。

題號	閩南語漢字	臺羅拼音	題號	閩南語漢字	臺羅拼音
1	「產」生	sán	16	「廟」寺	biō
2	到「今」	tann	17	「博」愛	phok
3	「醬」料	tsiùnn/tsiònn	18	毋「成」物	tsiânn
4	「浮」沉	phû	19	「搣」手	iát
5	鼎邊「趖」	sô	20	「壓」迫	ap
6	「釣」魚	tiò	21	「楓」仔樹	png
7	腸仔「炎」	iām	22	失覺「察」	tshat
8	水「崩」山	pang	23	譬「喻」	jū/lū
9	字「劃」	uéh/uih	24	奏「樂」	gák
10	「純」潔	sûn	25	「殖」民	sit
11	掠龜走「鱉」	pih	26	「蹛」院	tuà
12	「下」載	hā	27	草「蜢」仔	meh
13	廟「埕」	tiânn	28	「抾」字紙	khioh
14	血壓「衝」懸	tshìng	29	徙「栽」	tsai
15	「急」性	kip	30	睏「晝」	tàu

題號	閩南語漢字	臺羅拼音	題號	閩南語漢字	臺羅拼音
31	跤「擋」	tòng	49	甘「草」	tshó
32	「犀」牛	sai	50	「吮」魚頭	tshńg
33	「圈」套	khuan	51	胡「椒」	tsio
34	朗「讀」	thȯk	52	海「漲」	tiòng/tiùnn/tiònn
35	「頕」頭	tàm/tìm/thìm	53	起清「瘼」	mȯoh/mooh
36	「溼」度	sip	54	「稅」厝	suè/sè/sèr
37	「凝」血	gîng	55	剪「絡」仔	liú
38	「摔」落來	siak	56	公「克」	khik
39	牛「郎」織女	nn̂g	57	「熱」情	jiȧt/liȧt/giȧt
40	茶「鈷」	kóo	58	「推」辭	the
41	「囤」物件	tún	59	編「輯」	tsip
42	海「湧」	íng	60	褲傷「冗」	līng
43	「杏」仁茶	hīng	61	果子「猫」	bâ
44	「梧」桐	ngôo	62	「落」風	làu
45	飽「滇」	tīnn	63	「甚」至	sīm
46	紙「橐」仔	lok	64	「慣」勢	kuàn
47	減「省」	síng/sénn	65	「越」頭	uȧt
48	操「勞」	lô	66	骨「髓」	tshué/tshé/tshér

題號	閩南語漢字	臺羅拼音	題號	閩南語漢字	臺羅拼音
67	肉「鯽」仔	tsit	84	野「獸」	siù
68	烏「笛」仔	tát	85	「學」習	hák
69	「蹔」跤步	tsàm	86	「挩」門	thuah
70	倚「靠」	khò	87	「甕」仔雞	àng
71	花「蔫」去	lian	88	紅目「墘」	kînn
72	「清」飯	tshìn	89	齷「齪」	tsak
73	無「的」確	tik	90	「吸」收	khip
74	寬「限」	hān/ān	91	階「層」	tsân
75	「擗」樹奶	phiak/phiak	92	肺「管」	kńg
76	「裌」仔	kah	93	變「遷」	tshian
77	「澈」底	thiat	94	扭「搦」	lák
78	島「嶼」	sū	95	「納」錢	láp
79	「複」雜	hók	96	水「窟」仔	khut
80	無影無「跡」	tsiah	97	「厭」氣	iàn
81	「紡」紗	pháng	98	狀「況」	hóng
82	田「蛤」仔	kap	99	臭跤「液」	sióh
83	走「傱」	tsông	100	偏「僻」	phiah

▶請依下列詞彙中「」內之音讀，寫出閩南語漢字。（「/」
表示不同音讀）

題號	臺羅拼音	漢字	題號	臺羅拼音	漢字
1	「siāng/siâng」-khuán	撗	17	he-「ku」	呴
2	「ē/e/ēnn」-tàu	下	18	「o」-ló	呵
3	tsiàu-khí-「kang」	工	19	phang-「siū」	岫
4	「king」-á	弓	20	kûn-thâu-「bú/bó」	拇
5	「pit」-tshe	必	21	bah-「hú」	拊
6	「tá/tiám」-má-ka	打	22	tshàng-tsuí-「bī」	沬
7	tò-siàng-「hiànn」	向	23	tshòng-「tī」	治
8	sik-「sāi」	似	24	「kiù」-tuà	糾
9	「tó/toh」-uī	佗	25	「khiû」-mñg/moo/môo	虯
10	tsian「nñg」	卵	26	「tshuā」-lōo	㨮
11	「khám」-tsām	坎	27	「piān」-ioh-á	便
12	tîng-「sûn」	巡	28	kue-á-「nî」	呥
13	「thuā」-sann	汏	29	kì-「tî」	持
14	ke-「si」	私	30	lân-「san」	星
15	hȯk-「sāi」	侍	31	「khó」-lâu	洘
16	ut-「tsut」	卒	32	「hôo」-sîn	胡

題號	臺羅拼音	漢字	題號	臺羅拼音	漢字
33	「tang」-o	苳	52	「tsiù」-khí	蛀
34	í-「tsū」-á	苴	53	tsáu-「tsing」	精
35	「kiô」(-á)-sik	茄	54	ìm-「sīnn」-á	豉
36	muâ-「tsî」	糍	55	「kánn/kán/ká」-ná	敢
37	「ná」-tióh	哪	56	「tì」-sik	智
38	sio/sann-「lòng」	挵	57	「ta」-sang	焦
39	「phâng」-tê	捀	58	tióh-「sua」	痧
40	「luáh」thâu-tsang	捋	59	senn/sinn-「koo」	菇
41	khioh-「kák/kak」	捔	60	bū-「sà」-sà	嗄
42	thâu-khak-「hîn」	眩	61	a-「má」	媽
43	tîng-「tânn」	耽	62	「hàinn」-thâu	幌
44	「bē/buē」-tàng	袂	63	sa-「bui」	微
45	「pû」-á	匏	64	「ùn」-tāu-iû	搵
46	「tok」-ku	啄	65	muâ-「láu」	糕
47	「am」-khàm	掩	66	「hiû」-á	裘
48	「suan」-tîn	旋	67	「tǹg」-ìn-á	頓
49	「tshuh」-bák	眵	68	tshia-「pang」	幫
50	「suà」-tshuì	紲	69	「lók」-tshuì	漉
51	piát-「tsong」	莊	70	khóo-「līng」-á	楝

題號	臺羅拼音	漢字	題號	臺羅拼音	漢字
71	înn-「khoo」-á	箍	86	「hiau」thuah-á	僥
72	khí-「siûnn/siônn」	漡	87	「peh」kam-á	擘
73	「sit」-jit/lit	蝕	88	thian-「pông/phông」	篷
74	「liù」-phuê/phê/phêr	遛	89	ah-「sit」	翼
75	huat-「kànn/kà」	酵	90	tshàu-「tsho」	臊
76	「tshih/jih」tiān-lîng	揤	91	「ìng」-tshài	蕹
77	tuā-「pān」	範	92	áu-「bân」	蠻
78	tāu-kuann-「tsìnn」	糋	93	tshut-「phiah」	癖
79	gāi/ngāi-「giȯh」	虐	94	「huan」-thâu	翻
80	thŋg-「tshang」	蔥	95	tsuí-「phiô」	藻
81	oo-「bui」(-á)	蠘	96	âng-「tsîm」	蟳
82	thâu-「phoo/pho」	麩	97	hó-「giȧh」	額
83	bô-khah-「tsuȧh」	縒	98	「hàm」-kiànn	譀
84	ò-「giô」	蕘	99	kha-āu-「tenn/tinn」	蹬
85	「pián」-sian-á	諞	100	「thuh」sua	黜

二：教師組、社會組

▶請寫出「」內臺灣閩南語漢字之臺羅拼音。

題號	閩南語漢字	臺羅拼音	題號	閩南語漢字	臺羅拼音
1	「楓」仔樹	png	16	硬「迸」迸	piàng
2	茶「滓」	tái	17	「潛」能	tsiâm
3	草仔真「茂」	ōm/ām	18	「卯」喙	mauh
4	「扶」落去	ió	19	「沓」沓滴滴	tàp
5	「佩」服	puē	20	「癮」仙哥	giàn
6	「殖」民	sit	21	牛「陵」	niā
7	「螿」蜍	tsiunn/tsionn	22	歪膏「揤」斜	tshih
8	「搤」空	iah	23	「苛」頭	khô
9	烏「笛」仔	tàt	24	塗「墼」厝	kat
10	「搢」風	tsìnn	25	竹「箬」	hàh
11	「擗」樹奶	phiàk/phiak	26	蠓「捽」仔	sut
12	「礪」破皮	lè	27	月「斜」西	tshiâ
13	鞋「拔」仔	puèh/puíh	28	字「劃」	uèh/uíh
14	「陳」皮	tîn	29	「講」臺	káng
15	「擲」石頭	kiat	30	「謔」人	gioh

題號	閩南語漢字	臺羅拼音	題號	閩南語漢字	臺羅拼音
31	做「忌」	kī	48	拍「鱗」	lân
32	放「裒」	pôo	49	機「率」	lu̍t
33	哈「唏」	hì	50	「挩」門	thuah
34	「梧」桐	ngôo	51	「拔」桶	pua̍h
35	點「痣」	kì	52	「窮」分	khîng
36	黃「連」	nî	53	「召」集	tiàu
37	接「觸」	tshiok	54	「扭」尻川	ngiú
38	「噪」音	tshò	55	「插」雜	tshap
39	曖「昧」	māi	56	「向」腰	ànn
40	牽龜落「湳」	làm	57	「守」寡	tsiú/tsiúnn
41	「挹」墓粿	ip	58	通「訊」	sìn
42	烏「漚」	áu	59	呼「蛋」	tuann/lua/nua
43	大「使」	sài	60	「茉」草	bua̍h
44	密「喌」喌	tsiuh	61	聽伊咧「喃」	nauh
45	「嚙」甘蔗	gè	62	剪「絡」仔	liú
46	「篾」蓆	bi̍h	63	「甄」試	tsin
47	骨「髓」	tshué/tshé/tshér	64	「抔」塗沙	put

題號	閩南語漢字	臺羅拼音	題號	閩南語漢字	臺羅拼音
65	一「綑」紙	thōng	83	掠龜走「鱉」	pih
66	「暴」牙	pok	84	「糜」糜卯卯	mi
67	「撤」銷	thiat	85	「孝」尾仔囝	hà
68	「讓」渡	jiōng/liōng/giōng	86	「鑿」目	tshák
69	金「融」	iông	87	「澍」農藥	tshū
70	無講無「呾」	tànn	88	「懦」性	nōo
71	裯腹「裼」	theh	89	「蟯」蟯趖	ngiàuh
72	芋「莖」	huâinn	90	撨「摵」	tshik
73	「燜」菜	thn̄g	91	花「鰍」	thiâu
74	規「嚾」規黨	uang	92	飯「坩」	khann
75	「捖」粉	tau	93	「摻」色	tshàm
76	一「蜷」電線	khûn	94	布「篷」	phâng
77	解憂「愁」	tshiû	95	「眈」看覓	siam
78	防「禦」	gū	96	「歙」蟶	hiauh/hiau
79	大「龐」	phiāng	97	「畢」業	pit
80	用油「乍」一下	tsànn	98	痰「含」血	kânn
81	「黃」金甕仔	hông	99	指甲「扦」	tshuann
82	「脫」輪	thut	100	著驚搭「嚇」	hiannh

▶請依下列詞彙中「」內之音讀，寫出閩南語漢字。（「/」表示不同音讀）

題號	臺羅拼音	漢字	題號	臺羅拼音	漢字
1	「giâ」-kê	夯	17	m̄-「tih/tinnh」	挃
2	「pit」-hûn	必	18	「hiannh」-sann	搇
3	ing-「ia」	埃	19	「ah/iah」-tioh	曷
4	「teh」-sàu	筎	20	khok/khóo-á-「te」	臬
5	sann「hūn」tsit	份	21	tōng-「tut」	突
6	tò-siàng-「hiànn」	向	22	「hù」-im	計
7	「gīm/gîm」-tiâu--leh	拎	23	tsiah-「sông」	倯
8	「bak」-tshiú	沐	24	lāu-tò-「kiu」	勼
9	thâng-「thuā」	豸	25	「bat/pat」-tāi-tsì	捌
10	「tènn/tìnn」-m̄-tsai	佯	26	「kap」-ioh-á	敆
11	hok-「sāi」	侍	27	siunn/sionn「uànn」	晏
12	sán-「pi」-pa	卑	28	thio-tshiú-「pîng」	爿
13	sai-「khia」	奇	29	tshiah-「pê」-pê	耙
14	「pha」-hng/huinn	拋	30	kóng「tânn」--khì	耽
15	「khiû」-khiām	虯	31	nńg-「siô」-siô	荍
16	「bâ」-bui	峇	32	「lám」-nuā	荏

題號	臺羅拼音	漢字	題號	臺羅拼音	漢字
33	「khiā」-ńg	徛	51	bū-「sà」-sà	嘎
34	「so」-înn-á-thng	挲	52	po-「so」	嗦
35	「iā」-tsíng	掖	53	「hàinn」-thâu-á	幌
36	kiû-「pue/pe」	桮	54	「ùn」-tsuí	搵
37	「tshuh」-bak	眵	55	bô 「tsún」-sǹg	準
38	「thīnn」 liú-á	絎	56	「piak」-toh	煏
39	tiàu-「tāu」	脰	57	「bút/but」 tsit ē	扚
40	「bā」-thâu-lōo	覓	58	tn̂g-á-「siûnn/siônn」	滀
41	「tsang」--tioh	摠	59	píng-peh-「kâinn」	睚
42	「pué/pé/pér」-tshiú-bīn	掰	60	「hiau」 thuah-á	僥
43	tánn-「tiap」	揲	61	「tsiàm」-uē	僭
44	「piànn」-sàu	摒	62	oo-lok/lok-tōo	漉
45	tshiū-「ue/uāinn」	椏	63	「pín」-á-kut	箅
46	tshàu-「phú」-tê	殕	64	huat-「kànn/kà」	酵
47	「thènn」-thuí	掌	65	「tàm」-suê/sê	頕
48	sàu-se-「gím/giám」-á	笒	66	kok-「pih」	愀
49	khí-「tâng」	童	67	「poh/phoh」-huānn	駁
50	「hīng」 iû-pn̄g	覎	68	khoo-「uh」-á	噎

563

題號	臺羅拼音	漢字	題號	臺羅拼音	漢字
69	「pok」-hun	噗	85	「sáng」-sè	箏
70	tāu-kuann-「tsìnn」	揃	86	「ìng」-tshài	蕹
71	tshiú-「tsiān」	賤	87	「khau」tsháu	薅
72	「mê/mî」-kak	鋩	88	「thuh」-tshàu	黜
73	thâu-「phoo/pho」	麩	89	「ngiau/iau」-ti	撽
74	oo-「tòo」-âng	黗	90	「sit」-thâu	穑
75	「khiūnn/khiōnn」-tshuì	噤	91	「sng」hōo ân	繏
76	「hiânn」-tshâ	燃	92	「tshia/tshiann」-iānn	颺
77	「hâ」khòo-tuà	縖	93	tuī-「tsîn」	繩
78	「pàk」-kha	縛	94	「pàk」-tshân	贌
79	tuà-「kuī」	膭	95	tsióh-「tsām」	鏨
80	ò-「giô」	蕘	96	ka-「tsui」	膇
81	tshia-「pang」	幫	97	tsàt-「tsinn」	櫼
82	「peh」kam-á	擘	98	kue-á-「nñg」	瓤
83	pñg/puīnn-「lē/luē」	篱	99	「tsak」-tsō	齪
84	「tsan」tshih-á	晉	100	「gōng」-siunn/siōnn	戇

🏵103年閩南語字音字形競賽

一：國小、國中、高中、教大學生組

▶請寫出「」內臺灣閩南語漢字之臺羅拼音。

題號	閩南語漢字	臺羅拼音	題號	閩南語漢字	臺羅拼音
1	「失」志	sit	16	教「育」	io̍k
2	「青」色	tshenn/tshinn	17	「天」文	thian
3	布「袋」	tē/tēr	18	莫「名」其妙	bîng
4	腦「鈍」鈍	tùn	19	無疑「悟」	ngōo/gōo
5	「咬」一嗾	kā	20	「麥」仔茶	be̍h
6	天「光」	kng/kuinn	21	加「倍」	puē/pē/pēr
7	「擎」褲跤	pih	22	菜「蔬」	se/sue
8	吐大「氣」	khuì	23	料「想」袂到	sióng
9	「珍」貴	tin	24	「情」形	tsîng
10	事「務」所	bū	25	跤「踏」車	ta̍h
11	「戴」帽仔	tì	26	過「往」	óng
12	金「針」	tsiam/tsam	27	「眼」光	gán
13	花「矸」	kan	28	紅「柿」	khī
14	「沐」沐泅	bo̍k	29	「匀」匀仔	ûn
15	出「師」	sai	30	「弄」獅	lāng

題號	閩南語漢字	臺羅拼音	題號	閩南語漢字	臺羅拼音
31	糖「甘」蜜甜	kam	48	草「埔」	poo
32	路「途」遙遠	tôo	49	品「質」	tsit
33	好「歹」	pháinn/phái	50	「藝」術	gē
34	「窒」仔	that	51	「轉」學	tsuán
35	「緣」份	iân	52	對「待」	thāi
36	「轉」大人	tńg/tuínn	53	硫「磺」	hông
37	鎖「匙」	sî	54	「紹」介	siāu
38	強「調」	tiāu	55	「兼」顧	kiam
39	「敲」電話	khà	56	白「蟻」	hiā
40	「皺」痕	jiâu/liâu/giâu	57	參「與」	ú
41	「煞」戲	suah	58	尻「脊」骿	tsiah
42	「達」成	tát	59	「說」多謝	sueh/seh/serh
43	「鉼」針	pín	60	「攪」擾	kiáu
44	「遮」風	jia/lia/gia	61	裌「合」	hàh
45	電「源」	guân	62	「鋼」琴	kǹg
46	食甲真「飫」	uì/ìr	63	服「從」	tsiông
47	「課」本	khò	64	「決」心	kuat

題號	閩南語漢字	臺羅拼音	題號	閩南語漢字	臺羅拼音
65	「行」棋	kiânn	83	「所」在	sóo
66	齒「岸」	huānn	84	閉「思」	sù
67	「吩」咐	huan	85	砂「石」	tsióh
68	「香」火	hiunn/hionn	86	「刺」膨紗	tshiah
69	「和」平	hô	87	戲「棚」	pênn/pînn
70	「歲」頭	huè/hè/hèr	88	「大」約	tāi
71	齒「縫」	phāng	89	手「續」	siók
72	明「顯」	hián	90	「液」體	ik
73	「紩」衫	thīnn	91	「言」論	giân/gân
74	氣「魄」	phik	92	「負」責	hū
75	「見」笑	kiàn	93	「搖」頭	iô
76	「上」車	tsiūnn/tsiōnn	94	路邊「擔」仔	tànn
77	吊大「筒」	tâng	95	「運」作	ūn
78	「算」錢	sǹg/suìnn	96	控「制」	tsè
79	尾「指」	tsáinn	97	白「翎」鷥	līng
80	「實」鼻	tsát	98	「當」地	tong
81	「糙」米	tshò	99	「入」厝	jip/lip/gip
82	「橐」袋仔	lak	100	佮「意」	ì

▶請依下列詞彙中「」內之音讀，寫出閩南語漢字。（「/」
表示不同音讀）

題號	臺羅拼音	漢字	題號	臺羅拼音	漢字
1	「tsim」--tsit-ē	唚	16	「pōng」-á	磅
2	hué/hé/hér-kim-「koo」	蛄	17	uan-uan-「khiau」-khiau	曲
3	「puàh」-tó	跋	18	「tián」-hong-sîn	展
4	「khuah」-tshuì	闊	19	「kah」 thán-á	蓋
5	「sió」 tán--tsit-ē	小	20	「phú」-sik	殕
6	「hian」 pò-tsuá	掀	21	「tiām」-tsiuh-tsiuh	恬
7	「phín」-á	箖	22	nâ-âu-「tì」-á	蒂
8	「liú」 liú-á	鈕	23	「thôo」-kha	塗
9	Tse kuí 「khoo」?	箍	24	「tiàm」 tsia tán	踮
10	tsiàh àm-「tǹg/tuìnn」	頓	25	「báng」-thâng	蠓
11	hit-「jiah/liah/giah」	跡	26	sim-「sik」	適
12	「làu」-sái	落	27	tōo-「tsè/tsèr」	晬
13	āu-「piah」	壁	28	thǹg/thuìnn-「tshiah」-kha	赤
14	「lih」--khui	裂	29	kóo-「tsui」	錐
15	「tshâ」-thâu-ang-á	柴	30	hit-「tsām」	站

題號	臺羅拼音	漢字	題號	臺羅拼音	漢字
31	「tsat」-la̍t	節	49	「siàn」-hong	搧
32	「kuânn」--tio̍h	寒	50	hōo lí 「ioh」	臆
33	「thio」-tshiú-pîng	挑	51	ūn-tōng-「tiânn」	埕
34	ka-「tsua̍h」	蟉	52	「ah」-pà	壓
35	「ang」-á-bóo	翁	53	tsit 「tsuā」 lōo	逝
36	tshuán-「khuì」	氣	54	hó-「sńg」	耍
37	「m̄」-bián	毋	55	tiâu-「ti̍t」	直
38	oo-「pang」	枋	56	「kiu」-tsuí	勼
39	tn̂g-「tu」-hîng	株	57	「pùn」-sò-tháng	糞
40	「pûn」-hong	歕	58	kian-「phí」	疕
41	「tang」-o	茼	59	「se̍h/se̍rh」 iā-tshī	踅
42	「khat」-tsuí	舀	60	「hàng」-ling/ni/lin	胖
43	「thîn」-tê	斟	61	sǹg/suìnn-「siàu」	數
44	tik-「ko」	篙	62	thôo-「sat」	虱
45	「suh」-kóng	欶	63	tshân-「tsng」	庄
46	「tiānn」-tiānn lâi	定	64	ài-「khùn」	睏
47	tsa̍p 「thóng」 ê lâng	捅	65	hôo-「sîn」	蠅
48	tshài tsin 「kua」	柯	66	「tò」-pîng	倒

題號	臺羅拼音	漢字	題號	臺羅拼音	漢字
67	「hang」-bah	烘	84	「phang」-kòng-kòng	芳
68	hīnn/hī-「khang」	空	85	「siū/siūnn」-khì	受
69	「thiau/tiau」-ì-kòo	刁	86	tit-lâng-「thiànn」	疼
70	「tshòng」-tī	創	87	「tsuann」-ióh-á	煎
71	bô-「tī」-tāi	底	88	「hīng」-tshài	莧
72	「phòng」-tshôg	膨	89	「tsng」suí-suí	妝
73	tshuì-「am」	罨	90	「sī」-tuā	序
74	sūn-「kiânn」	行	91	kiann-「hiânn」	惶
75	「thàn」-tsînn	趁	92	「tīng」-khok-khok	有
76	ping-「kak」	角	93	tinn-「kué/ké/kér」	粿
77	「thua」-sua	拖	94	a-「kīm」	妗
78	tsik「thiāu」-á	痃	95	uánn-「tī/tū/tīr」	箸
79	phih-phih-「tshuah」	掣	96	「tshiâng」-tsuí	沖
80	phòng-「se」-sann	紗	97	「bán」hue	挽
81	「tsing」-senn/sinn-á	精	98	「té/tué」tsuí	貯
82	lâ-「giâ」	蜈	99	「tsē/tsuē/tserē」-tsió	濟
83	tshiú「tshun」--tshut-lâi	伸	100	lám「tiâu」--leh	牢

二：教師組、社會組

▶請寫出「」內臺灣閩南語漢字之臺羅拼音。

題號	閩南語漢字	臺羅拼音	題號	閩南語漢字	臺羅拼音
1	「拘」留所	khu	16	「卸」世眾	sià
2	藥「渣」	tse	17	風「霜」	song
3	煙「腸」	tshiâng/tshiân	18	被鍊「墜」仔	tuī
4	公「僕」	pȯk	19	和「解」	kái
5	竹「棑」	pâi	20	「檨」仔	suāinn
6	島「嶼」	sū	21	致「蔭」	ìm
7	手「捗」	pôo/pô	22	啉水「嗾」著	tsȧk
8	「浡」出來	phū	23	「昏」去	hūn
9	「擬」稿	gí	24	魚「塭」	ùn
10	司公「壇」	tuânn	25	「礙」胃	gāi/ngāi
11	「奧」妙	ò	26	無議「量」	niū/niō
12	鹿「茸」	jiông/liông/giông	27	「搶」拄搶	tshiāng
13	「煽」動	siàn	28	「麻」射	bâ
14	「啖」看覓	tam	29	真愛「喋」	thih
15	復「健」	kiān	30	「蓄」田園	hak

題號	閩南語漢字	臺羅拼音	題號	閩南語漢字	臺羅拼音
31	松「樠」	miâ	48	平「仄」	tseh
32	「齆」鼻	àng	49	風聲「嗙」影	pòng
33	「坉」塗	thūn	50	用「攣」坐清	huân
34	五加「皮」	pî	51	憂頭「結」面	kat
35	在「職」怨職	tsit	52	「措」施	tshòo
36	謹「慎」	sīn	53	焦「脯」脯	póo
37	竹「膜」	mòoh	54	「弊」案	pè
38	世界「末」日	buát	55	「蝕」重	sih
39	共翼「展」開	thián	56	鬥鬧「計」	kì
40	「異」議	ī/īnn	57	炊「床」	sông
41	硞「定」	tiānn	58	「從」到今	tsîng
42	「綁」票	páng	59	「劇」烈	kik
43	「網」路	bāng	60	行「踏」	tàh
44	詼「諧」	hâi	61	「衙」門	gê
45	雨「霎」仔	sap	62	「砭」仔	phiat
46	藥「方」	hng	63	後「顜」	tsan
47	「齊」頭	tsê/tsuê/tserê	64	落「胎」	the

題號	閩南語漢字	臺羅拼音	題號	閩南語漢字	臺羅拼音
65	標「致」	tì	83	油「垢」	káu
66	「允」准	ín/ún/írn	84	遺「囑」	tsiok
67	承「諾」	lòk	85	「瘸」手	khuê/khê/khêr
68	「寫」遠	tiàu	86	「下」重本	hē
69	「衰」退	sue	87	「徵」收	ting/tin
70	配「給」	kip	88	「顯」頭	hiánn
71	頭「水」	tsuí	89	真歹「紡」	pháng
72	銅「管」仔	kóng	90	「見」本	kiàn
73	早「齋」	tsai	91	「瞞」騙	muâ
74	「茗」藤	láu	92	月「俸」	hōng
75	激「五」仁	ngóo	93	「帶」身命	tài
76	橫「逆」	gik	94	「戥」漢藥	tíng
77	歹手「爪」	jiáu/niáu/giáu	95	共伊「喊」	hiàm
78	陰「謀」	bôo	96	文「憑」	pîng/pîn
79	馬「鞍」	uann	97	補「貼」	thiap
80	「支」出	tsi	98	嫦「娥」	ngôo
81	跤後「蹬」	tenn/tinn	99	苦「旦」	tuànn
82	「舵」公	tāi	100	竹「篏」	ham

▶請依下列詞彙中「」內之音讀，寫出閩南語漢字。（「/」表示不同音讀）

題號	臺羅拼音	漢字	題號	臺羅拼音	漢字
1	「tân」-tsuí-lê	霆	16	「báu」--sí--ah	卯
2	liān-「siáu」-uē	痟	17	thòo-liân-「siân」	涎
3	「tshiûnn/tshiônn」-hong	颺	18	iô-「lóo」	櫓
4	thó-「thàn」	趁	19	「liô」-iû	撩
5	sàu-「tshiú/tsiú」	帚	20	tshàu-「tshènn/tshìnn」	腥
6	「tu」-hong	挩	21	koo-「khút」	毻
7	「khuà」-ta	靠	22	tshuah-「tshiam」	簽
8	「ián」--tó	偃	23	siū-「tsè」	債
9	「kám」-á-tiàm	篏	24	sua-「lūn」	崙
10	thán-「khi」	敧	25	phoo-bīn-「than」	蟶
11	khenn/khinn-「khàm」	崁	26	kàu-「hun」	分
12	「tiak/tiak」 hīnn-á	擉	27	ū-「tòng」-thâu	擋
13	「liah」-phuà-bīn	裂	28	peh-kha-「tê/tuê/terê」	蹄
14	「âm」-khang	涵	29	pùn-sò-「láng」	籠
15	tshàu-「hiàn」	羶	30	iûnn/iônn-「hîn」	眩

題號	臺羅拼音	漢字	題號	臺羅拼音	漢字
31	pháinn-「phiah」	癖	49	pok-「hun」	薰
32	kha-phīnn-「liâm」	臁	50	「hannh/hah」-sio	熁
33	「giáh」-kuân	攑	51	「lak」-khang	剢
34	「khǹg」-pōo	园	52	lôo-si-「ká」	絞
35	uàn-「tsheh/tshueh/tshereh」	慼	53	「luî」-kóo	擂
36	ún-「ku」	痀	54	「kǹg/kuìnn」-hīnn/hī	貫
37	oo-ian-「thûn」	黗	55	tâng-「hông」	癀
38	「kik」-khuì	激	56	bah-「liû」	瘤
39	tshàu-「tsiān」	賤	57	sòng-「phàn」	盼
40	tshuì「khiàu」-khiàu	翹	58	「khóng」-sik	紺
41	「kuah」-huè/hè/hèr	割	59	「gîm」-tsînn	砛
42	puh-「ínn」	穎	60	「phak」-tshài	覆
43	「lì」-phuà	剺	61	gû-「káng」	牨
44	tsháu-「pû」	垺	62	「tshînn」 uá-lâi	蒨
45	siann-「sàu」	嗽	63	「kah」-sim-bah	胛
46	「khun」 tshuì-tshiu	髡	64	tshàu-「hiam」-hiam	薟
47	hué/hé/hér-「khînn」	鉗	65	kang-「tshiúnn/tshiónn」	廠
48	「tsínn」-kiunn/kionn	苣	66	「khia/kha」-sòo	奇

575

題號	臺羅拼音	漢字	題號	臺羅拼音	漢字
67	tshá-ke-「lā」-thėh	扐	84	「nah」-jit/lit/git	爁
68	「suè/sè/sèr」-tshù	稅	85	「tsiù」-tshàm	咒
69	「tsún」-tsat	撙	86	iân-「sui/suinn」	荽
70	「tiunn/tionn」kè-tsng	張	87	liân-「huê」	回
71	kā lâng「gîn」	睍	88	bȧk-「sat」	蝨
72	kuán-「thāi」--i	待	89	「sa」-bô-tsáng	捎
73	kiann tsit「tiô」	越	90	「gāng」--khì	愣
74	「tshuā」-jiō/liō/giō	泄	91	bô-「lám」-bô-ne/ni	攬
75	tsóng-「bāu/bȧuh」	貿	92	「tshit」-á-khue	姼
76	puànn-「the/thenn」-tó	䖙	93	ah-á-「tan」	瘤
77	tiàu-「oo」	椆	94	tām-「sám」	糁
78	「ī」kî-jí/lí/gí	奕	95	「tsin」-tsu	真
79	ti/tu/tir-kha-「khoo」	箍	96	「tshòng」-khang	創
80	「thiah」-phiò	拆	97	「lông」-á-lāi	櫳
81	「tàu」-kù	鬥	98	「tsham」hôo-tsio	摻
82	tú-「tīg」	搪	99	ke/kue/kere-「nuā」-á	健
83	「tshe」-kà/kah	差	100	「khè/khuè/kherè」-pē	契

102年閩南語字音字形競賽

一：國小、國中、高中、教大學生組

▶請寫出「」內臺灣閩南語漢字之臺羅拼音。

題號	閩南語漢字	臺羅拼音	題號	閩南語漢字	臺羅拼音
1	出「帆」	phâng	16	胭「脂」	tsi
2	「煎」茶	tsuann	17	「種」類	tsióng
3	「了」工	liáu	18	設「備」	pī
4	「八」家將	pat	19	證「據」	kì/kù/kìr
5	「校」對	kàu	20	「疿」仔	puì
6	「祈」禱	kî	21	花「蕊」	luí
7	「麻」油	muâ	22	真「相」	siòng/siàng
8	「鹼」粽	kinn	23	「攝」影	liap
9	「清」涼	tshing	24	「鋸」仔	kì/kù/kìr
10	石「柱」	thiāu	25	「傳」統	thuân
11	科「技」	ki	26	「熨」斗	ut
12	氣「味」	bī	27	「廢」止	huì/huè
13	鐵「槌」	thuî	28	「提」醒	thê
14	竹「林」	nâ	29	「拗」紙	áu
15	頂「世」人	sì	30	大「舌」	tsíh

題號	閩南語漢字	臺羅拼音	題號	閩南語漢字	臺羅拼音
31	「碎」糊糊	tshuì	49	關「心」	sim
32	鎮「地」	tè	50	怪「癖」	phiah
33	「衛」生	uē/uī	51	腸「肚」	tōo
34	「永」遠	íng	52	生「癬」	sián
35	「戇」大呆	gōng	53	「還」錢	hîng/hâinn/hân
36	「公」告	kong	54	食「力」	la̍t
37	「作」業	tsok	55	海「豹」	pà
38	服「裝」	tsong	56	蟲「豸」	thuā
39	丹「田」	tiân	57	及「格」	keh
40	「因」緣	in	58	好佳「哉」	tsài
41	「在」地	tsāi	59	縛予「絚」	ân
42	「破」產	phò	60	車「庫」	khòo
43	「穩」贏	ún	61	「噴」漆	phùn
44	「攑」手	gia̍h/kia̍h	62	最「近」	kīn/kūn/kīrn
45	激「皮」皮	phî	63	金「棗」	tsó
46	頭「殼」	khak	64	「缺」點	khuat
47	豆「莢」	ngeh/ngueh/gereh/kueh/gueh	65	袚「穤」	bái
48	「撥」工	puah	66	吵「鬧」	nāu/lāu

題號	閩南語漢字	臺羅拼音	題號	閩南語漢字	臺羅拼音
67	海「波」浪	pho	84	「人」生	jîn/lîn/gîn
68	雞「胿」仔	kui	85	樹「蔭」	ńg
69	差「錯」	tshò	86	懷「疑」	gî
70	「表」兄	piáu	87	藥「效」	hāu
71	成「全」	tsuân	88	「爪」仔	jiáu/niáu/giáu
72	碗「糕」	ko	89	豆「沙」	se
73	拍「結」	kat	90	「忍」受	jím/lím/gím
74	「垃」圾	lah	91	步「輦」	lián
75	下「頦」	hâi/huâi	92	變「換」	uānn
76	「值」錢	tát	93	深「刻」	khik
77	保「重」	tiōng	94	「才」能	tsâi
78	「椪」柑	phòng	95	「伶」俐	líng
79	思「想」	sióng/siáng	96	為「難」	lân
80	「拚」輸贏	piànn	97	「瓷」仔	huî
81	齒「觳」仔	khok	98	落「雪」	seh/serh
82	任「何」	hô	99	皮「蛋」	tàn
83	倒「彈」	tuānn	100	驚「惶」	hiânn

▶請依下列詞彙中「」內之音讀，寫出閩南語漢字。（「/」表示不同音讀）

題號	臺羅拼音	漢字	題號	臺羅拼音	漢字
1	tsò/tsuè-「tīn」	陣	17	hue-「kan」	矸
2	pėh-「tshát」	賊	18	「huâinn/huînn」-tit	橫
3	káu-「sat」	蝨	19	m̄-「tiȯh」	著
4	「thǹg/thuìnn」-sann	褪	20	「peh」 suann	跮
5	lȯh-「kiā」	崎	21	sin-「suí」	水
6	「tíng」-tsin	頂	22	「suá」-uī	徙
7	「lóo」-bah	滷	23	「thuah」-á	屜
8	「tuè/tè/tèr」-lōo	綴	24	「tuh」-ku	盹
9	「nǹg/nuì」-khang	軁	25	「khok」-thâu	擴
10	「kuann」-bâng	菅	26	tìng tsit「phok」	噗
11	「tshȧp」-tshȧp-tih	潘	27	iû-「tsiȧh」-kué/ké/kér	炸
12	「ām」-kún	領	28	tsa-bóo-「kiánn/kánn」	囝
13	「bak」-tsuí	沐	29	tsuí-「tō」-thâu	道
14	「tshián」-thua	淺	30	「hiah」-nī suí	遐
15	「tsiânn」 hó	誠	31	guá「thīn」--lí	伨
16	tāu-「kuann」	乾	32	「khiú/giú」-tuā-soh	搝

題號	臺羅拼音	漢字	題號	臺羅拼音	漢字
33	「nā」-tsún-kóng	若	51	「phak」-sann	曝
34	han-「bān」	顢	52	「pū」-nng/nuī	孵
35	「gâu」kóng-uē	勢	53	「ka」-to	鉸
36	àm-「mê/mî」	暝	54	「tshì」-môo-thâng	刺
37	「kám」-kóng	敢	55	tshì-khuànn-「māi」	覓
38	tsiunn/tsionn-「ám」	泔	56	ē/e-「poo」	晡
39	kian-「tàng」	凍	57	「hòo」tsuí	戽
40	「ak」-tsuí	沃	58	「lim」tsuí	啉
41	tsháu-「poo」	埔	59	「lò」-kha	躼
42	bān-bān-á-「sī」	是	60	「khòng」-bah	炕
43	「bak」-tsiu	目	61	「sái」-tshia	駛
44	「tháu」--khui	敨	62	「iù」-siù	幼
45	「siah」-siah-kiò	削	63	「bóng」khuànn	罔
46	tshiú-「tshìng」	銃	64	「tāi」-sing	代
47	pá-「tiùnn/tiònn」	脹	65	「thuh」ē-táu	托
48	phiau-「phiat」	撇	66	「uan」-ke	冤
49	「uat」tò-pîng	斡	67	「kiàm」-sún	劍
50	tshuì-「nuā」	瀾	68	「khàm」-kuà	崁

題號	臺羅拼音	漢字	題號	臺羅拼音	漢字
69	tsiù-「tsuā」	誓	85	「tâm」-kôo-kôo	澹
70	khùn-「bîn」	眠	86	「kún」-tsuí	滾
71	「tsheh」-pau	冊	87	「kha」-tshng/ tshuinn	尻
72	「hip」-siòng/ siàng	翕	88	ngóo-「hiang」	香
73	「thàu」-hong	透	89	bí-「thai」-bak	篩
74	「khok」-hîng	酷	90	「iú」-hàu	有
75	liâm-「mi/pinn」	鞭	91	「tú」--tioh	拄
76	a-「ḿ」	姆	92	「tshit」toh-á	拭
77	báng-「tà」	罩	93	「kòng」-tsing	摃
78	kiâm-「tsiánn」	洪	94	tsit-「má」	馬
79	phah-「sńg/ suínn」	損	95	tshài-「póo」	脯
80	hi-「bî」	微	96	khò-「sè」	勢
81	「lù」thôo-kha	鑢	97	「kāu」-uē	厚
82	「khiām」-tsînn	儉	98	hit-「tah」	搭
83	hó-tshuì-「táu」	斗	99	nng ê ū 「sîng」	成
84	「jiû/liû/giû」-hî/ hû/hîr	鰇	100	「ku」--loh-khì	跔

二：教師組、社會組

▶請寫出「」內臺灣閩南語漢字之臺羅拼音。

題號	閩南語漢字	臺羅拼音	題號	閩南語漢字	臺羅拼音
1	頂「世」人	sì	17	「否」認	hónn/hóo
2	予人「訕」	suān	18	「腳」數	kioh
3	出「癖」	phiàh	19	「鑽」空	tsǹg/tsuìnn
4	「再」版	tsài	20	茶「滓」	tái
5	賞「罰」	huàt	21	暗「淡」	tām
6	謀財害「命」	bīng	22	手「液」	sióh
7	批「囊」	lông/long	23	「協」會	hiàp
8	「面」會	biān	24	比「對」	tuì
9	「硼」砂	phîng/pîng	25	「募」捐	bōo
10	跤「曲」	khiau	26	所得「稅」	suè/sè/sèr
11	「誣」賴	bû	27	「鰗」鰡	hôo
12	開「臊」	tsho	28	結「構」	kòo
13	「樸」實	phoh	29	區「域」	hik/ik
14	北「極」	kik	30	俗「諺」	gān
15	木「屐」	kiàh/khiàh	31	「索」引	sik
16	蟯皮「癬」	sián	32	輕「秤」	tshìn

題號	閩南語漢字	臺羅拼音	題號	閩南語漢字	臺羅拼音
33	「供」四果	kìng	50	反「射」	siā
34	「磕」頭	khàp	51	「誘」因	iú
35	「曆」日	làh	52	針「灸」	kù
36	「創」立	tshòng	53	顯「聖」	sìng
37	潰「瘍」	iông	54	建「築」	tiòk
38	「提」醒	thê	55	針「指」	tsáinn
39	足交「易」	iàh	56	麵「灸」	tsià
40	「監」囚	kann	57	金「釵」	the/thue/there
41	「頻」道	pîn	58	不三不「四」	sù
42	「嚇」驚	heh/hennh	59	「產」生	sán
43	骨「折」	tsih	60	娘仔「繭」	kián/kíng/kán
44	「入」聲	jip/lip/gip	61	狀「況」	hóng
45	真「相」	siòng/siàng	62	「雉」雞	thī
46	「搽」破皮	tshè/tshuè/tsherè	63	「孽」子	giàt
47	評「估」	kóo	64	深「刻」	khik
48	膨「疱」	phā	65	「撒」油	suah
49	「難」民	lān	66	特「有」	iú

題號	閩南語漢字	臺羅拼音	題號	閩南語漢字	臺羅拼音
67	「盲」腸炎	môo	84	厚譴「損」	sńg/suínn
68	「判」官	phuànn	85	「預」料	ī/ū/ír
69	「離」譜	lī	86	有「篤」	tauh
70	「開」基	khai	87	隱「私」	su
71	喙焦喉「渴」	khuah	88	演「變」	piàn
72	扶「裀」	kíng	89	落「胎」	the/ther
73	覺「悟」	ngōo/gōo	90	「拋」魚	pha
74	出「獄」	ga̍k	91	紅「蟳」	tsîm
75	無「妨」	hông	92	「濕」度	sip
76	「操」控	tshau	93	「毀」滅	huí
77	「額」度	gia̍h	94	句「讀」	tāu/tōo/tiō
78	手「擋」	tòng	95	「瓊」花	khîng
79	「研」缽	gíng	96	「瑞」士	Suī
80	「下」水湯	hā	97	「即」時	tsik
81	蝦「膎」	kê/kuê/kerê	98	過「渡」	tōo
82	「遺」言	uî	99	「窒」肚	thām
83	「聖」拄聖	siànn	100	「熨」衫	ut

▶請依下列詞彙中「」內之音讀，寫出閩南語漢字。（「/」
表示不同音讀）

題號	臺羅拼音	漢字	題號	臺羅拼音	漢字
1	bàk-「tshiūnn/tshiōnn」	匠	16	「bâ」-bū-kng/kuinn	貓
2	「tháu」--khui	敨	17	han-「bān」	顢
3	tsuí-「tsàh」	閘	18	「sok」-kiat	束
4	tsóng-「phoo」	鋪	19	「khih」-kak	缺
5	tsò/tsuè/tserè-「sán」-khuì	瘦	20	tshâ-「khit」	杙
6	kiat-「lan」	趼	21	siu-「nuā」	瀾
7	tíng-「ham」	頇	22	「tshìng」 iû-png/puinn	熗
8	「tsih」-tsiap	接	23	ka-「ló」	荖
9	「khōng」 tsng-á	鞏	24	「hiau」-hiông	梟
10	「uè/è/èr」--lâng	穢	25	tsiàh-「po」	褒
11	piàn-「khiàu」	竅	26	「jiû/liû/giû」 -hî/hû/hîr	鰇
12	「lìng/liòng」 -phuē/phē/phēr	躘	27	「kuānn」-tsuí	捾
13	「hîng」-gik	橫	28	「kòo」-khiam	過
14	「hong」 tshuì-phué/phé/phuí	搗	29	kik-「khòo」-khòo	怐
15	giàt-「khiat」 -á-uē	譎	30	bah-「póo」	脯

586

題號	臺羅拼音	漢字	題號	臺羅拼音	漢字
31	「lȯk」-tshuì	漉	50	phah-「phik」	拍
32	「gām」-bīn	儑	51	「kì/kù/kìr」-tsāi	據
33	「pān」-sian	扮	52	「lián」-khap-tshiò	撚
34	thàu-「lām」	濫	53	「huānn」-puânn	扞
35	「tsō」-uē	造	54	khiām-tn̄g-「neh」-tōo	凹
36	「tshāi」 kong-má	祀	55	pha-「liàn/lìn」-táu	輾
37	「e/ue/ere」-hiân-á	挨	56	「tuà」-īnn	蹛
38	thâu 「tshih」-tshih	頤	57	tshian-「suá」	徙
39	im-「thim」	鴆	58	「ta」-liāu	焦
40	「sún」-khang	榫	59	phiann-「liâu」	膫
41	「liám」-tóo	膁	60	tshiah-「iȧh」	疫
42	ū-「pak」-lāi	腹	61	tsit-「tshok」-á	撮
43	ah-「hîng」	雄	62	「gîng」-sim	凝
44	kháu-「tsō」	座	63	「lȧk」-lȧk-tshuah	慄
45	「lu」 thâu-mn̂g	攄	64	「kinn」-tsàng	鹼
46	khó-「tsȧt」-tsȧt	秩	65	「tsùn」-kau	圳
47	「pá」-tsuí	飽	66	tê-「au」	甌
48	「pū」-nn̄g/nuī	孵	67	kap-「tsoh」	作
49	tâng-「ki」	乩	68	「liô」 bah	劚

題號	臺羅拼音	漢字	題號	臺羅拼音	漢字
69	「suāinn」-á	樣	85	hong-siann-「pòng」-iánn	嗙
70	khng-「tâi」	蛤	86	khí-「phuì」-bīn	呸
71	「khînn」-ke	拑	87	hái-「kînn」	墘
72	kāu-sua-「sap」	屑	88	ah-「siúnn/siónn」	鬵
73	「liû」phòng-se	摺	89	tik-「tshíng」	筅
74	kian-「kuann」	乾	90	「tshiō」lōo	炤
75	tíng-「ûn」	匀	91	bô-gī-「niū/niō」	量
76	kha-「tâng」-kut	胴	92	「tah」-iû	搭
77	「hu」-hu--leh	撫	93	tshài-「tshuah」	礤
78	bô-lám-bô-「ne/ni」	拈	94	thuí-「khòo」	庫
79	「tsih」sann	摺	95	mn̂g/muî-「tshuànn」	閂
80	「phānn」-sió-tsiá	奓	96	「tsìng」-thâu	症
81	「tsuānn」-tsuí	濺	97	「iam」-ke/kue/kere	閹
82	「lap」-té/tué/teré	塌	98	hōo tshia「kauh」--tiȯh	軋
83	「hòo」-tsuí	戽	99	「khok」-thâu	擴
84	pih-「tsah」	紮	100	「tiuh」--tsi̍t-ē	搐

🏵101年閩南語字音字形競賽

一：國小、國中、高中學生組

▶請寫出「」內臺灣閩南語漢字之臺羅拼音。

題號	閩南語漢字	臺羅拼音	題號	閩南語漢字	臺羅拼音
1	分「裂」	lia̍t	16	齒「戳」仔	thok
2	賣「掉」	tiāu	17	包「括」	kuat/kuah
3	著「癌」	gâm	18	「閱」讀	ua̍t/ia̍t
4	感「官」	kuan	19	觀「摩」	môo
5	原「則」	tsik	20	「注」意	tsù
6	過「年」	nî	21	「跳」索仔	thiàu
7	「蒜」茸	suàn	22	山「坪」	phiânn
8	「痟」話	siáu	23	記「憶」體	ik
9	釋「迦」	khia	24	「影」響	íng
10	誠「懇」	khún	25	「肉」粽	bah
11	錯「誤」	gōo/ngōo	26	「虐」待	gik
12	推「薦」	tsiàn	27	四「季」	kuì
13	抗「議」	gī	28	底「當」時	tang
14	拍「滂」泗	phōng/pōng	29	「邦」交	pang
15	相「思」	si/su	30	七「夕」	sia̍h/sik

題號	閩南語漢字	臺羅拼音	題號	閩南語漢字	臺羅拼音
31	「恥」笑	thí	49	「輻」射	hok
32	討「趁」	thàn	50	「肩」胛頭	king
33	自「傳」	tuān	51	「駱」駝	lȯk
34	「糖」霜	thn̂g	52	裁「縫」	hông
35	冬「節」	tseh/tsueh/tsereh	53	「齊」勻	tsiâu
36	「矛」盾	mâu	54	安「寧」	lîng
37	「棍」仔	kùn	55	「禽」獸	khîm
38	豆「粕」	phoh	56	厭「瘡」	siān
39	「出」口	tshut	57	退「休」	hiu
40	「參」加	tsham	58	「教」務	kàu
41	歌「謠」	iâu	59	可「惡」	ònn
42	「蠶」豆	tshân	60	蹔「躂」	that
43	「偏」見	phian	61	「黏」黐黐	liâm
44	「實」施	sit	62	「阻」擋	tsóo
45	差「距」	kī/kū/kīr	63	粗「坏」	phue/phe
46	憤「慨」	khài	64	增「長」	tióng
47	「膽」量	tám	65	「指」頭仔	tsíng/tsńg
48	豆「餡」	ānn	66	「振」動	tín

題號	閩南語漢字	臺羅拼音	題號	閩南語漢字	臺羅拼音
67	文「雅」	ngá	84	「遮」雨	jia/lia/gia
68	連「累」	luī	85	兩「兩」	niú/nió
69	吐「血」	hueh/huih	86	「隨」時	suî
70	飛「彈」	tuânn	87	「膍」仔	pi
71	三年一「閏」	jūn/lūn	88	「搜」身軀	tshiau
72	委「屈」	khut	89	苦「勸」	khǹg/khuìnn
73	「錦」標	kím/gím	90	領「袖」	siù
74	「枸」杞	kóo	91	「繁」榮	huân
75	「粟」仔	tshik	92	葡「萄」	tô/tôr/thô
76	林書「豪」	hô	93	齒「抿」	bín
77	「許」可	hí/hú/hír	94	提「供」	kiong
78	履歷「表」	pió	95	妖「精」	tsiann
79	白「鑠」鑠	siak	96	「不」管時	put
80	交「代」	tài	97	歹手「爪」	jiáu/liáu/niáu/giáu
81	囂「俳」	pai	98	偵「探」	thàm
82	目「睫」毛	tsiah/tsiap	99	「榕」仔	tshîng/tsîng
83	「逼」近	pik	100	領「域」	hik/ik

▶請依下列詞彙中「」內之音讀，寫出閩南語漢字。（「/」
表示不同音讀）

題號	臺羅拼音	漢字	題號	臺羅拼音	漢字
1	ka/kai-「tsài」	哉	16	「hue/hui/pue」-lîng-ki	飛
2	thíng-「sīng」	倖	17	「khenn/khinn」-khàm	坑
3	hìnn-「sak」	揀	18	「han」-tsî/tsû/tsîr	番
4	tōo-「kún/kín/lún/ún」-á	蚓	19	「thì」-thâu	剃
5	「sảh」-mī	煠	20	tshân-「enn/inn」	嬰
6	「tàu」-kha-tshiú	鬥	21	「tshò」-bí	糙
7	tuì-「áu」	拗	22	「thī」-ke/kue/kere	雉
8	「li」-li-lak-lak	離	23	tsiok「hiam」--ê	薟
9	kún-「ká」	絞	24	pảk hōo「ân」	緪
10	「khiū」-teh-teh	飯	25	「phòng」-kam	椪
11	「tsìng」-lâng	眾	26	kip-「keh」	格
12	tông-「tshong」	窗	27	「guē」-sing	外
13	tsham-「siông/siâng」	詳	28	oo-「tshiu」	鶖
14	「kuàn」-tshiâng	灌	29	「liảp」-mī-ang-á	捏
15	「puảt/pảt」-á	菝	30	「khih」-kak	缺

題號	臺羅拼音	漢字	題號	臺羅拼音	漢字
31	suh-「kóng」	管	49	「kiàn」-tsí	毽
32	「thán」-pėh/pik	坦	50	hiah-「nī」-á	爾
33	「pùn」-táu	畚	51	「tsím」-pô	嬸
34	sai-「hū」	傅	52	tshiú-「ńg/uínn」	綩
35	「tsik」-peh-hiann-tī	叔	53	「tènn/tìnn」-la̍t	瞪
36	kha-thâu-「u/hu」	跌	54	tsióng/tsiúnn-「tsńg」	狀
37	「lán」-si	懶	55	「tūn」-to	鈍
38	「ik」-tshiah-sng/suinn	溢	56	hî/hû/hîr-「tshi」	鰓
39	tsa̍p-「liām」	唸	57	「kāng」-khuán	仝
40	「āinn/iāng」-gín-á	偝	58	tshia-「hua」	華
41	huah-「hiu」	咻	59	khang-「khuè/khè/khèr」	課
42	sàu-「se/sue」	梳	60	「huān」-sè	凡
43	khang-「khiah」	隙	61	「kò」-tsûn	划
44	khòng-「iô」	窯	62	hún-「înn」	圓
45	hōo-「sap」-á	霎	63	tshiū-「le」	絡
46	「tsín」-tsok	振	64	ióng-「kiānn」	健
47	「khuê」-sìnn	葵	65	tshù tsin 「ėh/uėh」	狹
48	「hìnn」-tiāu	抭	66	pėh-thâu-「khok」-á	鵠

593

題號	臺羅拼音	漢字	題號	臺羅拼音	漢字
67	「gîng」-hueh/huih	凝	84	「pián/phián」-sit	扁
68	「phóo」-tōo	普	85	sì-「siù」-á	秀
69	tshuì-「phué/phé」	頰	86	bô-「tshái」	彩
70	hiu-「hân」	閒	87	oo-bīn-「lā」-pue	抐
71	tsit-pah「khòng」-it	空	88	「ìn」-tshuì	應
72	tē/tuē/terē-「tsí」	址	89	「tshái」-ke/kue/kere	踩
73	khang-「tshuì」	喙	90	é-「káu」	口
74	「puì」-á-hún	痱	91	「tshò」-tshâ	剉
75	tsóng-「phòo」-sai	舖	92	「tshu」-liu-lông	趨
76	「līng」--khì	冗	93	「pín」-tsiam	鉼
77	「gâm」-tsióh	岩	94	「ián」-tó	偃
78	ū-kàu「hàm」	譀	95	tshân-「kap」-á	蛤
79	tshia-「tòng」-á	擋	96	kî-「jí/lí/gí」	子
80	「tshiânn」-ióng/iúnn	晟	97	「bih」--khí-lâi	覕
81	「ham」-á	蚶	98	「huan」-hù	吩
82	sng-「seh/serh」	雪	99	「bat/pat」-tāi-tsì	捌
83	tsháu-「léh/luéh」-á	笠	100	「puann」-hì	搬

二：教育校院學生、教師、社會組

▶請寫出「」內臺灣閩南語漢字之臺羅拼音。

題號	閩南語漢字	臺羅拼音	題號	閩南語漢字	臺羅拼音
1	「絨」仔布	jiông/liông/giông	16	敗「壞」	huāi
2	烏「滓」血	lái	17	「坐」數	tshē
3	「禿」額	thuh	18	「搜」身軀	tshiau
4	建「置」	tì	19	目「睫」毛	tsiah/tsiap
5	仝爸「各」母	koh	20	「錦」標	kím/gím
6	研「缽」	puah	21	蹧「躂」	that
7	「撆」手	iàt	22	推「薦」	tsiàn
8	「慄」慄掣	làk	23	差「距」	kī/kū/kīr
9	「矛」盾	mâu	24	包「括」	kuat/kuah
10	挈「氅」氅	tsháng	25	「橫」逆	hîng
11	「揜」貼	iap	26	歹銅舊「錫」	siah
12	「勍」仔	khiang	27	民「宿」	siok
13	「慒」心	tso	28	四淋「垂」	suî
14	「糞」口	pùn	29	自「傳」	tuān
15	肚「綰」	kuānn	30	「限」數	ān

題號	閩南語漢字	臺羅拼音	題號	閩南語漢字	臺羅拼音
31	「懵」仙	bòng	48	起藥「蛆」	tshi/tshu/tshir
32	譀「浡」	phủh	49	後「嗣」	sū/sû
33	「衝」碰	tshóng	50	「軟」弱	luán
34	「貫」鼻	kǹg	51	何「乜」苦	mí
35	「架」跤	khuè/khè/khèr	52	尾「脽」	tsui
36	赤「鯮」	tsang	53	幫「贊」	tsān
37	「齊」勻	tsiâu	54	「損」蕩	sńg
38	春「臼」	khū	55	釣「餌」	jī/lī/gī
39	「餒」志	lué	56	替代「役」	i/iàh
40	「鞠」躬	kiok	57	「硬」氣	ngē/ngī
41	「墜」落	tuī	58	賢「慧」	huē
42	「伯」勞仔	pit	59	做議「量」	niū/niō
43	委「屈」	khut	60	鏡「框」	khing
44	節「脈」	mèh	61	冬「節」	tseh/tsueh/tsereh
45	怦「怦」喘	phēnn/phènnh/phīnn	62	釘仔「鉗」	khînn
46	衫「幔」咧	mua	63	「輻」射	hok
47	囂「俳」	pai	64	紅「霞」	hê/hâ

題號	閩南語漢字	臺羅拼音	題號	閩南語漢字	臺羅拼音
65	「挓」火	thà	83	盹瞌「睡」	tsuē/tsē/tsēr
66	豆「醐」	pôo	84	潤餅「餃」	kauh
67	「髏」錢空	nǹg/nuì	85	「調」課	tiàu
68	診「斷」	tuàn	86	「忍」耐	jím/lím/gím
69	「賭」強	tóo	87	吵「抐」	lā
70	一目「瞬」仔	nih	88	毛鬈「鬖」	sàm
71	「鼢」鼠	bùn	89	挑「俍」	lāng
72	石「磨」仔	bō	90	「聽」候	thìng
73	果子「猫」	bâ	91	「擽」呧	ngiau
74	豆「粕」	phoh	92	「閱」讀	uàt/iàt
75	入「殮」	liām	93	嘔「紅」	hông
76	「沒」收	bùt	94	「橄」籃	siānn
77	蕗「蕎」	giō/kiō/jiō/kioh	95	「珊」瑚	suan
78	訴「狀」	tsñg	96	「午」時水	gōo/ngóo
79	蓮「藕」	ngāu	97	茭「荖」仔	ló
80	「上」青苔	tshiūnn	98	咒「讖」	tshàm
81	怨「感」	tsheh/tshueh/tshereh	99	盤「撋」	nuá
82	「桃」仔內	thiāu	100	可「惡」	ònn

▶請依下列詞彙中「」內之音讀，寫出閩南語漢字。（「/」
表示不同音讀）

題號	臺羅拼音	漢字	題號	臺羅拼音	漢字
1	tshiú-「pôo」	抔	17	khàu-「tshan」	呻
2	phah-「tshik」-sue	觸	18	tshia-「hua」	華
3	「hâ」-pau	荷	19	pan-「kah」	鴿
4	「piânn」-tseh	平	20	「mooh」-piah-kuí	揖
5	「khian」-á	圈	21	「gàn」-kǹg	滰
6	gû-「pi」	蜱	22	tńg-「tsâi」	臍
7	sìn-「táu」	篤	23	hê-「koo」	蛄
8	「kam」-tshng	疳	24	hōo-「sap」-á	雺
9	「tènn/tìnn」-la̍t	瞪	25	「thíng」-sīng	寵
10	mī-「thi」	麶	26	tâng-「sāi」-á	姒
11	sann-á-「ki/ku/kir」	裾	27	kan-khóo-tsē-「kuà」	過
12	tshenn/tshinn-「kî」	耆	28	「li」-li-lak-lak	離
13	khùn「khòng」-tshn̂g	曠	29	tánn-「tsah」	扎
14	kî-「jí/lí/gí」	子	30	kì/kù/kìr-「lē/luē」	鑢
15	khí-moo「giang」	娟	31	tiunn-「tuah」	掇
16	kuà-「tik」	軸	32	「tsip/sip」--tsi̍t-ē	哂

題號	臺羅拼音	漢字	題號	臺羅拼音	漢字
33	「ing」-ko-phīnn	鸚	51	tshàu-「iāng」	煬
34	「tshûn」-āu-pōo	存	52	tiàm thôo-kha「nuà」	躼
35	tsuí-「hiáp」-á	搣	53	ām-「sê」	垂
36	「tsìm」-khī	浸	54	「thong」-tshó	蓪
37	「nî」-tsînn	簾	55	「phut」-tsháu	剃
38	phah-ka-「láuh」	落	56	kim-「pè」	幣
39	tsím-thâu-「lông」	囊	57	péh-「tiō」	癜
40	「tsáng」-thâu	摠	58	tshì-「kui」	鯢
41	pun-「phenn/phinn」	伻	59	khang-「khiah」	隙
42	「khiàn」-phang	芡	60	「phiat」-pōo	撇
43	「tai」-á	秮	61	āu-「liú」	鈕
44	kiâm-「tānn」	淡	62	「mńg」-tang	晚
45	「tshik」-huè/hè/hèr-siū	促	63	hāu-「siáh」	杓
46	tsháu-「in」	絪	64	「tshiam」-tann	攕
47	iân-「tshiân」	延	65	lāng-「lâu」	鐃
48	「siáp」-tsuí	洩	66	「neh/nih」-kha-bué/bé/bér	躡
49	tshiú-「pē」	耙	67	thñg-「phōo」	廍
50	pōo-「lián」	輦	68	「tshenn/tshinn」-á-tsâng	菁

題號	臺羅拼音	漢字	題號	臺羅拼音	漢字
69	tsuí-「phiô」	藻	85	tshiū-「le」	絡
70	uè-「suè」	涗	86	「au」-kiâm-tshài	漚
71	tíng-「kong」-kut	肱	87	「phànn」-siàu	冇
72	mî-「tsioh」	襀	88	「liâu」--lȯh-khì	蹽
73	tshia/tshiann-「iānn」	颺	89	「thán」-khi	坦
74	kha-thâu-「u/hu」	趺	90	tuā-ām-「kui」	胿
75	khan-「koo」	罟	91	tah-「kau」-á	鉤
76	「biáu」-sī	藐	92	「lân」kam-tsià	剺
77	huâinn/huînn-「kėh」	扴	93	to-「khing」	鎣
78	「jia/lia/gia」-hong	遮	94	「hē」-tsì	夏
79	é-「káu」	口	95	「ik」-tshiah-sng/suinn	溢
80	bōng-「khòng」	壙	96	「pín」-tsiam	鉼
81	thái-「ko」	瘌	97	「tshiânn」-ióng/iúnn	晟
82	tò-「khap」	匼	98	tuì-「khim」-á	襟
83	「pian/pan」-hīnn/hī	扳	99	pán-「liâu」	嘹
84	「thī」-ke/kue/kere	雉	100	「thūn」-pênn/pînn	坉

🌸 100年閩南語字音字形競賽

一：國小、國中、高中、教育校院學生組

▶請寫出「」內閩南語漢字之臺羅拼音，共 100 題。

題號	閩南語漢字	臺羅拼音	題號	閩南語漢字	臺羅拼音
1	清「潔」	kiat	16	「企」業	khì
2	「遷」徙	tshian	17	「月」考	guèh/gèh/gèrh
3	「貸」款	tāi	18	消「瘦」落肉	sán
4	放重「利」	lāi	19	打「擊」	kik
5	政「策」	tshik	20	海「鰻」	muâ
6	「觸」舌	tak	21	長「輩」	puè
7	「今」仔	tann	22	「贖」罪	siòk
8	溫「柔」	jiû/liû/giû	23	吞「忍」	lún
9	「讀」冊	thàk	24	「優」秀	iu
10	「設」立	siàt	25	「嚴」格	giâm
11	「將」來	tsiong/tsiang	26	記「者」	tsiá
12	「憑」據	pîn/pîng	27	「靜」靜	tsīng
13	剝「削」	siah	28	「粒」積	liàp
14	「土」匪	thóo	29	是「非」	hui
15	嚨「喉」	âu	30	剪「布」	pòo

題號	閩南語漢字	臺羅拼音	題號	閩南語漢字	臺羅拼音
31	甘「草」	tshó	49	「惡」人	ok
32	「服」裝	hók	50	宿「舍」	sià
33	爆「炸」	tsà	51	「搶」劫	tshiúnn/tshiónn
34	內「閣」	koh	52	牽「涉」	siáp
35	意「願」	guān	53	「爛」糊糊	nuā
36	砒「霜」	sng	54	「著」火	tóh
37	「諺」語	gān	55	失「眠」	bîn
38	滿「足」	tsiok	56	「拍」球	phah
39	「挖」塗	óo/ué	57	「穡」頭	sit
40	「藥」水	ióh	58	「上」午	siōng/siāng
41	「襪」仔	buéh/béh/bérh	59	分「別」	piat
42	普「遍」	phiàn	60	「促」進	tshiok
43	法「律」	lút	61	「暫」時	tsiām
44	野「獸」	siù	62	樹仔「栽」	tsai
45	「辭」典	sû	63	「怨」嘆	uàn
46	「戶」頭	hōo	64	薄「板」	pán
47	憂「悶」	būn	65	「侵」犯	tshim
48	「抽」籤	thiu	66	「福」利	hok

題號	閩南語漢字	臺羅拼音	題號	閩南語漢字	臺羅拼音
67	結「局」	kiȯk	84	忍「耐」	nāi
68	事「實」	sıt	85	「城」市	siânn
69	「濕」濕	sip	86	「裁」判	tshâi
70	「存」款	tsûn	87	「超」級	tshiau
71	「圈」套	khuan	88	「駛」船	sái
72	「茶」園	tê	89	對「照」	tsiàu
73	「臆」謎猜	ioh	90	「下」跤	ē
74	月「給」	kip	91	「八」珍	pat
75	「堅」定	kian	92	「及」格	kip
76	「致」使	tì	93	「命」運	miā
77	「落」伍	lȯk	94	種「作」	tsoh
78	控「告」	kò	95	「莊」嚴	tsong
79	朗「讀」	thȯk	96	「物」質	bȯt
80	「抱」团	phō	97	「盤」古	phuân/Phuân
81	少「年」	liân	98	「雜」插	tsȧp
82	「楓」仔	png	99	「著」傷	tiȯh
83	比「喻」	jū/lū	100	「畢」業	pit

▶請依下列詞彙中「」內之音讀，寫出閩南語漢字，共 100 題。（「/」表示不同音讀）

題號	臺羅拼音	漢字	題號	臺羅拼音	漢字
1	iû-「káu」	垢	18	「iát」-tshiú	撲
2	lín「tau」	兜	19	Lân-「sū」	嶼
3	「liōng」-tsá	冗	20	「khîng」-hue	瓊
4	「iàn」-khì	厭	21	muâ-「tsî」	糍
5	「khiūnn/khiōnn」-tshuì	嗤	22	tsuí-「tsai」	災
6	ē-「hâi」	頦	23	liú-「lak」	搦
7	「pak」-kha	縛	24	「kám」-ôo	篢
8	siā-「tsìnn」	箭	25	siánn-「huè/hè/hèr」	貨
9	liân-「suà」	紲	26	jia/lia-「tsah」	閘
10	「lòng」-phuà	挵	27	「king」-thé/thué	供
11	「kah」-á	袷	28	「táuh」-táuh-á	沓
12	「khiàng」-kha	勥/勥	29	「làu」-khuì	落
13	「kuà」-tshài-sim	芥	30	「iah」-khang	搤
14	hué/hé/hér-「hun」	薰	31	「lâ」-á	蜊
15	「ló」-tshó	潦	32	「kioh」-siàu	腳
16	「lioh」-á	略	33	in-「tuann」	端
17	「khó」-lâu	洘	34	「iap」-thiap	揜

604

題號	臺羅拼音	漢字	題號	臺羅拼音	漢字
35	lī-「sûn」	純	55	「khuh」-khuh-sàu	咳
36	kài-「siāu」	紹	56	「íng」-pái	往
37	「thâi」-ah	刣	57	lo̍k-「thiòng」	暢
38	「khuê/khê」-kha	瘸	58	hué/hé/hér-「hu」	烌
39	「mê」-kak	鋩	59	「suànn」-hîng	散
40	niû-「lé」	嬭	60	tê-「kóo」	鈷
41	「khau」-siah	剾	61	「sau」-siann	梢
42	iô-「kô」	笱	62	「pê」-tsiūnn	扒
43	bí-「kńg」	管	63	「tshi̍h」 tiān-lîng	揤
44	「lóo」-la̍t	勞	64	pah-「kíng」-kûn	襇
45	「lia̍h」-kông	掠	65	khong-「khám」	歁
46	「khám」-á	坎	66	「lám」-nuā	荏
47	iû-「tái」	滓	67	m̄-「ti̍h/tinnh」	挃
48	io̍h-「phoh」	粕	68	「kan」-á-sun	乾
49	「kà」-tshia	較	69	hún-「giô」	蟯
50	「king」-tsio	弓	70	hi-「hán」	罕
51	「kap」-hûn	敆	71	kha/ka-tsiah-「phiann」	骿
52	ah-「sit」	翼	72	thâu-「hîn」	眩
53	「kànn/ kà」-bó/bú	酵	73	「lia̍p」-tsik	粒
54	lîng-「tī」	治	74	「uá」-khò	倚

題號	臺羅拼音	漢字	題號	臺羅拼音	漢字
75	í-「tsū」	苴	88	「tshun」-tsînn	賰
76	tsuí-「khut」-á	窟	89	「tsát」-pak	實
77	hit-「pîng」	爿	90	「ngiau」-ti	擽
78	huát-「khiā」	徛	91	「lām」-sú	濫
79	siau-「hông」-tuī	防	92	「liù」-phuê/phê/phêr	遛
80	「tshang」-thâu	蔥	93	lân-「san」	星
81	pó-「pì」	庇	94	lâng-「pān」	範
82	「luáh」-á	捋	95	「lók」-tshuì	漉
83	「tsùn」-kau	圳	96	「khioh」-kíng	抾
84	「pōo」-bô-huat	哺	97	「kheh」-á	篋
85	「tshenn/tshinn」-tshau	腥	98	phah-「eh」	呃
86	kut-「tshué/tshé」	髓	99	hì-「tshut」	齣
87	m̄-「tsiânn」-lâng	成	100	phah-「kat」	結

二：教師組、社會組

▶請寫出「」內閩南語漢字之臺羅拼音，共 100 題。

題號	閩南語漢字	臺羅拼音	題號	閩南語漢字	臺羅拼音
1	測「驗」	giām	18	拆「扦」	tshuann
2	扶「挺」	thánn	19	撞「突」	tủt
3	「嚨」喉	nâ	20	沙「挑」	thio
4	中「樞」	tshu	21	「狡」怪	káu
5	紅目「墘」	kînn	22	提「拔」	puàt
6	水「觳」仔	khok	23	中「間」	kan
7	鴨「咪」仔	bî	24	彷「彿」	hut
8	大「富」	pù	25	「怐」怐	khòo
9	「掠」篙泅	liảh	26	新「正」	tsiann
10	「戇」神	gōng	27	「齴」牙	giàng
11	茶「欉」	tsâng	28	「淺」拖仔	tshián
12	暗「毿」	sàm	29	「汰」衫	thuā
13	歲「壽」	siū	30	海「獺」	thuah
14	飽「呃」	eh	31	敏「捷」	tsiảt
15	「吮」食	tshńg	32	翻「譯」	ik
16	墨「汁」	tsiap/tsap	33	焦「燥」	sò
17	中「脊」	tsit	34	「趨」勢	tshu

題號	閩南語漢字	臺羅拼音	題號	閩南語漢字	臺羅拼音
35	「撐」篙	the/thenn	53	「糾」帶	kiù
36	「履」歷	lí	54	「箮」仔	phín
37	「澍」芳水	tshū	55	「觸」舌	tak
38	沙「屑」	sap	56	四「箍」輾轉	khoo
39	「硞」砧石	lóo	57	「剸」草	thuánn
40	通「緝」	tsip	58	「疼」痛	thiànn
41	「塞」鼻	sat	59	面「模」仔	bôo
42	「結」子	kiat	60	跤鼻「黐」	liâm
43	「唱」聲	tshiàng	61	拍「噗」仔	phok
44	「榮」譽	îng	62	硬「掙」	tsiānn
45	漚「鬱」熱	ut	63	飄「撇」	phiat
46	資「訊」	sìn	64	「捅」頭	thóng
47	禿「額」	hiah	65	「抾」捔	khioh
48	安「胎」	thai	66	名「勝」	sìng
49	鋪面「蟶」	than	67	草「莓」	m̂
50	宇「宙」	tiū	68	「挽」喙齒	bán
51	超「越」	uat	69	闊莽「莽」	bóng
52	「湯」匙仔菜	thng	70	承「諾」	lok

題號	閩南語漢字	臺羅拼音	題號	閩南語漢字	臺羅拼音
71	厝「宅」	thèh	86	「喀」痰	khènnh
72	侮「辱」	jiòk/liòk	87	倒「覆」	phak
73	描「述」	sùt	88	斷「絕」	tsuàt
74	打「揲」	tiàp	89	部「落」	lòk
75	「掣」流	tshuah	90	「薟」薑仔	hiam
76	「捎」錢	sa	91	姻「緣」	iân
77	空「襲」	sip	92	肉「砧」	tiam
78	菜「礤」	tshuah	93	靠「岸」	huānn
79	倒摔「向」	hiànn	94	「吟」詩	gîm
80	激面「腔」	tshiunn/tshionn	95	管「轄」	hat
81	黃「疸」	thán	96	「十」月	tsàp
82	魚「拊」	hú	97	六「畜」	thiok
83	「頗」略仔	phó	98	做「醮」	tsiò
84	「覕」喙	bih	99	「拔」桶	puàh
85	牽「核」（仔）	hàt	100	「沓」沓滴滴	tàp

▶請依下列詞彙中「」內之音讀，寫出閩南語漢字，共 100
題。（「/」表示不同音讀）

題號	臺羅拼音	漢字	題號	臺羅拼音	漢字
1	pá-「kuī」	膭	16	「thióng」-á-poo	塚
2	「iah」-khang	搤	17	「bak」-tshiú	沐
3	khí-「thok」-á	戳	18	ô-「te」	臬
4	「tsing」-khū	舂	19	sa-「bui」	微
5	tsiam-「tsí」	黹	20	「tū」-tsuí	駐
6	「sai」-kong	司	21	「uì」-tshuì	飫
7	「tshuh」-bák	眵	22	「phâng」-tiûnn/ tiônn	捀
8	huat-「kànn/ kà」	酵	23	「thuh」-tshàu	黜
9	áu-「pôo」	裒	24	「siânn」--lâng	唌
10	「thí」--khui	褫	25	「khau」-tsing-luî-kóo	敲
11	thái-ko-nuā-「lô」	癆	26	「ìng」puî	壅
12	「khi」-khiau	蹊	27	「lang」-lang	櫳
13	péh-tshang-「tshang」	蔥	28	「khau」 tsháu	薅
14	hì-「tshut」	齣	29	「kái」-pinn	骱
15	pn̄g/puīnn-「lē/ luē」	篱	30	tshau-sim-「peh」-pak	擘

610

題號	臺羅拼音	漢字	題號	臺羅拼音	漢字
31	khang-tshuì-「pōo」-tsi̍h	哺	47	thiu/liu-「khau」	鬮
32	「uá」-tàu	倚	48	nî-「tau」	兜
33	「pōng」-sim	蓬	49	「lâ」-giâ	蟧
34	ta̍h-「khiau」	蹺	50	「tsàm」-kha-pōo	蹔
35	「làng」-tsuā	閬	51	uai-ko-「tshi̍h」-tshua̍h	抑
36	siau-「hông」-tuī	防	52	「bóng」-sian	懵
37	「thún」-ta̍h	跐	53	tsháu-「keh/kueh」-á	鍥
38	tio̍h-「tse」	災	54	ah-「kak」	鷑
39	kha/ka-tsiah-「phiann」	骿	55	lōo-「giō/kiō」	蕎
40	thóo-bah-「tsìnn」	箭	56	kha-āu-「tenn/tinn」	蹬
41	pàng-「līng」	冗	57	「thuah」-thang	挩
42	lân-「san」	星	58	kui-nî-「thàng」-thinn	迵
43	tsàng-「ha̍h」	箬	59	「tshui」-tshiâu	推
44	「khōng」-kha-khiàu	吭	60	khí-「siûnn」	潯
45	hûn-「ang」	尪	61	「loh」-āu--nî	落
46	oo-àng-「tshǹg」	串	62	khí-tshìn-「mo̍oh/mooh」	瘼

題號	臺羅拼音	漢字	題號	臺羅拼音	漢字
63	「suànn」-hîng	散	82	giàh-「kuân」	懸
64	tsang-「lù」-á	鑢	83	「tshun」-tsînn	賰
65	sio-「tsènn/tsìnn」	諍	84	tsuá-「lok」-á	橐
66	「khuh」-khuh-sàu	咳	85	tê-「kóo」	鈷
67	「tshàng」-tshiu	聳	86	「hán」-kiânn	罕
68	kiâm-「tok」-tok	篤	87	koo-「tàk」	獨
69	「khiap」-sì	疙	88	báng-「sut」-á	捽
70	「tàuh」-tàuh-á	沓	89	「pì」-iū	庇
71	bàt-「tsàt」	實	90	「sau」-siann	梢
72	tsiáu-「phiàk/phiak」-á	擗	91	「siāu」-kài	紹
73	tó/tóo-「sū」	嶼	92	「pâng」-sann	縫
74	「khiā」-ńg	徛	93	í-「tsū」	苴
75	náu-「tshué/tshé」	髓	94	「tshìk」-á-mī	摵
76	「suān」-tsiòh	璇	95	「bih」-tshiòh	篾
77	nńg-siô-「siô」	荍	96	「tshóng」-pōng	衝
78	「thâi」-ti/tu/tir	刣	97	「tshū」-tó	跙
79	tsit「kuèh」kam-tsià	橛	98	「am」-kng	醃
80	m̄-「tsiânn」-mih	成	99	「thènn」-thuí	掌
81	táng-「hiannh」	嚇	100	ku-「sui」	祟

99年閩南語字音字形競賽

一：國小、國中、高中學生組

▶請寫出「」內閩南語漢字之臺羅拼音，共 100 題。

題號	閩南語漢字	臺羅拼音	題號	閩南語漢字	臺羅拼音
1	「塑」膠	sok	16	一「下」	ē
2	卵無「雄」	hîng	17	共人「唌」	siânn
3	袚「赴」市	hù	18	山「盟」海誓	bîng
4	「歡」喜	huann	19	好「育」飼	io
5	「颺」颺飛	iānn	20	幼「稚」園	tī
6	「拗」蠻	áu	21	洗「浴」	i̍k
7	「滿」足	buán	22	漿「泔」	ám
8	「樂」隊	ga̍k	23	意「義」	gī
9	「清」彩	tshìn	24	曖「昧」	māi
10	「幹」角	uat	25	魚「鱗」	lân
11	消瘦「落」肉	lo̍h	26	大「範」	pān
12	大「使」	sài	27	三「跤」馬	kha
13	「褪」衫	thǹg/thuìnn	28	「健」保	kiān
14	「寒」流	hân	29	戲「院」	īnn
15	「枵」飽吵	iau	30	「田」岸	tshân

題號	閩南語漢字	臺羅拼音	題號	閩南語漢字	臺羅拼音
31	毋「肯」	khíng	51	「監」囚	kann
32	落「氣」	khuì	52	干「焦」	na/ta/tann
33	傷「晏」	uànn	53	「目」的	bȯk
34	發「芽」	gê	54	霧「霧」	bū
35	「燃」火	hiânn	55	「捷」運	tsiȧt/tsiȧp
36	「紅」花	âng	56	「代」表	tāi
37	「檨」仔	suāinn	57	「懊」惱	àu
38	「五」百	gōo	58	「蜜」茶	bȧt
39	宣「誓」	sè	59	「聘」請	phìng
40	「協」助	hiȧp	60	討「厭」	ià
41	「蹛」庄跤	tuà	61	「驗」血	giām
42	「鳥」鼠	niáu	62	「爸」囝	pē
43	「尻」川	kha	63	「語」氣	gí/gú/gír
44	「刉」洗	khau	64	蘭「嶼」	sū
45	「嚇」驚	heh/hennh	65	「網」站	bāng
46	「凝」心	gîng	66	「廟」埕	biō
47	「塚」仔埔	thióng	67	「荏」懶	lám
48	「感」激	kám	68	反「僥」	hiau
49	盒「仔」餅	á	69	軟「汫」	tsiánn
50	針「黹」	tsí	70	情「況」	hóng

題號	閩南語漢字	臺羅拼音	題號	閩南語漢字	臺羅拼音
71	「復」興	ho̍k	86	日「月」潭	gua̍t
72	「癮」仙哥	giàn	87	好「額」	gia̍h
73	圓「環」	khuân	88	「眲」大餅	hīng
74	「慢」分	bān	89	把「握」	ak
75	「愛」食	ài	90	金「融」	iông
76	門「診」	tsín	91	「翁」婿	ang
77	「掠」賊	lia̍h	92	「喙」齒	tshuì
78	「俏」囡仔	āinn	93	兇「狂」	kông
79	和「睦」	bo̍k	94	單「純」	sûn
80	「菅」芒	kuann	95	「目」屎	ba̍k
81	「煠」青菜	sa̍h	96	「供」體	king
82	「礙」目	gāi/ngāi	97	「喘」氣	tshuán
83	「蓄」嫁粧	hak	98	「口」氣	kháu
84	「傑」出	kia̍t	99	嚨「喉」	âu
85	「滅」亡	bia̍t	100	「購」買	kòo

▶請依下列詞彙中「」內之音讀，寫出閩南語漢字，共 100 題。（「/」表示不同音讀）

題號	臺羅拼音	漢字	題號	臺羅拼音	漢字
1	lâng-「sŋg」	床	17	「put」thôo-sua	抔
2	「piànn」-sàu	摒	18	「hiat」-tiāu	抶
3	ko-ko-「tînn」	纏	19	àm-「bîn」-bong	眠
4	「tshi」-bê	癡	20	「phú」-sik	殕
5	「uì」-kuânn	畏	21	「hang」-bah	烘
6	「huānn」-ke	扞	22	「hàm」-kóo	譀
7	「tiàu」-tuann	召	23	uàn-「tsheh/tshueh」	感
8	sing-「lí」-lâng	理	24	「thuân」-thóng	傳
9	「tiàu」-kiô	吊	25	「po」-tsióng/tsiáng	褒
10	「tiām」-tsīng	恬	26	「giàn」-thâu	癮
11	kap-「tsoh」	作	27	mî-「hiû」	裘
12	thâu-「tsang」	鬃	28	「tshiâng」-tsāi	常
13	thíng-「sīng」	倖	29	「kuānn」-tsuí	捾
14	kik-「liàt」	烈	30	「hip」-juàh/luàh	翕
15	「giâm」-keh	嚴	31	ô-「kê」	膎
16	kak-「ngōo」	悟	32	khī-「kué/ké/kér」	粿

題號	臺羅拼音	漢字	題號	臺羅拼音	漢字
33	「tông」--ê	堂	52	「kiù」-tuà	糾
34	「tsi」-tshut	支	53	「tshiám」-á	攕
35	「pué」-khui	掰	54	kang-「giȧp」	業
36	kiann-「hiânn」	惶	55	「tènn/tìnn」-khong	佯
37	「tǹg/tuìnn」ìn-á	頓	56	「huàn」-bē/buē	販
38	「hiánn」-thâu	顯	57	gû-「nñg」	郎
39	muá-「pak」	腹	58	「tsìnn」-hong	搢
40	「khiā」-phiò	徛	59	「thîn」-tê	斟
41	「kik」-tuan	極	60	「hâ」-kûn	縖
42	「ah」-pà	壓	61	oo-sô-「sô」	趖
43	「îng」-sian-sian	閒	62	sim-kuann-「thâu」	頭
44	「tsiànn」-káng	正	63	「tân」-luî-kong	霆
45	tsuí-「khòo」	庫	64	sán-「pi」-pa	卑
46	「oh」-kà	僫	65	ún-「muâ」	瞞
47	pñg/puīnn-「phí」	疕	66	tshàu-「tsho」	臊
48	kha-「pėh」	帛	67	「huat」-tȧt	發
49	「lak」-tē/tēr-á	橐	68	uî-「hām」	憾
50	lāi-「sann」	衫	69	「sáng」-sè	聳
51	kim-「kȧt」	滑	70	phái(nn)-tâng-kū-「siah」	錫

617

題號	臺羅拼音	漢字	題號	臺羅拼音	漢字
71	ha̍h-「su」	軀	86	thái-「ko」	瘌
72	tshut-「tiunn/tionn」	張	87	「àu」-sái-sik	漚
73	giâ-「kê」	枷	88	「tshńg/tshuínn」kut-thâu	吮
74	「ban」-kiánn	屘	89	「tshī」-tsháu	飼
75	「tshiàu」-tâm	笑	90	「tshàng」-tsuí-bī	藏
76	「ân」-tòng-tòng	絚	91	tì-「ìm」	蔭
77	kiò-「kheh」	客	92	「phòng」-sai-sai	膨
78	m̄-「ta̍t」	值	93	khó-「náu」	惱
79	「tshik」-á	粟	94	lāu-tò-「kiu」	勼
80	「ānn」-piánn	餡	95	înn-「khoo」-á	箍
81	iu-「tshiû」	愁	96	「si̍h」-pún	蝕
82	oo-「pang」	枋	97	「hó͘」--lâng	唬
83	「tshau」-huân	操	98	khai-「káng」	講
84	「se̍h/se̍rh」-sîn	楚	99	gû-「káng」	牐
85	pá-「tīnn」	滇	100	tsiah-「tàu」	晝

二：教師組、社會組

▶請寫出「」內閩南語漢字之臺羅拼音，共 100 題。

題號	閩南語漢字	臺羅拼音	題號	閩南語漢字	臺羅拼音
1	腰「尺」	tshioh	18	防腐「劑」	tse
2	本「成」	tsiânn	19	米「篩」	thai
3	平「仄」	tseh	20	歹扭「搦」	lȧk
4	藥「粕」	phoh	21	幼「稚」園	tī
5	欠「數」	siàu	22	「裁」示	tshâi
6	千里「鏡」	kiànn	23	「作」孽	tsok
7	毋「但」	nā/niā/tānn	24	「釣」魚	tiò
8	「憑」據	pîn/pîng	25	單「純」	sûn
9	「縫」衫	pâng	26	大「使」	sài
10	「罷」工	pā	27	風「評」	phîng
11	我姓「蕭」	siau/sio	28	大「前」年	tsûn
12	戶「籍」	tsȋk	29	行一「逝」	tsuā
13	「五」仁	ngóo	30	「衝」碰	tshóng
14	「揀」車	sak	31	臭「粒」仔	liȧp
15	風聲「嗙」影	pòng	32	「綜」合	tsong
16	袂「接」力	tsih	33	「打」扮	tánn
17	「檨」仔	suāinn	34	效「率」	lȕt

題號	閩南語漢字	臺羅拼音	題號	閩南語漢字	臺羅拼音
35	「健」保	kiān	54	「召」集	tiàu
36	花「鰍」	thiâu	55	「供」體	king
37	「褪」衫	thǹg/thuìnn	56	「小」丑仔	siáu
38	「噪」人耳	tshò	57	「圳」溝	tsùn
39	規大「片」	phiàn	58	「綴」後壁	tuè/tè/tèr
40	肺「管」	kńg	59	「赤」牛	tshiah
41	魚「鰾」	piō	60	「偵」探	tsing
42	歹「腹」肚	pak	61	憂「愁」	tshiû
43	煙「黗」	thûn	62	鞋「拔」仔	puèh/puìh
44	「熟」似	sik	63	「石」榴	siàh
45	下「水」湯	suí	64	曖「昧」	māi
46	應喙應「舌」	tsìh	65	「族」群	tsȯk
47	欲「挃」	tih/tinnh	66	「存」款	tsûn
48	美「術」	sùt	67	糞埽「籠」	láng
49	「閬」縫	làng	68	圓仔「桸」	tshè/tshuè
50	「傑」出	kiàt	69	無較「縒」	tsuàh
51	久「長」病	tn̂g	70	「陳」皮	tîn
52	「吐」腸頭	thóo	71	「幹」角	uat
53	「伨」生	tènn/tìnn	72	紅膏赤「蠘」	tshȯh

題號	閩南語漢字	臺羅拼音	題號	閩南語漢字	臺羅拼音
73	「測」量	tshik	87	「才」華	tsâi
74	烏「笛」仔	ta̍t	88	短「銃」	tshìng
75	「皮」蛋	phî	89	「炸」油	tsuànn
76	想空想「縫」	phāng	90	手「續」	sio̍k
77	「梢」聲	sau	91	「設」備	siat
78	「購」買	kòo	92	樂「暢」	thiòng
79	「紲」拍	suà	93	一「注」錢	tù
80	針「黹」	tsí	94	凡「勢」	sè
81	太「白」粉	pe̍h/pi̍k	95	考「察」	tshat
82	「捷」運	tsia̍t/tsia̍p	96	「傳」真	thuân
83	「半」仙	puàn	97	花袚「牢」枝	tiâu
84	公「共」	kiōng	98	手「摺」簿仔	tsih
85	出「名」	miâ	99	「聘」請	phìng
86	「鼻」空	phīnn/ phī	100	「石」碑	tsio̍h

▶請依下列詞彙中「」內之音讀，寫出閩南語漢字，共 100 題。（「/」表示不同音讀）

題號	臺羅拼音	漢字	題號	臺羅拼音	漢字
1	「lak」-tē-á	橐	17	âng-kòng-「kòng」	絳
2	sông-「sông」	倯	18	「khuê/khê」-tshiú	瘸
3	「hàng」-ling/lin/ni/ne	胖	19	「hiauh」-than	蔫
4	「thenn/the」-tsûn	撐	20	thâu-「the」	胎
5	khong-「khám」	歁	21	「tông」--ê	堂
6	「khîng」-hun	窮	22	「bî」--tsit-ē	眯
7	「kik」-tuan	極	23	kiann-tsit-「tiô」	趒
8	lām-「sám」	糝	24	「hâ」-kûn	縖
9	thôo-kha「nuà」	躽	25	「khû」 leh tsiah	跍
10	「tsínn/tsí」-kiunn	茈	26	「tsìnn」-hong	搢
11	niû/niôo-「lé」	嬭	27	「nng」-tsng	軁
12	「khioh」-kut	抾	28	「thuànn」--khui	湠
13	「sng/suinn」-nng/nuí	痠	29	「tshìn」-kuānn	凊
14	「âm」-kau	涵	30	tsiah-「tàu」	晝
15	khioh-「kíng」	襇	31	「peh」 iū-á	擘
16	「hiánn」-thâu	顯	32	gû-「káng」	牨

622

題號	臺羅拼音	漢字	題號	臺羅拼音	漢字
33	「at」--tńg/tuīnn	遏	52	「ham」-á	蚶
34	koo-「tsiânn」	情	53	tò-「siàng/siak」-hiànn	摔
35	tsiù-「tsuā」	誓	54	pháinn-tâng-kū-「siah」	錫
36	tshiò-「khue/khe」	詼	55	pn̄g-「phí」	疕
37	「nuá」 mī-hún	撋	56	khò-「siȯk」	俗
38	kiâm-「tsiánn」	汫	57	「piànn」-sàu	摒
39	「thn̄g」-tshài	熥	58	「iàn」-khì	厭
40	「sâi」-tsiȧh	饞	59	「hiannh」-sann	挔
41	phòng-「phā」	泡	60	「ân」-tòng-tòng	絚
42	tsȧp-「tshap」	插	61	to-「khing」	鏗
43	「phuȧh」-liān	袚	62	tîng-「tânn」	耽
44	「tân」-luî-kong	霆	63	tiȯh-ka-「tsȧk」	嗾
45	「thīnn」-sann	紩	64	「tshiâu」-suá	撨
46	「tshiâng」-tsāi	常	65	「sėh/sėrh」-sîn	踅
47	thíng-「sīng」	倖	66	「tsông」-tsînn	傱
48	「hīng」 tuā-piánn	睍	67	sim-「būn」	悶
49	tshàu-「hiàn」	羶	68	「tshia」-pùn-táu	捙
50	liâm-thi-「thi」	黐	69	sio-「tn̄g」	搪
51	pá-「tīnn」	滇	70	「phòng」-sai-sai	膨

題號	臺羅拼音	漢字	題號	臺羅拼音	漢字
71	「phú」-sik	殕	86	thôo-「lâng」	甏
72	tshuì-「tsuânn」	殘	87	「phinn/phenn」--lâng	偏
73	「lám」-nuā	荏	88	「thiám」-thâu	忝
74	bô-kiâm-bô-「siam」	纖	89	「hàm」-kóo	諏
75	a-「tsa」	臢	90	「tsìnn」-bah	糍
76	「ló」-tshó	潦	91	「láng」-khòo	攏
77	uánn-「tī/tū/tīr」	箸	92	「gāng」--khì/khù/khìr	愣
78	「àu」-tū-tū	懊	93	tsīn-「pōng」	磅
79	「sáng」-sè	聳	94	tuī-「tsîn」	繩
80	tiūnn/tiōnn-「ḿ」	姆	95	tuā-「tâng」	筒
81	「hàinn」-thâu-á	幌	96	「iàt」-tshiú	撆
82	hāu-「hia」	桸	97	înn-「khoo」-á	箍
83	「ban」-kiánn	屘	98	tiàu-「tāu」	脰
84	「hia」--ê	遐	99	「siap」-phāng	屧
85	「khó」-tsu̍t-tsu̍t	洘	100	「bīn」-thâng	蝒

98年閩南語字音字形競賽

一：國小、國中、高中學生組

▶請寫出「」內閩南語漢字之臺羅拼音，共 100 題。

題號	閩南語漢字	臺羅拼音	題號	閩南語漢字	臺羅拼音
1	「腹」肚	pak/bak	17	風「俗」	siòk
2	「人」客	lâng	18	五「十」	tsàp
3	計「算」	sǹg/suìnn	19	樹「葉」	hiòh
4	拜「五」	gōo	20	加「減」	kiám
5	「順」利	sūn	21	「涼」亭仔	liâng
6	檢「查」	tsa	22	「變」化	piàn
7	「博」物館	phok	23	處「罰」	huàt
8	遊「覽」車	lám	24	「石」頭	tsiòh
9	歌「詞」	sû	25	「秋」天	tshiu
10	「產」生	sán	26	「阮」兜	guán/gún
11	滋「味」	bī	27	思「念」	liām
12	天「氣」	khì	28	「囡」仔	gín
13	「長」短	tn̂g	29	奇「怪」	kuài
14	短「褲」	khòo	30	體「育」	iòk
15	「外」國	guā	31	公「媽」	má
16	「客」廳	kheh	32	「上」課	siōng/siāng

題號	閩南語漢字	臺羅拼音	題號	閩南語漢字	臺羅拼音
33	手「冊」	tsheh	53	「鉸」刀	ka
34	「歹」囝	pháinn/phái	54	「狡」怪	káu
35	「天」然	thian	55	「徛」鵝	khiā
36	「毋」免	m̄	56	齒「抿」仔	bín
37	困「難」	lân	57	「心」情	sim
38	「鐵」路	thih	58	「日」頭	jit/lit/git
39	「跤」手	kha	59	「地」動	tē/tuē/terē
40	「寒」天	kuânn	60	「西」瓜	si
41	班「長」	tiúnn/tiónn	61	「夾」菜	ngeh/gueh
42	「黃」色	n̂g/uînn	62	「兔」仔	thòo
43	「浴」間仔	ik	63	「金」魚	kim
44	「賊」仔	tsha̍t	64	「後」壁	āu
45	白「目」	ba̍k	65	「柔」道	jiû/liû/giû
46	美「容」	iông	66	「耐」心	nāi
47	一「陣」風	tsūn	67	「食」飯	tsia̍h
48	「耳」空	hīnn/ hī	68	「海」水	hái
49	「幌」韆鞦	hàinn	69	「莫」講	mài
50	腹肚「枵」	iau	70	「透」早	thàu
51	「佮」意	kah	71	「搖」頭	iô
52	咖「啡」	pi	72	「鼻」仔	phīnn

題號	閩南語漢字	臺羅拼音	題號	閩南語漢字	臺羅拼音
73	「熱」天	juάh/luάh	87	風「吹」	tshue/tshe/tsher
74	「靠」山	khò	88	風「颱」	thai
75	「貓」仔	niau/ngiau	89	開「花」	hue
76	「鴨」母	ah	90	暗「暝」	mê/mî
77	「蠓」仔	báng	91	號「名」	miâ
78	弓「蕉」	tsio	92	過「年」	nî
79	中「晝」	tàu	93	鉛「筆」	pit
80	月「娘」	niû/niôo	94	電「腦」	náu
81	文「雅」	ngá	95	嫦「娥」	ngôo
82	王「梨」	lâi	96	精「神」	sîn
83	白「紙」	tsuá	97	寫「字」	jī/lī/gī
84	米「粉」	hún	98	膨「鼠」	tshí/tshú/tshír
85	放「尿」	jiō/liō/giō	99	頭「殼」	khak
86	花「園」	hông/huînn	100	雞「肉」	bah

▶請依下列詞彙中「」內之音讀,寫出閩南語漢字,共 100 題。(「/」表示不同音讀)

題號	臺羅拼音	漢字	題號	臺羅拼音	漢字
1	「àm」-tǹg/tuìnn	暗	18	「kuah」-pau	割
2	「ang」-á	尪	19	「kui」-khì	規
3	「bâ」-pì	麻	20	「lah」-sap	垃
4	「bih」hōo	覕	21	「lim」tê	啉
5	「hiânn」kún-tsuí	燃	22	「lò」-kha	躼
6	「hip」-juah/luah	翕	23	「ngóo」-kim-hâng	五
7	「hôo」-sîn	胡	24	lóo-「nñg/nuī」	卵
8	「huah」-siann	喝	25	「oo」-pang	烏
9	「io」-tshī	育	26	「phah」kiû	拍
10	「kāu」-uē	厚	27	「phuānn」-tshiú	伴
11	「ke」-pô	家	28	「pēnn/pīnn」-īnn	病
12	「khiām」-tsînn	儉	29	「sap」-bûn/muî	雪
13	「khòng」-bah	炕	30	「sėh/sėrh」-iā-tshī	踅
14	「khóo」-khǹg/khuìnn	苦	31	「siàu」-liām	數
15	「kiô」-á-sik	茄	32	「siû」-tsuí	泅
16	khí-「ko」	膏	33	「siunn/sionn」tuā	傷
17	「kóo」-á-ting	鼓	34	「so」înn-á	挲

題號	臺羅拼音	漢字	題號	臺羅拼音	漢字
35	「suah」-hì	煞	54	hái-「ang」	翁
36	「suí」sann	媠	55	hái-「íng」	湧
37	「thiànn」-sioh	疼	56	kám-「tsîng」	情
38	「thôo」-tāu	塗	57	tsiáu-á-「siū」	岫
39	「tiām」-tiām	恬	58	lán「tau」	兜
40	「tsah」tsînn	紮	59	kí-「tsáinn」	指
41	「tshiàng」-siann	唱	60	kiann-「hiânn」	惶
42	「tshuì」-tsi̍h	喙	61	「tuè/tè/tèr」lōo	綴
43	「tsiōng/tsiāng」-guân	狀	62	kún-「sńg」-tshiò	耍
44	「tsoh」-tshân	作	63	kòo-「būn」	問
45	「tsù」-tiānn	註	64	koo-「tiūnn/tiōnn」	丈
46	「tú」-hó	拄	65	kuàn-「sì」	勢
47	「uá」-khò	倚	66	kuân-「kē」	下
48	「uànn」-khùn	晏	67	làu-「khuì」	氣
49	a-「ḿ」	姆	68	tsiànn-「pîng」	爿
50	bē/buē/berē-「hù」	赴	69	lân-「san」	星
51	bí-「phang」	芳	70	lâng-「sn̂g」	床
52	bô-「tshái」	彩	71	khiâ「bé」	馬
53	Gio̍k-「san」	山	72	lí-á-「kiâm」	鹹

題號	臺羅拼音	漢字	題號	臺羅拼音	漢字
73	「bat/pat」tāi-tsì	捌	87	tı̍t-「tsuā」	逝
74	m̄-「thang」	通	88	tsiàu-「khí」-kang	起
75	「hiû」-á	裘	89	tsı̍t「tsâng」tshiū-á	欉
76	「bē/buē/berē」-tàng	袂	90	ba̍k-「tsiu」	睭
77	o-「ló」	咾	91	「kiânn」-lōo	行
78	uánn-「kué/ké/kér」	粿	92	kóo-「tsui」	錐
79	oo-pe̍h-「bú」	舞	93	「hāu」-senn/sinn	後
80	pùn-「sò」	埽	94	「iú/ū」-hàu	有
81	siám-「sih」	爍	95	「bán」hue	挽
82	sı̍k-「sāi」	似	96	ba̍k-「sái」	屎
83	sì-khoo-「uî」-á	圍	97	「hiông」-hiông	雄
84	thih-「khí」	齒	98	hó-「ka」-tsài	佳
85	tik-「ko」	篙	99	huat-「tōo」	度
86	「tìn」-uī	鎮	100	「ioh」khuànn-māi/bāi	臆

二：教師組、社會組

▶請寫出「」內閩南語漢字之臺羅拼音，共 100 題。

題號	閩南語漢字	臺羅拼音	題號	閩南語漢字	臺羅拼音
1	考「牢」大學	tiâu	18	「木」匠	ba̍k
2	實「櫼」	tsinn	19	「圓」棋門	uân
3	小「寒」	hân	20	帶「孝」	hà
4	「召」集	tiàu	21	「撙」節	tsún
5	「佩」服	puē	22	田「佃」	tiān
6	「守」寡	tsiú/tsiúnn	23	「實」鼻	tsa̍t
7	容「易」	īnn/ī	24	名「額」	gia̍h
8	媽祖「宮」	king	25	「重」巡	tîng
9	「產」生	sán	26	相「楗」	kīng
10	「粒」積	lia̍p	27	「檨」仔	suāinn
11	「握」手	ak	28	冗「剩」	siōng/sīng
12	「律」師	lu̍t	29	「奉」獻	hōng
13	草「蓆」	tshio̍h	30	「院」長	īnn
14	「大」家官	ta	31	「夯」貨	giâ
15	分「攤」	thuann	32	「穴」道	hia̍t
16	手「液」	sio̍h	33	拗「哀」	pôo
17	月「給」	kip	34	印「象」	siōng/siāng

題號	閩南語漢字	臺羅拼音	題號	閩南語漢字	臺羅拼音
35	「好」玄	hònn/hòo	53	金「融」	iông
36	刺「疫」	iàh	54	閉「思」	sù
37	歪膏揤「斜」	tshuàh	55	「嚣」俳	hiau/hia
38	咒「誓」	tsuā	56	「幹」角	uat
39	「往」過	íng	57	「茉」莉	bàk/bāng
40	拋「荒」	hng/huinn	58	「捒」揀	hìnn
41	花「瓶」	pân	59	「茅」仔草	hm̂/m̂
42	「研」粉	gíng	60	富「裕」	jū/lū
43	「校」對	kàu	61	掖「秧」仔	ng
44	「楚」神	sèh/sèrh	62	「鏤」鑽	nǹg/nuì
45	做雞著「筅」	tshíng	63	「璇」石	suān
46	「苊」薑	tsínn	64	螃「蜈」	giâ
47	臭「羶」	hiàn	65	「苛」頭	khô
48	卵無「雄」	hîng	66	「氣」口	khuì
49	相「迵」	thàng	67	「伻」戇	tènn/tìnn
50	奢「颺」	iānn	68	厚沙「屑」	sap
51	「揜」貼	iap	69	「塌」錢	thap
52	陪「綴」	tuè/tè/tèr	70	拍「翻」	phún

題號	閩南語漢字	臺羅拼音	題號	閩南語漢字	臺羅拼音
71	「冇」粟	phànn	86	發「酵」	kànn/kà
72	「私」奇	sai	87	「厭」氣	iàn
73	「饞」食	sâi	88	块「埃」	ia
74	爍「爁」	nà/nah	89	搖「笱」	kô
75	「承」水	sîn	90	腰「尺」	tshioh
76	燒「烙」	lō	91	椅「苴」	tsū
77	死「趖」	sô	92	羊「眩」	hîn
78	曖「昧」	māi	93	交懍「恂」	sún
79	暗「毿」	sàm	94	厚「譴」損	khiàn
80	礙「虐」	gioh	95	「下」路	kē
81	五筋「枷」	kê	96	跤後「蹬」	tenn/tinn
82	合「軀」	su	97	「磕」袂著	khap
83	「蓄」嫁粧	hak	98	「园」步	khǹg
84	「諏」鏡	hàm	99	抾「拾」	sip
85	風聲「嗙」影	pòng	100	「炕」窯	khòng

▶請依下列詞彙中「」內之音讀，寫出閩南語漢字，共 100 題。（「/」表示不同音讀）

題號	臺羅拼音	漢字	題號	臺羅拼音	漢字
1	「tsih」-tsiap	接	16	toh-tíng-「ni」-kam	拈
2	ka-「iàh」	易	17	kîng-tsioh-「pù」-hîng	富
3	bô-khah-「tsuàh」	縒	18	「tshiànn」 kang-lâng	倩
4	「buán」-liân	輓	19	phih-phih-「tshuah」	掣
5	「iang/iong」-sann-thok-sì	央	20	「au」-á	甌
6	「tsin」-suán	甄	21	「hāu」-hia	鱟
7	「tsau/tsiau」-that	蹧	22	「hiánn」-bàk	顯
8	「puânn」-tshia	盤	23	hiunn/hionn-「hu」	烌
9	「làm」-tshân	湳	24	hōo-「mua」	幔
10	「jîm/lîm/gîm」 tsînn	撏	25	「huàn」-tshù	販
11	「báu」--sí	卯	26	huat-「hông」	癀
12	「hiânn」 kún-tsuí	燃	27	kiâm-「kê」	膎
13	lô-「kenn/kinn」	經	28	「kap」 ioh-á	敆
14	khùn thán-「khi」	敧	29	「kiu」-tsuí	勼
15	「luàh」 thâu-tsang	捋	30	nńg/nuí-「tsiánn」	汫

題號	臺羅拼音	漢字	題號	臺羅拼音	漢字
31	「khàm」-kuà	崁	50	tsáp-「tsn̂g」	全
32	「khè/khuè/kherè」-pē	契	51	lâng-「pān」	範
33	khiau-「ku」	疴	52	thih-「sian/san」	銑
34	「kik」-kut	激	53	sio-「thīn」	佝
35	「king」-thé/thué	供	54	hók-「sāi」	侍
36	「ùn」 tāu-iû	搵	55	tn̂g-「tu」-hîng	株
37	「tsút」-bí	秫	56	「àu」-pōo	漚
38	「ìng」-tshài	蕹	57	「áh」-sái	曷
39	tshiú-「lông」	囊	58	tê-「tái」	滓
40	tsoh-「sit」	穡	59	「that」-tshia	窒
41	sio-「tsim」	唚	60	「suh」-kóng	欶
42	「phâng」 tê	捀	61	「oh」-kóng	僫
43	「piak」-iû	煏	62	「khian」 tsióh-thâu	掔
44	「pû」-á	匏	63	tik-「pâi」-á	棑
45	「thuànn」-tsíng	湠	64	「thuánn」-tsháu	剷
46	「sià」-sì-tsìng	卸	65	「teh」-tiānn	苔
47	「sit」-kóo	翼	66	「pih」-tsah	擎
48	「siû」-tsuí	泅	67	「âm」-khang	涵
49	「suan」-tîn	旋	68	「bái」-bī	穤

題號	臺羅拼音	漢字	題號	臺羅拼音	漢字
69	hōo-「tīng」	模	85	「ku」-lí	苦
70	tsiáu-á-「siū」	岫	86	「lām」-sám	濫
71	ke/kue/kere-「kui」	胿	87	「láng」khòo	攏
72	「tà」-bū	罩	88	「suà」--lóh-khì	紲
73	khan-「hát」	核	89	lók-「khók」-bé	碏
74	「khiàng」-kha	勥	90	pá-「tīnn」	滇
75	「khiau」-ku	曲	91	「peh」-khui	擘
76	「khînn」-ke	拑	92	phòng-「phā」	泡
77	「khōng」tsng-á	鞏	93	「phun」-tháng	潘
78	liú-「lák」	搦	94	「pōng」-tsí	磅
79	「thiah」-ióh-á	拆	95	puânn-「nuá」	捔
80	thán-「phak」	覆	96	「pûn」hong	歕
81	kín-sū-「khuann」-pān	寬	97	「sáng」-sè	聳
82	puh-「ínn」	穎	98	sing-「lé」	醴
83	「kuānn」tsuí	捾	99	「so」-tsháu	挲
84	「kuann」-bâng/bang	菅	100	tînn-kha-「puànn」-tshiú	絆

✽ 97年閩南語字音字形競賽

各組

▶請寫出「」內閩南語漢字之臺羅拼音，共 100 題。

題號	閩南語漢字	臺羅拼音	題號	閩南語漢字	臺羅拼音
1	硬「拗」	áu	16	「奇」號	khia
2	「夕」陽	sik	17	「拍」鱗	phah
3	「月」台	guàt	18	「肯」定	khíng
4	「代」表	tāi	19	「佮」意	kah
5	「加」加減減	ke	20	「沓」沓仔來	tàuh
6	「外」甥	guē	21	「律」師	lùt
7	「生」財有術	sing	22	「毒」鳥鼠	thāu/tòk
8	「植」物	sit	23	「甚」至	sīm
9	「好」玄	hònn	24	「研」究	gián
10	「百」合	pik	25	「面」會	biān
11	「肉」體	jiòk/liòk/bah	26	「哲」理	tiat/thiat
12	「作」孽	tsok	27	「容」易	iông
13	「抓」面	jiàu/liàu	28	「索」引	sik
14	「园」步	khǹg	29	「訊」息	sìn
15	「刺」繡	tshiah	30	「抒」頭鬃	luàh

題號	閩南語漢字	臺羅拼音	題號	閩南語漢字	臺羅拼音
31	「捷」洗	tsiáp	49	「厭」氣	iàn
32	「捷」運	tsiát	50	「構」造	kòo
33	「瓷」仔	huî	51	「踅」街	séh/sérh
34	「產」業	sán	52	「聲」明	sing
35	「傑」作	kiát	53	「熱」心	jiát/liát/giát
36	「寒」酸	hân	54	「曆」日	láh
37	「殖」民	sit	55	「激」酒	kik
38	「猶」原	iu/iû	56	「蠟」條	láh
39	「詞」彙	sû/sîr	57	「蠓」仔	báng
40	「黃」金甕仔	hông	58	「攑」箸	giáh/kiáh
41	「敲」一爿	khi	59	大里「杙」	khit
42	「傳」統	thuân	60	反「爿」	pîng
43	「閩」南	Bân	61	日「時」	sî/--sî(同分優勢)
44	「業」神	giáp	62	水「閘」仔	tsáh
45	「楓」樹葉	png	63	甘蔗「粕」	phoh
46	「節」氣	tseh/tsueh/tserh	64	合「軀」	su
47	「落」毛	lak	65	老「歲」仔	huè/hè/hèr
48	「雾」霧	bông	66	牛「郎」織女	nñg

題號	閩南語漢字	臺羅拼音	題號	閩南語漢字	臺羅拼音
67	我姓「倪」	Gê	84	傷「滇」	tīnn
68	肺「管」	kńg	85	感「覺」	kak
69	花「瓶」	pân	86	愛「吼」	háu
70	金「融」	iông	87	溫「柔」	jiû/liû
71	後「驛」	iȧh	88	禁「忌」	khī/kī
72	「評」審	phîng	89	路「旁」屍	pông
73	柴「屐」	kiȧh	90	跤「液」	siȯh/siȯoh
74	氣身「惱」命	lóo	91	語「言」	giân/gân
75	海「翁」	ang	92	輔「導」員	tō/tōo
76	敆「作」	tsoh	93	積「極」	kȧk
77	接「觸」	tshiok/siȯk	94	選「擇」	tȧk
78	教「育」	iȯk	95	「沒」收	bȕt
79	現「世」	sì	96	「蝕」本	sih
80	細「菌」	khún	97	「健」保	kiān
81	貧「惰」	tuānn	98	處「罰」	huȧt
82	陰「謀」	bôo/biô	99	「集」合	tsip
83	堯「舜」	Sùn	100	「歕」鼓吹	pûn

▶請依下列詞彙中「」內之音讀，寫出閩南語漢字，共 100
題。（「/」表示不同音讀）

題號	臺羅拼音	漢字	題號	臺羅拼音	漢字
1	bîn-á-「tsài」	載	15	kuàn-「sì」	勢
2	bô-khah-「tsuah」	縒	16	lâng-「sn̂g」	床
3	ē-「kha」	跤	17	lāu-「pē」	爸
4	hái-「íng」	湧	18	liah-「thán」-huâinn/huînn	坦
5	hó-「khang」	空	19	oo-「pang」	枋
6	im-「thim」	鴆	20	「tàu」-tīn	鬥
7	iû-「káu」	垢	21	phah-「piànn」	拚
8	kái-「hun」	薰	22	phôo-phôo-「thánn」-thánn	挺
9	kha-「jiah」 / 「liah」	跡	23	「ǹg」-bāng	向
10	khan-「kinn」 / 「kenn」	羹	24	pùn-「sò」	埽
11	khí-「siáu」	痟	25	senn/sinn 「koo」	菇/菰
12	kì bē/buē 「tiâu」	牢	26	thán-「khi」-sin	敧
13	kóo-「tsui」	錐	27	thó-「tsè」	債
14	koo-put-jî-「tsiong」/koo-put-lî-「tsiong」/koo-put-jî-「tsiang」	將	28	tìn-「tè」	地

題號	臺羅拼音	漢字	題號	臺羅拼音	漢字
29	tíng-「si」	司	48	「hiàt」-tō	穴
30	tiunn-「tî」	持	49	「hioh」-juàh/luàh	歇
31	toh-tíng「ni」kam	拈	50	「gōng」-tai	戇
32	tshàu-「phú」	殕	51	「iú」-hàu	有
33	tshin-「tsiânn」	情	52	「ka」-to	鉸
34	tshing-「phang」	芳	53	「tshik」-á	粟
35	tshiò-hai-「hai」	哈	54	「kâng/kāng」-khuán	仝
36	tshiū-「ue」	椏	55	「ke」-pô	家
37	tsiam teh/leh「ui」	搝	56	「kha/ka」-tsiah	尻
38	tsiam-「tsí」	黹	57	「thàn」tsînn	趁
39	tsió-「khueh」	缺	58	「kuân」suann	懸
40	tsóng-「phòo」-sai	舖	59	「kuè」-kè	會
41	ū khang bô「sún」	榫	60	「kui」-khì	規
42	uan-uan-「uat」-uat	斡	61	「lap」-té	塌
43	「ak」hōo	沃	62	「liàh」-pau	掠
44	「giàh」tshiú	攑	63	「mài」khì	莫
45	「gín」-á-hiann	囡	64	「nâ」-âu	嚨
46	「hāu」-senn/sinn	後	65	「phôo」tíng-si	扶
47	「hiânn」hué/hé	燃	66	「phuì」-thâm	呸

題號	臺羅拼音	漢字	題號	臺羅拼音	漢字
67	「piànn」-sàu	摒	84	「tió」-tsióng	著
68	「pōng」-khang	磅	85	「tok」-ku	啄
69	「puē/pēr/pē」-bōng	培	86	「tsah」tsînn	紮
70	「suah」hì	煞	87	「tsai」-puê	栽
71	sió-「khuá」	可	88	「tsa̍t」-tsinn	實
72	「siàu」-siūnn/siōnn	數	89	「tsha̍k」-ba̍k	鑿
73	「giâ」-huè	夯	90	「tshì」-môo-thâng	刺
74	「siunn」-kiâm	傷	91	「tshit」-tshuì	拭
75	「suà」-tshiú	紲	92	「tshuah」-tn̄g	掣
76	「suá」-uī	徙	93	「tshuì」-tsi̍h	喙
77	「tàn」-tiāu	擲	94	tsoh-「sit」	穡
78	「thái」-ko	癩	95	「tú」-tsiah	拄
79	「that」-tshia	窒	96	「tuà」pn̄g-tiàm	蹛
80	「tháu」sí-kat	敨	97	「tuè」lâng tsáu	綴
81	「thîn」tê	斟	98	「uá」-khò	倚
82	「tin」-tsông	珍	99	「uànn」khùn	晏
83	「ting」bûn	徵	100	「ùn」tāu-iû	搵

附　錄

❀ 教育部新增語詞補充

詞目	音讀	詞目	音讀
鹹草	kiâm-tsháu	姑不將	koo-put-tsiong
大細聲	tuā-sè-siann/tuā-suè-siann	狗母鮻	káu-bó-so
小使仔	siáu-sú-á	花貓貓	hue-niau-niau
中盤	tiong-puânn	相放伴	sio-pàng-phuānn
歹過	pháinn-kuè/phái-kè	挐絞絞	jû-ká-ká/lû-ká-ká
水筧	tsuí-kíng	袂爽	bē-sóng/buē-sóng
另工	līng-kang	起去	khí-khì
失氣	sit-khuì	骨節	kut-tsat
巧氣	khiáu-khì	船桮	tsûn-pue/tsûn-pe
母仔	bú--á	術仔	sút-á
石距	tsio̍h-kī/tsio̍h-kū	規半晡	kui-puànn-poo
伸輪	tshun-lûn	頂改	tíng-kái
利劍劍	lāi-kiàm-kiàm	斯當時	su-tong-sî
坦斜	thán-tshua̍h	無閒頤頤	bô-îng-tshih-tshih

詞目	音讀	詞目	音讀
猴死囡仔	kâu-sí-gín-á	塗牛翻身	thôo-gû-huan-sin
裂獅獅	lih-sai-sai	搜揣	tshiau-tshuē/tshiau-tshē
塌縫	thap-phāng	經布	kenn-pòo/kinn-pòo
歇假	hioh-ká	雞災	ke-tse/kue-tse
滇流	tīnn-lâu	乞龜	khit-ku
幔被仔	mua-phuē-á/mua-phē-á	拗痕	áu-hûn
滾躘	kún-liòng	朗讀	lóng-thok
端的	tuan-tiah	蜂仔炮	phang-á-phàu
稻稿	tiū-kó	線頂	suànn-tíng
頭幫車	thâu-pang-tshia	為著	uī-tióh
講耍笑	kóng-sńg-tshiò	大姊頭仔	tuā-tsí-thâu-á
騙痟的	phiàn-siáu--ê	轉來去	tńg--lâi-khì
譬論	phì-lūn	這號	tsit-lō
大墓公	tuā-bōng-kong/tuā-bōo-kong	雖罔	sui-bóng
奶齒	ling-khí/ni-khí	孫新婦	sun-sin-pū
拍莓	phah-m̂	相接	sio-tsiap
消蝕	siau-sih	號令	hō-līng
紙條仔	tsuá-tiâu-á	暗摸摸	àm-bong-bong
臭礬	tshàu-huân	才閣	tsiah-koh

詞目	音讀	詞目	音讀
出代誌	tshut-tāi-tsì	鰻仔栽	muâ-á-tsai
險仔	hiám-á	洛神花	lo̍k-sîn-hue
絞螺仔風	ká-lê-á-hong	碻碻	kho̍k-kho̍k
出外人	tshut-guā-lâng	勇壯	ióng-tsòng
塗窯	thôo-iô	圓輾輾	înn-liàn-liàn
錢水	tsînn-tsuí	巷路	hāng-lōo
菜股	tshài-kóo	孔明燈	khóng-bîng-ting
假做	ké-tsò/ké-tsuè	有範	ū-pān
牛奶粉	gû-ling-hún/gû-ni-hún	食死死	tsia̍h-sí-sí
單仔	tuann-á	出來去	tshut-lâi-khì
準講	tsún-kóng	在室男	tsāi-sik-lâm
上陸	tsiūnn-lio̍k	受教	siū-kàu
止飢	tsí-ki	心肝穎仔	sim-kuann-ínn-á
成樣	tsiânn-iūnn	爍爍顫	sih-sih-tsùn
青苔仔	tshenn-tî-á/tshinn-tî-á	破糊糊	phuà-kôo-kôo
頭喙	thâu-tshuì	敗欉	pāi-tsâng
燒燙燙	sio-thǹg-thǹg	牌匾	pâi-pián
相疊	sio-tha̍h	烏水溝	Oo-tsuí-kau
消磨	siau-môo	媽孫仔	má-sun-á
楓仔葉	png-á-hio̍h	龍銀	liông-gîn/lîng-gûn
烏寒	oo-kuânn	規晡	kui-poo

詞目	音讀	詞目	音讀
鼓箸	kóo-tī/kóo-tū	七里香	tshit-lí-hiong
孤棚	koo-pênn/koo-pînn	千拄千	tshian-tú-tshian
牽教	khan-kà	青蘢蘢	tshenn-lìng-lìng/ tshinn-lìng-lìng
九降風	káu-kàng-hong	臭腥龜仔	tshàu-tshènn-ku-á/ tshàu-tshìnn-ku-á
熱翕翕	juáh-hip-hip/luáh-hip- hip	相袚	sio-phuáh
好狗運	hó-káu-ūn	摒盪	piànn-tñg
魚漿	hî-tsiunn/hû-tsiunn	老長壽	lāu-tiông-siū
合味	háh-bī	流擺	lâu-pái
無命	bô-miā	龜仔	ku-á
無價	bô-kè	健欉	kiānn-tsâng
暗報	àm-pò	犒軍	khò-kun
出日	tshut-jit	跤尾錢	kha-bué-tsînn/kha- bé-tsînn
冰櫥	ping-tû	香跤	hiunn-kha
運搬	ūn-puann	尻川後話	kha-tshng-āu-uē
盤山過嶺	puânn-suann-kuè- niá/puânn-suann-kè- niá	芳貢貢	phang-kòng-kòng
磚仔角	tsng-á-kak	業命	giáp-miā
僭權	tsiàm-khuân	當初時	tong-tshe-sî/tong- tshue-sî

646

詞目	音讀	詞目	音讀
三不等	sam-put-tíng	內角	lāi-kak
女中	lí-tiong/lú-tiong	國姓爺	Kok-sìng-iâ
目神	ba̍k-sîn	激頭腦	kik-thâu-náu
孤毛	koo-moo/koo-môo	佛祖生	Pu̍t-tsóo-senn/ Pu̍t-tsóo-sinn
放雨白	pàng-hōo-pe̍h	雨傘樹	hōo-suànn-tshiū
相疼痛	sio-thiànn-thàng	望冬	bāng-tang
祖公仔屎	tsóo-kong-á-sái	三時有陣	sam-sî-iú-tsūn
花仔和尚	hue-á-huê-siūnn	上腳	tsiūnn-kioh
喙焦喉渴	tshuì-ta-âu-khuah	山尖	suann-tsiam
窮真	khîng-tsin/kîng-tsin	歹囝症	pháinn-kiánn-tsìng
蔥仔珠	tshang-á-tsu	毛繐	mn̂g-sui
嚨喉管	nâ-âu-kńg	正中晝	tsiànn-tiong-tàu
大水蟻	tuā-tsuí-hiā	生理虎	sing-lí-hóo
大紅花	tuā-âng-hue	白死殺	pe̍h-sí-sat
水蛆	tsuí-tshi/tsuí-tshu	奸臣仔笑	kan-sîn-á-tshiò
七爺八爺	Tshit-iâ Peh-iâ/Tshit-iâ Pueh-iâ	坐罪	tsē-tsuē
跳懸	thiàu-kuân	拆箬	thiah-ha̍h
茶湯	tê-thng	芹菜珠	khîn-tshài-tsu/khûn-tshài-tsu
新劇	sin-kio̍k	苦無	khóo-bô
芳雪文	phang-sap-bûn	風慢	hong-mua

詞目	音讀	詞目	音讀
疾屎	khiap-sái	圓棍棍	înn-kùn-kùn
倒匼	tò-khap	勇跤	ióng-kha
借字	tsioh-jī/tsioh-lī	釉	iu
烏汁汁	oo-tsiap-tsiap	韌布布	jūn-pòo-pòo/lūn-pòo-pòo
烏麻仔	oo-muâ-á	徛騰騰	khiā-thîng-thîng
眠眠	bîn-bîn	徛叉仔	khiā-tshe-á
臭老羶	tshàu-lāu-hiàn	苦湯	khóo-thng
肚臍空	tōo-tsâi-khang	光炎炎	kng-iām-iām
綴手	tuè-tshiú/tè-tshiú	光映映	kng-iànn-iànn
麻仔	muâ-á	貫捾	kǹg-kuānn
桑椹	sng-suî	講通和	kóng-thong-hô
理路	lí-lōo	規山坪	kui-suann-phiànn
蓮蕉	liân-tsiau	百歲年老	pah-huè-nî-lāu/pah-hè-nî-lāu
激皮皮	kik-phî-phî	辟邪	phik-siâ
激槌槌	kik-thuî-thuî	變撚	piàn-lián
霜仔	sng-á	觸鈕仔	tak-liú-á
萬年久遠	bān-nî-kiú-uán	騰	thîng
欲死	beh-sí/bueh-sí	刺查某	tshiah-tsa-bóo
海水倒激	hái-tsuí tò-kik	痴哥草	tshi-ko-tsháu
好料的	hó-liāu--ê	珠仔釘	tsu-á-ting
霜仔枝	sng-á-ki	塑膠橐仔	sok-ka-lok-á

詞目	音讀	詞目	音讀
娘仔豆	niû-á-tāu	四肕	sì-thīn
上童	tsiūnn-tâng	平棒	pênn-pāng/pînn-pāng
加圇	ka-nn̂g	輪火鬮	lûn-hué-khau/lûn-hé-khau
放外外	pàng-guā-guā	著囝甘	tiòh-kiánn-kam
起番	khí-huan	大妗喙	tuā-kīm-tshuì
做木的	tsò-bȧk--ê/tsuè-bȧk--ê	末趁	buȧt-thàn
徛馬勢	khiā-bé-sè/khiā-bé-sì	合仔趁	hȧp-á-thàn
捲螺仔水	kńg-lê-á-tsuí	交葛	kau-kat
採花蜂	tshái-hue-phang	爸仔	pâ--á
掩來扯去	am-lâi-tshé-khì	小盤	sió-puânn
傍官靠勢	pn̄g-kuann-khò-sè/pn̄g-kuann-khò-sì	死好	sí-hó
新娘花	sin-niû-hue	剪筊	tsián-kiáu
細姑仔	sè-koo-á/suè-koo-á	整筊	tsíng-kiáu
過冬鳥	kuè-tang-tsiáu/kè-tang-tsiáu	有親	ū-tshin
銃藥	tshìng-iȯh	跋歹筊	puȧh-pháinn-kiáu
躼跤蠓	lò-kha-báng	食清	tsiȧh-tshing
死無人	sí-bô-lâng	跕跤	liam-kha
擋恬	tòng-tiām	好枝骨	hó-ki-kut

詞目	音讀	詞目	音讀
烏昏	oo-hng	軟蜞	nńg-khî
服藥	hȯk-iȯh	過家	kuè-ke/kè-ke
掠中和	liȧh-tiong-hô	老風騷	lāu-hong-so
纘袂牢	tsàn-bē-tiâu/tsàn-buē-tiâu	理家	lí-ke
雞喙變鴨喙	ke-tshuì piàn ah-tshuì/kue-tshuì piàn ah-tshuì	白直	pȧh-tit
抹風	tu-hong	乒乓	phín-phóng
抱心	phō-sim	皮皮仔	phuê-phuê-á/phê-phê-á
心適興	sim-sik-hìng	稻草囷	tiū-tsháu-khûn
割引	kuah-ín	貓神	niau-sîn
大圓	tuā-înn	喙清	tshuì-tshìn
大晡日	tuā-poo-jȧt/tuā-poo-lȧt	轉成	tńg-tsiânn
笑色	tshiò-sik	笑粉	tshiò-hún
歹鬼焦頭	pháinn-kuí-tshuā-thâu	相換工	sio-uānn-kang
半身不隨	puàn-sin-put-suî	骨目	kut-bȧk
交定	kau-tiānn	慢手	bān-tshiú
半仿仔	puànn-hóng-á	拍雄	phah-hîng
仿仔	hóng-á	邊頭	pinn--thâu
淺現	tshián-hiān	土符仔	thóo-hû-á

詞目	音讀	詞目	音讀
素料	sòo-liāu	帕尾	phè-bué/phè-bé
目彩	ba̍k-tshái	圇疴	lun-ku
揸篤	tìm-táu	是年是節	sī-nî-sī-tseh/sī-nî-sī-tsueh
現仔	hiān-á	紅筋	âng-kin/âng-kun
偷走學	thau-tsáu-o̍h	錦疴	gìm-ku
做鬧熱	tsò-lāu-jia̍t/tsuè-lāu-lia̍t	雞毛管仔	ke-moo-kóng-á/kue-mn̂g-kóng-á
現貨	hiān-huè/hiān-hè	搭粒	tah-lia̍p
細漢的	sè-hàn--ê/suè-hàn--ê	無時無陣	bô-sî-bô-tsūn
三不服	sam-put-ho̍k	襟胸	khim-hing
起底	khí-té/khí-tué	閹雞行	iam-ke-kiânn/iam-kue-kiânn
窞倕	thām-thuī	漚搭	àu-tah
時景	sî-kíng	鐵衫	thih-sann
鹹水貨	kiâm-tsuí-huè/kiâm-tsuí-hè	攢辦	tshuân-pān
粗幼	tshoo-iù	攘	jiāng/giāng
偷走曆	thau-tsáu-tshù	閬站	làng-tsām
款勢	khuán-sè/khuán-sì	璇石喙	suān-tsio̍h-tshuì
挐頭	jû-thâu/lû-thâu	熱尾	jia̍t-té/lia̍t-tué
退悔	thè-hué	鼻刀	phīnn-to
紲話	suà-uē	照原	tsiàu-guân

詞目	音讀	詞目	音讀
嗤噌	tshih-tshňgh	定當	tīng-tòng
摘名摘姓	tiah-miâ-tiah-sènn/ tiah-miâ-tiah-sìnn	現交關	hiān-kau-kuan
慢分	bān-hun	漏仔	lāu-á
嶄然	tsám-jiân/tsám-liân	饒裕	jiâu-jū/liâu-lū
過通關	kuè-thong-kuan/kè- thong-kuan	便貨	piān-huè/piān-hè
詼仙	khue-sian	食路	tsiah-lōo
超磅	tshiau-pōng	鼻趄	phīnn-sô
著吊	tioh-tiàu	線屎	suànn-sái
目降鬚聳	bak-kàng-tshiu- tshàng	拚汗	piànn-kuānn
近兜	kīn-tau/kūn-tau	厚味	kāu-bī
強徒	kiông-tôo	無因無端	bô-in-bô-tuann
致心	tì-sim	下日仔	ē-jit-á/ē-lit-á
路長	lōo-tňg	卜面	poh-bīn
內家	lāi-ke	相借喙	sio-tsioh-tshuì
數佻	siàu-tiáu	整本	tsíng-pún
無底	bô-té/bô-tué	辯話骨	piān-uē-kut
爸公業	pē-kong-giap	輕兩想	khin-niú-siúnn
曷有一个	ah-ū-tsit-ê	會和	ē-hô
無掛	bô-khuà/bô-khà	抾風水	khioh-hong-suí

詞目	音讀	詞目	音讀
押尾手	ah-bué-tshiú/ah-bé-tshiú	過風	kuè-hong/kè-hong
慢死趖	bān-sí-sô	別工	pàt-kang
結噂結黨	kiat-uang-kiat-tóng	呔	thài
婎諍王	tshāi-tsènn-ông/tshāi-tsìnn-ông	走斜	tsáu-tshuàh
弄家散宅	lōng-ke-suànn-thèh	做得來	tsò-tit-lâi/tsuè-tit-lâi
死訣	sí-kuat	押尾	ah-bué/ah-bé
結果擲揀	kiat-kó-tàn-sak	壓落底	ah-lòh-té/ah-lòh-tué
懊嘟面	àu-tū-bīn	慢鈍	bān-tūn
喜事	hí-sū	缺欠	khueh-khiàm/kheh-khiàm
花哩囉	hue-li-lo	怪奇	kuài-kî
花彔彔	hue-lok-lok	趕狂	kuánn-kông
憶著	it-tiòh	懸踏	kuân-tàh
起跤	khí-kha	門喙	mn̂g-tshuì
輕蠓蠓	khin-báng-báng	貓徙岫	niau-suá-siū
抾金	khioh-kim	歹星	pháinn-tshenn/pháinn-tshinn
恐喝	khióng-hat	公族仔	kong-tsòk-á
苦楝舅	khóo-līng-kū	懸低坎	kuân-kē-khám
苦衷	khóo-thiong	卵蛋	nn̄g-tuann

詞目	音讀	詞目	音讀
省本	síng-pún	後日仔	āu-jit-á/āu-lit-á
探	tham	起致	khí-tì
坦橫生	thán-huâinn-senn/ thán-huînn-sinn	起造	khí-tsō
親戽戽	tshin-hòo-hòo	叨錢	lo tsînn
出眾	tshut-tsìng	平素時	pîng-sòo-sî
大箍把	tuā-khoo-pé	半精肥	puànn-tsiann-puî
愛睏神	ài-khùn-sîn	散食	sàn-tsiàh
喝救人	huah-kiù-lâng	相向	sio-hiòng
石鼓	tsiòh-kóo	擲揀	tàn-sak
掰會	pué-huē/pé-hē	天跤下	thinn-kha-ē
揞鼻	mooh-phīnn	著等	tiòh-tíng
食鹹	tsiàh-kinn	當當	tng-tong/tng-tang
不三時	put-sam-sî	厝內人	tshù-lāi-lâng
卸衰	sià-sue	出破	tshut-phuà
呔討	thài-thó	後回	āu-huê
制煞	tsè-suah	後改	āu-kái
臭奶羶	tshàu-ling-hiàn/ tshàu-ni-hiàn	頂回	tíng-huê
厝蓋	tshù-kuà	翁仔姐	ang-á-tsiá
一下手	tsit-ē-tshiú	好禮仔	hó-lé-á
一半擺仔	tsit-puànn-pái-á	喝聲	huah-siann

詞目	音讀	詞目	音讀
會仔錢	huē-á-tsînn/hē-á-tsînn	兄妹仔	hiann-muē-á
內裾	lāi-ki/lāi-ku	字目	jī-bàk/lī-bàk
涼冷	liâng-líng	干證	kan-tsìng
軟床	nńg-tshn̂g	根頭	kin-thâu/kun-thâu
燈䇳	ting-lâ	平埔族	Pênn-poo-tsòk/Pînn-poo-tsòk
樹箍	tshiū-khoo	透機	thàu-ki
萬不二	bān-put-jī/bān-put-lī	偷走	thau-tsáu
虛荏	hi-lám	天年	thinn-nî
字條仔	jī-tiâu-á/lī-tiâu-á	推軟仔	thui-nńg-á
家私頭仔	ke-si-thâu-á	實實	tsàt-tsàt
空身	khang-sin	走徙	tsáu-suá
公廳	kong-thiann	姐弟仔	tsiá-tē-á
麵粉粿仔	mī-hún-kué-á/mī-hún-ké-á	水鏡	tsuí-kiànn
邊仔角	pinn-á-kak	顢悶	tsùn-būn
得定	tik-tiānn	注心	tsù-sim
臭尿破味	tshàu-jiō-phuà-bī/tshàu-liō-phuà-bī	大色貨	tuā-sik-huè/tuā-sik-hè
拄仔	tú-á	案桌	àn-toh
大通	tuā-thong	花血	hue-hiat

詞目	音讀	詞目	音讀
袂見眾	bē-kìnn-tsìng/buē-kìnn-tsìng	牽磕	khan-kháp
老頹	lāu-thē/lāu-thuē	牽閣	khan-khàh
掠枵	liàh-iau	筋肉	kin-bah/kun-bah
平正	pênn-tsiànn/pînn-tsiànn	斧頭鏗	póo-thâu-khing
省事事省	síng-sū-sū-síng	相倚傍	sio-uá-pn̄g
新嫣	sin-ian	草踏	tsháu-tàh
惜略	sioh-liòh	青筋	tshenn-kin/tshinn-kun
四壯	sì-tsàng	精英	tsing-ing
著味	tiòh-bī	對千	tuì-tshian
手肚仁	tshiú-tóo-jîn/tshiú-tóo-lîn	話關	uē-kuan
準若	tsún-nā	暗殕	àm-phú
對扴	tuì-kèh	肉燥	bah-sò
酸雨	sng-hōo	梨仔瓜	lâi-á-kue
無底止	bô-tí-tsí	焦蔫	ta-lian
會見眾	ē-kìnn-tsìng	幼工	iù-kang
囡仔伴	gín-á-phuānn	跤肚仁	kha-tóo-jîn/kha-tóo-lîn
合該然	hàp-kai-jiân/hàp-kai-liân	氣絲仔	khuì-si-á
好頭喙	hó-thâu-tshuì	顧更	kòo-kenn/kòo-kinn

詞目	音讀	詞目	音讀
枯焦	koo-ta	臺票	Tâi-phiò
古早味	kóo-tsá-bī	顛倒頭	tian-tò-thâu
媽祖生	Má-tsóo-senn/Má-tsóo-sinn	吊神仔	tiàu-kah-á
補眠	póo-bîn	著力	tióh-la̍t
新娘桌	sin-niû-toh	欲死盪幌	beh-sí-tōng-hàinn/bueh-sí-tōng-hàinn
酸微	sng-bui	棺柴枋	kuann-tshâ-pang
銅仙	tâng-sián	落名	lóh-miâ
倒勾	tò-kiu	麻穎	muâ-ínn
有法度	ū-huat-tōo	擘腹	peh-pak
案內	àn-nāi	平波波	pênn-pho-pho/pînn-pho-pho
廟口	biō-kháu	壁角	piah-kak
無定	bô-tiānn	變無撚	piàn-bô-lián
現時	hiān-sî	跋臭	puáh-tshàu
屈勢	khut-sè	半病仔	puàn-pēnn-á/puàn-pīnn-á
破爿	phuà-pîng	肉燥飯	bah-sò-pn̄g

註：若想進一步了解該詞彙音讀、釋義，請查閱《教育部臺灣閩南語
　　常用詞辭典》，其網址為：https://sutian.moe.edu.tw/

筆記頁

國家圖書館出版品預行編目資料

閩南語字音字形好撇步／鄭安住著. -- 四版.
-- 臺北市：五南圖書出版股份有限公司，
2023.04
面；　公分
ISBN 978-626-343-841-5（平裝）

1.CST: 閩南語　2.CST: 語音

802.52324　　　　　　　112001886

悅讀中文13

YXOJ

閩南語字音字形好撇步

作　　　者 ― 鄭安住（381.6）

企劃主編 ― 黃文瓊

責任編輯 ― 吳雨潔

封面設計 ― 周盈汝、姚孝慈

出　版　者 ― 五南圖書出版股份有限公司

發　行　人 ― 楊榮川

總　經　理 ― 楊士清

總　編　輯 ― 楊秀麗

地　　　址：106臺北市大安區和平東路二段339號4樓

電　　　話：(02)2705-5066　　傳　　真：(02)2706-6100

網　　　址：https://www.wunan.com.tw

電子郵件：wunan@wunan.com.tw

劃撥帳號：01068953

戶　　　名：五南圖書出版股份有限公司

法律顧問　林勝安律師

出版日期　2012年6月初版一刷（共二刷）
　　　　　2018年2月二版一刷
　　　　　2019年8月三版一刷（共三刷）
　　　　　2023年4月四版一刷
　　　　　2024年9月四版二刷

定　　　價　新臺幣600元

經典永恆・名著常在

五十週年的獻禮——經典名著文庫

五南，五十年了，半個世紀，人生旅程的一大半，走過來了。

思索著，邁向百年的未來歷程，能為知識界、文化學術界作些什麼？

在速食文化的生態下，有什麼值得讓人雋永品味的？

歷代經典・當今名著，經過時間的洗禮，千錘百鍊，流傳至今，光芒耀人；

不僅使我們能領悟前人的智慧，同時也增深加廣我們思考的深度與視野。

我們決心投入巨資，有計畫的系統梳選，成立「經典名著文庫」，

希望收入古今中外思想性的、充滿睿智與獨見的經典、名著。

這是一項理想性的、永續性的巨大出版工程。

不在意讀者的眾寡，只考慮它的學術價值，力求完整展現先哲思想的軌跡；

為知識界開啟一片智慧之窗，營造一座百花綻放的世界文明公園，

任君遨遊、取菁吸蜜、嘉惠學子！